外国文学叙述类型研究文库

总主编　王　欣　石　坚　方小莉

叙事、见证和历史：
美国奴隶叙事研究

王　欣　张恒良　郝富强 / 著

科学出版社
北　京

内 容 简 介

美国奴隶叙事是一种发源奇特的自传式文类,记录了非裔美国人被奴役、被剥夺自由的历史。本书以 19 世纪美国经典奴隶叙事为研究对象,考察了奴隶叙事所潜在的文学常规和叙述策略,以及所创造的人物原型和见证式的文学功能。奴隶叙事作为蓄奴制的亲历见证,不仅在个体层面上记述了奴隶制的残暴、个人的恐惧和创伤、解放和自由带来的自我的转变,而且在集体层面上重复性、累积性地建构了黑人族裔的历史和文化记忆,记录了 19 世纪美国奴隶制下个人生活和集体生活情况,对于建构非裔美国人集体记忆和文化记忆不可或缺。

本书可供美国文学、叙事学、文化研究和美国历史研究方向的学者、师生及其他爱好者阅读。

图书在版编目(CIP)数据

叙事、见证和历史:美国奴隶叙事研究/王欣,张恒良,郝富强著. —北京:科学出版社,2020.11

(外国文学叙述类型研究文库/王欣,石坚,方小莉总主编)

ISBN 978-7-03-066385-6

Ⅰ. ①叙… Ⅱ. ①王… ②张… ③郝… Ⅲ. ①美国黑人–叙事文学–文学研究 Ⅳ. ①I712.06

中国版本图书馆 CIP 数据核字(2020)第 199706 号

责任编辑:常春娥 / 责任校对:贾伟娟
责任印制:李 彤 / 封面设计:蓝正设计

科学出版社 出版
北京东黄城根北街 16 号
邮政编码:100717
http://www.sciencep.com

北京虎彩文化传播有限公司 印刷
科学出版社发行 各地新华书店经销

*

2020 年 11 月第 一 版 开本:720×1000 B5
2020 年 11 月第一次印刷 印张:16 3/4
字数:328 000
定价:98.00 元

(如有印装质量问题,我社负责调换)

国家社科基金一般项目"美国奴隶叙事研究"(批准号 13BWW066)
结项成果

丛 书 序

　　文类/类型（genre）是文学类型（literary genre）的缩称，传统上又有体裁、文体等说法。它是文学理论的古老范畴之一，亦为文学研究基本问题之一。柏拉图在《理想国》《斐德若篇》《斐利布斯篇》《法律篇》中，对文类划分及其本质特征、审美接受等方面提出了一系列开创性观点。亚里士多德在《诗学》中，指出诗学研究目的是研究"关于诗的艺术本身、它的种类、各种类的特殊功能，各种类有多少成分，这些成分是什么性质"等问题。亚里士多德从模仿媒介、对象和方式出发，把诗分为史诗、抒情诗和戏剧三大类，并就它们之间的区别进行了详细甄别。从文类划分衍生出来文类学（genology）研究，主要关注文类分类标准、分类法和文类演变。本套丛书所使用的"文类"或"类型"，源自文学类型研究，作为 20 世纪的文学理论关键词，文类本身承载了对形式主义的关注。

　　任何关于文类的理论研究都只是对文学作品本质的假设，类型并非存在于文本之中，但我们可以通过具体的文本来证实某一类型文本的存在。同时，任何文类的产生和发展都携带着社会、历史、文化的印记。形式主义批评家托多罗夫对文类研究做出了特殊的贡献，他指出，研究任何属于"文学"的文本时，我们首先必须意识到这个文本共享所有文学文本的特质，或者共享文学类型的特质；其次，一个文本不仅是一个预先存在的组合系统的产物，它还是这个系统的变形。因此本套丛书不仅关注文学叙述作品的深层结构、文类共性，也回归具体文学文本的经典阅读，探索特定文本对文类/类型规则的继承与演变、形成和变异。正如托多罗夫所说，如果我们认识不到文类/类型的存在，就相当于声称一部文学作品与现存的任何文学作品毫无关联，文类/类型呈现出了一部文学作品与整个文学领域的关系。"外国文学叙述类型研究文库"这套丛书旨在探索外国文学文类中的形式特征和审美功能，同时也研究文类所蕴含的社会和文化意义，探索文类与社会话语之间的互动及相互影响，文类演变与文学研究的耦合效应。

　　四川大学外国语学院秉承四川大学"海纳百川，有容乃大"的大学精神，搭建学界同仁相互交流的平台，精心打造"外国文学叙述类型研究文库"系列学术专著，以期共同探索和推进外国文学研究的新发展。本套丛书的出版，得益于学校和学院已有的优势资源，是四川大学外国语学院推进以科研发展促学科建设的重要事件。同时我们也希望系列科研成果的规模化出版能够促进四川大学外国语学院与外语学界乃至整个学术界的交流。

四川大学是教育部直属全国重点大学、国家"211工程""985工程""双一流"建设高校,是国家布局在中国西部的重点建设的高水平研究型综合大学。四川大学英语专业源于1896年建立的四川中西学堂,是四川大学最早的学科专业之一。在120余年的发展历史中,许多著名学者和文化名人曾在此任教或就读,如巴金、吴虞、朱光潜、钟作猷、周煦良、卞之琳、钱歌川、饶孟侃、罗念生、顾绥昌、周汝昌、赵澧、谢文炳、石璞、朱文振、王章树、周考成等,他们为四川大学的英语专业树立了良好的学术典范并奠定了良好的发展基础。1978年,英语语言文学专业被国务院学位委员会确定为全国高校首批硕士研究生点,成为西部地区最早的英语语言文学硕士授予单位;2003年英语语言文学获批成为西南地区首个博士学位授权点;2010年外国语言文学成为一级学科博士学位授权点。目前,英文系在"外国语言文学"一级学科之下招收英语语言文学和外国语言学及应用语言学博士研究生,招收方向为西方文论与英美文学、西方文化研究、翻译研究、英语语言学等。2010年,四川大学外国语学院英语专业入选第四批国家级特色专业;2019年QS(Quacquarelli Symonds)世界大学学科排名中,在国内同专业内并列排名第10位。外国语学院一直坚持以国家人才发展战略为指针,以丰富的教学资源和教学质量保障体系为依托,理念先进、引领发展、勇于创新,在语言学研究、文学研究、文化研究、翻译研究、区域与国别研究等方面均取得了一定的成绩。

本套丛书得到四川大学外国语学院、四川大学中国语言文学与中华文化全球传播学科群、四川大学社科处及四川大学研究生院的资助和大力支持,同时也得到了国家社科基金和教育部人文社科基金的支持。科学出版社与四川大学外国语学院精诚合作,力图打造一系列外国文学学术研究精品,探索外国文学的跨学科旅行和文学研究的多种可能性。丛书出版之际,我们对所有支持丛书的机构、前辈和同仁表达衷心的感谢,并希望能够继续得到大家的关心和关注、批评与指正,我们会带着大家的殷切希望,砥砺前行!

王　欣　石　坚

2019年3月

目　　录

丛书序

绪言 …………………………………………………………………… 1
　　一、奴隶叙事的产生及发展历史 ………………………………… 1
　　二、国内外研究综述 ……………………………………………… 6
　　三、研究思路和主要研究内容 …………………………………… 11

第一章　美国奴隶叙事语境与文类研究 …………………………… 16
　第一节　自由和奴役：19世纪蓄奴制话语之争 ………………… 16
　　一、自由和奴隶制的话语矛盾 …………………………………… 16
　　二、人种论和伊甸园论 …………………………………………… 19
　　三、政治与社会语境：《妥协法案》和斯科特诉桑福德案 …… 23
　第二节　废奴主义运动和奴隶叙事 ………………………………… 26
　　一、废奴主义运动：三种类型的废奴主义组织 ………………… 26
　　二、废奴主义论坛和黑人废奴主义者 …………………………… 29
　　三、作为证言的奴隶叙事 ………………………………………… 32
　第三节　美国黑人奴隶叙事文类研究 ……………………………… 37
　　一、自传和奴隶叙事的文类研究 ………………………………… 37
　　二、奴隶叙事的自觉性和自我书写 ……………………………… 40
　　三、真实性讨论 …………………………………………………… 42
　第四节　本章小结 …………………………………………………… 44

第二章　奴隶叙事中的叙述分层和"白夹黑"隐喻 ………………… 47
　第一节　《有趣叙述》的叙述分层：黑信息/白信封 …………… 47
　　一、"黑信息/白信封"和叙述分层 ……………………………… 49
　　二、叙事危机和叙述交流 ………………………………………… 51
　　三、读者群和叙述目的 …………………………………………… 53

| 第二节 | 《有趣叙述》中的第一人称叙述和见证经历 | 57 |

- 一、命名权和叙述者身份的变化 ⋯⋯⋯⋯⋯⋯⋯⋯⋯⋯⋯⋯ 58
- 二、第一人称叙述和精神成长过程 ⋯⋯⋯⋯⋯⋯⋯⋯⋯⋯⋯ 59
- 三、第一人称经验视角和见证模式 ⋯⋯⋯⋯⋯⋯⋯⋯⋯⋯⋯ 63

第三节　《非洲土著生平和历险记》中的"白夹黑"隐喻 ⋯⋯⋯ 67
- 一、身体的压榨与规训 ⋯⋯⋯⋯⋯⋯⋯⋯⋯⋯⋯⋯⋯⋯⋯⋯ 68
- 二、空间上的定域 ⋯⋯⋯⋯⋯⋯⋯⋯⋯⋯⋯⋯⋯⋯⋯⋯⋯⋯ 70
- 三、文本生成以及文本构成上的"白夹黑" ⋯⋯⋯⋯⋯⋯⋯ 74

第四节　本章小结 ⋯⋯⋯⋯⋯⋯⋯⋯⋯⋯⋯⋯⋯⋯⋯⋯⋯⋯⋯ 76

第三章　奴隶叙事修辞和叙述策略研究 ⋯⋯⋯⋯⋯⋯⋯⋯⋯⋯⋯ 78

第一节　《比布叙事》中的魔法隐喻 ⋯⋯⋯⋯⋯⋯⋯⋯⋯⋯⋯ 78
- 一、黑人奴隶迷信和个人生活 ⋯⋯⋯⋯⋯⋯⋯⋯⋯⋯⋯⋯⋯ 80
- 二、"机灵鬼"和魔法策略 ⋯⋯⋯⋯⋯⋯⋯⋯⋯⋯⋯⋯⋯⋯ 82
- 三、魔法的本质和叙事的魔力 ⋯⋯⋯⋯⋯⋯⋯⋯⋯⋯⋯⋯⋯ 86

第二节　《布朗叙事》中的低调陈述和委婉叙事 ⋯⋯⋯⋯⋯⋯ 89
- 一、低调陈述 ⋯⋯⋯⋯⋯⋯⋯⋯⋯⋯⋯⋯⋯⋯⋯⋯⋯⋯⋯⋯ 90
- 二、委婉叙事和得体原则 ⋯⋯⋯⋯⋯⋯⋯⋯⋯⋯⋯⋯⋯⋯⋯ 93
- 三、感伤叙事 ⋯⋯⋯⋯⋯⋯⋯⋯⋯⋯⋯⋯⋯⋯⋯⋯⋯⋯⋯⋯ 98

第三节　《安德森自述》中对叙述者干预的研究 ⋯⋯⋯⋯⋯⋯ 101
- 一、叙述者干预 ⋯⋯⋯⋯⋯⋯⋯⋯⋯⋯⋯⋯⋯⋯⋯⋯⋯⋯⋯ 102
- 二、叙述者干预中的三种叙事意识 ⋯⋯⋯⋯⋯⋯⋯⋯⋯⋯⋯ 104
- 三、卷首语和文后补录：叙述者的话语干预 ⋯⋯⋯⋯⋯⋯⋯ 107

第四节　本章小结 ⋯⋯⋯⋯⋯⋯⋯⋯⋯⋯⋯⋯⋯⋯⋯⋯⋯⋯⋯ 111

第四章　奴隶叙事中的身体书写和声音力量 ⋯⋯⋯⋯⋯⋯⋯⋯⋯ 113

第一节　《道格拉斯自述》国内外研究综述 ⋯⋯⋯⋯⋯⋯⋯⋯ 113
第二节　受伤的身体：身体书写和见证 ⋯⋯⋯⋯⋯⋯⋯⋯⋯⋯ 120
- 一、食物与奴隶身体 ⋯⋯⋯⋯⋯⋯⋯⋯⋯⋯⋯⋯⋯⋯⋯⋯⋯ 121
- 二、规训、惩戒和驯服 ⋯⋯⋯⋯⋯⋯⋯⋯⋯⋯⋯⋯⋯⋯⋯⋯ 125
- 三、目击和见证的意义：黑人的身体叙事 ⋯⋯⋯⋯⋯⋯⋯⋯ 127

第三节　沉默和声音：颠覆的价值观和叙述交流 ⋯⋯⋯⋯⋯⋯ 132
- 一、颠覆的价值观和沉默的黑奴 ⋯⋯⋯⋯⋯⋯⋯⋯⋯⋯⋯⋯ 132
- 二、读写能力和叙述交流 ⋯⋯⋯⋯⋯⋯⋯⋯⋯⋯⋯⋯⋯⋯⋯ 135

三、沉默和声音:"我"的叙事 ·· 137
　第四节　本章小结 ··· 140

第五章　奴隶叙事中的社会合力和自我塑造 ··· 143
　第一节　《亨森自传》版本研究和编辑所起的作用 ·························· 144
　　一、《亨森自传》及文献综述 ·· 144
　　二、《亨森自传》的版本研究 ·· 146
　　三、编辑的包装和修改 ·· 147
　第二节　《汤姆叔叔的小屋》和《亨森自传》:社会合力和类文本 ······ 148
　　一、《汤姆叔叔的小屋》和汤姆叔叔形象 ····································· 148
　　二、汤姆叔叔和亨森:类文本的塑造 ·· 150
　　三、社会合力的塑造 ··· 153
　第三节　亨森的自我塑造 ·· 155
　　一、亨森进行自我塑造的内在需求 ··· 155
　　二、虚构和真实 ··· 156
　　三、经典故事和个人记忆 ·· 158
　第四节　本章小结 ··· 160

第六章　奴隶叙事的种族伦理和家庭伦理困境 ····································· 162
　第一节　《千里逃亡》叙述策略和种族伦理 ····································· 163
　　一、种族伦理和"一滴血决定论" ··· 165
　　二、种族伦理的虚伪性 ·· 168
　　三、自由的辩论和种族身份 ··· 172
　第二节　《艾奥拉·勒罗伊,或阴影退去》中的家庭伦理困境 ············ 175
　　一、脆弱的解放和奴役的双重性 ··· 177
　　二、装饰性教育和家庭中的他者 ··· 180
　　三、禁锢的婚姻和分离领域 ··· 183
　第三节　本章小结 ··· 185

第七章　奴隶叙事的见证危机和记忆政治 ·· 187
　第一节　从法庭罗生门事件到见证叙事危机
　　　　　——《为奴十二载》中的真实性问题 ································ 188
　　一、法庭证言和奴隶叙事的真实性博弈:读者认同和法庭悬置 ······ 189
　　二、见证叙事危机 ·· 193

  三、二度区隔框架下的纪实与虚构之分 ………………………… 196
第二节　谁是受害者?《自白书》中的见证和记忆 ………………… 199
  一、作为见证叙事文本的真实性 ………………………………… 201
  二、僭越的陈述主体 ……………………………………………… 204
  三、泛化的白人受害者身份 ……………………………………… 207
第三节　《楚丝叙述》中的记忆政治 ………………………………… 211
  一、记忆的表述和争夺 …………………………………………… 212
  二、记忆的阉割和操控 …………………………………………… 215
  三、话语消解和记忆之争 ………………………………………… 216
第四节　本章小结 ……………………………………………………… 219

结语 …………………………………………………………………… 221
  一、奴隶叙述策略 ………………………………………………… 221
  二、作为见证的文学 ……………………………………………… 223
  三、作为历史和记忆的文学 ……………………………………… 226

主要参考文献 ………………………………………………………… 230

绪　　言

一、奴隶叙事的产生及发展历史

美国奴隶叙事不仅在美国文学中具有举足轻重的作用，在美国历史、政治、经济、心理学、人类学等学术领域也倍受重视。正如威廉·安德鲁斯（William Andrews）所言："早在 1853 年第一部非裔美国人小说出现前的近一个世纪，非裔美国人就已经开始用第一人称口述记下了自己的生活。"① 奴隶叙事起源于 18 世纪，兴盛于 19 世纪，特别在美国南北战争前后，非裔美国人自传文学达到了创作高峰期，涌现了大量优秀的作品，成为学界研究美国历史、社会和文化、非裔美国文学的重要源泉。

1985 年，牛津大学出版社出版了查尔斯·T. 戴维斯（Charles T. Davis）与小亨利·路易斯·盖茨（Henry Louis Gates, Jr.）编辑出版的《奴隶的叙事》（*The Slave's Narrative*）。从广义上来讲，他们将奴隶叙事定义为产生于 18—20 世纪的由奴隶书写或是口述记录的自传性叙事。② 2007 年剑桥大学出版社出版了《剑桥美国非裔奴隶叙事指南》（*The Cambridge Companion to the African American Slave Narrative*），奥德丽·菲什（Audrey A. Fisch）考证并梳理了"奴隶叙事"的起源，以及非裔奴隶叙事和英美文学传统、非裔美国文学传统之间的关系，研究了奴隶叙事形成，以及意识形态、宗教和政治团体、政治哲学对其的影响等。该书指出，奴隶叙事是一种目的性非常明确的文本："最初目的是试图结束奴隶贩卖，之后是废除殖民地奴隶制（指英属殖民地，如牙买加），最后是废除美国奴隶制。"③ 由于历史语境和意图目标不同，不同时期的奴隶叙事书

---

① William L. Andrews, ed. *African American Autobiography: A Collection of Critical Essays*. Englewood Cliffs: Prentice Hall, 1993, p.1.
② Charles T. Davis and Henry Louis Gates, Jr., eds. *The Slave's Narrative*. Oxford: Oxford University Press, 1985, p.v.
③ Audrey A. Fisch. *The Cambridge Companion to the African American Slave Narrative*. Cambridge: Cambridge University Press, 2007, p.2.

写关注的重点也不同。18 世纪的法律和政治文献中经常使用的关键词是"自由"和"奴役",这两个词被并列为"社会中幸福与悲惨的两个极端"。①18 世纪奴隶叙事中,奴隶叙述者主要对比非洲的自由生活和被掳获后的奴役生活,也提到自己的各种冒险经历,并对宗教皈依经历等个人经历给予了更多的关注。这些因素使该时期的奴隶叙事在体裁上并不固定,人们可以将其当作"自传(autobiography)、宗教皈依叙事(conversion narrative)、犯罪忏悔录(criminal confession)、海上冒险故事(sea adventure story)、流浪汉小说(picaresque novel)等"②。

  18 世纪最具影响力的奴隶叙事大都是非裔英国人的作品,代表作包括《布里顿·哈蒙不同寻常的遭遇的叙事,一个奴隶》(*A Narrative of the Uncommon Sufferings and Surprizing Deliverance of Briton Hammon, A Negro Man*,1760)、《奥劳达·伊奎阿诺或古斯塔夫斯·瓦沙生平的有趣叙事,非洲人,由他自己书写》(*The Interesting Narrative of the Life of Olaudah Equiano, or Gustavus Vassa, the African, Written by Himself*,1794)(以下简称《有趣叙述》)、《关于人类奴隶制和商业中罪恶和邪恶贸易的看法和观点》(*Thoughts and Sentiments on the Evil and Wicked Traffic of the Slavery and Commerce of the Human Species*,1787)以及《关于奴隶制罪恶的看法和观点》(*Thoughts and Sentiments on the Evil of Slavery*,1791)等。这些作品都公开地致意英国国会,支持 1770 年到 1807 年的废除奴隶贩卖的运动。由于历史语境的原因,18 世纪的废奴主义者认为,只要停止了奴隶贩卖,奴隶制就会慢慢消亡。③因而奴隶叙事关注的重点是奴隶贩卖之罪,而非奴隶制度。1807 年后,美国和英国颁布了禁止奴隶贩卖法令,但美国南方的奴隶制却依旧盛行,且对美国社会话语、政治、经济都产生了巨大影响,这个时候废奴主义者才逐步开始抨击奴隶制本身,奴隶叙事的重点也转移到对奴隶制的残酷性的揭露和抨击方面。

  随着19 世纪20 年代末30 年代初美国废奴主义运动的开展,废奴主义者对奴隶叙事的需求及关注度不断提高,他们认为:"争论会引起争论,讲道理会遇上诡辩,然而逃奴的自述却径直启开人们的心扉。"④为了争取到公众的支持,

---

① 埃里克·方纳:《美国自由的故事》,王希译,北京:商务印书馆,2002 年,第 58 页。

② Philip Gould. "The Rise, Development, and Circulation of the Slave Narrative." *The Cambridge Companion to the African American Slave Narrative*. Ed. Audrey A. Fisch. Cambridge: Cambridge University Press, 2007, p.13.

③ Sterling Lecater Bland, Jr. *African American Slave Narratives: An Anthology*. Westport: Greenwood Press, 2001, p.7.

④ Charles H. Nichols. *Many Thousand Gone: The Ex-Slaves' Account of Their Bondage and Freedom*. Leiden: E. J. Brill, 1963, p. 178.

废奴主义者鼓励并帮助奴隶书写他们的故事。应废奴主义者的政治需求，这个时期的奴隶叙事主要揭露奴隶制对黑人①的虐待与伤害，重点书写奴隶生活中那些可怕的、骇人听闻的经历，从而批判自称为基督徒的奴隶主的伪道德观，将对奴隶贩卖的谴责上升到对整个奴隶制的批判，并呼吁废除奴隶制。该时期的奴隶叙事具有鲜明的政治意图："美国南北战争前奴隶叙事的焦点直指奴隶制……成为[废奴运动]与奴隶制斗争的有效政治方式。"② 具体而言，奴隶叙事在19世纪得到广泛传播的主要原因有以下几点。

1. 废奴主义运动的影响和需要

废奴运动的讲坛常常成为前奴隶（ex-slave）③揭露奴隶制的重要场所。支持废奴运动的报纸和杂志也常常发表一些前奴隶的口述实录，并鼓励他们以书面叙事（written narratives）为见证来反对奴隶制。这期间涌现了一些优秀的奴隶叙事作品，如1845年弗雷德里克·道格拉斯（Frederick Douglass）发表的《弗雷德里克·道格拉斯生平自述，一个美国奴隶，由他自己书写》（*Narrative of the Life of Frederick Douglass, An American Slave, Written by Himself*，以下简称《道格拉斯自述》），1847年出版的《威廉·W. 布朗叙事，一个逃奴，由他自己书写》（*Narrative of William W. Brown, A Fugitive Slave, Written by Himself*，以下简称《布朗叙事》）等都成为废奴运动中著名的奴隶叙事。不过，在废奴运动中，白人废奴运动者并不信任黑人的语言能力，在废奴聚会中常常限制黑人的表述，要求他们只陈述悲惨生活的基本事实，不用讲道理；有时仅仅要求他们在公开场合裸露背部，或真实地展示他们身体的伤痕。废奴运动讲坛还规范了奴隶叙事修辞——限制性的叙述声音，有分寸的礼仪要求，谦卑的自我再现，是那个时期评价奴隶叙事优劣的标准。④这些戏剧化的仪式和修辞标准，也使奴隶叙事成为一种有着大量相似的文体特征的特殊文类。

---

① 非裔美国人指美国黑人，18世纪和19世纪黑人被称为Negro，这个词带有种族歧视。黑人民权运动兴起后，黑人用black自称。到19世纪60年代后，黑人一般被称为非裔美国人，因为黑人的祖先都来自非洲。但是目前有许多美国黑人认为，他们的起源和亚裔美国人、爱尔兰裔美国人、意大利裔美国人不同，其他族裔的美国人是自愿来到美国的，而他们的祖先是被迫的，所以仍然保留black的称呼。在本书中，部分学术专著称美国黑人为"非裔美国人"，在讨论或引用时保留这个称呼。但由于18世纪和19世纪，绝大多数黑人没有公民权，作为奴隶，他们甚至不能算是美国人，所以本书在涉及奴隶叙事文本和特别时代、特别语境时，统一称为"黑人"。

② Philip Gould. "The Rise, Development, and Circulation of the Slave Narrative." p.12.

③ 前奴隶是指黑人过去的身份是奴隶，逃亡成功后的身份是自由人或声称自己是自由人。废奴运动讲坛常常邀请黑人前奴隶去演讲，这些黑人或者是逃奴，或者是从奴隶主手上购买了自己的自由，或者宣称奴隶制应该被废除，自己不再回到奴隶主那里去。

④ William L. Andrews, ed. *African American Autobiography: A Collection of Critical Essays*. p.20.

2. 印刷技术和图书工业的发展促进了奴隶叙事的出版，促进了 19 世纪奴隶叙事的繁荣

19 世纪开始，美国图书工业发展迅速，经济和市场更为自主。印刷技术的改进和印刷工厂的扩大，有效地降低了印刷成本，控制价格并提高了发行量；在交通运输物流情况有所改进的情况下，出版商针对日益增长的国民读者群体，制订了新的市场营销政策，扩大了奴隶叙事的销售。到了美国南北战争前夕，奴隶叙事已经成为一种成熟的文学形式，同时也是一种畅销的出版商品。如《道格拉斯自述》在四个月内售出了 5000 本，在两年内售出了 11000 本；所罗门·诺瑟普（Solomon Northup）的《为奴十二载》（*Twelve Years a Slave*，1853）两年内售出了 27000 本。乔西亚·亨森（Josiah Henson）的《乔西亚·亨森的生平，之前是奴隶，现在是加拿大居民》（*The Life of Josiah Henson, Formerly a Slave, Now an Inhabitant of Canada*，以下简称《亨森自传》）等许多畅销的奴隶叙事还在英国重印，不断再版或被翻译成其他文字在欧洲畅销。[①]

3. 公众对奴隶经历的阅读兴趣不断增加，奴隶叙事也成为黑人建构自我的一种方式

19 世纪的奴隶叙事广泛采用了具有宗教情怀的感伤叙事和带有基督教隐喻的叙事模式，符合大多数人生活中对于宗教阅读的兴趣。如在《千里逃亡求自由，或者，威廉和艾伦·克拉夫特夫妇从奴隶制中的逃亡》（*Running a Thousand Miles for Freedom; or, The Escape of William and Ellen Craft from Slavery*，以下简称《千里逃亡》）中，克拉夫特将他逃往北方的旅途比作约翰·班扬（John Bunyan）的《天路历程》（*The Pilgrim's Progress*）。英国福音传教士兼废奴主义者，托马斯·普赖斯（Thomas Price）写作的《摩西·罗珀的冒险和逃跑叙事》（*A Narrative of the Adventures and Escape of Moses Roper*，1837）把罗珀形容成圣经中的约瑟夫和奴隶制的受害者。一些奴隶叙事还采用了《圣经》中的故事和隐喻，引用了宗教识字课本、祈祷手册、赞美诗上面的话语，这些都迎合了福音会的阅读市场。同时，奴隶叙事中囚禁和奴役（captivity and enslavement）的主题、海上冒险和刺激的逃亡经历，以及异国的风情等因素，也促进了销售，从 18 世纪 70 年代到 19 世纪 40 年代，形成了奴隶叙事出版热潮。另外，大部分读者都是具有读写能力的白人，他们对黑人拥有"灵魂"的

[①] Audrey A. Fisch. *American Slaves in Victorian England: Abolitionist Politics in Popular Literature and Culture.* Cambridge: Cambridge University Press, 2000, p.24.

可能性和自我救赎的方式特别关注，当然，也不排除其中的猎奇心态。更为重要的是，奴隶叙事沿袭了西方自传的传统话语模式，成为一种前奴隶建构自我的重要途径。对于西方读者来说，自传作为一种文类，是自西方启蒙运动后兴起的一种"发现自我"的方式。奴隶叙事如何在身份、种族、性别等观念的影响下建构"自传自我"（autobiographical selves）？如何吸纳或偏离这种模式，为自由而书写？这些问题都是奴隶叙事引起人们广泛兴趣的原因之一。

20世纪30年代的联邦作家计划（Federal Writers' Project，简称FWP）采访了美国17个州的2200多名前奴隶，产生了16卷奴隶叙事。[①]联邦作家计划目的是将奴隶对过去的回忆作为史实记录下来，使更多黑人能够发出自己的声音，来重述他们曾经的经历和对奴隶制的看法。在采访记录中，前黑奴受访时的问题涉及"工作、衣食、宗教、反抗、对生病奴隶的照顾、与奴隶主的关系、美国南北战争时期的经历、南方重建时期的经历以及后来的生活模式等"[②]。不过，由于问答形式的限制，黑人在叙述中的主动性也相对减弱，同时奴隶叙事也失去了以往18世纪、19世纪的故事连贯性，体裁也发生了变化，很难被当作文学作品来阅读。

另外，由于当时历史条件的限制以及各种主客观原因，联邦作家计划虽然成功地收录了大量的奴隶口述叙事，让更多的黑人发出了声音，但是这些材料在当时并没有得到学界的重视。最主要原因是学界对这些资料的真实性存疑。保罗·D. 埃斯科特（Paul D. Escott）、C. 范恩·伍德沃德（C. Vann Woodward）、约翰·W. 布拉辛格姆（John W. Blassingame）等几位历史学家都撰文对这一现象进行了详细的分析。总的来说，他们的观点涉及两个方面：第一是真实性问题，第二是质量问题。所谓的真实性问题主要是对访谈内容的核实。埃斯科特认为，这些黑人在接受采访时，或许早已记不清奴隶制时期的事情。截至20世纪30年代，奴隶制已经结束70多年了，这些受访者在奴隶制时期都只是几岁大的孩子，他们当时对奴隶制的感受显然与成人不同，且年代久远，记忆不一定真实。另外，20世纪30年代正是美国大萧条时期，很多黑人的生活比奴隶制时期更差，这也会影响他们对过去的看法。最后，20世纪初期美国南方存在的严重的种族隔离和威胁，使很多受访者不敢说出自己真实的看法。[③]因此，学者们对

[①] C. Vann Woodward. "History from Slave Sources." *The Slave's Narrative*. Ed. Charles T. Davis and Henry Louis Gates, Jr. Oxford: Oxford University Press, 1985, p.49.

[②] Paul D. Escott. "The Art and Science of Reading WPA Slaves' Narratives." *The Slave's Narrative*. Ed. Charles T. Davis and Henry Louis Gates, Jr. Oxford: Oxford University Press, 1985, p.43.

[③] Paul D. Escott. "The Art and Science of Reading WPA Slaves' Narratives." p.41.

这些访谈录的历史价值存有疑问。另外，学者们认为，因技术性问题，采访内容被扭曲，造成这批口述实录的质量隐患。伍德沃德指出当时采访报告的质量参差不齐，这可能是由采访者的偏见、采访流程、方法等造成的问题。[①]布拉辛格姆进一步指出，大多数联邦作家计划的成员都缺乏专业的采访技巧，因此很难获得既有价值又真实的材料。采访者并非是逐字逐句地记录了受访者的回答，而是进行了编辑和改写，这样的内容很有可能失真。[②]当然，由于采访者大多数都是白人，他们对黑人的偏见，以及后者对他们的不信任也都大大影响了报告的质量。

通过对奴隶叙事三个阶段发展的分析，可以看到，由于不同的历史语境，奴隶叙事的目的发生了不同的变化，奴隶叙事的功能也各有不同。然而值得注意的是，奴隶叙事研究和历史语境、政治诉求密切相关。尽管广义而言，奴隶叙事包括18世纪至20世纪的口述和书面类型，但从文类分析和文化功能来看，奴隶叙事主要指19世纪美国南北战争前，前奴隶的自传性书面叙事。奴隶叙事口述形式关注叙述者能否诚挚地讲述自己的经历，关注那些生动并能感动听众的事件；但形式不固定，就容易受到采访者和采访问题的影响，导致叙事变形。书面形式的奴隶叙事在结构和主题上都具有一定的相似性，这保证了研究的稳定性，便于集中分析奴隶叙事的文类特点。从时间上来看，19世纪美国国内围绕蓄奴制存留或废除的问题，在政治、法律、经济和文化领域都有激烈的辩论，并于美国南北战争前达到顶峰。这一期间，奴隶叙事中前奴隶叙述者的亲身经历和记录，作为一种特殊的历史事实证明，具有政治说服力；其中，奴隶叙事使用的修辞、叙述策略和社会功能，都服务于这一意识形态大辩论的目的。因此，本书主要关注19世纪美国南北战争前书面奴隶叙事，选取其中在当时广为流传或具有代表性的叙事，探索其主要叙述策略和功能，以期建立一幅较完整的奴隶叙事群体图像。

二、国内外研究综述

随着黑人文学的复兴及黑人在美国社会争取各种平等权利运动的发展，美国奴隶叙事引起了学术界的普遍关注。

---

① C. Vann Woodward. "History from Slave Sources." p.52.
② John W. Blassingame. "Using the Testimony of Ex-Slaves: Approaches and Problem." *The Slave's Narrative*. Ed. Charles T. Davis and Henry Louis Gates, Jr. Oxford: Oxford University Press, 1985, p.87.

绪言

1. 奴隶叙事国内研究现状

目前国内对奴隶叙事的研究尚处于起步阶段。通过对国内知网（CNKI）的调研，截至2019年12月，以"奴隶叙事"为主题搜索，共有72篇文章，其中只有28篇文章研究奴隶叙事。这些文章包括1篇书评（《黑白之间的流动——评〈剑桥美国非裔奴隶叙事指南〉》）和2篇奴隶叙事比较研究（《奴隶叙事中的性别视角分析——对比研究〈女奴生平〉和〈一个美国黑奴的自传〉》《黑奴自传的传承和发展——〈一个美国黑奴的自传〉和〈一个奴隶女孩的生活事件〉的对比分析》）[①]。两篇文章均简单地比较了道格拉斯的《一个美国黑奴的自传》与哈里特·雅各布斯（Harriet A. Jacobs）的《女奴生平》（Incidents in the Life of a Slave Girl）中书写的视角与主题的异同。其余的文章也都是对雅各布斯的《女奴生平》的研究，包括焦小婷的《用灵魂叙事的人——哈利特·雅各布森〈一个奴隶女孩的自述〉中的叙事伦理学阐释》《一个求索的灵魂——对哈利特·雅各布斯〈一个奴隶女孩的生活经历〉自传叙事的思考》，主要是从伦理学和自传叙事入手来阐释该作品；史鹏路的《〈女奴生平〉中的观视与权力》探讨了奴隶制社会中"观视"行为背后错综复杂的社会关系。庞好农、薛璇子的《双重意识的演绎：评〈一个奴隶女孩的生活事件〉》探讨了《女奴生平》中的双重意识的主题；另外，金莉在《哈里特·雅各布斯的〈一个奴隶女孩的生活事件〉中的颠覆性叙事策略》中也探讨了《女奴生平》的叙述策略，指出雅各布斯借鉴、修正了当时流行的黑人奴隶叙事和白人中产阶级家庭小说等文学样式，因而创作出一个具有颠覆性叙述策略的新型奴隶叙事文本。另外，笔者及笔者所在研究团队的成员方小莉、凌源也发表了对奴隶叙事文类或文本的相关研究。

从以上的分析来看，国内的奴隶叙事应该说还处在起步的初级阶段，目前对奴隶叙事文本标题的翻译也尚未统一。缺乏系统性与整体性都是目前国内在奴隶叙事研究中存在的突出问题。选取的文本范围较小，研究视角相对集中在《道格拉斯自述》和《女奴生平》上，缺乏对奴隶叙事经典文本的整体研究，包括奴隶叙事的叙述策略的相似之处和作家群体特点，对奴隶叙事的文学价值和社会历史意义的挖掘尚不充分。

---

① 雅各布斯的自传国内有的翻译成《一个奴隶女孩的生活事件》，有的翻译为《一个奴隶女孩的自述》，2015年史鹏路翻译全文并译名为《女奴生平》，由上海交通大学出版社出版。这里几篇论文研究对象虽然都是同一个文本，但翻译后的标题却并不一致。

2. 奴隶叙事国外研究现状

国外的黑人奴隶叙事研究主要包括以下几个方面。

奴隶叙事历史研究。美国奴隶叙事产生在特殊的社会历史环境下，它是具体的社会历史语境的产物。盖茨认为奴隶叙事是特殊的社会历史遗产，它由一批极具天赋的逃亡黑人奴隶所撰写，再现了奴隶制下黑人的生活以及自由的意义。在这一点上，奴隶叙事成为美国历史的文献资料，见证了美国历史上残暴的奴隶制时期以及奴隶制度之下黑人非人的生活。奴隶叙事不仅是对奴隶制的一种反抗方式，同时它也与美国的官方历史相互协商与竞争。通过奴隶叙事，黑人用自己的方式记录了历史。因此有许多学者，包括历史学家们都将奴隶叙事、奴隶演讲、采访录和信件当作历史文献来研究。通过对奴隶叙事的研究来考察美国奴隶制时期的经济、政治、文化和奴隶的生活。戴维斯认为奴隶叙事不仅是奴隶历史的基础，也是非裔美国文学史的基础。

创作思想、创作特征研究。从黑人历史、文化、传统、奴隶制、身份等视角出发，评价奴隶叙事的创作状况。奴隶叙事是特殊的历史社会语境下的产物，负载着特定时期外部和奴隶自身的诉求。应废奴主义的要求，奴隶叙事所要体现的思想特征和社会任务包括：①奴隶叙事的叙述者通过个人叙述来揭露奴隶制的罪恶，呼吁废除奴隶制；②奴隶叙事的叙述者通过书写来证明自己作为"人"的存在；③奴隶叙事的叙述者还要满足废奴主义者的修辞要求，这样才有机会出版自传。在多重任务的重压下，美国奴隶叙事虽然各有特色，但基本都遵循特定原则，如斯特林·布兰德（Sterling L. Bland, Jr.）指出，奴隶叙事是废奴主义者争取大众支持的工具，因此它在结构和主题上有大量的相似点。另外，从20世纪60年代开始，黑人民权运动和民主政治运动重新掀起了对奴隶叙事研究的热潮。学界试图重新发现黑人奴隶历史的见证，并致力于奴隶叙事经典的建构，试图将奴隶叙事融入美国的主流话语中。这些研究包括黑人奴隶的"读写能力"（literacy）和自由的关系、奴隶叙事的"文学性"（literariness）与教育性、黑人对自由和束缚的思考、自我和社区关系等的讨论。另外，奴隶叙事中讲故事的方式、音乐、修辞与隐喻的范式等，也成为批评研究的对象。

奴隶叙事文学性研究。20世纪80年代以来，以盖茨为代表的一批学者收集整理了大量奴隶叙事经典文本，作为非裔美国文学的一种叙事文类进行研究。1988年，安德鲁斯发表了著作《讲述一个自由的故事：非裔美国人自传的第一个世纪，1760—1865》（*To Tell a Free Story: The First Century of Afro-American Autobiography, 1760-1865*），从自传写作的传统出发，讨论黑人奴隶自传中叙述风格和修辞目的等和白人自传的异同。菲什在《剑桥美国非裔奴隶叙事指南》中，考证梳理了非裔奴隶叙事的起源，以及非裔奴隶叙事和英美文学传统、非裔美国文学传统之间的关系；研究奴隶叙事的语言、主题，影响奴隶叙事的意识形态、宗教、政治团体和政治哲学等。迈克尔·德雷克斯勒（Michael J. Drexler）和埃德·怀特（Ed White）所编撰的《超越道格拉斯：早期非裔美国文学的新视角》（*Beyond Douglass: New Perspectives on Early African-American Literature*）一书，则研究西方启蒙时期之后兴起的自传文类对于奴隶叙事的影响，以及这些黑人作家如何"为自由而战"，迎合的同时却又偏离了这种文学常规，创造了自己独特的声音。盖茨认可这个观点并讨论了奴隶叙事中的"修辞语境"，他指出，"非裔必须……作为'说话的主体'来表现自己"[①]，而这需要奴隶叙事通过自我书写，才能变为说话的主体（speaking subjects），亦即通过书写来建构自己的存在。非裔美国文学是一种反抗性的文学，而奴隶叙事则是这一文学传统的源头。

文化比较研究。21世纪开始，致力于19世纪美国研究或是美国文学研究的学者们开始关注黑人文化模式与白人文化模式之间的相互影响与交流。学者们将奴隶叙事与流浪汉小说、侦探小说、感伤小说以及白人自传等进行比较研究，考察这几种文类之间的异同，并进行具体文本的比较分析。卡尔·奥斯特洛夫斯基（Carl Ostrowski）撰文讨论了奴隶叙事与城市文化和神秘小说间的关系。珍妮弗·格里森（Jennifer R. Greeson）也发现了城市神秘小说与雅各布斯的《女奴生平》之间的关系。朱利亚·李（Julia Sun-Joo Lee）还讨论了《简·爱》受到的奴隶叙事的影响。菲什在《维多利亚时期英国的美国奴隶：通俗文学和文化中的废奴政治》（*American Slaves in Victorian England: Abolitionist Politics in Popular Literature and Culture*）一文中，讨论了奴隶叙事的双重语境：既需要争取黑人的人权平等，呈现黑人性；也需要面对白人受众，受制于白人社会规约，符合白人文化常规。这种比较研究对黑人奴隶叙事的创作和接受过程有相当精彩的分析。

主题研究。奴隶叙事的首要目的是揭露奴隶制的罪恶，呼吁解放奴隶，废除奴隶制。奴隶叙事不仅是对奴隶制的批判，也是对奴隶个人经历的记录与书写。因此，从奴隶的角度来书写奴隶制及奴隶主的罪恶成为众多批评家们关注的主题。同时，奴隶叙事作为一种反抗性文学也成为大家讨论的焦点。黑人用这种文学形式反抗白人的种族主义污蔑："黑人没有能力创造文学"。由此也

---

① Trev Lynn Broughton, ed. *Autobiography: Critical Concepts in Literary and Cultural Studies*, Vol. 1. London and New York: Routledge, 2007, p.20.

衍生出另一个学者们关注的主题，也是很多奴隶叙事关注的主题：读写能力与自由（literacy and freedom）以及读写能力与权力。在道格拉斯等自己书写的奴隶叙事中，读写能力成为奴隶反抗奴隶制的关键。道格拉斯还将读写能力与自由直接联系起来。由于读写能力曾经是白人的专利，因此奴隶叙事颠覆了过往的认知。大卫·梅斯梅尔（David Messmer）就此讨论了道格拉斯对读写能力的思考。除此之外，奴隶叙事还打破了以往白人作品中的那些程式化的黑人奴隶形象。尤瓦尔·泰勒（Yuval Taylor）指出，奴隶制时期的文学作品中充满了大量规训的、愚蠢的和野蛮的黑人形象。奴隶叙事的作用之一就是要反抗这种种族主义观点。

精神分析、女性主义等多元视角研究。黑奴在奴隶制时期遭到了身体上与精神上的双重压迫，留下了不可磨灭的创伤记忆。因此，心理分析也成为研究奴隶叙事的一种方式。斯坦利·埃尔金（Stanley Elkin）认为奴隶在心理上受到了一个封闭而残酷的体制的迫害，奴隶制就像纳粹集中营一样给奴隶造成了极大的心理创伤。另外，与黑人男性相比，黑人女性书写的奴隶叙事甚少。据统计，在公开发表的黑奴叙事中，大概只有12%的奴隶叙事为女黑奴所书写。与男性黑人奴隶相比，女性黑人奴隶在奴隶制下面对更复杂的局面，她们不仅要面对种族压迫、性侵、失去骨肉、鞭打，同时还要与性别歧视做斗争。因此，许多女性主义者考察奴隶叙事中的女性的声音、母性、姐妹情谊、黑人女性身份以及女性奴隶所受到的性虐待及歧视等。

从以上分析来看，国外的奴隶叙事研究与国内相比更加成熟，既注重主题研究，又关注社会历史背景，同时还结合西方各种批评理论对奴隶叙事进行相对全面的考察，涉及面较广。然而值得关注的是，国外的奴隶叙事研究更多的是各位批评家对不同奴隶叙事文本研究的汇编，缺乏将奴隶叙事作为整体的文类研究；另外，国外研究更加偏向政治和社会背景等对奴隶叙事的影响，偏重故事或自传内容研究，或者将奴隶叙事当作社会历史文献来考证，而忽略了对奴隶叙事的形式方面的研究，即对奴隶叙事的叙述策略研究，也就是对于不同时期的奴隶叙事，对文本中的叙述分层、修辞方法，文本内外的叙述交流，叙述者干预以及奴隶叙事和法律法庭修辞之间的比照，见证功能等叙述策略研究。在研究奴隶叙事的叙述策略时，西方更多的是从理论上来探讨奴隶叙事在结构和主题上的相似点，似乎所有奴隶叙事的叙述者都被动地选择了同一种叙述模式，而忽略了不同时期、不同性别，以及不同叙述者之间在选择叙述策略上的不同，以及奴隶本身在外压下的自主选择性。这些地方也正是本书的切入点。奴隶叙述策略的研究可以建立起非裔美国文学各历史阶段的联系，观察叙事模式的相互影响，了解其文本特征和再现的人物形象，对于非裔美国文学的整体研究具有学术价值和历史意义。

三、研究思路和主要研究内容

本书选取了多篇经典美国黑人奴隶叙事，以及大量同时期的政治言论、访谈、奴隶口述等，研究奴隶叙事作为一门社会话语在政治、经济、种族、意识形态、文学等领域的交换和流通，考察其中的文本要素和叙事元素。从叙事学的角度出发，采用文本分析的方法，研究奴隶叙事的叙述层次、叙事模式和叙事交流等，再现奴隶叙事中对于暴力、伤痛、饥馑、死亡、性侵、犯罪、私刑、种族隔离等社会现实的见证，阐明奴隶叙事的文本特征和见证模式，以期为黑人奴隶历史记忆的传承、黑人文学传统的构建提供一个历史的审美的视角。本书主要从以下视角进行研究。

1. 叙述层次研究

从热拉尔·热奈特（Gérard Genette）、里蒙-凯南（Rimmon-Kenan）等叙述分层理论出发，讨论奴隶叙事中叙述层次的嵌入关系。

叙述分层的概念来自热奈特，主要用于阐释叙述事件与叙述行为属于不同层次的现象，并提出了叙述分层的三个术语：故事外叙事（extradiegetic），故事内叙事（intradiegetic）和元叙事（metadiegetic）。里蒙-凯南则将其定义为超故事层、故事层和次故事层，突出了叙事的话语权。从叙事的层面观察，奴隶叙事包括奴隶声明（标题页）、白人前言或介绍（证明叙述者人格以及其叙述的精确性）和奴隶叙述。这种结构构成了叙事的包孕或嵌入关系，在叙事意义上体现出"黑色信息装在白色信封内"[1]现象。《有趣叙述》创建了黑人第一篇奴隶叙事。1913年，威廉·杜波依斯（W. E. B. Du Bois，常称W. E. B. 杜波依斯）指出伊奎阿诺的《有趣叙述》是"一系列的开始"[2]，这部自传建立了19世纪和20世纪所有奴隶叙事的主要常规：印有作者肖像的书的封皮正面，作者身份的认定，见证，书前的引文（铭文），合乎身份的叙述，和纪实性的证据。伊奎阿诺的第一人称叙述也开创了奴隶叙事见证文类的先河。另外，《温切生平和历险记，一个非洲土著，但在美利坚合众国居住超过六十年，由他自己书写》（*A*

---

[1] John Sekora and Darwin T. Turner, eds. *The Art of Slave Narrative: Original Essays in Criticism and Theory*. Macomb: Western Illinois University Press, 1982, p.5.

[2] Audrey A. Fisch. *The Cambridge Companion to the African American Slave Narrative*. p.44.

Narrative the Life and of Adventures of Venture, a Native of Africa, But Resident above Sixty Years in the United States of America, Related by Himself,以下简称《非洲土著生平和历险记》），使用了"白夹黑"的隐喻，文本意象和书面形式相呼应，反映了白人和黑人对奴隶叙事叙述权之争。

白人所书写的证明构成了超故事层，奴隶叙事的作者成为其中的叙述人物；而奴隶自身的叙述则成为次故事层，其中白人（包括奴隶主、废奴主义者等）又成为其中的叙述人物。两个叙述层面所造成的意义单元的差异和叙述者身份的对换，构成了外（白色）叙事和内（黑色）叙事之间的对话。自传主体的分化也是黑人奴隶叙事的一个不容忽视的特征。通常在自传作品中，叙述主体与写作主体、叙述者和作者是同一的，但从叙事学的角度出发，自传一般都是年长的自我对更为年轻的自我的回顾，这样就产生了叙述主体与经验主体的分离。另一方面，隐含作者的概念也将叙述者跟现实生活中的作家区分开来。在奴隶叙事中，虽然多数作品表明由"作者"本人叙述，但执笔者或编辑常常是白人。从文字的表述和意义的制造方面，也造成了同一性的分裂，构成了不同的文本层次和意义空间。其中，《亨利·比布，一个美国奴隶的生平及冒险，由他自己书写》（The Narrative of the Life and Adventures of Henry Bibb, An American Slave, Written by Himself，以下简称《比布叙事》）中，叙述者的叙述主体和经验主体之间有不同的认知差异，奴隶主逻辑和奴隶逻辑也存在不同性，叙述者巧妙借用黑人传统的魔法隐喻，挪用其认知功能，建立了文本内外和读者的一致性。

由于叙述分层经常能使叙述层次变成一种评论手段，奴隶叙事的超故事层规定了次故事层的修辞语境，如对声音的限制，视角的选用、语言、礼仪的界限，谦卑的自我表现等，作为19世纪评价奴隶叙事的标准。如《布朗叙事》从维多利亚时期的"得体原则"出发，使用了修辞上的低调陈述和委婉叙事，平静中却蕴含着巨大的叙述力量。另外，超故事层叙事权让渡给次故事层，这种话语权的让渡是白人废奴主义者所采取的叙述策略。白人废奴主义者拒绝转述一方面是为了保持奴隶叙事的"真实性"，另一方面也保持了阶层和种族的划分。超故事层叙述者从而可以操控次故事层的话语，预测并控制读者的阐释反应。因为读者很容易为奴隶叙述中的第一人称见证所感动，并产生共鸣。

2. 作者、叙述者和人物研究

从韦恩·布思（Wayne Booth）、詹姆斯·费伦（James Phelan）和申丹等叙事理论出发，观察奴隶叙事中的"我"分别作为作者（现实层面）、叙述者（话语层面）和人物（故事层面）的不同功能，以及其叙述策略所取得的主题意义和修辞效果。

奴隶叙事的作者比较特殊，由于其黑人种族身份和前奴隶的社会身份，以及获得自由后成为废奴主义演说家或废奴运动支持者，他们的叙事往往兼具个人诉求和社会需要的双层意义，造成他们对白人修辞标准的既迎合又颠覆的叙述策略。我们需要从历史、意识形态和文化建构的语境中对奴隶叙事加以解读。在奴隶叙事中，往往出现叙述者干预现象，如《威廉·J. 安德森生平和自述，二十四年为奴；被贩卖8次！被投入监狱60次！！被鞭打300次！！！或美国奴隶制暴露的黑暗行为。含有关于黑人和白人起源的圣经观点。还有，关于在美国废除奴隶制的简单易行的计划。合载着独立战争中有色人种服务的记录——日子和年代，以及有趣的事实，由他自己书写》（*Life and Narrative of William J. Anderson, Twenty-four Years a Slave; Sold Eight Times! In Jail Sixty Times!! Whipped Three Hundred Times!!! or The Dark Deeds of American Slavery Revealed. Containing Scriptural Views of the Origin of the Black and of the White Man. Also, a Simple and Easy Plan to Abolish Slavery in the United States, Together with an Account of the Services of Colored Men in the Revolutionary War—Day and Date, and Interesting Facts. Written by Himself*，以下简称《安德森自述》）中，叙述者干预有三种功能：第一种功能是干预故事层面叙述者对事件的回顾和总结；第二种功能是对故事中叙述者的身份和经历进行解释；第三种功能则是对奴隶的生存状况进行道德批判和价值判断。另外，《艾奥拉·勒罗伊，或阴影退去》（*Iola Leroy, or, Shadows Uplifted*）[①]中的叙事假面，则体现了叙事可靠性的决定要素在于文本外世界。奴隶叙事文本之间的差异、互补、空白和文本外的历史语境相互映照，丰富了文本解读的空间，解答了"为何讲述"的问题。[②]

话语层面的叙述者往往也是故事层面的人物。奴隶叙事从经验的视角出发，叙事内容充满对创伤记忆的反思、内疚、恐惧和绝望，从而将身体记忆、自传或传记、社会历史融合到了一起。前奴隶在奴隶制下，往往饱受奴隶主的折磨，叙述者的叙述充满伤痛的身体体验，在故事层面上建立了前奴隶的身体记忆之场（lieux de mémoire）；他们遭受的暴力和虐待颠覆了南方奴隶主所创造的伊甸园式的庄园传奇。叙述充满大量的插入语和评价、对公开受述者（读者）的呼唤、

[①] 题目为笔者自译，目前国内鲜有文章论及该小说，因而也无固定译名。其中 uplifted 一词本意是提升，但是联系 shadows 一词在小说中对危险的指涉，shadows uplifted 合起来表示危险退去。在翻译中保留 shadows 的阴影原意，最后译为阴影退去。

[②] 许德金：《自传叙事学》，载《外国文学》2004年第3期，第47页。

回忆中的预见、语义模糊等,造成了后创伤叙述困境。这种独特的身体体验和生活经历,创造了具有个性的黑人形象。著名的感伤小说《汤姆叔叔的小屋》(Uncle Tom's Cabin)塑造的汤姆叔叔是具有典型代表意义的温顺的黑人形象。汤姆叔叔的形象深受读者欢迎,体现了宗教的规训力量。《亨森自传》以及亨森之后的多个自传版本中,亨森自觉地模仿虚构人物,通过编辑的刻意打造和自我塑造,形成了黑人奴隶叙事和感伤小说《汤姆叔叔的小屋》的互文,亨森成为现实中的"汤姆叔叔",成为白人主流社会认可的黑人奴隶成功者形象。同时,在奴隶叙事中出现大量对《圣经》、宗教识字课本、祈祷手册、赞美诗、《天路历程》等的指涉,黑人奴隶叙事塑造的这种温顺形象,也是为了迎合白人读者的趣味。但另外一些奴隶叙事,如《道格拉斯自述》中,道格拉斯暴力反抗压迫,和监工科威先生之间的打斗,也成为奴隶叙事中的经典一幕,创造了黑人奴隶英雄形象的原型。《道格拉斯自述》通过人物形象的变化,反映了奴隶自我发展、自我塑造的力量。另外,《比布叙事》等还创造了黑人机灵鬼等形象,打破了以往在白人作品中的那些黑人奴隶形象的程式化,成为新奴隶叙事时期"叙事重写"的人物原型。

3. 见证式叙事模式研究

奴隶叙事对法庭及宗教的见证模式(mode of testimony)的模仿,提供了另一种对奴隶叙事功能讨论的视角。奴隶叙事模仿了宗教和法庭的见证模式,以真实的处境和文件式的证据,提供了叙事的真实性(truth value)。从社会话语的角度来看,奴隶叙事提供了一种先前不为人所知的一个阶层生活境况的知识(knowledge)。奴隶叙事模仿了法庭的见证模式和话语,涉及法庭文件的大量术语,如解放证(free paper)、路条、请愿书、法庭证词(deposition)、买卖奴隶的账单、身份证明的副本、主人签名、信件等,不仅使奴隶制成为伦理道德的问题,也成为法律的事务。众多的奴隶叙事文本都再现了多种证据链。如在诺瑟普的《为奴十二载》中,法庭对控辩双方证词真实性的审核,从见证的法律意义上,为奴隶叙事真实与否、虚构和历史的关系提供了研究的空间。另外,奴隶叙事的作者不仅提供了他们自己亲身经历的事件,还提供了他们亲眼所见或亲耳听到的周围的亲戚、朋友遭受非人待遇的事实,成为一份"目击证人"报告(eyewitness account)。可以看到,奴隶叙事中充斥着各种不同的社会声音。既有丹尼尔·亨德利(Daniel Hundley)《我们南方各州的社会关系》(Social Relations in Our Southern States)和托马斯·杰斐逊(Thomas Jefferson)《弗吉尼亚州备忘录》(Notes on the State of Virginia)等对南方奴隶制的辩护,也有布克·华盛顿

（Booker Washington）《从奴隶制中奋起》（*Up From Slavery*），厄图巴·古爪诺（Ottobah Cugoano）《关于人类奴隶制和商业中罪恶和邪恶贸易的看法和观点》以及《关于奴隶制罪恶的看法和观点》等对奴隶制的指责。另外，奴隶叙事对奈特·特纳起义、《逃奴法案》（*Fugitive Slave Act*）、地下铁路、美国南北战争、黑人解放宣言等重大历史事件的见证，也是奴隶叙事的社会功能之一。

  总的说来，奴隶叙事的叙述层次构成了丰富的文本层次和意义空间，其中作者和读者、叙述者和受述者、白人编辑和黑人作者之间的复杂关系构成了多元的文本世界和叙事交流，并以见证的叙事模式，暴露了奴隶制的残酷和奴隶的悲惨遭遇，代表着公众领域中一种新的声音，再现了奴隶这个沉默的、被压迫的阶级的集体认识。本书从整体研究的角度出发，探讨文本内部和文本之间的叙事交流及其所再现的黑人奴隶集体创伤记忆，不局限于单个作家的单个研究，这对于宏观把握美国黑人文学的研究具有现实意义。其中，对于奴隶叙事的叙述层次的划分和作者、叙述者、人物等的讨论，是研究的重点；而对于奴隶叙事中见证模式和叙事交流的探讨，既是本书的难点，也是创新点之一。本书3位作者撰写字数如下：王欣撰写20.8万字，张恒良撰写6万字，郝富强撰写6万字。方小莉、凌源为本书文献整理做了大量工作。本书在写作过程中得到了四川大学外国语学院领导和同事的关心和帮助，他们使这项研究工作变得愉悦，也让我在自己的研究中找到了工作的价值。谢谢各位老师和同事！

第一章

美国奴隶叙事语境与文类研究

21世纪的今天,人们很难将美国的创始和蓄奴制联系在一起。然而,埃里克·森德奎斯特(Eric J. Sundquist)指出:"从17世纪到19世纪,自由的理想和蓄奴制是同时在美国兴起的。"①纳撒尼尔·霍桑(Nathoniel Hawthorne)在《略议战争》(*Chiefly about War Matters*)中指出,"五月花号"将朝圣者带到普利茅斯海岸的同时,也将"奴隶散播在南部的土壤之上"②。早期的清教徒不仅从欧洲大陆带来民主使命感和政治理想,也带来文明的黑暗之花——美国从殖民地到南北战争的300年历史中,奴隶贩卖和蓄奴制都是经济暴富的主要来源之一。在欧洲帝国主义扩张的同时,非洲土著成为殖民者贪婪掠夺的对象,被当作货物卖到美洲。美国的开国先贤们,包括托马斯·杰斐逊,乔治·华盛顿(George Washington)等都曾蓄养奴隶,可以说,美国历史浸透着奴隶的血泪和汗水;这也形成了美国历史上关于蓄奴制的话语交锋。

第一节 自由和奴役:19世纪蓄奴制话语之争

一、自由和奴隶制的话语矛盾

奴隶制和人类文明一样古老久远。在18世纪,自由与奴役经常并列成为"社会中幸福与悲惨的两个极端"③。尽管18世纪启蒙运动在欧洲大陆掀起了文艺复兴以来的第二次思想解放潮流,自由进步、天赋人权的思想广为传播;但英

---

① 萨克文·伯科维奇:《剑桥美国文学史(第二卷):散文作品1820年—1865年》,史志康,等译,北京:中央编译出版社,2008年,第242页。
② 同上条文献,第242页。
③ 埃里克·方纳:《美国自由的故事》,第58页。

国、法国、荷兰这些国家却同时深深地卷入了大西洋奴隶贸易之中,并将其带到了英属北美辖地。波士顿的商人内森·阿普尔顿说:"当一个英国人描述他可能遭遇到的最大祸害时,没有什么能比一个非洲奴隶的地位更让他感到恐惧的了。"① 到美国南北战争之前,奴隶制在美洲已经普遍存在,在马里兰州以南的社会中,奴隶制构成了南方经济和社会结构的基础。尽管启蒙思想家巴伦·孟德斯鸠(Baron de Montesquieu)、大卫·休谟(David Hume)、亚当·斯密(Adam Smith)等都认为奴隶制在道德上是堕落的,在经济上也是低效的,但对于许多美国人来说,拥有奴隶是快速实现经济独立的途径,并且"几乎没有人……怀疑奴隶制的正当性和正确性"②。1780年,弗吉尼亚州颁布法律,规定所有参加过独立战争的退伍军人,都可以得到300亩土地和一个奴隶的奖励。来自弗吉尼亚州的托马斯·杰斐逊,在《独立宣言》中强调"人人生而平等,造物主赋予他们若干不可剥夺的权利,其中包括生命权、自由权和追求幸福的权利"③,但同时,他却是拥有100多名黑奴的奴隶主。亚当·斯密曾经指出,在一个共和政体内,要废除奴隶制将十分困难,因为"制定国家法律的那些人本身就拥有奴隶"。事实上,美国从1789年到1848年的16次总统选举中,除了4次之外,其余入主白宫的总统皆是奴隶主。④

美国独立运动对天赋人权的追求,其中最重要的就是追求政治自治权和财产不受政府侵犯这两条原则。美国从建立之初对自由和奴役概念就有两种标准,一方面认为美国追求自由等同于反抗英帝国的压迫,帝国殖民被视为对美国人的奴役;另一方面却认为,"要求奴隶主放弃他们拥有的奴隶财产,将如同把奴隶主本身降低到受奴役的地位"⑤。因此,独立战争结束后,奴隶的人数不降反升。1790年进行的第一次全国人口普查显示,奴隶人口从1776年的50万人增长至70万人。⑥ 1794年,法国国民大会宣布废除奴隶制,海地独立运动以及拉丁美洲国家的解放者们追求的奴隶解放,撼动了大西洋世界的奴隶制;但唯独在美国,新的国家的诞生没有削弱奴隶制的存在,反而增强了奴隶制的生命力。

自由和奴役在美国建立之初就成为话语矛盾的焦点。1776年,著名的牧师

---

① 埃里克·方纳:《美国自由的故事》,第58页。
② 同上条文献,第63页。
③ J. 艾捷尔:《美国赖以立国的文本》,赵一凡、郭国良译,海口:海南出版社,2000年,第26页。
④ 埃里克·方纳:《美国自由的故事》,第68页。
⑤ 同上条文献,第63页。
⑥ Edgar F. Smith. *Priestley in America 1794-1804*. Philadelphia: P. Blakiston, 1920, pp.35-37; U.S. Department of Commerce, Bureau of the Census. *Historical Statistics of the United States* (2 Vols. Washington, D.C., 1975), p.14.

莱缪尔·海因斯敦促美国人"扩展"自由的概念。他指出，如果自由真的是全人类的天赋人权，那么"即便是一个非洲人，他也与英国人享有同样的自由权利"①。马萨诸塞州的前王室总督托马斯·哈钦逊也质问道，"如果[独立宣言列举的]这些权利绝对不可被剥夺"，那么美国人"剥夺非洲人的自由权和追求幸福的权利"又如何解释呢？② 独立战争同时也点燃了奴隶们获得自由的希望。1773年，黑人奴隶们曾向新英格兰地区法院和立法机构提出"自由的诉求"。这群新英格兰的奴隶们在请愿书中宣称："我们没有财产！我们没有妻室！我们没有孩子！我们没有城市！我们没有国家！"③ 对于黑人奴隶而言，奴隶制剥夺了他们一切享有自由的权利，黑人女诗人菲利斯·惠特利（Phillis Wheatley）在1783年写道，我对自由的热爱，来自于被强行从非洲海岸抢夺过来的"残酷命运"。尽管倡议自由的美国宪法建立了美国独立以来的自由意识形态基础，但却要求国会在20年内不得废除从非洲进口奴隶的贸易，奴隶贸易得以维持到1808年。南卡罗来纳州和佐治亚州在奴隶贸易终止前的20年时间里，进口了约9万名非洲奴隶。这样做一方面是为了补充独立战争期间逃亡的奴隶，另一方面也是为了给不断扩展的棉花产业提供劳力。

奴隶制所代表的首先是奴隶主的经济利益。就经济形态而言，美国南部的种植园奴隶制基本上是商品经济，以生产剩余价值为主要目的，但由于采用了奴隶制，排除了自由雇佣劳动，因而和资本主义有本质的区别。1793年康涅狄格州伊莱·惠特尼发明了轧棉机，极大地提高了棉花纤维脱籽效率，这项发明对南方的种植园经济有重要的作用。马克思曾论述惠特尼轧棉机的效率和历史意义："在这项发明之前，一个黑人最紧张地劳动一整天未必能清拣出一磅棉花。而Cotton-gin发明以后，一个老年黑人妇女一天就可以轻易地清拣出50磅棉花；后来机器逐渐改进，效率又增一倍。美国植棉业的桎梏这时便被粉碎了。"④ 轧棉机的发明，使棉花的收益剧增。19世纪20年代到30年代，南方蓄奴制各州的棉花产量增长迅速，十年间增长约10倍，占据世界棉花总量的四分之三，成为当之无愧的棉花王国。奴隶主阶级因而疯狂地向西部扩张，建立新的蓄奴州，奴隶的需求量也随之增大，大量种植园的出现令奴隶价格疯涨，奴隶贸易日益猖

---

① Edgar F. Smith. *Priestly in America 1794-1804*. p.65.
② 同上条文献，第61页。
③ Ruth Bogin. "'Liberty Further Extended': A 1776 Antislavery Manuscript by Lemuel Haynes." *William and Mary Quarterly*, Vol. 40, No. 1(January, 1983): 85-105.
④ 马克思、恩格斯：《马克思恩格斯全集》第15卷，中共中央马克思、恩格斯、列宁、斯大林著作编译局译，北京：人民出版社，1963年，第368页；转引自《美国通史》第332页。

獗。尽管1807年国会通过了国际奴隶贸易禁令，奴隶走私仍然有增无减。

19世纪上半叶植棉业的飞速发展，形成了以美国南部为中心的"棉花地带"，包括南卡罗来纳州、佐治亚州、亚拉巴马州、密西西比州、阿肯色州、佛罗里达州北部、田纳西州西部、得克萨斯州东部和北卡罗来纳州部分地区，总面积达到40万平方英里①。美国棉花产量在世界棉花总产量中所占的比重在1791年为0.4%，1860年已达到66%。② 美国南北战争前，南部出口的棉花为1.02亿美元，约占出口额的85%，占世界棉花供应的3/4。1859年到1860年，南部棉花供应英国2 344 000包，供应欧洲大陆1 069 000包，供应美国本土943 000包。③ 1820年左右，波士顿以北的梅里马克流域也兴起许多工业城镇——黑弗里尔、劳伦斯、洛厄尔等，这些城镇以南方的棉花为原料，制成产品后，连同其他机器零件、橡胶制品等再卖给南方，南北形成双向经济流通。E. N. 艾略特（E. N. Elliot）编纂的《棉花是国王，以及支持奴隶制论述》（*Cotton is King, and Pro-Slavery Arguments*，1860）强调了棉花王国和美国南北双方以及欧洲市场之间的关系。

二、人种论和伊甸园论

庞大的棉花王国建立在对黑人奴隶的残酷榨取和剥削之上。奴隶主阶级为奴隶制的辩护因而也成为对其经济利益和政治利益的维护。1829年，南卡罗来纳州州长斯蒂芬·米勒（Stephen Miller）在致州议会的咨文中宣称，"奴隶制不是一桩国家祸害；相反，它是一宗国家利益"④。这种论调，成为奴隶制辩护的主要辞令。南方的经济学家从各方面证明奴隶制经济的优越性，断定奴隶劳动是南方的经济发展和繁荣所必需的。威廉·沃克（William Walker）在《尼加拉瓜的战争》（*The War in Nicaragua*，1860）中写道，只有以奴隶为基石的社会才能给资本主义奠定坚实的基础。蓄奴制在政治和经济两方面都是有益的，而在人类发展上，白人把非洲人带到新世界，教他们"生活的艺术"并赋予他们"真正宗教的不可言喻的幸福，只有这样，创造黑人种族时的智慧和天赐的经济优越性才能

---

① 1英里≈1.61千米。

② Duncan Rice. *The Rise and Fall of Slavery*. London: Routledge, 1975, p.290.

③ 张友伦主编：《美国通史（第二卷）：美国的独立和初步繁荣 1775—1860》，北京：人民出版社，2002年，第334页。

④ William M. Wiecek. *The Sources of Antislavery Constitutionalism in America, 1760-1848*. Ithaca: Cornell University Press, 1977, pp. 180-181.

光辉四射、熠熠生辉"。①

为了维护奴隶主的经济利益，美国南方蓄奴州制定法令，将黑人作为奴隶主的"财产"，可以随心所欲地驱使、打骂、拍卖。奴隶制和自由之间的矛盾让奴隶主不断地寻找理由，为奴隶制辩护。18世纪和19世纪流行的环境决定论和人种论，逐渐发展成为种族主义。南方的政治家、牧师等从宗教的角度维护奴隶制的合法性，声称高等人对低等人的统治是人类生存的"一条基本法则"。认为按照等级制度，"人类社会由不同级别和秩序组成"，南卡罗来纳州的一位长老会牧师说，奴隶制是"神意安排"的世界的一部分。② 南卡罗来纳州参议员詹姆斯·亨利·哈蒙德（James Henry Hammond）在1858年提出了社会秩序论证，声称黑人奴隶属于"草芥之命"，他们是一个"比自己低贱的种族，但脾气很好，精力充沛，温和驯顺，能忍受恶劣的气候，能解决主人的任何要求……通过'人类的共识'发觉他们是奴隶，按西塞罗的话说，这是自然定律的最好证据"③。

奴隶制的迅速发展和南方奴隶制经济的繁荣，形成和巩固了南方统治阶级，不可避免地兴起了一种维护奴隶制的意识形态。1830年之后，随着自由和奴役的争端逐渐加剧，亲蓄奴制的卫道士开始放弃自由和平等的理论，而转向认为奴隶制是一个有机的等级社会的基础。乔治·菲茨休（George Fitzhugh）认为，奴隶制只适用于黑人，他们永远只能是"长不大的孩子"。他认为："普遍自由远不是人类世界的一种自然状态……只有奴役状态才是'文明社会'的普遍的……正常的和自然的基础。"④穆勒在他的经典著作《论自由》（1859）中这样定义，自由只适合智能发育成熟的人类。不成熟的人类包括了儿童、妇女和那些还不"文明"的种族。⑤对于穆勒来说，这些人没有具备足够的成为民主社会公民所必需的素质。亲蓄奴制的观点将黑人两极化：一种是"幼儿化"，这种观点把黑人比作"淳朴的孩子"；另一种是"魔鬼化"，这种观点认为黑人身上的兽性大于人性，一旦不加控制，就会兽性大发，无恶不作。南方奴隶主的种族主义倾向更为极端，威廉和玛丽学院的政治法律教授，后来的校长托马斯·R.迪尤（Thomas R. Dew）曾在1832年发表的"废除黑奴制"（"Abolition of Negro Slavery"）中，谴责废奴主义者的宣传"破坏了财产权和社会秩序及稳定"，"革命的权利"对那些"完全不适合自由和自治政

---

① 萨克文·伯科维奇：《剑桥美国文学史（第二卷）：散文作品1820年—1865年》，第254-255页。
② 埃里克·方纳：《美国自由的故事》，第105页。
③ 萨克文·伯科维奇：《剑桥美国文学史（第二卷）：散文作品1820年—1865年》，第252页。
④ George Fitzhugh. *Sociology for the South: Or, The Failure of Free Society*. Richmond: Nabu Press, 2001, pp. 238-239. 转引自埃里克·方纳：《美国自由的故事》，第106页，注释1最后一条。
⑤ 埃里克·方纳：《美国自由的故事》，第114页。

府"的人根本不存在。①迪尤的观点代表了南方奴隶主在南北辩论时的极端观点：黑人不是婴儿就是野兽，一旦自由便不知如何是好。自由对于他们来说，是可怕的事情，因为他们失去了主人的照顾，同时也会失去控制，发泄兽性。

建立在种族主义基础上的亲蓄奴制主要沿用了18世纪流行的人种论来论证这种黑人人种观。欧洲作家约瑟夫·高必纽（Joseph Arthur de Gobineau）撰写的《种族的道德和智力多样性》（The Moral and Intellectual Diversity of Race, 1856），塞缪尔·莫顿（Samuel Morton）发表的《亚美利加颅骨学》（Crania Americana, 1839）和《埃及颅骨学》（Crania Aegyptiace, 1844），依据头骨和身体大小，想象并划分各种人种的智力水平。阿拉巴马医生约西亚·诺特（Josiah Nott）则根据这种人种学理论，推断出人类发展的多元化观点：不同的人类种族，由于起源和智力不同，因而趋向不同的发展，适用于不同的伦理和政治规则。诺特在其著作《人类类型》（Types of Mankind, 1855）和《白人和黑人种族博物学两讲》（Two Lectures on the Natural History of the Caucasian and Negro Race, 1844）中，更是提出，在自然等级制度中，黑人排在白种人和猿类之间：

> 对解剖学家来说，布须曼人或黑人和白人之间的差异比狼、狗和鬣狗之间骨骼的区别还要大……将黑人的历史（虽说不太完美）追溯到4000年前我们就可以知道：那时黑人已经拥有现在他所有的全部身体特征。我们大有理由相信那时的黑人和现在的黑人在道德和智力水平上已完全相同……大自然给予他们低人一等的构造，地球上所有的力量都无法令他们脱胎换骨。②

蓄奴制的人种说主要贬低了黑人的智力和理性，这种观念可以在许多文学家，如爱伦·坡等的作品中发现。爱伦·坡的《莫尔格街谋杀案》（Murders in the Rue Morgue）故事中的凶犯，就是一个野性的暴虐的黑人形象。宣传南方种植园伊甸园神话的经典作品当属约翰·肯尼迪（John P. Kennedy）的《燕子粮仓》（Swallow Barn, 1832），其中主要描写弗吉尼亚生活文学，为南方辩护。③书中对弗吉尼亚黑人的描绘充满人种论的理想色彩："他们热爱阳光，举

---

① 萨克文·伯科维奇：《剑桥美国文学史（第二卷）：散文作品1820年—1865年》，第245-246页。
② 同上条文献，第250-252页。
③ 肯尼迪做过海军部长，他的政治著作包括《威廉·沃特生平回忆录》《辉格党之辩》，还曾经帮助爱伦·坡在《南方文学信使》杂志社中谋得职位，并亲为后者的短篇小说《瓶中手稿》颁奖。肯尼迪的《燕子粮仓》采用小说试随笔的方法，以一位北方游客的视角，略带同情和嘲讽地写下所见所闻，把种植园主描绘成一位贵族式的乡绅。该书发表于奈特·特纳叛乱（Nat Turner's Rebellion, 1831）之后，旨在缓解蓄奴制的矛盾，让人心情平静，让南北双方放弃纷争，回归和平。同上，第252页。

止慵懒……可能就像一群水龟趴在磨坊水池的圆木上一样，沐浴着夏日温和的阳光，悠然自得。"肯尼迪的《燕子粮仓》影响极大，书中塑造的南方种植园主仁慈的家长形象和严厉却不失温和的家长作风，建立了南方种植园伊甸园的形象。这种家长制的庄园神话很快风靡一时，尤其当斯托夫人（Harriet Beecher Stowe）的《汤姆叔叔的小屋》发表之后，大批捍卫种植园神话的小说纷纷发表。如罗伯特·克里斯维尔（Robert Criswell）在《汤姆叔叔的小屋与白金汉宫》（*Uncle Tom's Cabin Contrasted with Buckingham Hall*，1852）中，指责了废奴主义的言论，认为种植园的生活相比北方的腐败堕落，更为体面和浪漫。约翰·W. 佩吉（John W. Page）在《弗吉尼亚有小屋的罗宾叔叔与波士顿没有小屋的汤姆叔叔》（*Uncle Robin, in His Cabin in Virginia, and Uncle Tom without One in Boston*，1853）中，则虚构并对比了南北两位黑人的生活：一位获得自由的黑人汤姆叔叔在波士顿流离失所；一位在南方的罗宾叔叔则有人照顾。W. L. G. 史密斯（W. L. G. Smith）在《南方的生活；或，汤姆叔叔的小屋的背后》（*Life at the South; or, "Uncle Tom's Cabin" As It Is*，1852）书中，描写了一位南方逃奴虽然在北方获得了自由，但却贫病交加，颠沛流离，最终回到他的"主人、父亲、家园"，回到了主人的弗吉尼亚庄园中，得到了照顾、安宁和幸福。这些小说都从道德立场上谴责了让孩童般的黑人奴隶妄想自由而导致他们失去父亲般的种植园男主人的指引和慈母般的种植园女主人的照顾，认为废奴主义的言论不仅造成了种族之间混血的可能，而且抛弃了白人对黑人奴隶的责任，让黑人奴隶在道德操守上放任自流，给自己和社会都带来破坏。

另外，在宗教和文学领域内，亲蓄奴制的论述家援引《圣经》，认为蓄奴制来源于三点：第一，黑人先祖为海姆之子迦南，其父曾诅咒他"沦为兄弟们的奴隶"；第二，摩西律法认可蓄奴制；第三，《新约》中保罗命令佣人服从主人，耶稣也没有任何谴责蓄奴制的言语。其他南方知识分子如乔治·菲茨休、威廉·哈珀（William Harper）、休·斯温顿·勒加雷（Hugh Swinton Legare）和詹姆斯·D. B. 德鲍（James D. B. De Bow）等，创办的南方期刊特别是文学杂志则大量引用蓄奴制的观点，证明黑人奴隶在种族上的低劣性。在种植园蓄奴制经济中，种植园类似于"家庭式"的乌托邦，只有依靠奴隶主的照顾和抚养，黑人奴隶才能成长并得到道德的教诲。菲茨休认为"奴隶有工作能力时必须为主人工作；但主人在任何时候都必须供养奴隶……荫护之下不愁供给，大可将自由交换出去"。菲茨休援引上帝认可蓄奴制的观点，认为"奴隶也属于家庭的圈子……主人和奴隶的利益系在一处，各就各位，恪尽其职，为彼此的快乐奉献着自己应尽的努力"①。这些人种论的观点，认为白人天生比黑人优秀，并构建了各类人种各安其命、各尽其责的社会理想形态，成为南方蓄奴制自我辩解的根据。所以，在美国南北战争以前，在南方蓄奴制论述中，种植园通常成为一种"伊甸园"式家庭式家长式理想，用以反对北方废奴主义对南方奴隶制经济的攻击。美国南北战争前的种植园在南方奴隶制经济基础上，衍变为一种农业理想，建立在土地享有权和南方的骑士风范和道德仪式上。甚至在第一次世界大战后，1929年南方知识分子以《我将采取我的立场》(*I'll Take My Stand: The South and the Agrarian Station*)中，仍然坚持把老南方塑造为一个以土地为基础，具有社会责任感，坚持礼仪、秩序的理想社会；而与之对比的，是北方的金融资本带来的掠夺性，不负责任的生活。代表北方的谢尔曼将军，则成为艾略特笔下分裂人格的典型：一个本质善良、具有绅士风度的、慈爱的父亲，因为缺乏以土地为基础的、有联系的传统，在压力下变成一个暴虐残忍的统治军队的领袖；或者说，南方的失败成为一个失乐园的形象。

三、政治与社会语境：《妥协法案》和斯科特诉桑福德案

亲蓄奴制的言论除了在人种论基础上的种族主义论点之外，还从经济和政治方面为蓄奴制辩护，认为从美国独立的历史来看，民主革命赋予了美国在新世界扩张领土的道德权利；自由契合南方的理念，蓄奴制相比北方工业的劳工奴役制度，更为仁慈，而不是堕落。曾出任国防部长、美国副总统的亲蓄奴制代表约翰·卡尔霍恩(John C. Calhoun)在其发表的《南卡罗来纳的宣言和抗议》(*South Carolina Exposition and Protest*)和其遗作《政府专论及论宪法和美国政府》(*A Disquisition on Government and a Discourse on the Constitution and Government of the United States*)中认为，自由和秩序不可分割，上等人和下等人的社会秩序是悉心规划的社会特征，一部分人比另一部分人更适合享有自由。卡尔霍恩反对废奴主义，认为后者非法扩大了联邦职能，"将自由加在危险之上，自由就变成危险"。②卡尔霍恩的观点代表了南方亲蓄奴制的政治理论观点：蓄奴制并没有对抗美国的自由之本，反而是支持自由、保障自由的主要体制。作为卡尔霍恩的朋友，曾任美国总统的约翰·昆西·亚当斯(John Quency Adams)对奴隶制却十分痛恨。1820年，他就《密苏里妥协案》[*Missouri Compromise*，以下简称《妥协法案》]和卡

---

① George Fitzhugh. *Sociology for the South; or, The Failure of Free Society*. pp.238-242.
② 萨克文·伯科维奇：《剑桥美国文学史（第二卷）：散文作品 1820 年—1865 年》，第 248-249 页。

尔霍恩发生争辩,在日记中写道:"奴隶制是北美联邦身上一个巨大的、散发着恶臭的污点,值得最崇高的心灵来思考可以将其彻底废除。"①

1800 年之后,新加入联邦的各州,除缅因州之外,选举权都限于白人公民。即使在纽约州和宾夕法尼亚州,自由黑人的投票权也受到极大的限制,或是被彻底取消。1821 年,纽约州制宪大会取消了对白人选民的财产资格限制,却将黑人选民的财产资格提高到每人 250 美元,远远超出了黑人居民的经济能力。黑人几乎完全丧失了公民基本权利。1837 年,宾夕法尼亚州制宪大会上一位代表声称,美国是"一个白人的政治社会"。明尼苏达州的一位政治代表则认为,黑人是外来者,不是美国人,是"我们中间的侵入者"。②截至 1819 年,美国联邦蓄奴州和自由州各占一半,分别有 11 个蓄奴州和 11 个自由州,自由州和蓄奴州的数目相等,双方在参议院的席位也相等。1820 年,密苏里州申请以蓄奴州加入联邦,这就将打破北方自由州和南方蓄奴州双方力量在参议院的表决平衡,对蓄奴州的政治权利有利。美国政坛因此争论不休,1820 年 3 月 6 日,双方达成了暂时的妥协,最后形成了《妥协法案》,密苏里州将被接受为蓄奴州,而曾是马萨诸塞州一部分的缅因州将作为自由州加入联邦。在密苏里南部边界,即北纬 36°30′ 以上的路易斯安那州的其余地区,奴隶制将受到禁止。但同时,其中第八款规定,"从合法实行苦力与劳役的美国任何州或领地逃到该州的任何人,其主人可合法要求将其归还"③。《妥协法案》将美国内部蓄奴制和北方自由州的政治对立和经济对抗冲突上升到一个新的高度,全国人民都投入了激烈的争辩之中。不少有识之士意识到这是美国内乱的先兆。《妥协法案》颁布后,曾任美国总统的托马斯·杰斐逊认为:"《妥协法案》就像夜晚的一个火警……我立刻意识到那是联邦的丧钟……地理分界线与道德、政治上的原则重叠。一旦它产生并阻塞人们的愤怒情绪,那将再也消除不了;而且每触犯它一次,便会加深一层积怨。"约翰·昆西·亚当斯则认为:"这只是个序言——一个伟大悲剧的开端而已。"④

《妥协法案》使南部奴隶主的土地要求得到满足,南北双方在参议院的席位保持平衡。表面上南北之间的尖锐矛盾暂时缓和,其中约定以密苏里北部边界为界,以南地区允许奴隶制,以北地区禁止奴隶制,但允许逃奴追缉法的实施。这

---

① 约翰·史托弗:《巨人:弗雷德里克·道格拉斯与亚伯拉罕·林肯平传》,杨昊成译,北京:东方出版社,2011 年,第 256 页。
② 埃里克·方纳:《美国自由的故事》,第 120 页。
③ J. 艾捷尔:《美国赖以立国的文本》,第 110 页。
④ 同上条文献,第 108 页。

其实是保护了蓄奴制。1850 年，美国国会通过了《逃奴法案》，更加激化了矛盾。在这个背景下，1857 年，美国发生了著名的斯科特诉桑福德案。黑人奴隶德雷德·斯科特（Dred Scott）于1795 年出生于弗吉尼亚州，1834 年起，斯科特跟随主人约翰·埃默森（John Emerson）先后在自由州伊利诺伊和威斯康星居住过4 年，1838 年重新回到密苏里州。1843 年埃默森去世后，斯科特成为埃默森夫人的财产，并由其弟约翰·桑福德（John Sandford）任财产管理人，即斯科特的主人。1846 年，在废奴团体的帮助下，斯科特向密苏里州的地方法院起诉，要求获得自由；理由是自己跟随前主人埃默森曾在自由州居住过 4 年，因此斯科特在自由州时已经获得自由。1850 年，密苏里州地方法院做出对斯科特有利的初审判决，但现任主人桑福德上诉到密苏里州最高法院后，地方法院的判决又被推翻。斯科特不服判决，最终将案件上诉至联邦最高法院。

经过一年左右的审判，1857 年 3 月，联邦最高法院终于以 7 比 2 的投票驳回斯科特的上诉。最高法院是美国最高仲裁单位，法院裁定：奴隶身份不因其迁入自由州而自动改变，因此斯科特一直未能成为自由人。由于黑人不是美国公民，所以他也没有权利在联邦法院上诉。首席法官罗杰·托尼宣布："黑人没有白人应予尊重的权利，黑人奴隶系其主人的财产，这一财产权在宪法中得到明确肯定。"托尼认为，美国公民权最初来自于联邦宪法的生效，当时 13 个州的公民自动成为美国公民。但在当时，黑人只是奴隶主的财产，无法获得公民身份。此后，尽管北方自由州解放黑奴，但此时授予美国公民身份的权力已经属于联邦政府，这些成为州公民的黑人已无法成为美国公民。所以斯科特不是美国公民，不具备在联邦法院诉讼的资格。

斯科特诉桑福德案的裁决对"公民"这样定义道："美国公民与'公民'是同义词……抗辩中所描述的那些人，是否构成这'人民'的一部分，并且是这主权的组成成员？我们认为他们不是……他们[奴隶]在那时就被看成是一个从属的卑微种族，长期屈从于占统治地位的种族。他们是否得到解放，仍取决于他们的掌权者。"这段判词最终宣布："奴隶系其主人的财产，这一财产权在宪法中得到明确的肯定。奴隶被当作普通商品和财产一样买卖，每州公民保证有二十年的奴隶买卖权。如果奴隶从其主人那里出逃，政府明确承诺将来任何时候都将保护主人利益。"① 斯科特诉桑福德案在美国引起轩然大波，成为党派争论的焦点。这一判决意味着奴隶制在任何地方都不受禁止和限制，其后果在于使奴隶制在美国全国范围内合法化。判决书发表之后，引起了北方自由州的广泛和强烈的

---

① J. 艾捷尔：《美国赖以立国的文本》，第 147-151 页。

抗议，弗雷德里克·道格拉斯曾猛烈抨击对该案的判决，预言"它可以成为拔除奴隶制、赢得成百上千万更多的北方人支持反奴隶制事业的一股浪潮"①。

事实上，斯科特诉桑福德案否定了1820年国会通过的《妥协法案》，认为奴隶属于奴隶主，即便斯科特在自由领地上生活过，奴隶地位也不会因为这种居住而改变。1859年，曾经担任美国驻西班牙大使、联邦军的将军、参议员和内政部长等职务的卡尔·舒尔茨（Carl Schurz），在马萨诸塞州竞选参议员时发表的言论认为美国的伟大正在于《独立宣言》中，革命元勋们从"天赋人权"的角度出发，提出争取独立的要求，并遵循这个原则，建立了国家体制。但他指出了偏离这一原则的后果："请看蓄奴各州。那里有一个阶级的人被剥夺了天赋权利……奴隶制度和奴隶主统治的暴虐风气像毒汁般渗透了他们的整个政治生命。他们害怕自由，唯恐自由的精神感染他人。蓄奴制奴役了奴隶也奴役了奴隶主。"②舒尔茨呼吁，政府一旦企图在有限的领域内压制自由，就会不可避免地扩大其压迫的范围；政治权利不能为一个集团或者一个阶级所独有。1859年10月，约翰·布朗（John Brown）在弗吉尼亚州发动了反奴隶制武装起义，策动黑人奴隶大批逃亡。弗吉尼亚州州长和罗伯特·李（Robert Lee）亲自参与了围攻，布朗等被俘虏并于12月被判处死刑。布朗起义进一步加剧了蓄奴制之争，1860年美国总统大选，亚伯拉罕·林肯（Abraham Lincoln）当选为美国历史上第十六任总统，蓄奴州认为，共和党执政意味着会通过联邦立法，产生更多的废奴运动、更多的逃亡奴隶，更多的人身自由法令，甚至更多的布朗起义。因而，共和党领袖林肯当选，成为美国南北战争爆发的直接因素。

第二节　废奴主义运动和奴隶叙事

一、废奴主义运动：三种类型的废奴主义组织

伴随着黑暗的奴隶制的诞生，美国社会一直存在着反对及批判的正义之声，并逐渐形成美国历史上的废奴运动。早期的废奴派由教友派演化而来，他们针对蓄奴制代表在宗教上认为奴隶低人一等的说法，提出奴隶和奴隶主在上帝面前是

---

① 约翰·史托弗：《巨人：弗雷德里克·道格拉斯与亚伯拉罕·林肯平传》，第183页。
② 康马杰主编：《美国历史文献选集》（修订版），裴孝贤编辑，北京：美国驻华大使馆新闻文化处，1985年，第105页。

平等的观点。1775年，美国第一个反奴隶制的团体在费城成立，领导人为美国著名政治家富兰克林。1794年，废奴派在费城召开了第一次全国代表大会，对奴隶制度和奴隶贸易进行谴责。当时的废奴组织主张"逐渐解放"黑人奴隶，并且主张黑人应该移民到海外，建立黑人自己的国度。1807年，美国国会通过了禁止国际奴隶贸易的法令后，废奴组织逐渐减少了活动。然而，1824年，英国废奴主义者伊丽莎白·海利克发表了《要立即解放，不要逐渐解放》。这本充满战斗激情的小册子不仅在英国，而且在美国也产生了很大的影响，新兴的废奴组织应运而生，称为"立即废奴主义"组织。1831年，威廉·加里森（William L. Garrison）出版激进的反奴隶制报刊《解放者》（*Liberator*），在其创刊号中提出，之前他同意了对奴隶制"逐步废除"的观点，但他愿意"借此机会彻底、毫不含糊地放弃我的那个说法"。他将"如真理般冷酷"，直到"每一条锁链都被打破、每一位奴隶获得自由"①！1832年，加里森成立了新英格兰反奴隶制协会，1833年，加里森联合其他废奴组织领袖阿瑟塔·潘、西奥多·韦尔德、詹姆斯·伯尼等，成立了全国性的废奴组织——美国反奴隶制协会。截至1838年，该组织已经有1350个分会，会员人数达到25万。1840年，在奥尔巴尼成立了美国第一个废奴主义政党——自由党，并参加了当年举行的美国大选，该党提名的总统候选人詹姆斯·伯尼在选举中获得了7000张选票。1844年伯尼继续参选，获得的选票增加到62 000张。②在美国国会和其他政治活动中，也不乏持有废奴主义主张的政治活动家。

废奴主义和废奴运动产生了林林总总的主张，既有主张暴力的废奴派，也有道德说教派和政治行动派。1829年9月，黑人废奴主义者戴维·沃克发表呼吁书，告诫黑人奴隶应当坚决反抗残暴的奴隶主："你们需要奴隶，并且需要我们做你们的奴隶！然而我们有色人种将需要把你们当中的某些人从地球上彻底消灭！"③ 1831年，黑人牧师奈特·特纳在弗吉尼亚州南安普顿县发动武装起义，杀死了特纳主人全家；24小时后，共有57名白人被杀，起义队伍扩展到70人。这次起义在蓄奴各州引起了普遍的恐慌，100多名黑人因此被杀，特纳也被捕入狱并于11月11日被处以死刑。特纳的暴力反抗行为受到废奴暴力派的推崇，1843年，废奴主义者亨利·海兰·加尼特在黑人代表大会上发言，赞美特纳的行为，号召南方黑人奴隶为争取自由的解放来战斗，他指出："不流血就没

---

① J. 艾捷尔：《美国赖以立国的文本》，第137页，第136页。
② 张友伦主编：《美国通史（第二卷）：美国的独立和初步繁荣1775—1860》，第351页。
③ 赫伯特·阿普特克：《美国黑人文献史》，第1卷，纽约，1969年，第79页。转引自张友伦主编：《美国通史（第二卷）：美国的独立和初步繁荣1775—1860》，第353页。

有多大赎身的希望。如果你们必须流血，那么就让这一切马上来临吧……宁为自由而死，也不愿身为奴隶忍辱偷生。"① 黑奴以暴力争取自由的方式在白人废奴主义者中也得到响应。1850年，白人废奴主义者约翰·布朗组织了一个黑人武装组织，并于1856年带领他的儿子和组织成员在堪萨斯发动了战斗，1858年布朗深入蓄奴州，一举解放了10名奴隶，并武装护送他们到达了加拿大。1859年，布朗在弗吉尼亚州发动了反奴隶制武装起义，虽然失败，却震惊了美国上下。

主张政治行动的废奴派在奥尔巴尼成立了美国第一个废奴主义政党自由党。政治派的废奴主义者反对奴隶制的扩张，反对一切旨在分裂联邦的行为。他们首先提出了美国人民是不受种族限制的人民的思想，强调奴隶和自由黑人身上具有的"美国性"（Americanness）。废奴主义者莉迪亚·玛利亚·蔡尔德（Lydia Maria Child）在1833年出版的《为被称为非洲人的那个美国阶级而呼吁》的论文中，认为黑人是同胞，不是外国人；他们不再是非洲人，如同白人不再是英国人一样。废奴主义者认为，"出生地"应该用来作为决定谁应当成为美国人的标准。政治派的废奴主义者发展出一种不同的宪政主义思想，将自由看成一种普遍性的权利，认为在法律面前，人人平等。这对于将黑奴和自由黑人在政治上视为次等公民的种族歧视规定是一个沉重的打击。然而，在相当长的一段时间内，美国的公众领域将关于奴隶制的讨论排斥在外。1836年，华盛顿召开的众议会通过了"钳口律"（Gag Rule），以117票对68票的多数禁止国会讨论由废奴主义者递交的请愿书。"钳口律"受到废奴派的强烈抗议，他们指出，反对"钳口律"的斗争直接关系到维护宪法第一条修正案所保证的人民应当享有的请愿权利。经过废奴派长达8年的努力，"钳口律"于1844年12月被国会废除。

道德说教派的废奴主义者则提倡高尚道德和基督教的仁爱精神，认为奴隶制违背基督教教义，也违背了美国革命有关人权、自由的基本原则。道德说教派的著名领导人物威廉·加里森在《对非洲殖民的思考》（Thoughts on African Colonization, 1832）中，将解放奴隶和美国的民族民主相联系，认为奴隶也应该拥有民主生活。加里森在1831年创刊《解放者》，呼吁"立即解放奴隶"。他极力宣扬"至善论"，宣扬人们能够真正远离世界上罪恶的宗教社会改革学说，将蓄奴制定义为污染了世界的堕落的邪恶。加里森的思想反映了废奴主义意识形态中的两种张力，一方面是道德优先原则，即相信所有人，包括受压迫受奴役的人都具有道德感和判断力，也具有同情心和怜悯心；另一方面也代表了废奴

---

① 赫伯特·阿普特克：《美国黑人文献史》，第1卷，纽约，1969年，第79页。转引自张友伦主编：《美国通史（第二卷）：美国的独立和初步繁荣 1775—1860》，第353页。

主义运动源自宗教复兴运动精神的传播福音的本质。加里森所代表的道德说教派在废奴主义运动中有巨大的号召力，1865 年林肯总统在谈到美国南北战争胜利时曾对废奴派的历史作用评价道："我只不过是个工具而已，是加里森的逻辑和道义力量，是全国的反奴隶制人民，是军队，成就了这一切。"①

废奴派将传播福音和宣扬道德真理相结合。《汤姆叔叔的小屋》作者哈丽雅特·斯托夫人的父亲莱曼·比彻（Lyman Becher），身为新英格兰长老会牧师，提倡宗教复兴运动，以加尔文神学理论为基础，声称人性是邪恶堕落的，要依靠上帝的仁慈与恩典才能获得拯救，蓄奴制要依靠循序渐进的方法来改变。莱曼·比彻将反对天主教教义和革新加尔文神学理论相结合，呼吁在美国施行宗教与政治自由，主张在美国奴隶制问题上采用道德说教，而不是暴力行动。比彻的儿子亨利沃德·比彻也是当时著名的牧师，曾开办《星星报》（Star Papers, 1855）支持废奴主义事业。比彻的学生西奥多·韦尔德（Theodor D. Weld）翻阅了 1837 年到 1839 年两万多份南方报纸，援引了大量讲述南方奴隶悲惨处境和遭遇的例证，以及许多来自奴隶主的陈述，编写了《美国蓄奴制真相：一千名证人的证词》（American Slavery As It is: Testimony of a Thousand Witnesses），扉页题词引用了《以西结书》（Ezekiel）的话："看看他们做的恶事！"这份匿名发表的集刊细致描绘了黑人奴隶遭受的虐待、毒打、惩罚和种种不幸的遭遇，为废奴主义运动提供了非常客观的支持。

二、废奴主义论坛和黑人废奴主义者

反对奴隶制的斗争对美国人重新定义自由的概念有着重要贡献。随着种族论对黑人的贬低，到了 19 世纪，不仅南部各州施行奴隶制，将黑人排除在政治和经济自由之外，北方各州的黑人在政治上也被剥夺了权利，在社会生活中受到隔离，在经济上备受压迫。斯科特诉桑福德案的判决决定了黑人不能成为公民，也不能享有白人生来就享有的一切权利。种族观点取代了阶级观点，黑人不同于白人，不属于美国"政治大家庭"。即使是在北方的解放黑奴的法律通过后，也要求奴隶母亲所生的子女在获得自由前必须为母亲的主人工作一段时间。由于相当一部分北方黑人是技术熟练的手工业工人，他们就被视为低工资的竞争者。除了又脏又累的体力活儿，白人雇主拒绝雇佣黑人，白人顾客也不愿让黑人伺候他们。"争取经济独立的目标，对自由黑人来说与对白种美国人一样具有诱惑力。

---

① 张友伦主编：《美国通史（第二卷）：美国的独立和初步繁荣 1775—1860》，第 349 页。

但由于这个目标是如此难以想象地遥不可及，对绝大部分黑人来说，他们的一生将永远只能是处于经济从属的地位。"①

北方也并不是黑人自由的土地。在废奴运动的中心波士顿，著名的废奴主义者加里森曾受到一名暴徒的威胁，该暴徒要用绳子套住他游街示众；他的副手温德尔·菲利普斯（Wendell Phillips）在一次演说中谴责杀害废奴主义者的凶手，受到听众热烈拥护，被称为"废奴运动的金号角"，但他的家人却认为他发疯了，甚至考虑把他送进精神病院。1850年，哈佛医学院有黑人学生申请加入，白人学生集体集会并用请愿书表达："'我们拒绝与黑人做同学；在街上，我们不会与他们结伴而行；在屋内，我们无法忍受与他们共处'，并且，'这个邪恶的开始让我们气愤不已，如果不加以阻止，情况就会更加糟糕，黑人学生的数量将会超过高贵白人学生的数量'"。②然而，随着《妥协法案》和《逃奴法案》的颁布，北方开始更加激进地反对奴隶制度。斯科特诉桑福德案和堪萨斯流血事件后，布朗起义再次轰动了全国。拉尔夫·爱默生（Ralph W. Emerson）惊叹，布朗使"绞刑架变得像十字架那般光荣"，这个比喻广为传颂。爱默生认为，布朗是"真正的超验主义者"，菲利普斯等替被执行了绞刑的布朗收尸，并发表演讲。菲利普斯发表演说时，身后坐着20位武装志愿者，演说结束后，整整200名警察护送他安全通过暴徒的聚集地而回到家。③

在废奴运动中，黑人奴隶的反抗是非常重要的部分。1807年，从非洲到查尔斯顿港口的奴隶贸易中，有两船奴隶集体拒绝进食，结果全部饿死，这是早期黑人奴隶自发反抗奴隶制的著名事件。另外，逃亡也是黑人奴隶的主要反抗方式。据统计，1810年到1850年的40年间，有10万名奴隶从美国南方逃到了北部和加拿大。许多奴隶成功逃出蓄奴州后，常常帮助更多的奴隶逃亡。如黑人前奴隶威廉·布朗，仅在1842年5月1日至12月1日就通过船只摆渡逃奴，援助了69名逃奴获得自由。在废奴派的协助下，个别的奴隶逃亡逐渐发展为有组织的集体逃亡，逐渐形成了美国历史上著名的"地下铁路"运动。"地下铁路"主要分布在特拉华、马里兰、弗吉尼亚、密苏里等州，其中有两条主要的干线：一条中西部干线，从南部经俄亥俄到加拿大；另一条在东部的干线，沿着东海岸由南而通向北部。所谓的"车站"是废奴主义者和逃奴同情者的寓所，逃奴可以在"车站"吃饭和歇脚；"乘务员"则是带路人，"乘客"指逃亡的奴隶。其中黑

---

① 埃里克·方纳：《美国自由的故事》，第122页。
② 路易斯·梅南德：《哲学俱乐部：美国观念的故事》，肖凡、鲁帆译，南京：江苏人民出版社，2006年，第4-5页。
③ 同上条文献，第23页。

人女奴哈丽雅特·塔布曼曾先后 19 次冒着生命危险潜回南部蓄奴州，援助 300 多名奴隶成功逃到北方自由州和加拿大。据统计，"地下铁路"的工作人员至少有 3200 人，通过"地下铁路"成功逃亡的奴隶多达 75 000 人。①

在加里森等白人领导的废奴主义运动中，黑人在其中的重要作用不言而喻。1833 年作为全国废奴组织的反奴隶制协会成立时，有 3 位黑人废奴主义者詹姆斯·巴巴多斯、罗伯特·珀维斯和詹姆斯·麦克兰默尔在场并签下了自己的名字。废奴主义协会也需要有奴隶制亲身经历的前奴隶来控诉奴隶制。南方的蓄奴州把大量的小册子、书籍和图片等投放市场，这些宣传品把奴隶主描绘成具有仁爱之心的家长或父亲形象，把奴隶的生活描绘得幸福而满足。他们指责废奴主义者从来没有接触过南方庄园，认为只有南方人才有对蓄奴制的发言权。南方白人甚至称自己是黑人最好的朋友，马里兰州发布的小册子就声称，"在所有的州中，马里兰州在友好对待非洲人方面名列第一"。②

废奴主义者为了回应这样的批评，举办了多场演讲会来证明奴隶的遭遇。弗雷德里克·道格拉斯成为第一个担任全职演讲的前奴隶。他和另一名有经验的白人演讲者约翰·柯林斯乘坐马车或火车横穿新英格兰地区，住在废奴主义者家里，有时找不到场地演讲，道格拉斯还要自己宣传。③ 1843 年，道格拉斯和其他废奴主义者筹划了一次"百场集会行程"，计划从新罕布什尔州开始，途经佛蒙特州、纽约州、宾夕法尼亚州、俄亥俄州和印第安纳州，进行演讲，让人了解奴隶制的恐怖。在布法罗，道格拉斯的白人同事看到第一次演讲的听众只有五名，根本不愿意再费心，坐上第一班汽船就离开了，只有道格拉斯一个人留下来演讲。不到两个星期，他的听众就从 5 名增加到 5000 名，听众的"数量和敬意时刻增长"。当然，在百场集会路上，废奴主义者也遭到了攻击，在印第安纳州，一群暴徒拆毁了他们的演讲台，道格拉斯和暴徒们产生正面冲突，被棍子打断了手。④ 道格拉斯的遭遇并非偶然，事实上，废奴主义者雇佣前奴隶进行演讲也冒着这些逃奴公开露面后，被抓回南方的危险。除了演讲或口述的形式之外，废

---

① 伯纳德·曼德尔：《自由劳动和奴隶劳动》，纽约，1955 年，第 24 页。转引自张友伦主编：《美国通史（第二卷）：美国的独立和初步繁荣 1775—1860》，第 344 页。

② 约翰·史托弗：《巨人：弗雷德里克·道格拉斯与亚伯拉罕·林肯平传》，第 97 页。

③ 道格拉斯在马萨诸塞州格拉夫顿演讲时，因为种族歧视严重，他无法约到演讲的场地。于是，他不得不向一家旅馆要来一只开饭时用的铃铛，沿着主要的街道边走边打铃边吆喝："注意了！弗雷德里克·道格拉斯，不久前还是个奴隶，今天晚上七点钟在格拉夫顿公地讲美国奴隶制。"这一策略起到了作用，大批听众前去听他演讲，第二天，一座教堂就向他敞开了大门。约翰·史托弗：《巨人：弗雷德里克·道格拉斯与亚伯拉罕·林肯平传》，第 98 页。

④ 约翰·史托弗：《巨人：弗雷德里克·道格拉斯与亚伯拉罕·林肯平传》，第 97-101 页。

奴运动鼓励更多的逃奴发表自传，讲述自己的故事。

三、作为证言的奴隶叙事

相比于现代自传对自我的定义和自我成长的回顾，奴隶叙事带有强烈的政治诉求和相应的修辞策略。戴维斯和盖茨在《奴隶的叙事》的介绍中，将这一文类称为"关于黑人奴隶状况的书面或口头的证词"。[①] 1807 年，当奴隶贸易在英国和美国被禁止时，废奴运动组织就开始有意识地塑造奴隶自传，为奴隶叙事提供修辞策略，帮助打磨其政治焦点，这成为奴隶叙事话语产生和流通的重要语境。奴隶叙事在政治上为废奴运动提供了强有力的证言：首先，奴隶叙事成为重要证据，推动了废奴运动对废除奴隶制的辩论；其次，奴隶叙事参与了在美国南北战争前美国的民主化进程，尤其在 19 世纪 20 年代中期之后，"民主"一词在国家政治、人民生活中，都成了重要的修辞；最后，奴隶叙事使美国公民反思自由的定义，重新思考人权的概念。奴隶叙事为废奴运动的意识形态斗争提供了来自黑人奴隶关于奴役和自由的经历和例证。[②]

因此，前奴隶作为见证人，奴隶叙事作为证言（testimony）的再现方式很快成为废奴主义者提倡的修辞模式。1838 年，辉格派诗人约翰·惠蒂埃（John Greenleaf Whittier）在其编纂的奴隶叙事《詹姆斯·威廉姆斯叙事》（*Narrative of James Williams*）的前言中，提到"奴隶主的证词和看法仅仅是那些奴隶主所言"，因此是"片面的不完全的"，他坚持"为了更完整地**看到**奴役的秘密，我们必须看看奴隶自己的[证词]"[③]。1848 年，亨利·沃森（Henry Watson）在他的叙事中应和道，"26 年以来，我的人生的大部分，是在奴隶制中度过的，我**见证**了它的整个形式"。[④]（黑体为笔者所加）。同样地，逃亡奴隶班克斯（J. H. Banks）在他 1861 年的叙事中，提到"我是美国奴隶制的**反方证人**，见证了它所有的恐怖"，而雅各布斯在她的《女奴生平》中表达的愿望是，"为能写的笔增加一段**证言**，来让自由州的人们看到奴隶制的真实面目"[⑤]（黑体为笔者所

[①] Charles T. Davis and Henry Louis Gates, Jr., eds. *The Slave's Narrative*. p.xii.

[②] Dickson D. Bruce, Jr. "Politics and political philosophy in the slave narrative." *The Cambridge Companion to the African American Slave Narrative*. Ed. Audrey A. Fisch. Cambridge: Cambridge University Press, 2007, pp.28-29.

[③] John Greenleaf Whittier. *Narrative of James Williams: An American Slave*. New York: Routledge, 1838, p. xvii.

[④] Henry Watson. *Narrative of Henry Watson, a Fugitive Slave. Written by Himself*. Boston: Boston University Press, 1848, p.38.

[⑤] Harriet A. Jocobs. *Incidents in the Life of a Slave Girl, Written by Herself by Harriet Jacobs*. Cambridge: Harvard University Press, 1987, pp. 1-2.

加）。因此，证言成为奴隶叙事一项特殊而重要的社会功能。

奴隶叙事作为证言，主要作用是提供知识（knowledge）：一是让更多的人了解奴隶制下奴隶的悲惨遭遇、奴隶主的虚伪和残暴，为废奴运动提供经验性的和客观的证据；二是以个体的写作，来重塑黑人族裔的集体形象。为了达到这一政治目的，奴隶叙事不囿于传统自传对个人的特殊经历的写作范式，而是通过相似的个人故事重复性地塑造集体叙事，构建集体记忆。詹姆斯·奥尔尼（James Olney）在"奴隶叙事中的主要计划"（"Master Plan for Slave Narratives"）中总结了奴隶叙事形式上的几大相似的要素：①一幅版画，由作者签名。②标题页，包括作为标题内部一部分的声明，"由他自己撰写或类似的：基于他自己陈述的事实撰写"，或"由他的朋友、兄弟撰写"。③一份手书的证明，或者几份前言或介绍，由叙述者的白人废奴主义者朋友撰写；或白人文书、编辑、实际的写作者撰写，在前言中读者会被告知，这个叙事是一个"平实、质朴的故事"，"没有放进去一丁点恶意，没有夸张，没有任何想象：实际上，这个故事，[仅仅是]保守地描述了奴隶制的恐怖"。④一个诗意的铭言（epigraph）。⑤实际的叙事，包含了内容相似的 12 类要点。⑥一份或多份附录，包含文件性质的买卖账单，奴隶被买卖的详情，新闻报道，关于奴隶制和反奴隶制的弥撒、演讲、诗歌等，呼吁读者投入资金和道义的支持，帮助反对奴隶制的战役。①

除了在形式上的类同，奴隶叙事还保持了内容上的高度一致。奥尔尼总结了奴隶叙事情节安排的 12 个要点：②①奴隶叙事的第一句话通常是"我生于……（I was born…）"，有确定的地点，无确定的时间。②粗略地介绍父母情况，通常会涉及白人父亲。③描述残酷的奴隶主及其夫人，详细介绍自己受到的第一次鞭刑以及后来无数次被鞭打，女性奴隶常是受害者。④介绍一个特别强壮、工作努力的奴隶（通常是纯血统的黑人）无故受罚。⑤记录了奴隶学习读书写字遇到的阻碍和困难。⑥介绍某位基督教徒奴隶主与他的同党们，指明这些人比那些非基督徒还要残忍。⑦介绍奴隶分配到的衣服、食物的数量；他们被要求完成的工作量和他们的生活模式。⑧介绍一场奴隶拍卖。在拍卖场上，家庭被无情地拆散，忧心如焚的母亲眼睁睁地看着自己的孩子们被带走却又无能为力。⑨描写奴隶失败的逃亡，以及被人和狗追捕。⑩描写成功的逃亡。一般是白天躲起来休

---

① James Olney. "'I Was Born': Slave Narratives, Their Status as Autobiography and as Literature." *Callaloo*, No. 20 (Winter, 1984): 50-51.

② 同上条文献，第 50-51 页。

息，晚上向着北极星赶路。最后逃到自由州，通常是被贵格会（Quakers）的教友收留，为他们准备丰盛的早餐，并与之亲切交谈。⑪在白人的建议下，成功逃亡的奴隶获得一个新的姓，预示着自由和新的身份，同时也保留自己的名，作为自我身份的延续。⑫奴隶对奴隶制的反思。

除了对奴隶自身生活的介绍之外，奴隶叙事的焦点也关注外部情况，主要包括这几点：无情的奴隶主以及奴隶生存的不确定的、危险的环境。奴隶在接受教育和学习读写的过程中所遇到的各种限制和阻力；对其他奴隶为了自由而逃跑的描写和概述；介绍叙述者自己尝试逃跑的各种成功或是不成功的经历；对奴隶制以及奴隶主和奴隶因奴隶制而付出的代价的思考。从上面对奴隶叙述主要情节的评述可以看出，奴隶叙事大部分的情节都围绕奴隶制下奴隶的生活经历展开，目的是揭露奴隶主和奴隶制的罪恶，展示奴隶在奴隶制下的悲惨命运，以及对自由的渴望，从而说服北方的潜在受众拥护废奴主义运动。由于这种强烈的政治需求，奴隶叙事往往具有类似的情节结构和修辞手段，形成了一种特殊的文类，具有研究价值。

戴维斯总结了奴隶叙事内容统一的组织原则（principles of organization），指出奴隶叙事的内容具有以下相似性：①奴隶制的野蛮和非人待遇；②奴隶逐渐认识到自由和社群的需要，认识到为了结束奴隶境况，需要掩饰自己增长的智慧；③奴隶能"描绘[经历]的人物和地点"以及能将自己的见解和事件结合；④读者意识；⑤主要讲述自身经历中重要的事件；⑥讲述一个特殊的黑人伙伴生平的故事；⑦讲述黑人的遭遇。① 通过这些相似的内容，前奴隶从两方面完成了反对奴隶制的证词：一是自身经历，二是所见所闻，两者都以真实的事实，见证了奴隶制对传主自身、家庭、亲友的残酷剥削、虐待和残杀，造成了奴隶家庭破裂、骨肉分离，呼唤读者出于法律正义和宗教公义来支持废除奴隶制。同时，为了凸显其真实性，奴隶叙事通常在正文之后，附有大量的补录以及附录，包括作者生平所涉及的一些重要的具有法律证词意义的报告，如路条、通信记录、被买卖的收据等，以证实文本中提到的一些事实。奥尔尼查证后指出："附录通常是由文件式的内容构成——买卖的账单，从奴隶主手中购买[自由]的细节，新闻报纸……或关于奴隶制、弥撒、反奴隶制的演讲、诗歌的回忆记录等，[以]请求读者在反对奴隶制的战斗中提供经费和道义的支持。"② 奴隶叙事通过这些事

---

① Charles T. Davis. "The Slave Narrative: First Major Art Form in an Emerging Black Tradition." *Black is the Color of the Cosmos: Essays on Afro-American Literature and Culture, 1942-1981*. Ed. Henry Louis Gates, Jr. New York: Garland, 1982, pp. 83-119.

② James Olney. " 'I Was Born': Slave Narratives, Their Status as Autobiography and as Literature." pp. 46-73.

实，揭露和鞭挞蓄奴制的残酷和罪恶，从而为反对和废除奴隶制提供了最直接的证词。

奴隶叙事在内容和结构上的相似性，并没有削弱其叙事功能，反而通过一再的重复，增强了其自传的真实感。奥尔尼认为，相比于自传"autos+bios+graphein"的组成要素，奴隶自传可以用"autophylography"来定义："[自传]描绘的是个人的'我'，其传主侧重自身独一无二的特别性，并想象他的经历是不可重复的和没有可重复性的；黑人叙述者们却不同，他们描绘的是'我们和我们大家'，其生活经历是为一个集体——被一个种族（phyle）——所共享。"① 正是这种形式和内容的相似性使奴隶叙事得以通过重复的方式，证明了奴隶制度的残暴，从整体上实现了废奴运动将奴隶叙事作为证言的目的。斯通认为：

>既然奴隶叙事和废奴运动紧密相连，而且主要出现在美国南北战争前的 30 年，现代读者会倾向于关心这些书的历史语境——它们的写作和出版，它们的接受和影响，以及它们对历史真实性和准确性的确认。道格拉斯等的确为创造一种重要的反抗和宣传的文学做出了贡献，但不可否认，历史性从来不会和这些工作的文化价值无关——关系到文学风格、修辞策略、心理显现和动机。作为自传，道格拉斯的叙事和其他作品一样，占据了在历史和艺术，传记和小说，记忆和想象之间的位置。当前奴隶被问到这个其他传记作者也会问的问题，"为什么我要写这个我生平的故事"时，他的回答直接明了：描绘作为动产（奴隶）的经历，而不是一个白人读者要去摧毁的压迫机构的一员。为了达到这个目的，最有效的方法是创造一种有说服力的历史真实和准确的印象。所以道格拉斯的编辑说："读者们的注意力不是被吸引到艺术作品上，而是被吸引到**事实**上。(Is not invited to a work of art, but to a work of **FACTS**.")[大写为原文]②

为了凸显证言的事实性和真实性，奴隶叙事的重复生产构筑了一个文本历史化的可能空间，体现为数量化生产，因而创造出前奴隶集体写作或者群体证言的盛况。"数量"成为废奴运动对奴隶叙事的需求。以西奥多·韦尔德（Theodor D. Weld）为代表的美国废奴协会（American Anti-Slavery Society，The AASS）

---

① James Olney. "The Value of Autobiography for Comparative Studies." *African American Autobiography: A Collection of Critical Essays*. Ed. William L. Andrews. Englewood Cliffs: Prentice Hall, 1993, p.218.

② Albert E. Stone. "Identity and Art in Frederick Douglass's Narrative." *Critical Essays on Frederick Douglass*. Ed. William L. Andrews. Boston: G.K. Hall and Co., 1991, p.63.

编撰和出版的《美国蓄奴制真相：一千名证人的证词》（*American Slavery as It Is: Testimony of a Thousand Witnesses*），其选材就来自超过**两万份**的新闻报纸剪辑。不仅如此，组织者还呼吁更多的人来作证，指出"所有在任何情况下了解这个国家中奴隶情况的人，都来提供他们的证词（testimony）"；呼吁"不要让任何人因为其他人已经为同样的事实做过证就禁止他的发言"。他们仔细地解释道，"证言的价值绝对不是靠它描述的可怕事实的新奇程度来衡量的"，强调"确凿的证据——事实，[即使]和那些已经证实的其他证言相同的，都是非常有价值的"。① 在这种数量的需求下，道格拉斯修改并扩充他的第二部自传《我的束缚和我的自由》（*My Bondage and My Freedom*），以便提供更多的"事实"。斯托夫人用《打开汤姆叔叔小屋的钥匙；提供故事所基于的原始事实和文件及证实文本真实性的确凿的证据》（*Key to Uncle Tom's Cabin; Presenting the Original Facts and Documents upon Which the Story is Founded. Together with Corroborative Statements Verifying the Truth of the Work*），来增补《汤姆叔叔的小屋》的内容；同样也促使所罗门·诺瑟普在他的自传《逃奴十二年》中这样介绍道："这是《汤姆叔叔的小屋》的另一把钥匙。"② 这种集体写作意味着黑人奴隶们争取身份的自觉斗争。盖茨认为，奴隶叙事"代表着黑人通过写作来证实存在的努力"③，因为"每一个作者都知道所有的黑奴都要靠里面的一页提供的公开的证据来被评判"。④ 这意味着奴隶叙事不仅仅是个人的声音，也是一种集体的共有的事业，即"一种集体的发声，一个集体的故事"。⑤ 据黑人学者查尔斯·尼克尔斯的统计，在 1831 年到 1865 年，黑人奴隶叙事成为美国出版市场的重要读物，种数达到数千册，有的自传，如乔西亚·汉森的自传印数累计高达上万册。⑥ 正是通过数量繁多的奴隶叙事，通过重复的、相似的形式和内容，奴隶叙事成为美国历史的重要见证，记载了南北战争前后几乎整整一个世纪的奴隶制下黑人的悲惨状况，刻画了一系列重要的黑人历史人物的形象，从而在美国文学史中占有突出的地位。

---

① Theodore Dwight Weld, ed. *American Slavery as It Is: Testimony of a Thousand Witnesses, 1839*. New York: Arno-New York Times, 1969, p. 4.

② Solomon Northup. *Twelve Years a Slave. Narrative of Solomon Northup, a Citizen of New-York, Kidnapped in Washington City in 1841, and Rescued in 1853, from a Cotton Plantation near the Red River, in Louisiana*. Ed. Sue Eakin and Joseph Logsdon. Baton Rouge: Louisiana State University Press, 1968, p.xxvii.

③ Charles T. Davis and Henry Louis Gates, Jr., eds. *The Slave's Narrative*. pp. xi-xxxii; Henry Louis Gates, Jr. *The Classic Slave Narratives*. New York: Penguin, 1987, p. xxiii.

④ Henry Louis Gates, Jr. *The Classic Slave Narratives*. New York: Penguin, 1987, p.xiii.

⑤ 同上条文献，第 xiii 页。

⑥ Charles H. Nichols. "Introduction." *Many Thousand Gone: The Ex-Slave's Account of Their Bondage and Freedom*. Leiden: E. J. Brill, 1963, pp. xiv-xv.

第三节　美国黑人奴隶叙事文类研究

美国黑人奴隶叙事（以下简称奴隶叙事）开始于18世纪，兴盛于美国南北战争前后，作为对残酷奴隶制的见证，为废除奴隶制提供了重要的依据。1760年，第一部黑人奴隶自传《黑人布里顿·哈蒙亲身经历的残酷折磨及侥幸脱险的故事，他原是新英格兰马斯菲尔德的温斯洛将军的仆人，在离家13年后重返波士顿》（*A Narrative of the Uncommon Sufferings, and Surprizing Deliverance of Briton Hammon, A Negro Man, Servant to General Winslow, of Marsfield, in New-England; Who Returned to Boston, after Having Been Absent Almost Thirteen Years*, 1760）出版，这本由奴隶本人口述、白人作家执笔的传记开启了黑人奴隶叙事的文学历史。据玛丽昂·斯塔林（Marion W. Starling）统计，从18世纪到20世纪中期，大约有6000多名北美黑人，通过访谈、回忆录、论文、自传等，讲述过奴隶制中的个人和家庭的遭遇。评论家们一般将奴隶叙事归于自传的文类，斯塔林指出："奴隶叙事是由美国奴隶的自传或半自传构成的，或是以书的形式发表，或保存记录于法庭或教会，或在期刊发表中被发现，也有大多数在没有发表的文集中。"① 不可否认，奴隶叙事诞生于美国特有的社会语境，起源于英美文学传统中的自传文类，但又具有独特的叙事组织原则和主题，其产生和创作都与美国南北战争前后的意识形态、废奴运动和奴隶的身份诉求密切联系。从文类的角度研究奴隶叙事，可以探索奴隶叙事和文学自传传统之间的异同，开拓奴隶叙事的研究空间，反映该领域研究的整体方向。

一、自传和奴隶叙事的文类研究

作为文类的一种，自传在西方传统中的起源可以追溯到圣奥古斯丁的《忏悔录》（*Confessions of Saint Augustine*）或卢梭的《忏悔录》（*Confessions*）、歌德的《诗歌和真理》（*Poetry and Truth*）以及华兹华斯的《序曲》（*Prelude*）这些自传经典作品。罗伊·帕斯卡尔（Roy Pascal）在《自传中的计划和真理》（*Design and Truth in Autobiography*）中指出，自传的主要贡献在于自我知识。

---

① Marion Wilson Starling. *The Slave Narrative: Its Place in American History*. Boston: G.K. Hall, 1981, p. 331.

杰伊·帕瑞尼（Jay Parini）认为，自传有两种传统，一种是以圣奥古斯丁和卢梭为代表的"忏悔录"，作者暴露他内心的挣扎或狂喜的时刻——一种私人经验的记录。另一种是"回忆录"（memoir），作者提供外部事件的编年史：战争、政治斗争、商业冒险；个人在历史大舞台上成为主角。[1]随着印刷术的推广，私人日记、书信、忏悔录、自传等文类的流行，标志着启蒙运动时期书写对个人生活的兴趣以及自我意识的觉醒，写作成为一种了解自己、自我对话的方式。

根据《牛津英语词典》，自传"autobiography"一词最初由英国诗人罗伯特·索西（Robert Southey）在1809年的一篇评论中使用。从字面上看，autobiography由autos、bios、graphein构成。autos指"自我"（self）或"他自己"（himself），bios指"生活、生平"（life），graphein指"写作"（write），"autos+bios+graphein"，意思是"自己写作自身的经历"。从词源构成来看，自传的文类特点也着重于作者、内容和写作三个方面。自传中的auto指"我"的叙事，这包含了两层含义：一是自传通常采用第一人称叙述或自述故事叙述（autodiegetic narrative），叙述者同时也是主人公，或是英雄人物；二是自传中的"我"，既是叙事行为的制作者和发起者，又是叙事行为的承担者。这就形成了真实作者和作者的第二自我（persona）之间的张力，叙事行为本身成为对自我的观察和剖析，自传也因此成为自我认识和自我成长的一部分；另一方面，叙事既经开始就表示着作者一段生活的结束，因为"传主总是知道他的结尾——或者说，在写作的那一刻，他就是故事的结尾"[2]。所以当叙事开始时，"我"的视角就存在着经验视角和正在经历的自我之间的张力。前者对事件的发展和后果已经明了，而后者却对过去的一切懵然无知。叙述主体和经验主体之间的这种张力也形成了读者阅读的视野，随着作者认知和经验的发展，读者也获得了相应的知识。

自传中的bios是指对个人历史的回顾，涉及自我认知、个人情感、自我认同、自我描写和自我身份塑造，在时间上常常呈现出线性发展的先后顺序，并在人格塑造上具有整体性。作者以"某时某事发生后的"经验视角进行书写，"将他或她的命运视作一个整体"，并努力去创造一个关于过去的统一的画面。[3]奥尔尼认为，自传，或是"回忆/叙事行为……不是中立的或被动的记录，而是创

---

[1] Jay Parini. *The Norton Book of American Autobiography*. New York: W. W. Norton and Company, Inc., 1999, p.11.

[2] James Olney. "The Value of Autobiography for Comparative Studies: African vs. Western Autobiography." p.212.

[3] Anne-Marie Millim. *The Victorian Diary: Authorship and Emotional Labour*. Burlington: Ashgate Publishing Limited, 2013, p.15.

造性的积极的塑造者……记忆通过发现事件的模式而创造事件的意义"①。由此可见,自传的内容通常指涉过去的历史,围绕着传主的个人生活,选择性地记录某一段重要的历史时刻,或者一生的经历。这种"我,我的灵魂"("moi, moi seul")的范式,要求自传主体应当如实记录个人的生平,把个人生活和情感秘密告知读者;另一方面,读者被迫作为见证人,见证作者的生活经历。莱日恩把读者与作品的这种关系称为"自传的协定"。读者接受作者所说的话且认为作者对自身生活的叙述是真实的:怀疑作者的真实性就是否定作品的自传身份。真实性成为检验自传的一个重要标准。

  作为一种文类,自传在美国文学历史上源远流长,具有政治意义。路易斯·卡普兰(Louis Kaplan)编辑的《美国自传书刊目录》收集了1945年之前在美国出版的6377部自传,玛丽·布里斯科(Mary L. Briscoe)编辑的《美国自传:1945—1980》则收录了5008部自传。帕瑞尼指出:"自传可以很容易被称为美国的基础文类,一种和我们国家自我意识紧密相连的写作形式。"②在美国自传的文学传统影响下,黑人奴隶叙事采纳并改造了自传的文本体裁,从写作范式和社会话语领域两方面,发展成为一种具备美国特点的创新文类。富兰克林(H. Bruce Franklin)认为奴隶叙事是"美国对文学世界所贡献的第一种文类"③。奴隶叙事也成为黑人美国文学的起源,戴维斯论文的标题"奴隶叙事:一种萌生的黑人传统中第一个主要的艺术形式"("The Slave Narrative: First Major Art Form in an Emerging Black Tradition")④说明了其对黑人美国文学传统的重要性。奥尔尼呼应了戴维斯,指出"不可否认的事实是,无论在主题上还是在内容和形式上,奴隶叙事都是黑人美国文学的传统起源"⑤。作为一种特殊的文学类型,奴隶叙事有时也被称为 slave's narrative,笔者认为,slave narrative 更为准确一些:在这里,slave 指代叙事的话题,而不是指作者的法律处境,因为它们通常是由逃跑的或已经自由的奴隶们写作或口述的,换句话说,当作者书写的时候,其身份已经不再是奴隶,只不过其书写的内容却集中在被奴役的经历;另外,如果使用"slave's narrative",这个所有格形式意味着由某人拥有的叙事,具备个人化的色彩,而忽略了奴隶叙事的集体性和整体性特征。反之,去掉所有格"'s",则标志着叙事的类型。

---

  ① James Olney. "The Founding Fathers." pp. 148-175.
  ② Jay Parini. *The Norton Book of American Autobiography*. p. 1.
  ③ H. Bruce Franklin. "Animal Farm Unbound." *New Letters*, No. 43 (Spring, 1977): 27.
  ④ Charles T. Davis. "The Slave Narrative: First Major Art Form in an Emerging Black Tradition." pp.83-119.
  ⑤ James Olney. "'I was born': Slave Narratives, Their Status as Autobiography and as Literature." Charles T. Davis and Henry Louis Gates, Jr., eds. *The Slave's Narrative*. p.168.

二、奴隶叙事的自觉性和自我书写

奴隶叙事的生产和流通和美国南北战争前后的意识形态斗争紧密相关，其书写具有显明的自觉性，传主的身份成为这一文类最重要的焦点。在《奴隶的叙事》中，戴维斯和盖茨这样定义道："奴隶叙事仅指 1865 年前发表的书面文本，[因为]这个时候之后奴隶制在法律上已不复存在。"他们这样解释道，"我们把 19 世纪 30 年代联邦作家项目收集的奴隶叙事口述编纂成论文。我们出于文学原因将这个时间作为结束之日：这种叙事的特殊结构……在他们写作的氛围……改变后，也极大地改变了。……一旦奴隶制正式停止了，也就没有必要让奴隶们通过第一人称叙事写作使自己得到人类群体的[身份]。"[①] 从盖茨等对奴隶叙事的定义可以看出，这一文类的时间性和传主的身份密切相关。不同于其他自传作者，黑人奴隶叙事的前奴隶身份注定了这一文类不仅是个人生平的记录，还是自我追求自由的方式，其书写本身即黑人前奴隶对蓄奴制的控诉。

奴隶叙事的出发点是"彰显黑人作者的黑人性，证明他们自己是与别的人种，尤其与白人人种的平等存在，表明他们作为人所具备的特点和潜能，是欲与白人种族主义对抗的一种策略和方式"[②]。这意味着奴隶叙事的书写具有自觉性。在蓄奴制的社会制度中，黑人长期受到种族歧视，法律并不承认其公民的权利，他们被视为"财产"，而不是作为"人"而存在。1850 年，为了保障奴隶主的"财产"不受到损失，来自北方的妥协分子和南方蓄奴州联合起来，发布了《逃奴法案》：允许所有居民抓捕逃亡奴隶，任何被发现向逃亡奴隶提供帮助的人都将面临高达 1000 美元的罚金或被判决监禁。1857 年，在斯科特诉桑福德一案的审理中，有七名赞同南方蓄奴制的法官支持这项判决，宣布任何有碍于奴隶制扩展的行为和意图都是违宪的。首席大法官罗杰·塔尼（Roger Taney）甚至还说，黑人"是如此低劣，他们根本就没有什么白人有必要尊重的权利；所有黑人都可以公正而合法地被贬为奴隶"[③]。在代表美国司法领域的顶级人物看来，黑人不是"美国宪法意义上的"公民，这意味着黑人没有天赋的人权，也没有公

[①] Charles T. Davis and Henry Louis Gates, Jr., eds. *The Slave's Narrative*. pp.xii-xiii.
[②] 赵宏维：《黑白之间的流动——评〈剑桥美国非裔奴隶叙事指南〉》，载《当代外国文学》2011 年第 3 期，第 169 页。
[③] 德雷德·斯科特是一名奴隶，他的主人主动将他带到了自由州。当斯科特回到密苏里后，他要求获得自由。最高法院以微弱多数裁决斯科特依然为奴隶。法官们对奴隶主们说："你们想上哪儿就上哪儿。土地全是你们的，国旗将保护你们，谁敢违抗，国家的军队将一律射杀。"载约翰·史托弗：《巨人：弗雷德里克·道格拉斯与亚伯拉罕·林肯合传》，第 183 页。

民的权利。

不仅法律上不能对黑人提供公义，文学上对黑人的再现也有扭曲。弗朗西斯·福斯特（Francis Smith Foster）总结了美国南北战争前文学中的黑人形象，他们只是"寓言家、忠诚的仆人、逗乐的小丑、悲剧的八分之一混血儿、高贵的野蛮人，或造反者"。或者说，南北战争前黑人形象有五种原型：不幸的（wretched）、自由民（freedman）、小丑、满足的奴隶、受害者，或者后三种的综合体。① 为了追求自由和平等的权利，在种族歧视和蓄奴制的语境下，奴隶叙事有意识地借鉴了美国革命时期的自传，从中找到了黑人争取自由和读写能力的内在联系。作为美国自传的经典之作，本杰明·富兰克林的自传结合了忏悔录和回忆录的两种形式，构建了新大陆上"典范人生"（exemplary life）的范式，即美国范式的自我依靠（self-reliance）、自我素养（self-proficiency）和自我实现（self-realization）的新世界福音。以此为榜样，黑人奴隶叙事的代表人物道格拉斯的自传，吸取了富兰克林自传中的关于自我提升、自我塑造、个人主义等精神；和富兰克林一样，他通过模仿学习，通过自学阅读和写作，完成了"自我塑造"（self-made）的过程。这个过程中，传主具有显明的作者意图，构筑了自觉的写作范式，其自传标题中的两个关键词"一个奴隶"和"自己所写"，结合起来就说明了道格拉斯的经历——他过去是一个附属的奴隶，他现在是一个独立的作者。②标题本身就显示了一个前奴隶精神上的进步，说明了其独立自主的个体身份。玛娃·弗曼（Marva Jannett Furman）指出："可能对亲奴隶制辩论最有效的反击就是关于叙述者智力能力的证据——[他的]叙事。"③ 奴隶叙事是黑人内在的学习能力和写作能力的测试证明。在当时废奴运动的话语交锋中，这份证言无疑是极具说服力的。

不过，和西方传统自传相比，奴隶叙事虽然使用第一人称叙事，但奴隶叙事更多地强调的是自我的转变，而不是传统自传中的自我成长和进步。奴隶叙事讲述了前奴隶身份的塑形和自我认知的转变。这种转变甚至受到质疑。1845 年，道格拉斯自述发表后，其前主人汤普森（A. C. C Thompson）在写给《达拉威尔共和报》（*Delaware Republican*）编辑的信中，质疑自传作者的身份，他指出

---

① Francis Smith Foster. *Witnessing Slavery: The Development of the Anti-Bellum Slave Narratives*. Westport, Connecticut: Greenwood, 1979, p.71.

② Frederick Douglass. *The Narrative of the Life of Frederick Douglass, an American Slave, Written by Himself*. Third English Edition, Boston: The Anti-Slavery Office, 1845, p. 124.

③ Marva Jannett Furman. "The Slave Narrative: Prototype of the Early Afro-American Novel." Diss. The Florida State University, 1979, pp.140-141.

"大约8年前，我认识这个怯懦的奴隶，他那时的名字是弗雷德里克·贝利（而不是道格拉斯）"，"他那时和科威（道格拉斯提到的驯奴专家）住，当时是一个没有文化的、非常普通的黑奴，我很自信地肯定他那时没有能力写这里谈到的传记；他只不过是一个受过点教育的、懂得一些语法规则的人，不可能写得这么正确；写作者应该尽可能写得平实，所以，尽管他努力想做得让人称赞，但他的拿腔捏调反而证明了整篇文章让人咂舌的不真实"。道格拉斯针锋相对地回答道："你很自信地认为我写不出这本书，你自信的原因在于，我曾经是，当你认识我的时候，一个没多少文化且非常普通的黑奴。好吧，我必须正告你，你是在非常不利于我的情况下认识我的……即使有人7年前告诉我我可以念出这本自传叙事，而且会写出这本书，我都不会相信这个预言。我那时受到压榨，科威毒打摧残我到如此境地，以至于我的精神已经被摧毁。自由人弗雷德里克是完全不同于奴隶弗雷德里克的……自由给予了我新的生命。"① 道格拉斯的回答向前奴隶主人强调了自我转变（self-transformation）这一点。在奴隶制下，黑人奴隶无法拥有历史性的身份（historic identity），如名字、出生地点或居住地、具体事件的时间等，部分原因是身份模糊，另外是不能对外公布自己的身份信息，以防被奴隶贩子追捕。奴隶叙事的发表通常代表着获得自由，其解放和自由的标志是奴隶自传结尾处前奴隶拥有了一个新名字，并且能够将自己生活中的时间、地点和社会事件相联系，取得个人身份所需的历史性和社会性的标记。因此，自传文类中"我"的因素对于奴隶叙事来说，具有自觉的主体性、政治性和历史性等重要意义。

三、真实性讨论

在戴维斯与盖茨的《奴隶的叙事》中，两位学者主要将选编的学术论文划分为两类：①作为历史的奴隶叙事；②作为文学的奴隶叙事。奴隶叙事现如今不仅作为文学经典进入了文学研究，同时也作为史料进入了社会学、历史、政治、经济各研究领域。无论是作为历史，还是作为文学，奴隶叙事的"真实性"（authenticity）问题都是备受关注的焦点。这就涉及奴隶叙事的体裁归属问题：奴隶叙事究竟是纪实型叙述还是虚构型叙述？笔者倾向于将奴隶叙事归类到纪实型文学作品。

由于奴隶叙事产生的特殊社会历史语境，奴隶叙事的目的是废除奴隶贩卖与

---

① Albert E. Stone. "Identity and Art in Frederick Douglass's Narrative." p.66.

奴隶制。对奴隶叙事的讨论，必然要涉及文本意向性的问题。文本意向性涉及叙述者与受述者的关系。奴隶叙事的作者希望读者将奴隶叙事当作纪实性的叙事来阅读，因为只有让读者相信作者所说的一切与事实相符，才能达到废奴主义运动的目的。然而奴隶叙事的读者并非都能按照作者的愿望对文本进行阐释。意义的表达和形成总是要受到社会规约的影响。① 由于历史原因，奴隶叙事成为废奴主义的工具，具有较强的政治宣传性。为了能够更加有效地使用奴隶叙事，历史上也不乏白人代笔，白人改写的例子，从而让一部分读者，特别是奴隶制的拥护者们认为"奴隶叙事不过是小说"②。奴隶叙事长期得不到研究者们的重视，也是因为其真实性遭到质疑。20世纪20年代以来，学界开始关注奴隶叙事的文学性，将奴隶叙事与侦探小说、流浪汉小说、冒险小说等虚构型文类进行比较研究，这使奴隶叙事的文类归属愈加复杂。

这种复杂局面的形成主要是因为学界对体裁的判断一直没有一个统一的标准。有的按照作品风格来判断，有的按照作者意图来判断，有的按照读者阐释，有的则按照作品的指称性来判断。由于以上几种方式都没有一个相对客观的判断标准，因此奴隶叙事的体裁归属无法确定。事实上，虚构型叙述（fictional narrative）与纪实型叙述（factual narrative）是两种基本的表意方式。"纪实型叙述往往被等同于非文学艺术，而虚构则等同于文学艺术。这两对概念有重叠有区别。纪录电影、新闻图片、纪念壁雕、广告等，往往被看作艺术，却不是虚构。"③ 奴隶叙事也正如这些纪实型艺术创作一样，既是纪实性的叙事又是文学作品。

纪实型叙述不是对事实的叙述，而是要求叙述的内容是有关事实的。虚构型叙述不被要求与事实有关，但说出来的却不一定不是事实。18世纪和19世纪的奴隶叙事由于强烈的政治宣传性，奴隶叙事被要求必须指称经验事实，若出现所谓的"创作"则破坏了其真实性。因此从风格上来讲，无论是书面的奴隶叙事还是奴隶的演讲，都要求"真实原始"，废奴主义者甚至警告道格拉斯，"你说话的方式最好带点种植园的味道，显得太有学问不好"④，因为被艺术加工后就失

---

① 刘宇：《社会符号学视角下的多模态研究：一项基于意义的研究方法》，载《符号与传媒》2014年第1期，第75页。

② Julia Sun-Joo Lee. *The American Slave Narrative and the Victorian Novel*. Oxford: Oxford University Press, 2010, p.14.

③ 赵毅衡：《广义叙述学》，成都：四川大学出版社，2013年，第64页。

④ Frederick Douglass. *My Bondage and My Freedom*. Ed. John Stauffer. 1855; reprint, New York: Modern Library, 2003, p. 216.

去了其真实性。

然而是否是对经验事实的指称该由谁来判定，判定的标准是什么却很难确定。赵毅衡提出纪实型叙述体裁的本质特点在于接受方式的社会文化规定性。虚构型叙述与纪实型叙述的区别，在于文本如何让读者明白他们面对的是什么体裁。① 赵毅衡提出了双重区隔理论：一度区隔是将经验世界媒介化，即符号化，也就是用符号再现经验世界。若叙述与事实有关，则属于纪实型叙述。纪实型叙述的叙述者是作者本人，那么他直接面对的就是现实世界的公众读者，公众读者则有权质疑纪实型叙述的真假，让作者对叙述问责。虚构型叙述则进入了二度区隔，即对再现的虚构性重塑。虚构型叙述不再是经验的媒介化，而是二度媒介化，经验世界的作者分裂出一个虚构的叙述者，重新建构了一个虚构世界，同时也要求读者分裂出一个虚构的叙述接受者来接受这个叙述。因此虚构世界不再指称经验世界，它与经验世界隔开了双层距离。虚构世界的叙述者面对的不再是经验世界的读者，而是虚构世界的受述者，因此读者不会要求叙述者对事实问责，因为虚构文本不具有指称性。②

从上面的双区隔理论，我们可以看出，奴隶叙事是将奴隶的经验世界符号化，来再现奴隶在奴隶制下的经历。由于奴隶叙事的作者就是奴隶叙事的叙述者，他们直接面对公众读者，因此他们必须对自己叙述的真实性负责。那么问题是，我们如何识别双重区隔以确定奴隶叙事仅有一度区隔，是对经验世界的再现，而并未进入二度区隔呢？以小说为例，小说的扉页，出版信息、序言、后记、书号等都是一度区隔的痕迹。一度区隔与经验世界之间的关系是透明的，具有指称性；然而当小说进入正文以后，就进入了二度区隔，该层不指称经验世界。纪实型叙述也同样有开头、结尾，也有序言、后记，但纪实性叙述的这些部分与正文在同一个层次上，实际上是正文的一部分，纪实型叙述的正文与经验世界的关系也是透明的。

第四节　本　章　小　结

从 18 世纪开始，美国蓄奴制对美国的政治民主化、领土扩张和市场关系的三个历史进程产生了深刻的影响；对美国人的政治参与、西进运动和经济关系方

---

① 赵毅衡：《广义叙述学》，第 72 页。
② 同上条文献，第 76 页。

面留下了众多的思想言论,其中,蓄奴制对意识形态的建构是美国南北战争前重要的思想史。亲蓄奴制的言论从人种、文化、公民义务、政治和公共事务、经济利益等方面,提出黑奴智力低下、文化低劣,属于行为需要家长制管理的种族,因为不能享有或无权享有政治自由和权利,一生只能处于经济从属的地位;而废奴派或反对蓄奴制的言论,则从基督仁爱、美国自由传统等方面,来解读《圣经》《美国宪法》,试图从中找到依据,为黑奴辩护和争取自由。可以说,废奴主义运动让美国对民主和自由的讨论重新复苏,刚刚从英殖民宗主国获得解放的年轻国家,正面临着一场新的挑战,而通过捍卫权利法案,反对奴隶制的运动成为废奴主义者号召的"保卫每一个自由人的权利"的斗争。①

反对奴隶制,必须重新定义自由和美国公民权利的内容。加里森派的废奴主义者把自由定义为自我主导,并据此对美国宪法进行批判,认为宪法庇护了奴隶制。加里森甚至当众烧毁宪法,称之为一份与魔鬼签订的契约;而政治派的废奴主义者则反对这种将奴隶制等同于现有体制的做法。他们认为,自由的事业是对黑奴的解放,而不是改变美国宪法或北方社会。众声喧哗中,有一个集体的声音越来越受到公众的注意。"'那些经历了奴隶制的种种残酷折磨后的人,'弗雷德里克·道格拉斯在1847年写道,'才是真正会鼓吹和倡导自由的人。'"②黑人废奴主义者以及前奴隶的自传,成为公众政治领域中的一种见证,来自蓄奴制最真实的声音,为公众讨论自由和政治生活提供了无可辩驳的证据。

"我们如果正视事实,就必须承认:尽管奴隶制残酷和不道德,住在这个国家里的一千万黑人由于他们自己或他们的祖先经历了美国奴隶制这个学校[的教育],因此与地球上任何一部分的同等数目的黑人相比,在物质上、知识上、道德上和精神上,都处于更坚强、更有希望的地位。"③ 作为一种文类,奴隶叙事之间相似的结构方式和情节安排,以及重复性等生产特征,成为自传体系中一种独特的体裁。这种形式的特殊性产生于特殊历史时期的特殊需求,构筑了一个文本历史化的可能空间,同时凸显了其作者的独特身份和特殊经历。由于黑人奴隶叙事的文类性质和特征,自传和奴隶叙事的文类差异其实也是一种话语差异,

---

① Russell B. Nye. *Fettered Freedom: Civil Liberties and the Slavery Controversy 1830-1860*. East Lansing: Michigan State College Press, 1949, p.65.

② 约翰·史托弗:《巨人:弗雷德里克·道格拉斯与亚伯拉罕·林肯平传》,第137页。

③ William L. Andrews. "The Representation of Slavery and the Rise of Afro-American Literary Realism 1865-1920." *Slavery and the Literary Imagination*. Ed. Deborah McDowell and Arnold Rampersad. Baltimore: The Johns Hopkins University Press, 1987, p.62.

造成了不同的读者的期待视域。奴隶叙事具有显明的作者意图,并构造了自觉的写作模式,以见证和证言的方式,成为美国蓄奴制历史记忆的承载物,也成为黑人文学传统的重要组成部分。

第二章

奴隶叙事中的叙述分层和"白夹黑"隐喻

盖茨指出:"在新世界里,非裔奴隶一项最为显著和持久可见的遗产是奴隶叙事,这种由被奴役的前非裔创作的文类在当时指证了他们的掳获者,见证了每一个黑奴对自由和读写能力的需求,并使他们能享有所有的人类权利。"① 奴隶叙事开创了黑人美国文学的历史,但同时,也记录了非洲人被诱拐或绑架,作为奴隶被奴役,但最终获得自由的故事。其中,白人书写的前言、信件、证明信等伴随文本,以及黑奴叙事本文之间,构成了"黑信息/白信封"的叙述分层。研究早期奴隶叙事,可以观察奴隶叙事这种叙事常规的叙事效果和作用。

第一节 《有趣叙述》的叙述分层:黑信息/白信封

从文学传统来看,1789 年出版的《有趣叙述》,是第一本出版发行成功的奴隶叙事著作。奥劳达·伊奎阿诺(1745—1797),又名古斯塔夫斯·瓦沙,非洲黑人,小时候在依波(即现今的非洲尼日利亚东南部)长大。11 岁的时候,他和姐姐被奴隶贩子绑架,先被卖到西印度群岛的巴巴多斯,随后被拐卖到美国弗吉尼亚州一个农场主手中。1757 年,一位英国皇家海军军官迈克尔·亨利·帕斯卡将他带至英国,并将他重新命名为古斯塔夫斯·瓦沙。在英国,瓦沙作为主人的贴身男仆,亲身参与了英法七年战争。之后他受到主人影响,接受了基督教洗礼,成为一名教徒并开始学习识字。1762 年,在英法七年战争快结束时,帕斯卡把他卖到西印度群岛做奴隶。伊奎阿诺凭借自己的聪明才智,赚取了一些钱,于 1766 年为自己赎回了自由身。自由后的伊奎阿诺开始了海上贸易和探险生涯,去过北美、地中海、中东、西印度群岛和北极等地区。1786 年开始,他积

---

① Henry Louis Gates, Jr., ed. *The Classic Slave Narratives*. New York: Signet Classics, 2012, p.i.

极投入废奴运动。1789年,他出版自传《有趣叙述》。该书一经出版,就在白人读者群中获得了巨大的反响,推动了英国废奴法案的产生,同时也对大洋彼岸美国的废奴运动产生影响。这本书一版再版,不断修改,到1794年,它已经出版到了第9版。伊奎阿诺在《有趣叙述》中记录了自己被俘获为奴的故事,成为最早一批奴隶自传的代表人物,为后继的黑人奴隶叙事树立了典范。尽管伊奎阿诺等反对的主要是奴隶贸易,而不是之后的奴隶制本身,但是这撼动不了他们作为奴隶叙事开创者的地位。

  《有趣叙述》中伊奎阿诺的叙述既有对非洲童年生活的回忆,也有被掳获后被奴役的悲惨经历,还有对他在海上漂流历险及其所见所闻的记录,在这个过程中,他的自我奋斗、自我塑造和精神追求贯穿于人生成长过程。从精神追求层面上来讲,《有趣叙述》中伊奎阿诺对基督教的虔诚信奉贯穿始终,主人公历经艰险考验之后,终于在精神上达到了人生巅峰,可以说是黑人版的《天路历程》。伊奎阿诺勤奋好学,出书立传,为解放奴隶事业奔波,他自强不息的奋斗精神和自我实现的过程,契合了富兰克林的奋斗史。[①]同时,伊奎阿诺远离家乡、离群索居,和异族人相遇,始终坚持信仰的生平经历,也类似于笛福虚构出来的鲁滨孙·克鲁索。从某种程度上来说,伊奎阿诺的《有趣叙述》是融合了《天路历程》《鲁滨孙漂流记》《富兰克林自传》等经典著作元素的黑人版本。另外,在文类上,《有趣叙述》综合了俘虏叙事和灵魂自传等文类要素。奴隶叙事的俘虏叙事讲述一个个体,被诱拐离开他或她的家乡,被带到了一个遥远且未知的地方。叙事的主要人物常常在俘获者的手中经历了巨大的痛苦,尤其是他或她被迫顺从以及接受一种完全不同的文化信仰,并由此获得新的有关宗教的、民族的、身体的身份。灵魂自传通常记录了主人公认识到基督教义之光,从而发生转变,开始全新生活的经历。18世纪和19世纪的灵魂自传是基督教宣传中通俗流行的文本,早期的黑人作家受到这些流行文本的影响,常常采用灵魂自传的形式来叙述他们被束缚和争取自由的故事。正如皮尔斯所说:

    "如果基督教的中心信息就是十字架上的耶稣做的救赎,通过一人的牺牲来救赎所有的罪人,也就难怪为奴的男人女人会把这一信息应用到他们的精神和尘世需求上。基督教信念给出的修辞信息预示着自由、解放、摆脱枷锁,特

[①] 在1789年出版的《有趣叙述》扉页,附有作者坐姿肖像图,穿着打扮和白人无异,膝盖上放着一本打开的《圣经》。这种扉页肖像类似于《富兰克林自传》(富兰克林自传于1788年出版)中的肖像图。尽管自传排版类似,但考虑到《有趣叙述》是黑人传记,这种和白人传记排版类似的方式,还是体现了这本传记的模仿意识。这种模式也成为之后奴隶叙事的范式。

别是对那些受到错误惩罚的人来说更是如此。……那么还有什么信息比非洲奴隶的境况更能给人希望，更能让人联想到圣经中的苦难与救赎呢？"①

《有趣叙述》运用俘虏叙事的文类要素来讲述个人的经历，为18世纪的白人读者展示了与他们生活截然不同的新奇以及未知因素；作为废奴主义的政治宣传，揭示了奴隶生活的残酷和奴隶主的暴虐；灵魂自传的文类要素则提供了让读者感觉熟悉并亲切的道德范式，并呼吁读者从基督教提倡的仁爱和平等出发，为黑奴的解放投入关怀之力。

一、"黑信息/白信封"和叙述分层

《有趣叙述》通常被认为是奴隶叙事最早的范本之一。1913年，杜波依斯指出这本自传是"一系列[奴隶叙事]的开始"。这本自传建立了18世纪和19世纪奴隶叙事的主要常规：版印的正面（engraved frontispiece）、作者身份的认定、见证、书前的引文（铭文），合乎身份的叙述和纪实性的证据等。在正文叙述前后出现的白人编辑、朋友和废奴主义者的信件和证明，印证了约翰·塞克拉（John Sekora）著名的"黑信息/白信封"的论点。塞克拉在他的演讲"黑信息/白信封"（"Black Message/White Envelope"）中提到："奴隶叙事常常表现了一段生命记录，……奴隶叙事的'黑信息'被不可避免地'封印在白信封内'。"②塞克拉认为，奴隶叙事是种族分子文化进程的产物，其中"白人赞助者迫使黑人作者去证实、授权白人体制的权力"③，而这个进程，塞克拉认为，相应地让黑人的声音静默了。"黑信息/白信封"的观点，从叙述的角度指出了奴隶叙事的特殊性。雷蒙德·黑丁（Raymond Hedin）从这点出发，指出奴隶叙事是"被包围着……奴隶叙事形式上的框架不是由黑人作者，而是由白人读者来提供的。至少看起来组成叙事开始和结束的，是证词包围着叙事——通过这种行

---

① Yolanda Pierce. "Redeeming Bondage: The Captivity Narrative and the Spiritual Autobiography in the African Slave Narrative Tradition." *The Cambridge Companion to the African American Slave Narrative*. Ed. Audrey A. Fisch. Cambridge: Cambridge University Press, 2007, p.93.

② John Sekora and Darwin T. Turner, eds. *The Art of Slave Narrative: Original Essays in Criticism and Theory*. Macomb: Western Illinois University Press, 1982, p.10.

③ Robert S. Levine. "The Slave Narrative and the Revolutionary Tradition of American Autobiography." *The Cambridge Companion to the African American Slave Narrative*. Ed. Audrey A. Fisch. Cambridge: Cambridge University Press, 2007, p.99.

为提供了一个形式的框架"①。和西方文学传统的自传不同，前黑奴传主的身份、叙述的真实性成为叙述的难题，通常要依靠白人赞助者或白人朋友来证实自己的书写，因此形成了白色信封内装载黑色信息的奇特现象，但也同时构成了叙述分层的特殊效果。

叙述是指"由一个、两个或数个（或多或少显性的）叙述者（narrators）向一个、两个或数个（或多或少显性的）受叙者（narratees）传达一个或更多真实或虚构事件（events）（作为产品和过程、对象和行为、结构和结构化）的表述"②。从交流的层面来看，叙述是指信息发送者将信息传达给信息接受者这样一个交流行动。热奈特对叙述层次这样定义道："叙事文中所讲述的任何事件都处于一个故事层，其下紧接着产生这一叙事的叙述行为所处的故事层。"③他将起始的层次称为超故事层或故事外层（extradiegetic level）。按照热奈特的分层，叙述者向受述者讲述，而超故事层的受述者在故事层，成为下一层的叙述者，这样就形成层层套叠的层次。叙述分层有利于证实叙述者的真实性。正如赵毅衡在论及叙述分层时说，对叙述中出现的"日记""手稿""信"等分层符号而言，"分层的确是为了给叙述行为提供一个貌似真实的证据"。④在《有趣叙述》中，由于前奴隶伊奎阿诺的身份限制，他是否具备读写能力，是否诚实，都需要故事的开头和结尾的白人书信等来证明，这种框架式结构形成了塞克拉所提到的"白信封"现象。

一般来说，在热奈特的叙述分层概念中，超故事层的叙述者作为见证人或故事参与者，他的讲述中包含着系列的故事；由此，初始叙述所形成的超故事层之下，形成两个或多个层次。在奴隶叙事中，超故事层的叙述者和故事层的叙述者之间，叙述者的经历并没有交叉；或者说，在前奴隶获得自由之前，白人叙述者并非其奴隶经历的见证者，也没有参与对黑人的奴役，超故事层叙述的是白人编辑和自由人黑人叙述者的认识过程以及对后者人品的证明。因此，超故事层和故事层之间泾渭分明，故事层不能转换为超故事层或进入超故事层次，叙述本文内不存在双向交流。因此，在"白信封"内，黑色信息的叙事本质是它与白色信封的叙述类型不同，黑色信息和白色信封缺乏交流的基础。

---

① Raymond Hedin. "Strategies of Form in the American Slave Narrative." *The Art of Slave Narrative: Original Essays in Criticism and Theory*. Ed. John Sekora and Darwin T. Turner. 1982, p. 25.

② 杰拉德·普林斯：《叙述学词典》，修订版，乔国强、李孝弟译，上海：上海译文出版社，2011年，第136页。

③ Gérard Genette. *Narrative Discourse: An Essay in Method*. Ithaca, NY: Cornell University Press, 1983, p.228.

④ 赵毅衡：《苦恼的叙述者》，成都：四川文艺出版社，2013年，第107页。

二、叙事危机和叙述交流

超故事层规定了故事层的修辞语境,如对声音的限制、对视角的选用、语言和礼仪的界限、谦卑的自我表现等;同时,超故事叙述权由白人让渡给了黑人叙述者,一方面是为了保持奴隶叙事的"真实性",另一方面是让读者更容易被第一人称亲历叙事所触动。但超故事层对于奴隶叙事是非常必要的,它提供了对奴隶叙事的证明。在《有趣叙述》开篇的"致读者"中,伊奎阿诺谈到,有的读者怀疑他并不是从非洲被绑架而来,不会说英语;而是来自西印度,会说英语。在1792年4月25日的《神谕》、27日的《明星》上,也出现了充满恶意的对他身份的质疑。伊奎阿诺因此要"提供这本《叙事》的编辑来信给公正的读者,给怀有人性的朋友们",用自己的经历来"加速结束残暴和不公平的[奴隶]贸易"。这番说明从另一个角度,暴露了奴隶叙事的危机:前奴隶作者的身份和叙述的真实性,是受到读者质疑的。《有趣叙述》的做法是,在超故事层内,提供叙事生产和销售的细节,白人编辑者的身份和信件自然也就成为黑人叙述者身份和叙事的证明。这些信件都注明了写作者和收信者,以及地址和时间。比如第一篇里的信件来自爱丁堡,1792年6月由亚历山大提洛克致意约翰 M,ESQ. 格拉斯高。信中提到:"在检查完《神谕》里的那一段后,我倾向于相信涉及古斯塔夫斯·瓦沙的部分,可能是某些倾向于赞成继续奴隶贸易的人编造的,目的是减弱反对这种贸易的证据的力量。"第二封来自《明星》报编辑室的来信则是直接写给瓦沙的,信中写道:"我认为我应该给你道歉,并且我希望这是合理的,让人满意的,能够去除这个报道中暗指的对你不利的印象。"伊奎阿诺所列出的这些信件,写作者都是有社会身份和职位的白人,不难看出其信件作为证明的权威性。

不过,从《有趣叙述》的超故事层开始,即"白信封"之上,还负载着一个作者对读者的致意,这就形成了非常特殊和有趣的叙事现象,我们姑且把它作为白色信封的黑色封口。这封信由作者本人写成,致意给"英国上议院和下议院":

我的大人们、先生们:

允许我怀着最大的敬意和尊重,把这本真实的叙事放在您的脚下;其主要的希望是激起您在八月集会中,对于奴隶贸易加诸我不幸的同乡们身上的痛苦抱有同情。这种贸易令人恐惧地把我首次从我心里所有最柔软的亲密的关系中撕裂开;但这些苦痛,通过神的神秘的方式,通过我之后掌握的基督教的知识得到了无限的弥补,我还了解到一个国家自由的情怀、人性,一个国家的政府光荣的自由,艺术和科学的娴熟,这些都提高了人性的尊严。

我意识到我应该请求您的原谅，将这本完全缺乏文学特质的作品呈献于您面前；但是，作为一个不识字的非洲人的作品，他只是为希望所鼓舞，期望成为解脱他受苦受难的老乡们的工具。我深信这样的人，为了这样的动机而请求，会被原谅其大胆和放肆之处。

在废奴制被讨论的重要日子里，祈愿天主会赋予您大人内心特别的仁慈，在那时，千百人，取决于您决定的结果，期待得到幸福或痛苦！

我是，

我的大人们和先生们，

您最顺从的，

最忠诚谦卑的仆人，

奥劳达·伊奎阿诺或古斯塔夫斯·瓦沙[①]

伊奎阿诺本人所提供的这封信，委婉地表示了对宗主国文化和宗教的仰慕，同时也显示了自己的写作水平，让人信服。一般来说，即使奴隶叙事在封面加注了"由他自己书写"（"Written by Himself"），叙述者的身份是否为作者，其叙述是否昭显了说话主体，还是奴隶叙事需要证实的部分。但在《有趣叙述》中，在所谓的"白信封"，即叙事的超故事层里，出现了白人编辑或废奴主义者对伊奎阿诺身份的讨论和核实，同时也出现了伊奎阿诺作为奴隶阶级的代表人反对奴隶贸易的请求信，这就形成了作为自由人的伊奎阿诺在超故事层和白人废奴主义者之间的交流。这种交流不见得有现实意义，但却是奴隶叙事用以证实黑人才能的重要叙述目的。正如盖茨指出："至少从 1600 年开始，欧洲人就开始大声质疑非洲人是不是所谓的'人种'，就像他们经常认为的那样，能否产生正式的文学，能否精通'艺术与科学'。他们认为，如果能的话，那么非洲的人种和欧洲人种是内在有关联的；而如果不能，那就很明显说明了非洲人本性就是做奴隶的。"[②] 因此，"要成为主体，在成为社会或历史生命之前，曾是黑奴的非裔黑人必须展示其使用语言的能力。简单地说，黑奴只能在语言中书写他们的自我"[③]。伊奎阿诺写给议会的信同时出现在超故事层，就形成了和白人编辑者对话的行为。在这个信件中，伊奎阿诺的身份不再是故事中被掳获的黑人和被奴役的奴隶，而是获得了自由的人。从另一方面来看，故事层叙述的是过去被奴役时期的故事，而超故事层的发展提供了传记传主处于自由时期的后续故事。奴隶生

[①] Henry Louis Gates, Jr., ed. *The Classic Slave Narratives*. New York: New American Library, 1987, p.5.

[②] Henry Louis Gates, Jr. "James Gronniosaw and the Trope of the Talking Book." p.10.

[③] Henry Louis Gates, Jr., ed. *The Classic Slave Narratives*. p.105.

平的故事结果不在故事层的结尾,而是出现在叙事开始。

在《有趣叙述》中,"白信封"不仅出现在首尾的超故事层中,在每一章的故事层之上,也留下了白人叙述者叙述介入的痕迹。在《有趣叙述》每一章的开头,都会有一些类似于内容概要的介绍。例如,第一章开头的介绍性文字(用斜体字加以区别)提到了"作者对自己国家、言行及生活方式的讲述"[1]。这些概要主要是对传记传主生平经历的简介,采用第三人称叙事。每一章的故事层面之上超故事层的介入,形成了叙述者被叙述的现象。在叙述交流的层面,读者容易感觉到,故事层的前奴隶传主的叙述,被包裹在白人叙述者的叙述之内,其叙述行为受到监视,其真实度因此得到了保证。这类概括性叙述即使不能算作叙述正文,至少也能作为一种文本符号在整部叙述文本中起着重要作用。

"黑信息/白信封"的现象,在黑奴自传中非常普遍。在《有趣叙述》叙述分层中,白人叙述者对黑人叙述者的证明和黑人叙述者试图插入自己声音的现象,形成了文本内多种声音的矛盾、冲突、妥协和斗争。不管是白人不愿意直接记录黑人叙述,还是伊奎阿诺主动从白人手中抢过了叙述权,抑或是两者兼备,都说明了叙述权背后的一种博弈。白人高高在上的地位,在伊奎阿诺时代是无可回避的事实,黑人作者不得不借用白人叙述的权威性来证实自己的叙事;而在接过了叙述权之后,伊奎阿诺则试图通过自己的写作,把这本自传变得既引人入胜,又让人不由自主地同情。在"黑信息"部分,大量新奇的经历和真实的心路历程使这本书特别受读者欢迎,得以多次出版。伊奎阿诺没有像当时的其他一些作者一样,出售自己这部书的版权。版权一经出手,作者便会失去对书本内容的控制权以及出版发行权。再版的时候,作者可以不断添加进去对自己及黑人同胞有利的一些好评,澄清一些误会,从而使这部《有趣叙述》更为生动、更具说服力。通过这样做,伊奎阿诺也争夺了部分叙述权。

三、读者群和叙述目的

"叙事艺术需要有一则故事和一位讲故事的人。叙事艺术的实质既存在于讲述者与故事的关系之中,也存在于讲述者与读者之间的那种关系当中。"[2] 就叙事作品而言,叙述本文具有叙事意图,并具备独特的叙事交流过程。查特曼指

---

[1] Olaudah Equiano. "The Interesting Narrative of the Life of Olaudah Equiano, or Gustavus Vassa, the African, Written by Himself." *The Classic Slave Narratives*. Ed. Henry Louis Gates, Jr. New York: Signet Classics, 2012, p.31.

[2] 罗伯特·斯科尔斯、詹姆斯·费伦、罗伯特·凯洛格:《叙事的本质》,于雷译,南京:南京大学出版社,2015年,第252页。

出，在叙述交流过程中，真实作者和真实读者分别列在叙述本文之外。对于叙述者而言，叙述意味着选择一位倾听者，每一位叙述者的叙述行为都面向一位理想读者。但作为叙述作品，真实读者出现在叙述本文中还是非常罕见的。不过在《有趣叙述》中，超故事层首先出现了白人读者的信件，内容主要是推荐这本奴隶叙事，读者来信长达 11 页。出现读者来信是叙事危机的一个很重要的体现：《有趣叙述》受到中伤和怀疑，有人在恶意扭曲作者的出生地，伊奎阿诺说，试图"中伤我的人格，毁坏我在自传中的信誉并阻止它的销售"①。伊奎阿诺不得不在这部分声明道："如果没有敌人为了阻止这部书发行而对书本内容进行的中伤，这些信件和书评将不会出现在《有趣叙述》中。"②

在《致读者》之后，伊奎阿诺列出了预订《有趣叙述》的英语读者名单（List of English Subscribers）。读者按照地区分为几大块，每一块都按照人物姓氏英文字母顺序排列。这些读者人名占了 17 页的篇幅。不管是作者有意还是无意为之，这样的开头都给人一种把白人的信件和订阅人的姓名信息都列入正文本文的感觉。这样一来，正文暗示着叙述者对读者的致谢，导致致谢部分的界限就模糊了：这本《有趣叙述》得以出版甚至畅销，离不开白人赞助者和预订者在经济和道义方面的有力支持。

这些预订者来源广泛：既有来自英格兰和爱尔兰的，也有来自苏格兰地区的，还有来自美国的。1789 年出版的第一版《有趣叙述》中，作者列出的预订者有 309 人③。1794 年出版的第 9 版《有趣叙述》中，列出的有名可查的人物扩展到 887 人。他们大多是当时有身份的人，有的是皇家贵族，比如威尔士王子、约克郡公爵和坎伯兰郡公爵；有的是神父、牧师和其他神职人员，许多人物的头衔之前都有 Rev.开头字样，这是对神职人员的尊称，这些人在每一页上都能看到，由此可见作者与这些人在宗教和信仰上的联系；这些订阅者中，有知识分子，比如来自苏格兰格拉斯哥大学的教师安德森，来自苏格兰的作家华生先生；有来自海军的约翰·克拉克森、约翰·希尔船长、诺曼船长④；还有来自美国的托马斯·狄格思先生。另外，也有一些出版商，比如苏格兰的特布尔先生，诺维奇的马切特先生等。有的人还预订了不止一本，对于这些人，作者还特意标出他们预订的册数，最多的是英格兰拜克区的一位乔治·约翰逊先生（George

---

① Olaudah Equiano. "The Interesting Narrative of the Life of Olaudah Equiano, or Gustavus Vassa, the African, Written by Himself." p.3.
② 同上条文献，第 11 页。
③ 同上条文献，第 39-46 页。
④ 同上条文献，第 14-15 页。

Johnson, Esq. of Byker），他订了100册。除了男性预订者之外，他们的夫人和女儿中也有很多人订阅，这与正文中提到的很多白人女性也有关系。伊奎阿诺对读者群的致意，意味着他的叙述要接受读者们的舆论监督和审阅。另外，这些白人预订者大多同情黑奴遭遇，在信件中还出现了和作者的互动。如在1792年5月14日的来信中，读者贝克先生提到了有人在报上发表文章对伊奎阿诺的非洲身份表示怀疑，认为"不值得去费钱诉诸法律，特别是如果你得到了道歉的话；因为只要有人读过你的《有趣叙述》，谁还会不相信你就是非洲本地人呢？"[①]伊奎阿诺通过转述类似的读者来信，比较客观地证明了自己的人品。借助读者舆论和赞助人的力量，叙述者伊奎阿诺拉近了与那些同情黑奴遭遇的白人读者之间的距离。

与有些书信和日记类纪实作品不同，日记类的文章主要限于个人或者少数几个人翻阅，作者在写的时候，无须考虑其他读者的感受，可以无拘无束地写下自己的想法；而《有趣叙述》叙述者有着明显的目标读者群，写作时考虑到了读者的感受，为自己的写作安排做一个解释。比如，伊奎阿诺在第一章的开头，就花了大段文字来解释自己写作这部自传的理由。其中他提到："如果此书能让我众多好友能有几分满意，我正是应他们之邀而写成，或者能为人道主义奉献一点点力量，那么这本书的目的也就完全达到了。"[②]而在日记体的文章中，就不容易出现这类解释性的文字。伊奎阿诺与读者在文中的互动也是一个重要特点。第二章开头，他在介绍自己的家庭背景时直截了当地说："我希望读者不要认为我在介绍自己时加进去对我家乡风俗习惯的介绍是一种越界……我已经告诉读者我的出生地和出生时间。"[③]类似的对读者的话，在《有趣叙述》中还可以找到很多。同时，作者也展示了自己的成长，主要表现在宗教信仰、人生阅历和经验方面，有一个从异教徒到基督教徒、从蒙昧无知到清明理性的过程。作者仿佛直接面对读者，与他们进行贴心的谈话，并邀请他们成为自己经历的见证者。

代表着现实层面的作者，直接联系着文本与读者，而这其中，历史语境起着重要作用。作者无疑是以黑人废奴主义者的身份出现的，具有双重身份：要么是黑奴代表，为黑人奴隶发声；要么是废奴主义者一员，必须采用和白人废奴主义者一样的书面语言，否则就得不到白人读者的认可，反而会加重他们歧视黑人的偏见。废奴主义者一员的身份不同于新奴隶叙事（如赫斯顿《他们眼望上苍》）

[①] Olaudah Equiano. "The Interesting Narrative of the Life of Olaudah Equiano, or Gustavus Vassa, the African, Written by Himself." p. 4.

[②] 同上条文献，第32页。

[③] 同上条文献，第46页。

中的角度，新奴隶叙事写作的时代是在奴隶制早已废除之后的事情，它更加在意的是保留黑人文化传统，再现黑人的口头文化。因此，伊奎阿诺在文本中处理他遇到的黑人同胞的话语时，除了个别地方出现过直接引语，大部分都采取了转述，属于正式的书面叙述。这么做可以体现黑人作者的写作水平，也拉近了作者与白人读者的距离，从而在现实层面博取他们的同情与支持。

另外，作者在现实层面，还要考虑到经济因素和政治因素，那就是白人作为伊奎阿诺的赞助方和预订者所起的作用。尽管在书还没有写成之前就要付钱预订这种做法在 18 世纪后期已经不再流行，但是伊奎阿诺还是要求预订者先支付一定的费用，承担出版成本来维持自己的生计。[1]这在该书的序言部分就可以看出。伊奎阿诺的白人朋友（其中多数都买了他的自传）不断给他们周围的人写信，来说明这部书是如何精彩；或告诉他人伊奎阿诺为人是如何正直，伊奎阿诺也是一位虔诚的基督徒等，从而博取了许多白人赞助者的物质支持。伊奎阿诺的书得以出到第九版，离不开这种赞助和读者的口碑。倘若缺少了这些赞助方，再好的书也只能在小范围内流传，而这部书在伊奎阿诺在世时就已经为他赢得了金钱和荣誉。从这个意义上讲，这部自传不仅是一部义务宣传手册，还具有商品性质。它需要读者去购买，从而帮助作者赚取利润。这部书在作者去世前为他赚取了不菲的利润。据估算，他从这九版书中可能轻松赚取了超过 1000 英镑的净利润。[2] 这在当时是一笔不小的财富，大约相当于现在的 15 万美元。他去世时大概是大西洋地区最富有的黑人。

《有趣叙述》还融合了个人的因素和政治的因素。伊奎阿诺在获得自由以后，曾多次参与了一些改善黑奴待遇和呼吁废除黑奴贸易的活动，他甚至申请作为欧洲派往非洲的特使，来解决奴隶贩卖问题。[3]作为黑人群体代言人的伊奎阿诺，以作者的身份给目标读者（主要是同情废奴运动的白人读者）传达了一个坚定的声音：无论是从道义角度还是经济角度，奴隶制及奴隶贸易均不可取。尤其是在该书最后一部分，叙述者说道："如果可以允许黑人在他们自己的国家生活，那么每 15 年他们的人口就会增加一倍。"通过给非洲市场提供产品，英国制造业规模会更大；而同时，非洲也会给予丰厚回报："几个世纪以来潜藏的财

---

[1] Vincent Carretta. "Olaudah Equiano: African British abolitionist and founder of the African American slave narrative." *The Cambridge Companion to the African American Slave Narrative*. Ed. Audrey A. Fisch. Cambridge: Cambridge University Press, 2007, p.53.

[2] 同上条文献，第 57 页。

[3] Olaudah Equiano. "The Interesting Narrative of the Life of Olaudah Equiano, or Gustavus Vassa, the African, Written by Himself." p.221.

富将会公之于众并得以流通，非洲的工业、企业以及矿产将会随着人口规模的增长而得到全面开发。一句话，它将会为英国的制造商和商业冒险家打开一个无穷尽的市场。"①这些话除了单纯从人道主义角度博取白人同情之外，还从白人的经济角度考虑，试图让他们明白：黑奴贸易或许并不是一项明智之举。这一角度呼应了亚当·斯密在《国富论》中的经济学思考。如果把黑人奴隶劳力转化为自由劳力，那么将会有利于英国经济发展。

另外，挑剔的读者和赞助商不仅需要真实的叙述，还需要惊险和乐趣。正如伊奎阿诺在第六章开头提到的："对奴隶的惩罚太过频繁……令人震惊，以至于不会给作者和读者带来任何乐趣。"②"乐趣"也是《有趣叙述》一个很重要的目的。伊阿奎诺成功地将惊险和乐趣这两个方面结合了起来。故事人物命运的瞬息万变使这部自述拥有了"有趣"的一面，而在讨论奴隶贸易时，伊奎阿诺也很少使用长篇大论的说教，而是通过事实和行为说话。这也使这部自传具有了一种温和的趣味性。这种趣味性，可能更多地考虑到了读者群的接受状况。据当时一位出版商兼经销商约翰·穆雷统计，1768 年到 1795 年，只有 25 本书是靠预订来出版销售的，《有趣叙述》就是其中之一。加入趣味性，丰富了这部书的叙述内容，作者在奴隶叙事的同时，添加了很多有趣元素，如他去过的地方，包括非洲、北美、英国、北极、西印度群岛、土耳其等风俗民情各异的地方。他曾在美国见证了基督教派公谊会成员的婚礼，在海上经历了各种冒险，还差点丧命于威尔士的一起煤矿坍塌事故。有趣的叙述情节，相比于同类的奴隶叙事，能更好地打动目标读者的心，也就更利于这部自传扩大影响力。因此，趣味性在这里就不是一个可有可无的点缀，而是一种叙述策略。以"有趣叙述"为招牌，作者成功地笼络到白人废奴人士，使他们能够阅读、购买自己的书，同时慢慢地接受自己的观点和主张，对奴隶的悲惨遭遇产生同情。如果把"有趣叙述"看作是叙述特色的话，那么其暗含的政治主张——废除黑奴交易——就是暗含的叙述目的，二者的重要性不相上下。

第二节 《有趣叙述》中的第一人称叙述和见证经历

在《有趣叙述》中，值得注意的叙述特点是叙述者的身份变化。上文谈到超

---

① Olaudah Equiano. "The Interesting Narrative of the Life of Olaudah Equiano, or Gustavus Vassa, the African, Written by Himself.", p. 223.

② 同上条文献，第 110 页。

故事层和故事层之间，白人编辑对故事层的黑人叙述者叙述的监控和限制，但在故事层内部，叙述者的身份在不断变化：从非洲自由黑人到被掳获的囚徒，从奴隶到自由人，从无知无识到获得读写能力，主人公的认知能力和见识都在不断成长。作为最早的奴隶叙事之一，这种个人成长的故事模式获得了极大的成功，也给予了后来的奴隶叙事一种具有典型意义的代表模式。另外，在故事层的叙述中，第一人称叙述配合了人物精神的成长，并提供了亲身经历和见证目击的角度。在故事层的叙述中，叙述者和故事人物时而重合，时而分离，一方面显示出奴隶叙述者不甚圆熟的叙述技巧，另一方面也显示出叙述者有意介入的痕迹，从而印证了叙述者身份的变化。

一、命名权和叙述者身份的变化

奴隶叙事首先面对的是定义自我和身份建构的问题。获得自由的奴隶，在回忆自己的生平时，面临着身份不断变化的问题，最简单的是由奴隶到自由人，从无知到有见识。其中，名字的变化是标志着身份变化的外在符号。奴隶没有权利拥有自己的名字，命名权通常掌握在奴隶主的手里。在《有趣叙述》第三章中，作者提到了自己被贩卖到英国做奴隶时，因为坚持自己叫"约伯"，而不愿意被奴隶主称作"古斯塔夫斯·瓦沙"，遭到了奴隶主的暴打：

"我上了那条船的时候，我的船长和主人叫我'古斯塔夫斯·瓦沙'。我那个时候就开始能稍微明白他的意思了，就拒绝这种称呼。我告诉他我愿意被叫作'约伯'；但是他说我不能，还一直叫我古斯塔夫斯。刚开始我一直不答应，就吃了他好几个耳光，最后不得不屈服了，于是这个名字就从那个时候开始沿用了下来。"[①]

"古斯塔夫斯·瓦沙"已经是奴隶主给他起的第三个名字了，前两个名字分别叫"迈克尔"和"约伯"，而伊奎阿诺更喜欢"约伯"这个名字，因此他对第三个名字表示抗议。但是这种抗议对作为个人财产的奴隶而言不起任何作用。由于奴隶身份，虽然他并不喜欢"古斯塔夫斯"这个名字，但这个受身份限制的名字也是他生前一直使用的正式名字。不过，1789年写作自传的时候，古斯塔夫斯·瓦沙还是选择了自己的非洲名字伊奎阿诺。伊奎阿诺作为他的非洲名字，象

---

① Olaudah Equiano. "The Interesting Narrative of the Life of Olaudah Equiano, or Gustavus Vassa, the African, Written by Himself." p.63.

征着"变幻无常或命运；一个受宠爱、声音洪亮且说话有教养的人"。名字的更换意味着作者已经成为自由公民，从而获得了自己的命名权。

身份的建构和自我的成长密切相关。文森特·卡雷塔（Vincent Carretta）认为："随着自由而来的一项当务之急就是创造一种新身份，这可以通过个人品质和手头机会而创立，也可以伪造出来。伊奎阿诺可能选择了双管齐下。"①盖茨则认为伊奎阿诺没有必要编造自己的身份，他面临的是一个构建自我的问题。自传中那些丰富的海上经历，夹杂着伊奎阿诺道听途说的其他奴隶的故事，也包括他在加勒比海、北美、英国、北极附近等地的见闻②。这些叙述表明，他不单纯是一位经历者，也是一位编者和创造者。和多数奴隶不同的是，伊奎阿诺的奴隶生涯只占了他整个生命不到五分之一的长度。按照他的叙述，从他 11 岁做奴隶，到 21 岁赎回自由身，他的奴隶生涯也就 10 年。其余的时间，他都过着自由黑人的生活。这种双重身份也赋予了他跳出奴隶圈子，更客观看待奴隶生活的视角。《有趣叙述》的整体叙述安排遵循着一个严谨的结构。除掉"致读者"之外，全书共十二章，其中第一章叙述的是自己从出生到 11 岁时作为非洲自由人的生活；第二章到第七章讲的是自己作为奴隶的生活；第八章到第十二章讲的是自由之后的一些航海经历和其他经历。全书有接近一半的篇幅讲的是自由人生活。随着《有趣叙述》的出版，更多的人会叫他"伊奎阿诺"而非"瓦沙"。他的身份建构也随之完成。

二、第一人称叙述和精神成长过程

《有趣叙述》故事层中叙述者使用第一人称视角，叙述声音和人物相重合，叙述更为自然，生动地显示了人物的成长，人物的经验范围也自然成为视角范围。申丹指出，"在第一人称回顾性叙述中（无论'我'是主人公还是旁观者），通常有两种眼光在交替作用：一为叙述者'我'追忆往事的眼光，另一为被追忆的'我'正在经历事件时的眼光。"③ 由于两种视角代表了叙述者"我"在不同时期的认知，这种视角的变化就能显示出从幼稚到成熟、无知到知性的成长过程。如《有趣叙述》的第三章提到，在从东加勒比海的巴巴多斯岛到

---

① Vincent Carretta. "Olaudah Equiano: African British abolitionist and founder of the African American slave narrative." p.47.

② Audrey A. Fisch, ed. *The Cambridge Companion to the African American Slave Narrative*. Cambridge: Cambridge University Press, 2007, p.47.

③ 申丹：《叙述学与小说文体学研究》，北京：北京大学出版社，1998 年，第 223 页。

美国弗吉尼亚州，再到英格兰的途中，伊奎阿诺开始学习英语。那时候，好奇心很强的他第一次见到代表西方文明的一些工艺品：

"吸引我的第一件东西就是烟囱上挂着的一只钟表，它还在走着。听到它发出的滴答声，我特别吃惊，生怕它会告诉白人绅士们我犯了什么错误。而紧接着当我看到屋子里挂着的一幅画时，我就更害怕了，它看起来一直在看着我，我以前可从没见过这些东西。有一阵子，我把它看作是施了魔法；但是他们并不会动，我想可能是白人为他们死去的先人画的像，就像我们部族对神灵献祭那样……

对白人在所有我见过的事物上所表现出来的智慧，我真是目瞪口呆。"①

为了更强烈地表达自己当时的惊愕之情，紧接着，他又描述了一本会说话的书。

"我经常看见我的主人……在认真阅读。于是我有了一种强烈的好奇心，去对着书说话。我认为他就是这么做的，通过这样做可以了解事物起源的奥秘；为了这么做，我经常会拿起一本书，然后对着它说话，接着就把耳朵附上去，独自一人的时候，我希望它会应答我。可是它总是安安静静的，这让我很不安。"②

这里，叙述者采用了第一人称回顾性叙述，放弃了追忆过去的眼光，采用的是过去正在经历事件时的眼光。钟表会走，会发声，会看；画像在监视他的一举一动；书本也会说话，但是偏偏对他沉默。一只会告密的钟，一幅会监视别人的画，一本会说话的书——这些意象生动表现出了孩子的天真和好奇心，以及非洲人对白人和西方文明的敬畏，这符合叙述者当时的儿童身份和奴隶身份。采用儿童的视角来叙述他对西方文明的用心观察，这种天真幼稚的体验既博取了读者的同情，也给读者带来了欢乐，使读者更享有一种高于叙述者认知的优越感，从而更加怜悯伊奎阿诺。

尽管作为获得自由的奴隶代言人，伊奎阿诺在回忆以往经历时，其以自身的经验，或者说，其自由人的身份用来观察往事，更可以显示出叙述者的认知能力和智慧；但叙述者却没有完全采用第一人称的经验视角，反而采用了第一人称正

---

① Olaudah Equiano. "The Interesting Narrative of the Life of Olaudah Equiano, or Gustavus Vassa, the African, Written by Himself." p.62.

② 同上条文献，第67页。

在经历的视角。在第二章中,幼小的伊奎阿诺不明白船为什么会在海面航行,就去问周围人:

> "他们回答说自己也弄不清,不过是用绳子把布放在桅杆上,船就可以走了;白人若想让船停下来,就对水面念咒语、施魔法。对于这种说法我感到非常吃惊,真的认为白人就是神灵。"①

叙述者在叙述之时,已经是成年人,明白了帆船的运行道理。但这里采用的却是第一人称正在经历的视角,一方面这种视角非常直接、生动地描绘了叙述者当时的感知;另一方面,也突出了叙述者的身份对其经验的限制,显示出作为被掳获和被奴役的黑人男孩的无知和自卑。在他的眼中,白人类似神灵,而作为西方文明的象征物,钟表、书本等,都是不可理解且神秘莫测的。用这种天真无知者的视角可以博取更多读者同情。

可以说,伊奎阿诺的叙述策略是一种折中的方式,既没有废奴主义者的激烈批评,也没有奴隶主对奴隶制的歌功颂德。出于身份限制,他对白人奴隶主的观察是从他们对待奴隶的态度开始的,他对奴隶主一开始并没有太激烈的反抗,对他们基本持一种温和的批评态度,甚至认为他们一部分人人品很好。比如,在《有趣叙述》第四章开头,刚被贩卖到英国不久的他这样写道:

> "我从开始来到英国到现在已经有三四年,大部分时间我都在海上度过;于是我开始习惯了这种劳役,感觉自己处境非常好;因为我的主人对我往往是极其的好(extremely well),我对他也是非常的依恋与感激。……我不再把他们看作神灵,而是比我们高一层次的人;于是这激起我产生更强的欲望去模仿他们。去学习他们的精神,模仿他们的行为。……我来到这里没多久,(我的主人)让我去伺候盖林斯小姐,她对我特别的友好,还送我去上学。"②

伊奎阿诺的白人主人在对待黑人奴隶方面,并没有那么苛刻。他们甚至允许伊奎阿诺上学。这种友好的态度,促使伊奎阿诺对白人少了几分敌对。虽然他不再把白人奉为神灵,但也还是把他们看作是高于自己的人种。这种自我的贬低使得他在反对奴隶制时没有那么彻底。他主要反对罪恶的奴隶贸易,反对奴隶贩子

---

① Olaudah Equiano. "The Interesting Narrative of the Life of Olaudah Equiano, or Gustavus Vassa, the African, Written by Himself." p. 57.

② 同上条文献,第76页。

让黑人背井离乡，把他们从遥远的非洲或美洲贩运到别处做奴隶。

不过，随着叙述者阅历的不断增加，他对白人的态度和看法也慢慢有了变化，他也开始慢慢认知自己，精神世界得到不断充实，变得越来越自信。慢慢地，他形成了自己的价值判断，有了自己独立的意识。例如，在选择宗教的时候，面对着诸多基督教分支，他甚至直言不讳地对一个白人教士表现出厌恶之情。1775 年，伊奎阿诺到达西班牙的加的斯港口时，遇到了一位西班牙教士。他这样写道：

"我经常对曾遇到的一位教士表达我对他的厌恶之情。我经常与这位教士就宗教问题展开争辩。他经常煞费苦心地想把我拉拢到他的宗教派别，而我也一样想把他拉到我这一派别。在这些情况下，我总会拿出《圣经》，向他指出他的教派在哪些方面是错误的。他则告诉我说，他到过英国，那里的人只接受一本《圣经》，这是不对的；但是我回答道，基督希望我们去探求《圣经》的要义。"①

接下来，伊奎阿诺提到，这位教士以让他免费读大学为条件，让他改变信仰，成为一位教士，但伊奎阿诺还是拒绝了。这种拒绝虽然更类似于一种温和的排斥，但却表明，此时的叙述者已经不是之前那个幼稚单纯的黑人小孩了，而是有了自己的独立意志的人。他能权衡利弊，知道自己内心的需求和向往，在利诱面前还能够坚持自己的立场。更重要的是，面对身份地位更高他一等的白人教士，他也会以虔诚的基督徒的眼光来进行批判，丝毫不夹带任何恐惧。"从奴隶阶段的奴隶到后来的海上出游，伊奎阿诺经历了一个脱离天真、获取智慧的过程。"②这种由幼稚到成熟的蜕变，可以说是伊奎阿诺成长的记录，自传在这个意义上也是叙述者的成长史。

伊奎阿诺除了经历不断丰富，知识和识字能力增加之外，他的精神世界也经历了一个不断变化、成长乃至顿悟的过程。从自传中可以看到，伊奎阿诺在探求宗教的时候一度精神抑郁，甚至想到了自杀。伊奎阿诺作为主人公的这种探求，带有精神顿悟的色彩。热奈特在《叙事话语 新叙事话语》一书中对普鲁斯特的自传体小说《追忆似水年华》中主人公和叙述者的关系做了一段很精彩的论述：

"《追忆》离开了'教育小说'的传统，与宗教文学的某些形式更加接

---

① Olaudah Equiano. "The Interesting Narrative of the Life of Olaudah Equiano, or Gustavus Vassa, the African, Written by Himself." p.190.

② 同上条文献，第 xix 页。

近，如奥古斯丁的《忏悔录》：其叙述者不仅全凭经验比主人公知道的多，而且他的知是绝对的，他了解真相，主人公持续不断的前进没有向这个真相靠拢，相反，尽管真相大白之前有先兆和预示，真相却在主人公从某种意义来说离它不能再远的时刻猛然朝他扑过来：'人们敲了所有堵死的门，唯一那扇可以进入、却要白白找寻一百年的门，人们无意中叩了一下，它就打开了'。"①

伊奎阿诺的探求和《追忆似水年华》主人公的探求一样，都"与宗教文学的某些形式"接近。年轻的伊奎阿诺在追寻基督教的时候，也在很多基督教派的门前一次次叩击，直到最后他选择了英国国教的一个分支作为最终信仰。主人公不断变化的身份和不断丰富的经历，加上他不断的精神探求，使《有趣叙述》具有了灵魂自传的特性。

三、第一人称经验视角和见证模式

《有趣叙述》最为重要的贡献，不仅是叙述者精神上的成长和获得自由身份的喜悦，还有叙述者以第一人称亲身经历的叙述，见证了奴隶贸易和奴隶制的残酷，为一个不为人知的阶层的生活状态和生存境遇提供了见证。② 1789 年《有趣叙述》出版以前，尽管有白人废奴主义者陈述过奴隶贸易这种不人道的暴行，但还没有黑人自己作为亲历者和受害者来书写这段经历。在《有趣叙述》里，伊奎阿诺以第一人称视角，提供了他所亲历的非洲奴隶贸易的"中间通道"，也就是从非洲西海岸经过大西洋到达加勒比海这段海路中，黑人奴隶所受的非人待遇。在这部自传的第二章后半部分，作者以第一人称亲历叙述者的身份生动地记录了贩奴船在海上漂泊时，船内拥挤不堪、遍地污秽的情景：

"密闭的空间，炎热的气候，再加上船内挤满了人，每个人连翻身的空间都没有，这种环境差点使人窒息。浓重的汗味使得里面的空气没办法呼吸，再加上其他大量的污秽气味，好多奴隶生病死掉了，于是成为（奴隶贩子）无

---

① 热拉尔·热奈特：《叙事话语　新叙事话语》，王文融译，北京：中国社会科学出版社，1990 年，第 179 页。

② 对于伊奎阿诺的真实出生地是否在非洲；是否他所说，他是被奴隶贩子从非洲掳获到欧洲的，学界一向有争议，有学者认为他是出生于美国，至于他会讲非洲语言，那可能是因为他家庭来自非洲依波部族。参见 Vincent Carretta. "Early African-American Literature?" *Beyond Douglass: New Perspectives on Early African-American Literature*. Ed. Michael J. Drexler and Ed White. Lewisburg: Bucknell University Press, 2008, p.98.

节制贪婪的牺牲品……有一天，我的两个疲惫不堪的老乡，被铁链拴在一块（我当时也在他们旁边），宁可死也不愿受这种罪，他们就挣开链条跳进了大海。"①

不管作者是不是真的从非洲来并亲历了这些事情，作者的黑人身份，再加上第一人称的见证式叙述，都足以让当时多数的西方白人相信这一惨状是真实的，因而他的叙述在废止黑奴贸易的努力中，起到了白人废奴主义者所起不到的作用。在当时的法庭上，黑人证人的权威来自他们的身体经历：他们之所以能得到一个被聆听的机会是因为他们所独有的见闻。同理，在美国南北战争前的公共意见听审会上，奴隶证人的权威更是建立在他们的身体经历上，就如卡伦·桑切斯-埃普勒（Karen Sanchez-Eppler）证明的那样，如果奴隶在法庭审理时得到一个被大众聆听的机会，这个特殊的社会就会出现"在政治的灵肉分离的霸权修辞中的裂缝"。这意味着黑人叙事的权威建立在身体主题上，这样做是遵循当时语境下"政治运动和文学"都要尽量"去言说身体"的要求，但这样再现身体的同时也"利用、剥削并限制了[它]"。②即使目击证人的作用看起来可以为法庭提供一个公开的证据，奴隶叙事也可以提供一个更广泛的社会化的黑人发声的权利，但黑人作为受害者却无法得到法律的保护和自由人的合法权利。

叙述者在《有趣叙述》第五章的后半部分，讲述了自己在西印度群岛听到的一些真人真事：奴隶被残暴地殴打、截肢、用铁链拴住、强奸等，再现了奴隶的悲惨生活际遇。作为一名已经有一定见识的成熟的叙述者，他记录了一段和奴隶主的对话：

"有一位德拉蒙德先生告诉我，他已经卖掉了41 000多个奴隶，还曾经有一个黑人因为试图逃跑而被他砍掉了一条腿。我就问他，这个人有没有因流血过多而死掉？他作为一个基督徒，在上帝面前做出如此残暴的事情，该如何回应？他告诉我，回应是另一个世界的事，而他的所想所做，则是依照法律政策来的。我告诉他基督教教义告诫我们以眼还眼，以牙还牙。他说他的这一行动收到了良好效果——它制止了那个人和其他人逃跑

---

① Olaudah Equiano. "The Interesting Narrative of the Life of Olaudah Equiano, or Gustavus Vassa, the African, Written by Himself." pp.56-57.

② Karen Sánchez-Eppler. *Touching Liberty: Abolition, Feminism, and the Politics of the Body.* Berkeley: University of California Press, 1993, p.1, p.3, p.8.

的打算。"①

可以看出,在这里的对话中,奴隶主所遵循的是世间的法律,奴役黑人的残暴行为是按照法律的规定进行的,而奴隶伊奎阿诺认识到法律对奴隶的不公平,却又无力去改变,只好借助上帝的法则来辩护。作为法律不公的证据,叙述者随之提供了这段不公正的法律文本:

"依据巴巴多斯议会第329条,第125页规定,'如果有任何黑人因为逃跑、其他罪名或因为对主人有不轨行为而受到主人或条例的惩罚,因此而导致自己受苦受罪,没有人需要为此接受罚款;但是如果有人出于恶意,或者精神变态,有虐待倾向,而故意杀死黑人或自己的其他奴隶,那么他将要向公共财库缴纳15英镑的罚金。'尽管这个条例不适用于西印度群岛所有地方,但它却适用于该岛的大部分地方。"②

法律条文是奴隶贸易和奴隶制在西印度群岛得以存在的保护伞。叙述者在叙述本文中插入这段法律条文,为人世间奴隶无力保护自己的悲惨遭遇提供了见证。在上文叙述者和奴隶主的辩论中,奴隶伊奎阿诺所能依靠的不是世间的公义,而只是天上的法律。因此在叙述本文中,叙述者多次使用"眼望上苍"意象,祈求天上的主来保护自己和同命运的奴隶们。在第五章结尾,伊奎阿诺见证了一位黑人兄弟在劳动间歇捕来的鱼被主人强行抢走,无奈之下,"我必须眼望头顶万能的上帝来寻求正义"③。第七章叙述者自己和另一位黑人奴隶捕来的鱼,被一个白人无赖强行骗走,还遭到无理威胁。叙述者重复"上苍"的意象,说道:"我曾不止一次眼望上苍,就像我建议之前那位老渔夫那样。"接下来,白人无赖退还了一部分鱼,但仍然把他的黑人同伴的鱼据为己有。于是,"这位可怜的老人,握紧双手,大声痛哭着自己的损失。然后,他眼望高高的上苍,这深深感动了我,我就把自己三分之一的鱼分给了他"④。反复出现的眼望上苍意象,是叙述者对公义的祈求,这种依赖神的美意和信徒的怜悯的修辞,持续到伊奎阿诺获得了自由。在第十二章中,1785年伊奎阿诺来到美国,在一次对当地人的感谢致辞中说道:"(如果各位绅士能减轻奴隶负担,)那么我们都是上帝

---

① Olaudah Equiano. "The Interesting Narrative of the Life of Olaudah Equiano, or Gustavus Vassa, the African, Written by Himself." p.102.
② 同上条文献,第106页。
③ 同上条文献,第108页。
④ 同上条文献,第115页。

的子民，而上帝正用眼睛看着我们，一直在奖励每一件美德，也在考虑到被压迫者的感受，将会给你们以祝福。"①从温和的折中主义者到借助于上天公义的支持为奴隶辩护，叙述者显示出逐渐成长的思辨能力。

不仅如此，叙述者还借用了西方文学传统，塑造了奴隶主暴君的形象，同时也更为激烈地谴责奴隶主的行为。在第五章结尾，作者表达了对奴隶制和奴隶贸易的愤慨，他写道，"这种对待方式就没有危险吗？你们不是时时刻刻担心暴乱吗？暴乱也不令人吃惊，因为当

> 我们被奴役的人不能安宁，而只是
> 遭受严酷的拘役
> 还有皮鞭抽打以及酷刑伺候
> ——我们又能回报以何种安宁？
> 于是只能对强权报以仇恨敌意
> 不服从和复仇，尽管只是慢慢累积
> ......"②

这段诗歌直接摘自弥尔顿的《失乐园》，原本出自撒旦的一位追随者别西卜之口。但叙述者这里的引用，却分成了"你们"和"我们"两个阵营：强权和奴役，镇压和复仇。采用第一人称复数，叙述者自觉地代表了他所在的奴隶阶层的集体声音。这突出了奴隶叙事的见证力量，暗示了他的见证并不孤立，而是和整个阶层的呼吁合为一体。因此可以看到，叙述者接下来自觉地站在废奴主义者的立场，站在一个评判者的角度，为表达黑人奴隶的不满情绪，对白人奴隶主则直呼"你们"，称呼黑人奴隶用"他们"。在第五章结尾，叙述者用了一长段来发表大量评论：

"当你们把人们变为奴隶，你们剥夺了他们一半的美德，你们用你们自己的行为，给他们做了坏的榜样，欺诈、抢夺、残暴，你们迫使他们生活在敌对的状态中，而且你们还埋怨他们不够诚实和可靠！……为什么你们使用这些刑具？难道你们这些理性人就用刑具来施加到别的理性人身上吗？"③

人称的变化，凸显了"他们"和"你们"之间的对立。叙述者看似中立的评

---

① Olaudah Equiano. "The Interesting Narrative of the Life of Olaudah Equiano, or Gustavus Vassa, the African, Written by Himself." p.214.
② 同上条文献，第109页。
③ 同上条文献，第109页。

价更是突出了黑人所受到的不公正待遇，表达出黑人奴隶的愤怒之情。当然，人称的变化也是一种叙述策略。叙述者保持了距离，用冷眼旁观的第三方态度，用"他们"代替了"我们"，放弃了叙述者和受述者的直接交流，一方面不至于得罪他的白人读者或恩公们，另一方面也显得更为公道。当然，这种"你们"和"他们"之间的对话，并不存在真正意义上的叙事交流，叙述者更希望白人"你们"不再将黑人视作"他们"，而是作为"我们"，承认黑人的平等人权。只要人种论歧视黑人的论点还存在，只要奴隶制的刑具还存在，黑人就永远无法被当作同样的"理性人"，反而被迫生存在被虐待的环境中。

第三节 《非洲土著生平和历险记》中的"白夹黑"隐喻

《非洲土著生平和历险记》是温切·史密斯（Venture Smith）根据自己的亲身经历写就的自传，讲述了温切在八岁时，被奴隶贩子从非洲贩卖到美国，由部落王子沦为黑人奴隶；在三个白人奴隶主之间转手，后经自赎重获自由；通过多年辛苦劳作，依次从奴隶主那里赎回三子及一妻一女，一家团圆并置地买房的一系列故事。文中温切的身份经历了两次巨大变化（王子—奴隶—自由民），直观体现为U字形的人生轨迹。在这人生轨迹的书写中，作者采用白描的手法，将基本事实呈现给读者，而非采用声泪俱下的控诉，去煽动感染读者，从而将判定权交付读者，让读者自己去反思和体味奴隶贸易以及奴隶制的罪恶。同时，通过对自己辛勤劳作、节俭度日，最终赎回自己及家人的自由并实现经济独立的描写，建构起一个自立自强的黑人版富兰克林的人物形象，从而在白人作家垄断话语权，黑人群体多数被表征为负面形象（懒惰的、野蛮的）的历史语境下，以自传的形式和黑人的视角揭示了白人作家对黑人群体污名化的话语暴力。

该书作为早期奴隶叙事的一个经典版本，极富史学和社会研究价值。然而就笔者目前掌握的资料来看，国内还没有该书的汉译本，相关研究也很少。与之相反，国外的研究无论是在广度还是深度上都远远超过国内。既往的批评者从创伤心理、后殖民、圣经意象、身体研究以及伦理批评的角度切入，对文本进行解读，相关研究成果蔚为大观。然而既往的研究要么停留在内容层面，要么局限在形式层面，缺乏对文本内容和形式两个层面的有机统一观照。在阅读过程中，文本中一句话引起了笔者的注意："他和他哥哥跟我一起往家赶，一前一后把我夹在中间。"① 这样一种"白夹黑"（两白人前后夹住黑人）的意象是一个重要的隐喻，不光指涉内容层面黑人奴隶被白人在身体上规训、在空间上定域，同时指涉形式层面黑人文本（温切的讲述）因被白人文本（编者的序言和附加在温切叙述之后的证明）包裹，黑人文本的表意面临被白人文本过滤、框定以及曲解的可能。因此，对"白夹黑"这样一个隐喻的透彻把握，有助于读者理解为何文本中叙述声音呈现出克制性（controlled voice）并进而领悟到文本的言外之意，弦外之音。

一、身体的压榨与规训

"白夹黑"的意象，最直接的表现是白人对黑人在身体上的挤压，并由此可以引申为白人压榨黑人身体，攫取经济利益。在这个意义上，黑人的身体成为白人奴隶主获取利益的生产资料，仅仅指涉物质性的肉身。"把身体（body）当作肉体（flesh），仅就思想而言，这是对身体的降格。"② 尤其自20世纪中叶，身体转向以来，身体被赋予了越来越多的内涵。但是，文学批评不应脱离时代语境。"由于文学是历史的产物，改变其伦理环境就会导致对文学的误读及误判。"③ 在文本生成的那个年代，在白人奴隶主的语境中，黑人奴隶只是白人奴隶主的财产，在外观上表现为物质性的肉身。

文本中，白人奴隶主对黑人身体的压榨，表现为第一任奴隶主不顾温切只有八岁的事实，安排其从事生产劳动，剪羊毛。在当今美国，该行为肯定会被定性非法用工。但是，在当时，奴隶主蓄养奴隶就是为了使后者产生价值，虽然温切年幼，但这不能成为其逃避生产的理由。此外，该奴隶主还安排温切与其蓄养的另一个女奴隶结婚，目的在于让二人尽快繁衍出后代，好增加自身的财产。从这个意义上来看，奴隶主对温切安排的婚姻，其本质无异于对动物进行的配种，该行为彻底消除了奴隶与动物的界限，充分暴露出奴隶主对奴隶身体的降格处理及压榨升级。因为从生命繁衍的角度看，温切子女的身体实际上是温切身体的衍生物。奴隶主强加于温切子女身体上的劳动，就是对温切身体的升级版的压榨。且在可预见的时间段内，随着温切子女的逐渐成年、结婚生子，第三代将会继续面

---

① Venture Smith. *A Narrative of the Life and Adventures of Venture, a Native Africa: But Resident above Sixty Years in the United States of America, Related by Himself.* Chapel Hill: University of North Carolina at Chapel Hill, 2000, p.19.

② 周荣胜："编者的话" // 《身体与社会》，布莱恩·特纳著，马海良、赵国新译，沈阳：春风文艺出版社，2000年，第1页。

③ 聂珍钊：《文学伦理学批评：基本理论与术语》，载《外国文学研究》2010年第1期，第19页。

临奴隶主的盘剥，加诸温切身体上的压榨将会再度升级。在这里，不难看到，人类血缘的代际传递反而促成了对温切身体压榨的不断升级，原本自然的生命延续途径被转换为奴隶主财富增殖的手段，这种对奴隶身体的去自然化反讽性地揭示出奴隶主加诸奴隶身体上的压榨之深。

文本中两个白人将黑人温切夹在中间，是对温切进行暴打的前奏，由是观之，"白夹黑"的意象揭示的是白人奴隶主对黑奴身体进行的规训。上文提到，奴隶的身体是奴隶主的生产资料，为了保证奴隶从事生产的效率，就要确保奴隶不能滋生偷懒意识和反抗意识，对奴隶的身体施加规训（主要通过暴力的形式）成为奴隶主的绝佳选择。"征服奴隶的身体不仅是规训奴隶的重要手段，更是使奴隶身体成为奴隶社会生产力的重要保证。"[①]文本中，温切既要听从第一任奴隶主的吩咐，又要听命于奴隶主的儿子詹姆斯。但命令和任务太多，温切分身乏术，结果惹怒了詹姆斯，招致后者的残忍对待："他把我带到用来杀牛的绞架那儿，把我吊在那里。他还让手下从桃园砍来一些树枝，作为鞭子来抽打我。"[②]在此需要点明的是，文中虽未给出詹姆斯具体年龄，但从文中他以手帕遮脸，佯做哭泣，向母亲告温切的刁状一事，可以推断出其年龄不大，还是个孩子。笔者认为，将詹姆斯的年龄设定与其在绞架上鞭打温切一事联系在一起，具有重大意义，作者是在有意地以虚写实。首先，詹姆斯将温切吊在绞架上抽打，却没有真正处死，是在以预演绞杀的方式恫吓温切，使之产生服从心理；另外，詹姆斯虽为孩子，可是其人物形象突破了传统意义上对儿童天真善良的设定，以一种残忍和血腥的方式揭示出奴隶制对白人奴隶主的反向规训。可以想到的是，詹姆斯肯定是之前目睹了其父在绞架上真的处决黑奴，才会采用这样一种模仿的游戏。因此，表面上看，文本描写的是詹姆斯抽打温切的画面，实际指涉的是其父绞杀黑人奴隶的真实事件。只不过后者过于血腥暴力，有损于白人自诩的绅士风度，作者不得以采用以虚写实的笔法，此中症结在于，奴隶叙事的目的是唤起白人对黑奴悲惨境遇的同情，而非激起白人对其自身冷血残暴的羞耻。

"白夹黑"的意象还传达出黑奴在白人社会面临文与武的双面夹击。武指的是来自奴隶主的暴力规训，上文已经分析过，此处不再多言。文指的是白人社会的文教和法律明显偏袒白人，以意识形态灌输的方式，为白人奴隶主的暴力规训正名，让黑奴接受白人对其的统治与奴役，逐步麻木，最终消解其反抗意识。文

[①] 方红：《〈道格拉斯自述〉：双声身体叙事研究》，载《外国文学》2016年第2期，第127页。

[②] Venture Smith. *A Narrative of the Life and Adventures of Venture, a Native Africa: But Resident above Sixty Years in the United States of America, Related by Himself.* p.16.

与武相辅相成，共同支撑起白人奴隶主对黑奴的统治。在本文中，温切因为受到第二任奴隶主托马斯的暴力殴打，拿着托马斯行凶的证据（一根大木棒）跑去向治安官（Justice of Peace）诉讼。结果却被建议"回到主人那里，心满意足地与其生活，如果再次遭遇虐待，再行申诉"①。很明显，这是在敷衍温切，治安官并不想帮助温切。随后，托马斯赶到治安官那里，被治安官"问询到底为了什么，如此残忍地对待他的奴隶，并要他好好想想继续这样做的后果"②。治安官的话可以被解读为帮温切撑腰，告诫托马斯要善待自己的奴隶，否则将背负法律后果。在此种解读模式下，治安官是与温切站在一边。不过，完全可以有另一种解读，即，治安官问询托马斯，如此残忍对待自己的奴隶，是要将其打死吗？如果继续这样，造成自己奴隶的死亡，受损失的不还是自己吗？这样一来，治安官对托马斯的告诫变为一种善意的提醒，让奴隶主认识到，出于自身利益的考虑，应该改变管理奴隶的方式。在此种解读模式下，治安官是支持奴隶主托马斯的，他们属于利益共同体。联系温切找到治安官时治安官的推诿与敷衍，治安官显然不是真的同情温切的境遇，因此笔者认为后一种解读更贴合治安官的真实意图。由是观之，本应秉持正义的治安官却在以族类（黑/白）分彼此（圈外人/圈内人）而定是非（黑即错/白即对），正义在此缺席。代表文治的治安官与代表武力的奴隶主，联手对黑奴温切的身体进行了规训。这种文与武的合作给"白夹黑"这一意象做了最深刻的注解。

二、空间上的定域③

定域（territorialization）原为拉康首创，用于心理分析，后经德勒兹和瓜塔里发展，用于社会学领域，与解域（deterritorialization）相对。就空间而言，两个白人将温切夹在中间，使其进退不得。这样来看，"白夹黑"的意象揭示出白人对黑奴在空间上的定域，即限定黑奴的空间移动范围，使其始终处于白人的监视之下。需要指明的是，本节所讨论的空间涉及物理空间和社会空间两个方面。白人不仅在物理空间上对黑奴画地为牢，限制其行动自由；而且在社会空间上实行黑白分明的层级制度，为黑奴的社会流动设置障碍，以期把黑奴固化在

---

① *A Narrative of the Life and Adventures of Venture, a Native Africa: But Resident above Sixty Years in the United States of America, Related by Himself.* p. 19.

② 同上条文献，第19页。

③ See Gilles Deleuze and Felix Guattari. *Anti-Odepus*. Minneapolis: University of Minnesota Press, 2000. 本节将其适用范围扩展到物理空间，取限定活动范围之意。

社会的底层。

在物理空间上,白人对黑奴的活动范围划定界限,确保黑奴始终在自己的监视范围内活动,越界将受到严重处罚。温切初到第一任主人家时,只被允许"在家中剪羊毛和做家务。这种情况持续了好几年,后来我主人才让我到户外劳作"[1]。在这里,主人一开始不让温切到户外劳作,并不是怜惜彼时的温切年龄尚幼,干不得重活;而主要是考虑到对方新来,还没有摸清温切的脾气秉性,不知其是否是顺从的奴隶,故而需对其严加看管,只允许其在自己的眼皮底下(室内)活动。这几年限定在室内的劳作,其实是主人对温切的一种忠诚度考察,考察通过后,温切才被许可到室外劳作,稍微扩大了活动范围。然而,这并不表明温切就脱离了奴隶主的有效监视。本文中虽然没有提及,但在同时代的奴隶叙事作品中多有提到,白人奴隶主对黑奴的监视是全方位的,黑奴置身于白人的环形监控之中。田间地头,有白人组成的巡防队,专职捕捉潜逃的奴隶。同时,《逃奴法案》规定:"各州司法机构及地方政府必须竭力协助奴隶主追捕逃亡奴隶;任何白人通过宣誓即可确认某个黑人为其逃亡奴隶;凡以任何方式阻挠追缉或庇护逃奴者可处一千美元以下的罚金,或六个月以下的徒刑。"[2]这样一来,温切即便是在户外劳作,也是在白人奴隶主扩展了、延伸了的目光监视之中。

除了监视,主人通过对奴隶越界(逃跑)行为的严惩,来震慑其他奴隶,使其不敢逃跑,从而自愿待在主人为其划定的界限内。文中提到,温切受同为奴隶的海蒂鼓动,尝试逃亡,却没能成功。温切天真地以为向主人坦白一切,便可得到宽恕。"我告诉主人海蒂是逃亡的元凶祸首,是他恶意欺骗了我们。他[主人]立即把海蒂投入监狱,而我和逃跑的同伴则被很好地对待,并一如往常地去工作。"[3]此处,海蒂被投入监狱是很明显的震慑手段,但这只是惩罚的一部分,是显性的手段,且就惩罚效果而论,可能并不理想。因为坐牢无非是更高级别的监禁,这对本为黑奴、行动受限的海蒂来说,产生的影响有限。真正厉害的是主人的隐性手段。上文提到,温切以为向主人坦白后,一切便一如往常,实则不然。"那件事后没多久,在海蒂被主人送到位于新伦敦的监狱之前,临近岁末时,我被卖给了托马斯·斯坦顿。不得不和妻子、女儿分离,女儿当时只有一岁

---

[1] Venture Smith. *A Narrative of the Life and Adventures of Venture, a Native Africa: But Resident above Sixty Years in the United States of America, Related by Himself*. p.15.

[2] 转引自宁一中:《比切家族与美国文化记忆》,载《外国文学》2010年第4期,第117页。

[3] Venture Smith. *A Narrative of the Life and Adventures of Venture, a Native Africa: But Resident above Sixty Years in the United States of America, Related by Himself*. p.18.

大。"①时间状语"那件事后没多久"为我们提供了温切被转卖他人的因果线索。主人并不是只惩罚海蒂而原谅了温切一伙,而是对温切换了一种惩罚。在主人看来,无论温切的逃跑是出于自愿还是被人教唆,其忠诚度已经下降,索性将其卖掉以防财产损失(温切真的逃跑)。另外,在主人看来,有家有口的温切被转卖之后,必然和家人分离,很大程度上此后再不能相见。这种令亲人离散的痛苦会对其手下其他缔结了婚姻的奴隶产生震慑效应,使其不敢逃跑。由是观之,投入监狱与拆散家庭,是主人惩罚奴隶的一体两面,一硬一软,一显一隐,前者针对未成家的奴隶,后者针对有家室的奴隶,通过划定地域和转换地域相结合的方式,对逃跑的黑奴进行惩罚,从而威吓其他黑奴,令其甘愿在奴隶主划定的界限内活动。

如果说温切在自赎自由之前,活动空间被白人限定还可以让人理解,那么温切在成为自由民之后,活动空间仍然受白人限定,则充分暴露出温切在白人社会所面临的空间麻烦。第三章提到,温切重获自由后,通过个人努力,在长岛购置了房产。然而"一项法令被该地[长岛]的选民通过,要求所有住在那里的黑鬼都被驱逐出境"②。当然文中提到"这[房产]和我的勤奋使我免于被驱逐出所居住的地方"③。温切没有被驱逐,可是没有被驱逐的原因很耐人寻味。温切彼时已获得自由,应该有自行决断去留的权利,然而长岛选民通过的法令,显然是对温切自定去留权利的剥夺;其目的是以强制立法的形式,人为地在黑人(无论是自由民还是奴隶)与白人之间设定界限,不允许黑人越界。这实际上是后来美国盛行一时的种族隔离政策的雏形。文中提到房产和勤奋是温切免于被驱逐的原因。也就是说,自由民温切如果单单在长岛拥有房产,也不能在那里居住。从这个意义上说,白人肯定了温切的个人品质,却否定了其财产权。温切是一个个案,在那个时代,真正能做到集自由民身份、房屋产权和勤奋品质于一身的黑人很少,因此温切这样的例子发生的概率极低。也就是说,有相当一部分获得了自由民身份的黑人在白人社会里仍然被限定活动空间。与前述情形略有不同的是,温切作为黑奴时,是主人给其圈定一个范围,温切不能越出这个范围。而此时,温切作为自由民,白人给他圈定一个范围,不允许自由黑人进入。然而,无论哪种情况,划定界限的权力都归属白人,而黑人的自由移动权都被剥夺。

就社会空间的定域而言,白人主要通过经济掠夺和教育剥夺来为黑人的社会

---

① Venture Smith. *A Narrative of the Life and Adventures of Venture, a Native Africa: But Resident above Sixty Years in the United States of America, Related by Himself.* p.18.

② 同上条文献,第27页。

③ 同上条文献,第27页。

流动设置障碍，从而将黑人固定在社会底层。具体来说，温切虽得到第三任主人史密斯上校同意，由他通过租售劳务的形式挣钱赎买自由，但前提是史密斯上校要从温切的劳务所得中进行抽成。"相应地我在费舍岛出租自己的劳务，总共挣得二十英镑，其中十三英镑六先令被主人抽成，剩余的被我用来赎买自由。"①由此可见，温切的劳务所得，大部分都归主人所有，这是赤裸裸的剥削。在这里，有必要指出，史密斯上校同意温切赎买自由，并不能说明其仁慈，恰恰相反，这暴露出他的阴险贪婪。一方面，他想从温切的劳务所得中抽成，以获取额外收益，因此他同意温切自赎的请求；另一方面，他又不想失去温切这样一棵摇钱树，因此文中提到，他提高了抽成比例，为温切的自赎之路设置障碍，以尽可能地延长其自赎期限。由此，不难看出，史密斯上校是以归还自由之名，行经济剥削之实。没有经济基础，黑奴就没有自由的指望，奴隶主深谙这一点。因此，对黑奴的经济剥削既是逐利动机使然，也是一种统治策略。此外，奴隶主还通过剥夺黑奴的受教育权来斩断黑奴对自由的念头。关于黑奴的教育（获得识读能力）与自由之间的关系，学界的研究颇多。例如，哈佛大学教授盖茨指出，识字能增强奴隶转化为自由人的能力②。国内学者方红也认为，"识字对奴隶思想启蒙、自由意念萌发起到重要作用"③。因此，不难理解奴隶主会竭力阻止黑奴接受教育，以使其安于现状。没有接受教育的黑奴，就同牛马无异，对奴隶主而言，管理一群牛马远比管理一个会思考的奴隶容易。关于禁止黑奴接受教育，温切的讲述中虽没有明确提到，但是在白人编者的序言中，再三提及"一个没有受过教育的非洲奴隶""[讲述者]完全没有受到教育"。温切从8岁到36岁，在受教育的适龄阶段一直都是奴隶，很显然他是被白人奴隶主剥夺了该项权利，目的是让他甘心为奴。这里必须指出的是，温切最终获得自由，只是一个很特殊的个案，是诸多偶然因素共同作用的结果。例如，主人是否同意奴隶自赎；奴隶被主人盘剥后是否能凑到足够的钱自赎；奴隶在筹钱过程中，因为夜以继日的劳作，身体是否承受得住等问题都会影响到最终结果。因此，温切的例子不具有广泛的代表意义，读者在阅读的过程中，应该清楚地认识到，有更多奴隶因为主人经济上的盘剥和教育上的剥夺，而彻底被套牢在社会的底层，终身为奴。综上所述，没有经济基础，奴隶不会奢望自由。没有接受教育，奴隶不太可能要求自由。通

---

① Venture Smith. *A Narrative of the Life and Adventures of Venture, a Native Africa: But Resident above Sixty Years in the United States of America, Related by Himself.* p.24.

② See Henry Louis Gates, Jr. *Figures in Black: Words, Signs and the "Racial" Self.* New York: Oxford University Press, 1987, p.24.

③ 方红：《〈道格拉斯自述〉：双声身体叙事研究》，第126页。

过对奴隶在经济上掠夺和教育上剥夺，奴隶主牢牢地将多数奴隶限定在了社会的底层，实现了在社会空间上对黑奴的定域。

三、文本生成以及文本构成上的"白夹黑"

"白夹黑"的意象在文本生成上对应白人编者对黑人叙述者的叙述内容进行过滤/筛选，以白人的话语对黑奴的故事进行改写，形式的白包裹内容的黑；在文本的构成上对应的是白人编者的序言和证明包裹黑人叙述者温切的叙述，从而表现出"黑信息/白信封"的特征。需要指出的是，白人编者的序言和证明虽然都宣称对黑人叙述者叙述内容的真实性具保，但是白人文本（序言、证明）与黑人文本（叙述内容）的关系并不像表面上看上去那么有机统一。相反，白人文本作为外在框架，在一定程度上框定了读者对文本的解读，从而使读者对黑人文本的解读偏离黑人叙述者的意图定点，实现白人文本对黑人文本的意义操控。

白人编者是黑人叙述者所述内容的第一受众，从文本生成的角度看，他们共同参与了文本的生产。白人编者的作用不仅是中性的录音笔或打字机，相反，白人编者以其自身的思维模式、知识体系和意识形态为漏斗，对黑人叙述者的所述内容进行过滤，一定程度上是在用白人的话语对黑人的故事进行改写。如是观之，形式/话语的白将内容/故事的黑包裹其中，正好印证"白夹黑"这一中心隐喻。叙述者所罗门的讲述从8岁被贩卖为奴开始，到69岁此书成稿时截止，时间跨度长达60多年。如此长的时间，自然有海量的事件可供记录，然而文本仅仅只有32页（包含序言和证明）。序言中明确提到："许多其他有趣的人生片段本来是可以插入进来的，但考虑到体量如此之大，一旦加入进来会使叙事膨胀，他们就被剔除了。"① 那么哪些事件被剔除在文本之外？剔除与否的依据是什么？这些问题，由于昔人已逝，目前无法回答，但可以设想：上述两个问题关联一个最为重要的问题，即谁把那些事件剔除在文本之外，白人编者还是黑人叙述者？如果说是黑人叙述者温切，笔者不认同此观点，因为从既有的文本来看，对于那些能够进入文本的事件进行再现，温切都不能掌握绝对的权力。前文提到，温切惹怒了詹姆斯，后者将其吊在绞架上鞭打，实际上是温切在以虚写实，借孩童模仿游戏的方式，暗地指涉詹姆斯的父亲对黑奴的真实绞杀。那么温切为何要如此克制自己的叙述声音？他在担忧什么？在笔者看来，此处的原

---

① Venture Smith. *A Narrative of the Life and Adventures of Venture, a Native Africa: But Resident above Sixty Years in the United States of America, Related by Himself*. p.3.

因，除了之前提到的温切的创作自觉（有意避免激怒白人读者）外，就是作为叙述者的温切不能掌握事件再现的绝对权力，受到了白人编者或者出版审查制度的限制。由是推之，温切自然更不能决定哪些事件该被剔除在文本之外。决定素材去留的只能是白人编者。颇具讽刺意味的是，白人序言中宣称为黑人的讲述真实具保，可是如果讲述的真实是经过白人挑选后的部分真实，那么真实与谎言在一定程度上已相差无几。

白人文本对黑人文本的表意提供了阐释框架，一定程度上是在以白人编者的意图定点置换黑人叙述者的意图定点，从而使读者对文本的理解沿着白人编者的预定轨道进行。赵毅衡把"[符号]发出者意图中期盼解释的理想停止点，称为'意图定点'"①。由于文本是由符号组成的一个"合一的表意单元"②，因此在文本的层面上讨论意图定点是完全可以的。在赵毅衡看来："'意图定点'不是针对任何人的任何一次特定的解释行为……而是针对某个'解释社群'，也就是预料中参与接受的大多数人，因此，意图定点是个社会意义。"③由是观之，意图定点描述的是集体读者的阅读情形，可以排除因个体读者的特性（知识构成、政治倾向等）所导致的难以归纳的问题。厘清了术语，并明确了适用无误，接下来再来看文本中的意图定点之争。首先，该书作为一个奴隶叙事的文本，毋庸讳言，带有明确的政治目的，"尽管人们会从他们的写作中找到许多动机，但是所有的[奴隶叙事作品]的出版都是为了在反抗奴隶制中发挥作用"④。很显然，黑人叙述者的意图定点是让读者读出书中对奴隶制以及奴隶贸易罪恶的抨击。然而，白人编者的意图定点却与之不同。序言中提到"读者可以从中读到一个富兰克林或是华盛顿"⑤以及"这个叙述为黑人树立了诚实、谨慎和勤奋的典范，而一些白人如果愿意效仿的话，也不会令他们有自降身价之感"⑥。可见，白人编者基本上是把温切作为一个自立自强的道德模范来界定，并因此将温切的叙述定性为一篇道德劝诫文章。对文本中涉及的政治问题只字不提，这种刻意的规避正揭示出白人编者与黑人叙述者意图定点之争的实质，前者想把读者从政治问题上引开，后者想把读者往政治问题上吸引。这种矛盾构成了整个

---

① 赵毅衡：《符号学：原理与推演》，南京：南京大学出版社，2011 年，第 183 页。
② 同上条文献，第 41 页。
③ 同上条文献，第 183 页。
④ Dickson D. Bruce, Jr. "Politics and political philosophy in the slave narrative." *The Cambridge Companion to the African American Slave Narrative*. Ed. Audrey A. Fisch. Cambridge: Cambridge University Press, 2007, p.28.
⑤ Venture Smith. *A Narrative of the Life and Adventures of Venture, a Native Africa: But Resident above Sixty Years in the United States of America, Related by Himself*. p.3.
⑥ 同上条文献，第 4 页。

文本的叙事张力，同时这种叙事裂隙也为读者摆脱白人编者的阐释干扰留下了线索。

白人文本对黑人文本表意的争夺，得益于一度区隔的区位优势以及历史语境下的认知模式，容易导致对黑人文本表意的曲解。按照赵毅衡关于文艺作品是纪实还是虚构看其是一度区隔还是二度区隔的判定标准，白人编者的序言是一度区隔，白人编者直接向经验世界的读者言说，属于纪实作品；而黑人叙述者的叙述属于二度区隔，在此意义上就成了虚构。由是观之，白人编者的序言利用其区位优势（一度区隔）质疑了黑人叙述者所述内容的真实性。联系上文的意图定点之争，当阐释争执发生的时候，读者极易受到真实/虚构二元对立思维的影响，从而简单地选择站队在白人编者一边。除此之外，文学作品的意义生成还受到社会历史语境的制约。在该书的成书年代，社会对黑人的歧视无以复加，黑人话语的真实性普遍受到质疑，在当时的法庭上，黑人的话是不能够作为证言的。黑人叙述者为了增强其所述内容的可信度，不得不请白人编者在所述内容之前作序，又或是在所述内容之后添加证明或者证言。这样一种白人/黑人，可信度高/可信度低的二元对立认知模式在当时是广泛存在于读者头脑中的。从这个角度来看，当出现上文论述的意图定点之争时，读者也大多会选择认同白人编者的观点。综合来看，黑人叙述者强调政治解读的意图定点会被白人编者强调道德解读的意图定点带偏，造成对文本的曲解。

第四节 本章小结

菲什在《剑桥美国非裔奴隶叙事指南》中，考证并梳理了"叙事"的起源，以及黑人奴隶叙事和英美文学传统、黑人美国文学传统之间的关系。《有趣叙述》和《非洲土著生平和历险记》都是早期的奴隶叙事代表作。《有趣叙述》作为第一部具有代表意义的奴隶叙事作品，其"黑信息/白信封"的叙述分层现象对阅读和阐释叙述者伊奎阿诺的故事，伊奎阿诺所见证的其他黑人奴隶的故事所构成的修辞叙事交流有重要启示，最终引导我们反思奴隶叙事的力量。读者信息的公布提醒我们，奴隶叙述者叙述的同时，所面临的显性的读者需求，无论是采取符合读者对奴隶原型期望的叙述修辞，凸显天真、幼稚的奴隶形象，或者有趣的冒险经历；还是采用温和的折中的废奴主义修辞，都说明了超故事层对伊奎阿诺故事的监控和调节。叙述者伊奎阿诺采用了第一人称叙述，第一人称回顾性视角和经历视角的结合,形象但不失客观地展现了奴隶生活、个人成长和对奴隶贸易的思考,这种叙事方式对 19 世纪的奴隶自传有着代表意义。尽管叙述者伊奎阿诺的声音并没有建立起辩论性的、独白式的叙事权威,但其销量的成功扩大了奴隶自传的生产渠道。对于奴隶叙述者叙事权威的建立,将在之后的《道格拉斯自述》中得到修正和提升。

在早期奴隶叙事中,"黑信息/白信封"现象从叙述分层的角度看,体现了超故事层白人编辑者或废奴主义者对叙述内容的控制。同时,这种现象也在叙述内容上体现了白人对黑人的监控和规训。《非洲土著生平和历险记》中,"白夹黑"是贯穿全书的一个中心隐喻,无论是白人对黑人在身体上的规训,在空间上的定域还是白人文本对黑人文本在表意上的框定,都是"白夹黑"这一隐喻的表现形式。把握了这个隐喻,就掌握了解读文本的一条线索,可以将文本中看似毫无关联的信息进行有效整合,同时规避白人编者对文本解读的干扰信息,进而认识到黑人叙述者以寻常笔墨书写的事件背后的意识形态纠葛。

弗曼写道:"可能对亲奴隶制辩论最有效的反击就是关于叙述者智力能力的证据——[他的]叙事"。[①]叙事是黑人内在的学习能力和克服无数障碍学习写作的能力的测试证明。所以,为了给赞成废奴主义的听众留下一个深刻的印象,同时证明他们自己拥有写作的才能,前奴隶叙述者们把叙事变成了有意识的艺术创造,设置了充满悬疑的情节,冒险的故事、对话、人物刻画,以及从感伤浪漫故事学来的传奇剧的事件,成为叙事的装饰。尽管这个时期的奴隶叙事还充满囚禁和奴役的主题(captivity and enslavement)、海上冒险的刺激、异国的风情;这些叙事综合了多种文类,如心灵自传(spiritual autobiography)、旅游叙事、人种论、政治评论,以及宗教、感伤的话语,但作为奴隶叙事的早期文本,《有趣叙述》和《非洲土著生平和历险记》从形式和内容上,都具备了成熟的奴隶叙事的特点,反映出黑人奴隶作者逐渐开创了奴隶讲述的叙述方式,采用了较成熟的叙述策略,以面对读者不信任的叙事危机以及白人编辑者对叙述内容的控制;这些叙述策略的尝试,对奴隶叙事的类型化发展有着重要意义。

[①] Furman, Marva Jannett. "The Slave Narrative: Prototype of the Early Afro-American Novel." pp.140-141.

第三章

奴隶叙事修辞和叙述策略研究

1836 年，美国众议院通过了"钳口律"，禁止国会讨论由废奴主义者递交的请愿书。整个 19 世纪 30 年代，北方大约发生了 100 多起暴民骚乱，他们冲击废奴主义者的集会，捣毁他们的印刷设备。1838 年，费城发生骚乱，暴徒们将废奴主义者斥巨资建造的反对奴隶制运动的宾夕法尼亚大厅付之一炬。可以说，在相当长的时间内，美国的公共领域对于奴隶制的讨论并不能直抒胸臆。本章提供了三篇经典奴隶叙事文本的讨论，其中，《比布叙事》作为经典奴隶叙事，2000 年被收录进《奴隶的叙事》一书之中。《比布叙事》提供了一个对叙述者叙述力量的研究范例，对于一个人品受到怀疑，叙事真实性受到指责的奴隶叙事，其叙事具备怎样的改变、扭转读者反应的魔力？另一篇《布朗叙事》是 19 世纪废奴主义协会推荐的著名奴隶叙事之一。这部奴隶叙事采用了低调陈述和委婉叙事，于平静中蕴含了巨大的力量，为废奴主义运动提供了证明。《安德森自述》则通过叙事干预，间接地阐述了对奴隶制的看法，讲述奴隶受到的虐待。三篇奴隶叙事反映了在废奴主义语境下，奴隶叙事既要争取发言的权利，又要顾及公共讨论的限制。其刻意的修辞和叙述策略，是这一章研究的主要内容。

第一节 《比布叙事》中的魔法隐喻

《比布叙事》出版于 1849 年，主要讲述了比布的奴隶生活和逃跑的经历。亨利·比布（Henry Bibb，1815—1854）出生于美国肯塔基州种植园，是一名农场奴隶。1833 年，他与第一任妻子马琳达结婚。由于不断受到鞭打和虐待，1835 年，他开始第一次尝试逃跑。1837 年秋天，他先后四次逃脱，然后又回来接母亲和妻子，但都以失败告终。1845 年冬天，他再次返回肯塔基州打听家人消息，得知妻子马琳达已经被迫成为白人主人的情妇。比布无奈放弃了和家人的团聚。1848 年，他与玛丽·迈尔斯小姐成婚，最终定居在加拿大，成为一名活跃的黑人废奴主义者。和其他奴隶自传相比，《比布叙事》的传主比布叙事的真实性一直受到怀疑，原因在于他多次逃跑，性格比较跳脱。为了验证比布是否撒谎，白人编辑成立了一个专门的调查委员会来核实比布叙事是否属实。该书前言提供了系列当事人信件，用来帮助读者判断叙事的真实性。

然而，尽管比布的前主人指责他"撒谎"、是个"捣蛋鬼"，《比布叙事》却获得了废奴主义者的高度称赞。加里森的《解放者》指出，这本书"我们不怀疑每一个细节都是特别真实的"。伊莱泽·赖特（Elizur Wright）的《权威》也同样认为："我们相信这本书是一篇质朴的故事，提供了奴隶制的一幅真实的画面——这本书的写作完全是单纯的、没有修饰的。"这些评论都表达了对《比布叙事》中奴隶经历叙述的信任。同样，马库斯·伍德（Marcus Wood）指出："比布的文本让读者重新经历了奴隶制。"①另外，罗伯特·斯提普托（Robert Burns Stepto）在《我站起来发现了我的声音：四本奴隶叙事中的叙事，真实性和作者控制》（"I Rose and Found My Voice: Narration, Authentication, and Authorial Control in Four Slave Narratives"）中，认为《比布叙事》是"折中叙事"（eclectic narrative）的典范，对其前言和叙述中比布的作者叙事进行了研究。

在比布的叙述中，有一个核心词"conjuration"，这个词是指"咒语、魔法、巫术、祈祷或召唤"，正是"魔法"建立了《比布叙事》文本的关键隐喻。亚里士多德将隐喻定义为"epiphora"，即移植、传输、越界或增补。在《修辞学》中，亚里士多德强调指出，词语与其所指涉的事物之间可能存在一种自然的亲缘关系，通过这种关系，可以将事物直接展示给读者。在探讨恰当词语时，亚里士多德说："一个词语可能比其他词语更接近、更类似于所描述之物，由于这种更强的亲缘关系，可以将事物更为清晰地展现出来。"② 隐喻通过给出一个符号，呼应现实，但又通过语言的隐藏或双重意义，在揭示现实问题的同时又隐藏真实的声音。"conjuration"建立起《比布叙事》的系列双重性：真实和欺骗、理性和迷信、自由和奴役，以反讽的方式建立起要获得自由、理性和真实必须通过伪装、欺骗和戏法的隐喻模式。在《比布叙事》中，"conjuration"的故事是怎样在个人生活世界中获得意义的？作为隐喻，"conjuration"如何使个人生活和集体历史之间按照个人动机、人格和集体表征互相交换？非洲迷信在美国

---

① Marcus Wood. "Seeing is Believing, or Finding 'Truth' in Slave Narrative: The *Narrative of Henry Bibb* as Perfect Misrepresentation." *Slavery and Abolition*, Vol 18, No. 3 (1997): 177.

② Aristotle. *The Rhetoric*. Trans. Lane Cooper. New York: Appleton-Century, 1932, p.189.

南方的语境下如何被重新生产？比布如何利用"conjuration"的隐喻来解构奴隶主意识形态，置换其逻辑话语，为奴隶追求自由而辩护？通过对"conjuration"的释义和分析，我们可以解决这些问题。

一、黑人奴隶迷信和个人生活

对黑人奴隶个人经历的见证为废奴运动提供了令人叹服的证据，奴隶叙事对奴隶如何依赖于迷信来逃避奴隶主的暴力，迷信如何以一种白人眼中可笑的仪式和黑人奴隶眼中的魔法互相结合的方式，创造关于奴隶主权力和奴隶境遇的隐喻。雷蒙·赫丁对此有一段很精辟的论述：

> "诚然，奴隶叙事的叙述者的目标读者……不允许黑人使用那些直接源自非洲的意象和传说。但是，正是通过这种对现有观点和叙事模式的巧妙而有策略的处理，奴隶叙事的叙述者非但没有被剥夺掉那些老一套耍把戏的技能，反而灵活地在新的领地中找到了它们的用武之地。"[①]

《比布叙事》提到："奴隶们之中有很多迷信。许多人相信他们所谓的'魔法'、戏法，或是巫术；他们中的一些人假装懂得这种艺术，并且说如果这样做他们就能避免主人将意愿凌驾在奴隶们身上。"比布详细举了一些流行在奴隶们中间的迷信，例如：

> "最常见的方子是某种苦草根；当主人们对他们的奴隶们生气的时候，奴隶们就要嚼碎这些草根，冲他们的主人啐一口。另外，他们还要预备某种粉末，用来撒在主人的住处。"[②]

比布讲述了奴隶们之间如何用偷偷流传的魔法来逃避主人的坏脾气。魔法中用的草根和粉末都和大地相关。在人类的原型神话中，大地通常代表着生命的起始和终结，也就是生命的诞生和消逝，大地蕴藏着生命的力量，也暗藏着代表死亡的地狱。草根象征着野草生命力，即使野草薙光，只要有根茎，就依然存在生命力，生命与死亡可以交替重生；而粉末代表泥土，将泥土放在主人的屋子里，

[①] Raymond Hedin. "The American Slave Narrative: The Justification of the Picaro." *American Literature*, Vol. 53, No.4. (1982): 632.

[②] Henry Bibb. "Narrative of the Life and Adventures of Henry Bibb, an American Slave, Written by Himself. With an Introduction by Lucius C. Matlack (1849)." *Slave Narratives*. Ed. William L. Andrews and Henry Louis Gates, Jr. New York: the Library of America, p.447.

暗喻着埋葬主人，也是使奴隶主的生命力消逝的隐喻。这种象征体系，构成了奴隶想象世界的低层表征，对于他们而言，奴隶主具有不可思议的权力（魔法），可以任意打骂他们，奴隶们的命运如野草一样可以随意被修理和消灭。奴隶生命和野草，生之欲望和野草根的简单类同，只是为了帮助他们获得一种死亡和复活的寄托。不过即使是这种魔法，在比布的叙述中，也没能够庇护他们。比布讲述了他年轻时遇到的魔法故事：

"我那时是一个年轻人，充满生命力和活力，非常喜欢去邻居家奴隶那里，但可以去的时间只有星期天，除非是我得到可以去的许可，或我悄悄溜走不被看见。如果被发现，第二天早晨我就被唤去，对我没有得到同意就离开的做法说个清楚；或者常常就是得到一顿鞭子……我有一种很强烈的愿望去逃跑，躲过被鞭打，但有人建议我去找一个那种魔法师，他可以防止我被打。我去了并告诉了他我的愿望。他说如果我给他付点钱，他就可以防止我被打。我付给他后，他用一些明矾、盐巴和其他东西混成了一种粉末，告诉我必须喷在主人身上，如果他要打我的话，这就可以阻止他打我。他还给了我一些苦草根来咀嚼，啐在主人身上，这就肯定可以避免我被打。"①

比布听到的魔法，并非是那个魔法师独有的，在《道格拉斯自述》等奴隶叙事中可以看出，这种用草根或某种具有魔法功能的动植物来护佑黑奴，防止被毒打或虐待的方式很普遍。这些魔法可能来自非洲文化，和非洲民间传说有非常明显的联系。美国南方黑奴中普遍流传着小动物用诡计和智慧战胜更凶猛动物的故事。帕特丽夏·希尔（Patricia L. Hill）认为："讲述招魂、巫术和关于非洲飞人神话的宗教故事虽然被改编成新世界的版本，但仍然呈现出非洲的文化概念和风俗习惯。"② 这种魔法的隐喻，不仅仅是作为个体的比布等奴隶心理的反映，也是黑人奴隶公共文化的一部分，一种集体的表现。不过，虽然比布照这位魔法师的方法，安心出去待到周一才回家，结果却被主人"抓起一根鞭子，狠狠地抽了一顿，尽管我带着我的草根和粉末"。第一次魔法实验宣告失败后，比布并没死心，接着又做了一次实验。邻居家另一位老奴隶据说知道所有的魔法，于是比布想尝试一下他的方法。

---

① Henry Bibb. "Narrative of the Life and Adventures of Henry Bibb, an American Slave, Written by Himself. With an Introduction by Lucius C. Matlack (1849)." pp.447-448.

② Patricia Liggins Hill. *Call and Response: The Riverside Anthology of the African American Literary Tradition*. Boston: Houghton Mifflin, 1998, p.18.

"我付给他钱之后,他告诉我晚上去牛圈,用一些新鲜的牛粪、混合红辣椒和白人的头发,放在锅里一起在火上烤,直到能研磨成粉……我把所有的材料预备好之后,[发现]一点点撒在屋子里的这种粉尘,它的力量就能让一头马喷嚏不止……我的工作是晚上和早上在我主人的屋子里生火。当我得到机会的时候,我就在床单上撒了一些这种粉尘,他们休息的时候就能吸进去。这种粉尘叫作爱粉,作用是改变他们的性情,使生气变成爱,不过所有这一切都被证明是妄想……有一个晚上我进去生火,我就抓住这个机会在我主人的床上撒了厚厚一层爱粉。没多久他们上床后,就开始又是咳嗽又是流鼻涕。我就在房子近处,一边偷看一边偷听,知道这是会有的效果,我听到他们互相问究竟有什么见鬼的东西,让他们又是咳嗽又是流鼻涕。这期间,我害怕得发抖,担心随时会被叫进去问我是否知道这个鬼东西是什么。这之后,因为担心他们发现我在他们身上做的危险的实验,我就放弃了爱粉。我于是相信,逃跑是一个奴隶逃脱残酷惩罚的最有效的方式。"①

和上一次胆战心惊的实验相比,比布这一次的魔法很明显带有恶作剧的形式。粪便、辣椒和主人的头发混合,具有巴赫金所说的"降格化"(degrading)的功效。排泄物的形象,和所有与身体下部有关的形象一样,是含糊多义的,既指代着新陈代谢的肮脏之物也隐喻着奴隶主权力的消解。头发和牛粪辣椒混合,隐喻着将白人奴隶主的权威降格,富有双重含义:既是制服主人,又是获得生机;奴隶用诙谐、戏谑的方式,和奴隶制下的恐惧、苦难、暴力相抗衡。在这里"conjuration"塑造的是黑人文学中传统的"机灵鬼"形象。

二、"机灵鬼"和魔法策略

机灵鬼的形象,不仅来自非洲文化,也源自罗马喜剧中"机智的奴隶"(dolosus servus),他们负责献计献策,确保主人公旗开得胜。② 幽默诙谐、诡计多端是这类喜剧机灵鬼的形象。在《比布叙事》中,也不乏这类对人物的喜剧描写。如比布提到自己曾被那些年老而迷信的奴隶传授了一种神奇的秘方,可以"随心所欲地使任何女孩爱上我"。这位懂魔法的奴隶让比布找了一只牛蛙,然

---

① Henry Bibb. "Narrative of the Life and Adventures of Henry Bibb, an American Slave, Written by Himself. With an Introduction by Lucius C. Matlack (1849)." pp.448-449.

② 诺思洛普·弗莱:《批评的剖析》,陈慧、袁宪军、吴伟仁译,吴持哲校译,天津:百花文艺出版社,2002年,第206页。

后"取出其中一根骨头,把它晾干,然后我就可以找机会走近我心仪的任何女孩,用骨头在她皮肤某处挠痒,然后不管她有没有订婚,也不管她和谁交往,她都会爱上我,会情不自禁地跟着我走"①。比布信以为真,按照这个方法,追着他喜欢的女孩,用牛蛙骨头去挠那个女孩的脖子;结果女孩不但没有爱上他,反而追着他打了他一顿。比布一计不成,又学会一招。另一个懂魔法的奴隶告诉他,为了获得女孩喜欢,可以把喜欢的女孩的一缕头发放在鞋底。不过怎么样得到女孩头发让比布很苦恼。为了获得女孩的头发,比布就跑去使劲揪女孩的小辫子,最后女孩尖声大叫吓跑了他。这些喜剧式的行为,一方面说明了青年比布的天真可爱,另一方面也讽刺了奴隶主笔下庄园生活的田园牧歌基调。

在美国南北战争之前,白人眼中的黑人是一群"傻宝"(sambo),他们安于现状,懒洋洋地生活在种植园中。白人作家肯尼迪在《燕子粮仓》中曾这样描述一些在小屋旁边晒太阳的黑人:"他们特别喜爱晒太阳,他们那懒惰、倦怠的姿势和心满意足地静静观察着周围的一切的样子,非常像一群躺在一个池塘边磨坊旁的原木上尽情地享受夏日阳光的龟鳖。"② 奴隶制意识形态塑造了黑人懒洋洋的、安于现状的田园生活状态。肯尼迪把黑奴比作"寄生虫""大自然中的藤类植物""必须依靠粗大的树干才能生存"③。比布的魔法似乎印证了这类傻乎乎的奴隶形象;但魔法的流行,只能说明庄园神话对黑人奴隶智力的禁锢。"种植园主想把奴隶与美国南北战争前美国思想隔绝开来,尤其害怕废奴主义观念的影响。"④ 比布在自传中提到,白人禁止黑人学习《圣经》识字,也不允许其他白人教黑人识字⑤。因为教育与迷信是相对立的,白人对黑人施行愚民政策的同时,默许了黑人奴隶愚昧可笑的魔法,田园牧歌式的庄园意象只是奴隶主制造的幻想,真实情况是奴隶缺乏教育,只能寄希望于迷信来改变生活处境。魔法成为一个具有双重含义的隐喻,在白人奴隶主眼里,是可笑的荒唐的巫术;在黑人奴隶的眼中,魔法是具有遮蔽性的对抗权力的修辞。

美国学者尼吉尔·托马斯指出:"[黑人文学]民间传说中的主要人物有传道

---

① Henry Bibb. "Narrative of the Life and Adventures of Henry Bibb, an American Slave, Written by Himself. With an Introduction by Lucius C. Matlack (1849)." p.450.

② 转引自张立新:《文化的扭曲:美国文学与文化中的黑人形象研究(1877~1914年)》,北京:中国社会科学出版社,2007年,第12页。

③ 同上条文献,第12页。

④ Dickson D. Bruce, Jr. "Politics and political philosophy in the slave narrative." *The Cambridge Companion to the African American Slave Narrative*. Ed. Audrey A. Fisch. Cambridge: Cambridge University Press, 2007, p.37.

⑤ Henry Bibb. "Narrative of the Life and Adventures of Henry Bibb, an American Slave, Written by Himself. With an Introduction by Lucius C. Matlack (1849)." p.445.

士、黑鬼坏蛋、黑人摩西,最有名的是骗子。"① 在这些机灵鬼中,最具代表性的是有关兔子、乌龟和柏油娃娃的系列动物"机灵鬼"。庞好农指出:"如果非裔美国人想在美国奴隶制下寻求生路,他们就不得不掌握成为杰出'机灵鬼'所使用的策略和方法。"② 在兔子兄弟系列故事中,机灵鬼兔子兄弟总能运用智慧与比他们强大的动物打交道,这种机灵是魔法的升级,从自然循环的神话力量,上升为人的智慧,黑人机灵鬼的狡猾和诡计成为他们对付欺凌奴隶的白人奴隶主或监工的策略和方法。

在第十一章中,比布叙述道,有一次他参加祈祷会,回来晚了,监工没有找到他,号称要第二天早晨抓住他,抽他五百鞭子。于是比布决定逃跑,他的妻子担心猎狗会跟踪到他,为了避免这点,比布想到骑着主人的骡子逃跑,于是他偷了主人的一头最好的骡子。"但我发现这头骡子有点麻烦,很爱叫唤,尤其是它看到牛、马或森林中其他动物的时候,叫声很容易出卖我。"

"那天晚上半夜时分,骡子听到了路上马匹的声音,它就开始跺脚试着挣脱。当马匹好像越来越近的时候,这骡子就准备叫起来,我所有能够做的就是防止它在树林中大叫一声,那就出卖了我。

我猜是监工带着狗出来找我,后来发现我没有猜错。那些人已过去,我就赶着骡子返回家,以防它出卖我……[我妻子告诉我]主人宣称我不仅犯下了没有经过允许就参加祈祷会的罪行,还有逃跑,但最恶劣的是我还偷了个公驴(jackass),按照法律这可是犯了死罪。

但我很清楚我是被当作产业的,蠢驴(ass)也是;我想如果一件产业拿走了另一件,这个行为没有触犯到法律;如果一头公驴骑走了另一头,这个事儿里可没什么罪过。"③

观察《比布叙事》中的"魔法",可以看到在第一摹仿层,粉尘、草根等都具有死亡和再生的双重含义,魔法的对象是白人奴隶主,目的是通过交换,用粉尘和草根来代替主人对奴隶的惩罚。这种置换形式才是真正的魔力所在,也是《比布叙事》中的关键所在。在第二摹仿层,这种置换就更有深意。jackass本义是公驴,引申出来的意义可以指蠢货、傻子;比布的故事里这头驴子还具有增补

---

① H. Nigel Thomas. *From Folklore to Fiction: A Study of Folk Heroes and Rituals in the Black American Novel.* New York: Greenwood Press, 1988, p.x.

② 庞好农:《非裔美国文学史(1619—2010)》,北京:中央编译出版社,2013年,第25页。

③ Henry Bibb. "Narrative of the Life and adventures of Henry Bibb, an American Slave, Written by Himself. With an Introduction by Lucius C. Matlack (1849)." pp.509-510.

的含义：爱叫唤的、蠢货、黑人、比布自己。按照白人的意识形态逻辑，骡子、公驴、蠢货依据邻近性原则，可以互换；而机灵鬼比布置换了白人的逻辑，比布等于公驴，公驴顺走公驴，偷盗的罪名就不成立。这里白人把黑人奴隶比作公驴蠢驴的明喻，被置换成魔法隐喻：既能逃跑，还能叫唤——叙述不过是骡子呼唤同伴的叫声而已。这层置换暗含反讽：黑人奴隶在白人奴隶主的眼里，等同动物或动产；因而也无法谴责其具备主体性的逃跑行为。

隐喻（metaphor）一词源自希腊语"metaphora"，表示"转移、迁移"。隐喻的本质是用一种事物或经验理解和经历另一种事物或经验，体现了人类的一种认知和思维方式。[1] "conjuration"从文本开始，就建立起《比布叙事》的关键隐喻，从一开始的喜剧性地用巫术求偶到祈祷逃避奴隶主的暴力，到之后奴隶们借助这个词建立了置换的逻辑，魔法的核心秘密就在于：奴隶要获得自由，就必须学会伪装和欺骗；真理依靠伪装而存在。在第十二章中，魔法隐喻变身为帽子戏法。这次和比布一起逃跑的同伙是另一个黑人奴隶杰克。两人在路上走了一夜，杰克准备去旁边的农场找点吃的，回来的时候背了一个大口袋，里面是他偷来的六只小猪。接着比布在路上发现了一顶白色帽子，旁边睡着一个白人。杰克捡起了这顶帽子："我告诉杰克不要拿这帽子，但他不听我的，他脑门上倒是有一顶，他摘下来换了这一顶。"[2] 黑奴杰克把自己的帽子和白人的帽子进行交换，象征性地将相对复杂的意识形态用语言简单化为不同的帽子，帽子的置换，隐喻性地代表了黑人和白人身份的互相转换。

在《比布叙事》的前半部分，魔法隐喻只是借助相对简单、具体和黑人奴隶熟悉的意象，来解释黑人行为的动机，对奴隶主强盗逻辑进行反讽；而随着叙事进程的推进，比布的魔法隐喻就不仅是一种机灵鬼的策略，而开始思考奴隶主修辞中对事物和事件的解释，在试图理解奴隶制修辞逻辑的同时，建立起黑人奴隶的思考和认知方式。在《比布叙事》中，为了逃跑，比布多次使用了"诡计"。如在自传第十五章中，他曾经未经允许"借"过一匹马，这匹马载着他在夜里行走了40多英里。比布为这次行为辩解道：

> 有人可能倾向于认为我这样挪用马是错的；但我不过是做了十个人里九个人都会做的事情，如果他们处于相同的情境下。我并不打算从任何人那里偷窃马。但我要问，如果一个白人被切诺克印第安人抓住，将他从家庭生活

---

[1] George Lakoff and Mark Johnson. *Metaphor We Live By*. London: The University of Chicago Press, 2003, p.5.
[2] Henry Bibb. "Narrative of the Life and adventures of Henry Bibb, an American Slave, Written by Himself. With an Introduction by Lucius C. Matlack (1849)." p.519.

带走而进入奴隶生活中,然后看到有一个机会逃跑回到他的家庭中;并且印第安人决心追到他把他带回去或要了他的性命,对于可怜的逃奴来说,他的性命、自由和将来的幸福都危在旦夕,骑上路边任何人的马,没有问一声便骑走逃跑,这一切有罪吗?……在相同情境下一个白人做下这样的事,不仅不会被认为不恰当,还会受到表扬;如果他忽略了用这种方式逃跑,他就会被称为一个傻瓜。因此从这个行为来说,我没有任何要后悔的,因为我做了任何有理智的人在相同情境下会做的事。[1]

无论是置换还是挪用,比布在叙述中都将隐喻的本体指向白人的修辞。白人剥削黑人奴隶的劳动力,将黑人视作动产,看成是和动物一样的奴隶主私有物;而另一方面,他们却推崇人的权利,认为"性命、自由、幸福"都是天赋人权。比布质疑的是奴隶制意识形态的基础思维方式:黑奴可以算作人(human being)吗?如果是人,那就拥有合理的人权。而如果黑人只是动产,那就是缺乏主体性的物,因而也不需要为自己的主观行为负责。比布偷盗马逃跑,是一种把魔法中的置换变为挪用的隐喻。他这里的诘问,只是模仿了白人奴隶主的逻辑:既然白人对黑人劳动力的偷盗是合理的,那黑人的偷盗也是合理的;既然白人能够为了自由而挪用任何人的马匹,黑人做这样的事也是合理的。比布不断地质问"在相同情境下"白人的对策,并将黑人置换于同样情境下,间接回应了前言中,白人读者对他是否诚实、是否存在欺骗的质疑。至少,黑人奴隶魔法的最终目的都指向自由。在这个意义上,《比布叙事》用魔法重构了黑人逃跑的历史,对奴隶制时期白人奴隶主对黑人奴隶品行的断言进行了反思。

三、魔法的本质和叙事的魔力

海登·怀特认为:"叙事是一种话语模式,一种说话的方式,而且是采用这种话语模式的产物。当用这种话语模式再现'真实'事件时,如在'历史叙事'中一样,结果必然是一种具有语言、语法和修辞特色的话语。"[2]历史是"利用真实事件和虚构中的常规结构之间的隐喻式的类似性来使过去的事件产生意义。历史学家把史料整理成可提供一个故事的形式,他往那些事件中充入

---

[1] Henry Bibb. "Narrative of the Life and Adventures of Henry Bibb, an American Slave, Written by Himself. With an Introduction by Lucius C. Matlack (1849)." pp.534-535.

[2] 海登·怀特:《后现代历史叙事学》,陈永国、张万娟译,北京:中国社会科学出版社,2003年,第167页。

一个综合情节结构的象征意义"①。和其他奴隶叙事一样，在《比布叙事》中，黑人奴隶为了追求自由而逃跑，个人身份和历史再现之间出现了各种矛盾：逃奴身份是违法的，但追求自由是符合人性的；逃跑过程中奴隶不得不通过欺骗和伪装来达到目的，但在历史再现中这些过程又成为个人品行的污点。正如辛迪·温斯坦（Cindy Weinstein）指出的："奴隶叙事通常由白人来证实，作者的正直和事实的真实。颇为讽刺的是，这些真实性却是通过情节中的谎言、秘密、身份的把戏来达到的。"②类似于历史学家，比布的叙事将个人故事和黑人机灵鬼传说结合，用魔法的隐喻来展现各种伦理冲突，引导读者做出伦理判断。

　　叙事学家费伦认为，叙事修辞包含隐含作者对隐含读者、叙述者对受述者、人物与人物之间进行的多层次交流。"多层次"意味着叙事交流的不仅仅是主题思想和意识形态，还包括情感和伦理价值。③ 19世纪美国南北战争之前，在以废奴运动为主的修辞交流环境中，奴隶叙事主要存在几个交流层次：一是前奴隶黑人作者和白人废奴主义者、白人编辑之间的交流，如上文指出的，《有趣叙述》等超故事层的交流层次，这一层面通常摘录了作者和编辑等之间的通信，或白人废奴主义者的证明，来证实奴隶叙事的真实性；二是在隐含作者对隐含读者的交流层次，《比布叙事》通过讲述人物自身的经历来和隐含读者进行沟通，讲述的目的是寻求读者的理解和支持。表面上看，比布个人的历史是由各种小把戏（trickery）的故事构成，魔法用来逃避鞭打和惩罚，到后来用来逃避奴役，这个讲述过程（the telling）本身也可以视作《比布叙事》的魔法，读者是否受到叙事魔法的吸引，是否原谅了比布的欺骗和盗取，是否同意《比布叙事》中，白人和黑人应该拥有相同的人权，黑人应该拥有相同的对家庭、自由、幸福的追求的权利？

　　在《比布叙事》前言中，直接呈现出作者和编辑、读者之间的矛盾。编辑证实该自传是比布自己写的："为了出版，我检查了整部手稿。许多结尾的部分正是比布先生在我的办公室里写的。"但即便如此，《比布叙事》仍然受到怀疑，编辑声称："这本叙事的真实性有最令人满意和最充足的证词的证明——为了证实这个结论，有必要为读者提供以下的文件。"之后编辑提供了一份调查委员会

---

① 王晖：《二元文本的艺术张力——诺曼·梅勒〈夜幕下的大军〉的叙事伦理分析》，载《外国文学研究》2007年第6期，第112页。
② Cindy Weinstein. "The Slave Narrative and Sentimental Literature." *The Cambridge Companion to the African American Slave Narrative*. Ed. Audrey A. Fisch. Cambridge: Cambridge University Press, 2007, p.115.
③ 唐伟胜：《文本、语境、读者：当代美国叙事理论研究》，上海：上海世界图书出版公司，2013年，第112页。

于1845年提供的证明书，其中指出了在叙事交流过程中，读者的质疑："比布先生曾在密歇根的多次聚会中发言，他的叙事也广为人知。[不过]一些他的听众，都是自由人，对他的陈述感到怀疑。"为了查明《比布叙事》的真实性，在超故事层中，白人叙述者组成了调查委员会，包括波特（A. L. Porter）先生，斯图尔特（C. H. Stewart）先生和霍莫斯（Silas M. Holmes）先生，并提供了对《比布叙事》真实性的调查报告。这是一篇关于比布历史和人品证明的报道，并附录了六封信件：第一封信来自威尔森（Hiram Wilson）先生，加拿大的一位受人尊重的绅士，证实比布在肯塔基作为奴隶的身份。第二封信来自盖特伍德（Silas Gatewood）先生，比布的前主人的儿子，指责比布"好逸恶劳，疏忽职守""偷盗小麦""他是一个声名狼藉的骗子，一个捣蛋鬼"，盖特伍德先生最后"渴望提供他的完整的无赖行为"。第三封信来自威廉·伯尔尼（William Birney）先生，目击证人，提供了1838年比布在辛辛那提被逃奴猎手抓获，后来逃跑的事实。第四封信来自波特（W. Porter）先生，证实了1839年比布在路易斯维尔工作。比布从肯塔基逃跑，回来接他的妻儿，被抓后被卖给了红河上的一个庄园主；第五封信来自W. H. 盖特伍德（W. H. Gatewood），南方绅士，证实他有一个叫作金（King）的前奴隶，比布和金很相似，但没有回答任何问题。第六封信来自雷恩（Daniel S. Lane），逃奴猎手，证实了调查委员会主席的询问，即1838年比布为威廉·盖特伍德的奴隶，1838年比布逃跑至辛辛那提，被他抓获，被带到路易斯维尔准备卖掉。"据说他回来是来接他的老婆和孩子，他后来又被他的主人抓住，老婆孩子一起被带到了路易斯维尔，卖给了红河上的一个农场主。"[1]

可以看出，这六封来信分别来自比布从前的奴隶主人、比布历史的目击证人、抓获比布的逃奴猎手、现在的朋友等，多重身份多重视角，展现了一条完整的证据链。六位信件写作者的声音被包含在调查委员会的叙述中，最后还有对这条证据链上的六位证人的评述和分析，逻辑非常清楚。读者可以依据不同的证人提供的不同证言，拼贴出比布的历史；但值得注意的是，在超故事层里，比布并没有如伊奎阿诺的叙事那样提供自己的声音，他处于被控告、被审判的地位。因此，在故事层面，比布的叙述可以看作他对超故事层的质疑的回复，他的叙事成为改变人们的看法、争取叙事力量和言说声音的魔法——既然法律并没有提供对奴隶的保护，奴隶就只有借助魔法或具有魔力的叙事力量，来证明自身的主体性。

---

[1] Henry Bibb. "Narrative of the Life and Adventures of Henry Bibb, an American Slave, Written by Himself. With an Introduction by Lucius C. Matlack (1849)." pp.431-432.

"叙事文本的伦理向度要求读者将文本视为讲述者的一项活动。"① 反过来，叙述者或讲述者通过言说，能够凸显自身，产生叙事交流的同时，对社会现实产生伦理反应。文本存在大量插入语，叙述者的介入突出了《比布叙事》的自觉性。在第一章开始，比布就直接对读者发出呼吁："读者，当我言说时相信我，没有舌头，没有笔墨，曾经或能够表达出美国奴隶制的恐怖……在其他好营生中，我将逃跑的艺术（the art of running）学到了极致。我经常干这个营生，从不放弃，直到我打破了奴隶制的束缚，安全地把我自己落地到加拿大，在那里我被视作是一个人，不是一件物。"② 比布在这里用"艺术"来置换了他的"魔法"，他没有呼吁读者相信他所说的（what），而是呼吁读者在他"言说的时候"（when）就相信他。叙述行为因而成为一项正在进行的活动，重要的不是说的内容，而是说的权利。只要文本还在进行，言说就没有停止，叙事的交流就还在继续。作为叙述者，比布的身份已经不是奴隶，而是自由人，叙述文本里大量采用的一般现在时，提醒读者叙述者身份的转换，阅读过程因而就不仅是见证过程，而是召唤读者参与，将叙述者判断或定义为"物"，还是"一个人"？这种认知过程是叙述者借助叙述的魔力造成的，他不仅要用叙述来证实自己的主体性，还希望读者能够改变社会现实，颠覆奴隶制的认知模式和意识形态。

第二节 《布朗叙事》中的低调陈述和委婉叙事

《布朗叙事》于 1847 年出版于波士顿，据统计，截止到 1850 年，《布朗叙事》在美国出过四版，在英国出过五版，非常受读者的欢迎。威廉·威尔斯·布朗是 19 世纪美国一位多产的黑人作家，创作了大量反对奴隶制的作品，包括自传、小说、戏剧、演讲集、诗歌集、黑人游记等，对后世的黑人文学产生过巨大影响。布朗曾是前种植园家奴，后来被卖给奴隶贩子，在密西西比河上干活。1834 年，他逃出奴隶制，参加了废奴运动，出版了美国第一本黑人小说《科洛特》（Clotel，1853）和黑人游记《欧洲三年》（Three Years in Europe，1852），成为一名著名的废奴人士和作家，和道格拉斯齐名，同为当时的黑人废奴运动的代表人物。

---

① 林懿:《论德拉布尔〈红王妃〉文本观中的他者伦理》，载《当代外国文学》2016 年第 1 期，第 63 页。
② Henry Bibb. "Narrative of the Life and Adventures of Henry Bibb, an American Slave, Written by Himself. With an Introduction by Lucius C. Matlack (1849)." p.442.

白人废奴领袖埃德蒙·昆西（Edmund Quincy）对《布朗叙事》评价道："和令人称道的道格拉斯先生的故事表现相比，[《布朗叙事》]呈现出一幅不同的地狱般的奴隶制景象，给予我们对其可怖的残酷面貌不同的一瞥。"① 昆西指出《布朗叙事》的不同之处在于"描述场景和动作时的简洁、平静却足以像'撼动巨石'般地动摇奴隶制这一国家体制"②。昆西认为："布朗只是最低程度上描述了他看见和遭遇的场景和事情，然后用很多技巧和很恰当并且精致的语言表达出来。"③布朗自传在体例上和道格拉斯自述基本一样，但是在叙述风格和策略上有很大区别。道格拉斯是个富有英雄气质的反奴隶制斗士，他在自传中激情澎湃地对奴隶制进行如雷电般的控诉，在当时引起了很大反响。道格拉斯运用了大量的心理描写来表达自己的成长过程，特别是在他与白人监工打斗的场景叙述中，最能体现出这种张扬自信。而布朗没有像他的同事道格拉斯④那样激情洋溢，而是采用了委婉叙事的叙述策略，表现出一种克制和客观的叙事方式，形成了文本的反讽张力，维持了维多利亚时代"得体"原则（norms of propriety）的同时，给读者预留了更多的想象空间。具体而言，《布朗叙事》采用了低调陈述（understatement）、曲言（litotes）、弱陈（meiosis）、迂回叙述、模糊人称等委婉叙事的策略，回忆和描绘了奴隶制下自己及家人的遭遇，以及他所见证的其他奴隶的悲惨故事。然而，这种轻描淡写的委婉叙事方式，却和奴隶自身遭遇的直接描述形成张力，使《布朗叙事》平静的表面下暗藏巨大的洪流，在平静和克制中蕴藏着动人的感伤和对奴隶主缺乏人伦的愤怒，充满叙事力量。

一、低调陈述

低调陈述通常和夸张陈述（hyperbole）相对立。《文学术语词典》（*A Dictionary of Literary Terms*）对 understatement 的解释是：这种修辞格是故意使用有节制的措辞来陈述事实，故意轻描淡写，借低调与弱化语言形式来表示强调。它是与 hyperbole（夸张）相对的一种修辞格。低调陈述可以分为两种，曲言法

---

① William Well Brown. "Narrative of William W. Brown." *Slave Narratives*. Ed. William L. Andrews and Henry Louis Gates, Jr. New York: The Library of America, 2001. p.372.
② 同上条文献，第 372 页。
③ Ezra Greenspan. *William Wells Brown: An African American Life*. New York: W. W. Norton and Company, 2014, p.148.
④ 道格拉斯和布朗曾经同为废奴主义黑人演讲者，一起工作。道格拉斯于 1845 年出版他的第一部自传，布朗曾经帮助过《道格拉斯自述》销售，因此必然也阅读、参考过该书。在《布朗叙事》中可以看到前者的影响。

和弱陈法。曲言法是用反面的否定词表示肯定，其目的是减轻或缓和说话人的语气和对事物的评价；弱陈法是用肯定的形式来表达否定的意思，轻描淡写，使语气委婉，避免绝对。布朗在第一章开头对自己的身世这样陈述道：

> "我出生在肯塔基州的莱克星顿。那个我刚一出生就偷走我的男人，将我的出生记录在一本书里，那本书是用来记录所有这个男人声称生来就是他的产物的婴儿名字的。我母亲的名字叫伊丽莎白。她有七个孩子，分别是：所罗门、林德、本杰明、约瑟夫、米尔福德、伊丽莎白和我自己。没有两个孩子是同一个父亲。我父亲的名字，正如我后来从母亲口中得知的，叫乔治·海根斯。他是一个白人，是我主人的一位亲戚，并且他和肯塔基州的几个领头家族有关系。"①

布朗在这里，非常含蓄地用"那个……男人"来指代他的主人，奴隶生下来就是属于奴隶主的财产，每增加一个孩子，等于奴隶主增加一笔收入。登录婴儿名字的"那本书"指的是美国南方家庭每家必备的《圣经》，作为家庭叙事的重要记录。不过这里用曲笔指代《圣经》，讽刺南方奴隶主在宗教的外壳下，暗藏着偷盗、占有他人生命、将奴隶当作财产的罪恶。黑人奴隶或奴仆在南方种植园主的家谱里，属于影子家族（ghost family），作为一个奴隶母亲七个孩子中的一名，布朗委婉地使用了否定词来表示他的血缘关系：No two of us were children of the same father（没有两个孩子是同一个父亲），这里曲折地表达了母亲至少被七个男人占有过的事实，而鉴于布朗的父亲是一个白人，至少布朗母亲遭遇过一个或多个白人的性侵。布朗使用曲言，含蓄地表明了黑人奴隶不得不面临的一个境况：遭遇性侵的母亲和缺失的白人父亲。

类似于道格拉斯幼年时看到赫斯特阿姨被鞭打，布朗也描述了小时候母亲被鞭打的记忆。但不同的是，布朗是"听到"而不是"看到"母亲受虐，他的描写更轻描淡写一些：

> "我母亲是一名大田奴隶，有一天早晨比其他人晚了10到15分钟去田里。她到的时候其他人已经在工作了，监工下令鞭打她。她叫着："喔！求求——喔！求求——喔！求求——"——这些是奴隶们通常在他们暴君手里祈求怜悯的话。我**听到**她的声音，**知道**这声音（knew it），**跳下**我的铺位，**来到**门边。尽管大田离大宅还有一段距离，我还是能**听见**鞭子的每一下抽动

---

① William Well Brown. "Narrative of William W. Brown." p.377.

声,以及我可怜的母亲的每一声哀鸣和哭喊。我**待在**门里,不敢冒险多**走远**些。阵阵寒意贯穿了我,我大声**哭了**。打了她十鞭子之后,鞭打声停止了,于是我**回到**我的床上,无可安慰唯有泪水。这还不到天亮。"(黑体为笔者所加)①

在这一段里,布朗记录了他听到的母亲被鞭打的记忆,但布朗没有直接描写监工的咒骂、毒打和残忍,而是通过一系列动词"听到""知道""跳下""来到""听见""待在""走远""哭了""回到"来再现幼小布朗的反应。叙述聚焦主要集中在见证者小布朗身上,系列动词表示动作接连发生,句式主要采用简单句,并列连词 and 经常出现,让人感觉到小布朗痛苦但无能为力的创伤反应;叙述者没有直接描述鞭打,叙述声音也并不分享情感或哀痛,避免了血淋淋的场景,没有对奴隶主的直接斥责和怒骂,但更加哀婉动人。另外,小布朗和母亲的空间位置,不仅表现在屋内和屋外的距离,而且暗示了奴隶之间阶层的差异:小布朗属于屋内的家仆,母亲属于大田奴隶。通常在美国南方奴隶主庄园内,家仆属于奴隶中阶层较高的一级,小布朗除了意识到母亲被鞭打自己无能为力之外,还知道自己比母亲地位高,所以不敢高声,在叙述时也只是通过一系列动词来表达自己的情绪;毕竟,学会控制情绪是家仆的第一课。因此,叙述聚焦和低调陈述暗示了潜在的叙述者心理,决定了小布朗"不敢冒险多走远些(Not daring to venture any further)"。在这一段中,英文原文的"no…any(停止了……)"、"no consolation but in my tears(无可安慰唯有泪水)"等否定句式中,否定词 no 的反复出现,构成了低调陈述中的曲言法,用来减轻语气。最后一句话"It was not yet daylight(这还不到天亮)",似乎作为这一幕场景的总结,有点离题,但只要想到尚未天亮,奴隶母亲就开始受到鞭打,一天之中,还有多少次暴虐在等着她?not yet 虽然不是控诉,却充满动人的哀伤。在叙述者轻描淡写的叙述方式下,文本存在极大的张力,读者稍加思索就能领会其中奴隶的酸楚和对命运的无奈。

《布朗叙事》中的低调叙事,还表现在第一人称叙述者兼主人公布朗对奴隶主的评价上。叙事开始时所使用的克制的文体,并列的句法维持了叙述者的控制力。如在第四章中,布朗提到:"虽然有一些人认为,比起棉花、糖和大米生长的州来说,密苏里州奴隶制更为温和,然而在我们蓄奴州中,论起住民的野蛮性没有其他州赛过了圣路易。"这里叙述者英文原文用了"though…no part…more…

---

① William Well Brown. "Narrative of William W. Brown." p. 378.

than"的句式，语义出现几个转折，然而在这几句委婉的表达后，叙述者接着说："住在这个城市的八年时间里，极端残暴的无数案例进入我自己的观察；——要记录所有的案例，很可能会占据这本小册子过大的空间。"①在英文原文中，布朗这里用了"extreme、more… than…little"等词，从文体上来看，是用弱陈法来表明自己书写的不足，但却越发对比出奴隶制罪恶的一面。在第十章中，布朗对其主人威力先生这样描述道："威力先生没有被他的仆人视作一个非常坏的人，也没有被当作最好的主人"（Mr. Willi was not considered by his servants as a very bad man, nor was he the best of masters）。文中类似的曲陈法，都是用否定词来表示肯定，叙述者真实要表达的是，威力先生被仆人视作一个非常坏的主人。叙事语气虽然缓和，但叙事效果却非常突出。

二、委婉叙事和得体原则

昆西认为，人或书都是要遵循得体有序的原则。他指出，自己在《布朗叙事》字里行间看到了令人叹为观止的叙事原则："这篇叙事大胆和真实地揭露了奴隶制（也只有做过奴隶的人才能做到），而且用很得体的语言表达出来，很适合家庭消费。"②昆西说的"家庭消费"（household consumption），指的是在那些同情黑奴遭遇的白人中产阶级家庭的心理承受能力范围之内的阅读。若叙事太过火，太过于激情洋溢，充满暴力、抗争，则势必会引起白人读者的反感，到最后反而起不到预期的效果③。布朗这种以读者为中心的、不温不火、柔中带刚的委婉叙述也正是其自传叙事的一大特点，具体而言，主要是通过低调陈述、委婉语、迂回或其他方式，来讨论和叙述一些令人不快或逆耳之事物，避免给读者粗鄙、生硬、无礼的感受。

19世纪美国仍然处于维多利亚时代英国文化的影响之下。维多利亚时代的得体原则也是美国编辑对于奴隶叙事文体风格的期待和要求，尤其涉及性、混血和通奸等社会中产阶级禁忌的时候。黑人叙述者在解构奴隶主庄园神话的同时，必须维护白人读者的尊严，避免有身份的绅士和女性看到有违社会伦理的直接描述。如在布朗的叙述中，凡是涉及白人奴隶主性侵犯和女奴悲惨遭遇时，都是采用的少叙的方式。这种委婉叙事虽然更为保守，但符合社会伦理规范。如在第六

---

① William Well Brown. "Narrative of William W. Brown." p.383.
② Ezra Greenspan. *William Wells Brown: An African American Life.* p.149.
③ 道格拉斯曾在自传中叙述过自己对白人的直接身体反抗，这一方面可以显示黑人的英雄主义与反抗精神，另一方面则很容易走向极端，引起白人读者的反感。

章中，布朗叙述了他所目睹的船上的一幕：

> "我们到了后，沃克先生买了一个离城五六里远的农场。他没有家庭，但从他的女奴隶中挑了一个做家务。可怜的辛西娅！我很熟悉她。她是一个四分之一混血儿，也是我曾看到过的最漂亮的女人。她是圣路易当地人，性格和美德方面无可挑剔，举止得体。沃克先生从新奥尔良市场上买下她，带着她顺流而下踏上我和他多次走过的行程。我永远不会忘记这趟水路上的情境！我们住在蒸汽船上的第一天晚上，他就命令我把她安置在一个特等客舱里，这是他为她提供的，和其他奴隶们隔离开。我之前看过奴隶制太多的伎俩，不可能不知道这意味着什么。我之后看到他进了那间客舱，听着并听到了他们之间所发生的事。我听到他提出卑鄙的请求和她的拒绝——他把她带回圣路易，让她当了他的情妇和管家，我走之前，他已经有了两个她的孩子。"①

维多利亚时代家庭价值观崇尚"家庭天使"，认为女性的美德包括温柔、虔诚、贞洁、顺从、无私等。叙述者布朗强调辛西娅性格中的美德和"得体"的举止，符合了维多利亚时代对女性的理想塑造。但不同于白人女性，黑人女奴受到侵犯而失贞，无论她是否有错，都是受到诱惑和堕落的表示。在英文原文中，布朗在 "I had seen too much of the workings of slavery, not to know what this meant（我之前看过奴隶制太多的伎俩，不可能不知道这意味着什么）"一句中，使用了 "too…not to" 的句式，使用曲言，并在叙述信息上使用少叙，这种委婉的叙事方式一方面为了行文体面，维护女性读者的伦理观和道德贞操；另一方面却包含了对奴隶制中女奴悲惨遭遇的留白，让人窥测到未经叙述的部分中，未被揭露的奴隶制肮脏的黑暗的真相。迈克尔·切尼（Michael A. Chaney）对这一段评价道："基于通过同样的场景收集而来的对奴隶制的充裕的知识，更不用说在获得自由后增长的可靠的信息，布朗以作者的权威预见到辛西娅无法挽救的作为奴隶制母亲的相关的命运。"② 布朗虽然省略了辛西娅受到侵害的细节，但却交代了她之后的结局："不过，做个结束吧！我到了北方后，我很确实地得到沃克结婚的消息，并且，作为一种婚前措施，他把可怜的辛西娅和她四个孩子（她在我走后又生了两个）卖了，让他们陷入毫无希望的束缚中。"辛西娅的悲剧在南方

---

① William Well Brown. "Narrative of William W. Brown." pp.392-393.

② Michael A. Chaney. *Fugitive Vision: Slave Image and Black Identity in Antebellum Narrative.* Bloomington and Indianapolis: Indiana University Press, 2007, p.71.

是常见的。同样在密西西比河上的贩奴船上，布朗记录了一位奴隶母亲被迫和孩子分离的场景，对比一下叙述者所采用的不同叙述策略：

"我们离开了圣查尔斯之后，那个年幼小孩变得很不安，一天的大部分时间都在不停地哭叫。沃克先生抱怨了几次，然后让母亲不让孩子发出可恶的哭声，要不他就亲自不让他哭。这个女人试着让儿子安静下来，但是没成功。我们晚上在沃克先生的一个熟人那里过夜，到了早上，我们正要启程，那个孩子又开始哭了。沃克走到女人前面，要求把孩子给他。她颤抖着照办了。他提着孩子的一只胳膊，就像是提着猫的一条腿，走进房间对女主人说：
'女士，我送给你这个黑鬼当奴隶，他一直在哭，我无法忍受了。'
'谢谢你，先生。'这个女主人说。
这个母亲看到自己的孩子被留下送人了，跑到沃克先生前面跪下来祈求他把孩子给她。她抱着他的腿，大声哭叫着："噢，我的孩子！我的孩子！主人，请把孩子给我吧！噢，求你了，求你了！我不让他哭了，只要你把他给我。"①

可以看出，布朗前一段通过迂回说法，提供了一份对女奴辛西娅遭受性侵犯的见证。整段叙述都是从布朗的视角出发，记录了类似于《帕梅拉》中，品德高尚的女奴受到卑劣的男主人的诱惑的故事。其中辛西娅始终没有自己的声音，辛西娅的全部信息都是叙述者的转述；而后一段奴隶母亲和儿子分离的故事中则更多直接引语，完整保存了奴隶母亲的原话，显得更为直接。原因是后一段不涉及性侵、混血、通奸等社会禁忌，所以就没有使用委婉叙事，而是直接暴露了奴隶制的残忍，也预示了辛西娅作为奴隶母亲最终的命运。从辛西娅的故事到奴隶母亲的故事，虽然叙述者都仅有一段短短的叙述，但却使用了两种不同的叙事方式，保留了女奴的自尊和女性读者的体面，但却包含巨大的文本空间。黑奴母亲的悲惨遭遇也是辛西娅之类的黑奴女孩的将来，文本的张力再现了从一个纯真的黑奴女孩到黑奴母亲一生的转折，让读者联想到众多女性黑奴的悲惨命运。

布朗的委婉叙事除了对身体侵害、出身等进行低调叙述之外，还包括类似于素描的写法，尽量只陈述事实，不加以评论，把评判的权力留给了读者。布朗曾受雇于奴隶贩子沃克先生，帮他贩运奴隶。他这样叙述载运船上的情景：

"在船的底层甲板上有一个大房间，里面关着奴隶，男女混杂着两人一

---

① William Well Brown. "Narrative of William W. Brown." p.394.

组被铐在一起，专门严格看守，以防他们逃走。因为曾经有奴隶挣脱了镣铐，在船靠岸装木材的时候逃走了。尽管**我们**小心看管，**我们**还是失去了一个女人。这个女人被迫与丈夫和孩子分离，已经没有活下去的欲望了。她在痛苦中跳下甲板淹死了。她没有戴镣铐。

要让船上的那部分保持干净，这几乎是不可能的。"[1]（黑体为笔者所加）

布朗以一种类似新闻报道的方式，寥寥数笔勾画出了贩奴船上的悲惨遭遇。仿佛叙述者并不关心自己黑人同胞的死活，而只是漠然地置身事外。这里叙述者使用了第一人称复数"我们"，意味着叙述者采取的视角是他作为奴隶贩子的随从，从贩卖奴隶的角度来看，"失去"了一个女人。"我们"和"她"是对立的，一个生命的消失，只是"看管"不当的原因，叙述者冷静客观的声音下，可以看出奴隶在奴隶贩子的眼中，只是一件具有价值的物品。陈述的开头讲明，每个奴隶都是"两人一组被铐在一起"，之后却陈述女奴"没有戴镣铐"，见证叙事在这里戛然而止，没有透露更多信息，但看似矛盾的奴隶贩子的做法，却让人怀疑女奴受到过其他伤害。叙述者在这之后插入一句评价"要让船上的那部分保持干净，这几乎是不可能的（It was almost impossible to keep that part of the boat clean.）""干净"在这里是受玷污的反义词，影射了女奴的处境。这句叙述者的介入，独句成段，表明了叙述者在这里加重了语气，希望读者重视；虽然简短，却意味深长，蕴含了昆西所提到的奴隶制的"地狱般情景"，但却有所保留，读者可以自行分析和判断。

另外，布朗曾经参与了贩卖奴隶，对于这种奴隶贩子帮凶的行为，布朗在叙述时仔细地挑选了人称代词，用来减轻自己的责任。"**我**被命令去剃掉那位老人的胡子，拔掉灰白的头发，如果不是那么多，那种情况下**他**准备了黑色药剂来给**它**上颜色，**我们**用一把黑色刷子把**它**刷上。"（黑体为笔者所加）[2]黑色在这里是代表奴隶作为商品的特性的，在市场上能够让白人奴隶贩子卖个好价钱。而这里的人称代词"他（he）"指奴隶贩子沃克先生，"我"是被动态，被沃克先生逼迫；之后在从句中使用了集体代词"我们"，人称代词的复数分散了布朗在后面的行为的过失。第三人称代词"它"使用得很模糊，钱宁指出："'它'在这里既可能指代黑奴身上假定有的白头发，需要染色的地方，也指代所有黑奴身体，作为一种不可数的实体。"[3] 另一个"它"则将"黑色"作为先行词，混

---

[1] William Well Brown. "Narrative of William W. Brown."pp.389-390.
[2] 同上条文献，第391页。
[3] Michael A. Chaney. *Fugitive Vision: Slave Image and Black Identity in Antebellum Narrative*. p.72.

淆了黑色身体的黑色特性和生产黑色商品的物质性。布朗通过对人称代词的模糊使用，委婉再现了自己在奴隶制的枷锁下不得已的行为，这种委婉叙事，也是为了使读者更容易亲近作者，而不至于指责作者曾经的所作所为。

在《布朗叙事》中，类似的委婉叙事还体现在对名字的模糊使用上。名字对布朗而言，有着特殊的含义。威廉·布朗年少的时候，因为与奴隶主的侄子都叫"威廉"，被迫改名为"桑迪"（Sandy，或者 Sanford）。在布朗成功逃脱之后，救助他的白人威尔斯·布朗想以自己"威尔斯·布朗"的名字给作者起名，布朗这样回答："但是，我不想丢掉威廉这个名字。因为这个名字曾经违背过我的意志，被人强行剥夺过，现在，我不想让它再与我分开了。"于是就出现了"威廉·威尔斯·布朗"这个名字。在《布朗叙事》中，威廉·布朗与桑迪之间，存在两个叙事自我之差。这两个叙事自我担任明确的责任分界：桑迪负责犯错误，承担责任；而威廉·布朗负责忏悔，负责推卸责任，并获取好的名声。或者说，读者在阅读《布朗叙事》时，读到的是叙述者布朗讲述一些关于桑迪的事情，包括欺骗行为。如桑迪受雇于奴隶贩子时，按照主人的命令，给黑奴染发，拔掉他们的白头发，以便能更快地卖出好价钱；或者为了让奴隶们卖出一个好价钱，"我经常让他们跳舞"，[①] 以表明奴隶们在身体和心理上健康。比如桑迪还通过欺骗手法，找了一个黑人替自己挨打等。叙述者布朗叙述中的人物是桑迪——桑迪曾经做过很多在奴隶主看来不可原谅的事情，也做过一些在奴隶看来不可原谅的事情——但叙述者通过人称的更换，实现了行为主体的替换。叙述者布朗的这种叙述策略客体化了过去的经历，利用了叙述者与人物之间的间隙，因而叙述者布朗与经历者桑迪看似是同一个人，其实却发挥着不同的作用：一个是忏悔者，一个是犯错者；一个是事后反思，一个是亲身经历；一个是废奴人士，一个是身不由己的黑人奴隶。他们的角色存在着距离，觉悟也不同：桑迪是个只顾着自己奔逃的身不由己的奴隶，而威廉·布朗则是废奴斗士，需要具备诚信，成为黑人奴隶的代言人。叙述者布朗为奴隶桑迪撒谎和欺骗的行为解释道：正是奴隶制才使"受害者变得爱说谎和品行卑劣，然后受害者又因为这些坏品质而受到责备，并且把它们作为论证黑人受害者不配享受好待遇的一个论点"[②]。因此，通过区分布朗和桑迪，《布朗叙事》将叙事主体和行为主体相分割，用于打造叙述者正直和诚实的品格，而将曾经做过的不得已的错事委婉地再现，规避了读者不信任等反应。

[①] William Well Brown. "Narrative of William W. Brown." p.392.
[②] 同上条文献，第398页。

三、感伤叙事

布朗的委婉叙事并不张扬,但其叙事效果却类似于暗流涌动的河水,对奴隶制具有极大的破坏力和影响力。在《布朗叙事》中,这种叙事力量主要通过文本的委婉叙事和事实之间的张力构成:凡是对他所见证的奴隶受压迫受虐待的事实,基本都保留了客观性的叙述距离;而对于自己亲身经历的事件,则投入了情感色彩,缩短了叙述距离,具有感伤叙事的色彩。因此,含蓄的委婉叙事和直接的情感流露之间,形成表面平静而深层汹涌的叙事效果。有别于对其他奴隶们处境的冷静和客观的描述,布朗在描述亲身经历,特别是所遭遇的家人分离、抛弃、鞭打等事件时,显得更为直接,特别突出了自己的身体感受,叙述直接切入叙述者(人物)的体验,拉近了叙述距离。如在第一章里,听到母亲被鞭打时,小布朗陈述道,"阵阵寒流贯穿了我";同样,在第六章中,目睹奴隶贩子将一位母亲的孩子随意送人时,布朗谈道:"当我看到这位女人如此凄惨地哭着呼唤她的孩子的时候;一阵战栗,——一种类似于恐惧的感觉,贯穿了我的身体。"① 另外,当他和母亲逃亡时,看到奴隶主抓捕他们的告示时,"母亲直瞪瞪看着我,眼泪涌了出来。一阵寒流贯穿了我,我以前从来没有经历过这种感受,我希望永远不要再经历"②。叙述者布朗在文中三次提到"寒流贯穿了我",直接描绘了面临创伤情景时,自己身体的应激反应。从叙事效果来看,叙述者用更为直观的身体感受,呼唤读者对其遭遇感同身受,充满哀伤感伤情调。

19 世纪社会价值观的基础强调家庭中心论,家庭团圆、家人的亲密关系和母亲对于子女道德方面的影响,都是家庭教育的重要组成部分。如一位不知名的作者在《妇女的影响和妇女的任务》(Woman's Influence and Woman's Mission)中强调道,孩子的第一印象来自母亲,如同阅读一本书:"她是孩子的第一本书,从她那里[孩子]得到所有提升或降低的教育。"③ 然而《布朗叙事》中的母亲却成为悲惨的奴隶生活的化身,奴隶母亲有别于白人母亲,她身上铭刻的不仅是对儿子人生的启蒙教育,而且成为获得自由的奴隶儿子记忆中的伤痕:往往是儿子成了自由人,而母亲被永久地桎梏在奴隶制中。在《布朗叙事》中,虽然在叙述奴隶制暴虐时采用了低调委婉叙事,但却在描绘家里的母亲和妹妹时,采用了感伤主义的笔调,自然流露出兄妹之间、母子之间的感情,并对骨肉分离的痛

---

① William Well Brown. "Narrative of William W. Brown." p.394.
② 同上条文献,第 405 页。
③ Nancy M. Theriot. *Mothers and Daughters in Nineteenth-Century America: The Biosocial Construction of Femininity*. Lexington: University Press of Kentucky, 1995, p.23.

苦直抒胸臆。因此，文本中的低调叙事和感伤主义形成了文本的张力，如同平静缓慢流动的河流表面下汹涌的暗流，更真实地表达出对奴隶制造成个人痛苦的精神生活和不幸的生活遭遇的控诉，容易引起读者的同情和共鸣。

奴隶制造成了黑奴家庭中父亲的缺失，母亲成为孩子们对家庭的认识根基和联系。奴隶制话语将黑奴母亲塑造成生育的工具，而奴隶叙述者通过家庭伦理来诉求人道主义的待遇。在《布朗叙事》中，母亲和妹妹都代表着黑奴群体中温柔善良的女性，尽管无法得到自由，仍然尽可能地保护孩子、兄长和家庭。因此，母子分离、兄妹分离等也成为对奴隶制破坏家庭伦理的最大控诉，充满感伤主义的特色，尤其通过直接引语，保留人物的原话，让读者感受骨肉分离的痛苦。如布朗对自己与妹妹分离那一段场景描述道："那天发生的遭遇永远，永远无法从我的心里抹去！……她一看到我，就跳了起来，双臂把我抱在怀里，一句话也说不出来，泪水夺眶而出。"① 布朗在叙述中，完整记录了妹妹被奴隶贩子卖掉前对他的哭诉，使用的直接引语具有音响效果，凸显了当时悲痛的情境。布朗在叙述自己和母亲逃亡失败被抓，母亲将被贩卖到种植园，自己去监狱看望她最后一面时，也是通过直接引语，再现母子分离，其叙事具有催人泪下的效果：

"最后，那天终于来到了，那是我们自从上一次痛苦离别之后的**第一次**见面，而且，据我所知，也是我们在这个世界上的**最后一次**见面！……她最后仰起头，看着我的脸，（这种注视没有人除了一个天使能够给予！）然后说道：'我亲爱的儿子，你不必为我的处境而抱怨自己。你所做的不多不少正是你的责任之内的。不要，我请求你，不要为我哭泣。我在棉花农场上不可能活多久。我感觉到我天上的主很快会召唤我回家，那时我就逃出奴隶主的手掌了！'（斜体为原文所有）

……

当我离开她时，她发出一声尖叫，说道：'上帝与你同在！'这是**最后一次**我看到她，也是我听到她说的**最后一句**话。"（黑体为笔者所加）②

这类情景以第一人称亲历者视角，真实再现了奴隶制对奴隶家庭的破坏。叙述者用直接引语来记录母亲催人泪下的话，并全部使用斜体；同时使用了多次"最后一次"的评述，更突出了骨肉分离的痛苦。为了加强这种感伤主义的色彩，布朗还借用了诗歌，补充叙述母子分离的情景："一想到我的母亲，我就感

---

① William Well Brown. "Narrative of William W. Brown." p.402.
② 同上条文献，第 408 页。

到我失去了'我的生活之光,/我的庇护我的荣耀!/我已经忘掉了一半奴隶的名分,/当她在我身边的时候。'"① 同时,布朗引用了白人诗人约翰·格林里夫·惠蒂埃的一首废奴主题的诗句:"去了,去了,卖掉离去了,/去往那潮湿阴冷孤独的沼泽了!"补充的诗歌一方面表达了作者叙述的克制;另一方面将个人命运和奴隶集体命运相联系,更能让读者看到奴隶悲惨状况的普遍性。

布朗通过直接引语和第一人称亲历视角等对自己的遭遇进行了充满感情的再现,同时利用诗歌的互文性,用于对奴隶集体悲惨遭遇的抒情。"从小到大,布朗的耳朵里都充满着黑人灵歌、工作时的歌曲,以及抗议时的歌曲等各种旋律,不管他是去农场还是城市,或者在河流上,这些歌曲都会伴随他。"在1848年夏天,布朗曾出版了一本《反奴隶制诗歌集》(The Anti-Slavery Harp),虽然只有48页,却是最早的反奴隶制诗歌集。在《反奴隶制诗歌集》中,有一首诗叫"盲男孩",讲的是一个无助的男孩被迫与母亲分散,独自一人面对这个世界。布朗曾把这首歌谱成曲子,在无数次的废奴演讲上演唱,令无数听众落泪。

"噢,主人,让我停停/给我宝贝的抽泣的呼吸缓缓气/看看他那小眼睛呆滞无神/抚摸他那死去的四肢/

用野草和叶子盖上/埋在那棵大橡树下/这不是阴郁,而是哀伤/噢,主人啊,可怜我吧/

……

我干活到深夜——很深很深的夜/受尽折磨和侮辱/回家一直等着晨色/就是为了看一眼我宝贝孩子的脸庞。"②

布朗诗歌选择了黑奴母亲的视角,而不是采用叙述者的视角,产生了叙述人称和视角的"越位",增强了叙事效果和感染力。《布朗叙事》则通过母亲的口述原话的记录,再现了"盲男孩"诗歌中母亲的心理感受,在当时的废奴运动中,两者具有互相印证的效果。正如 J. C. 海瑟威在布朗第一部自传《逃奴叙述》的引言中,曾这样评价奴隶叙事:如"一股巨大的暗流正在涌来"(Already, a mighty under-current is sweeping onward)③,虽然《布朗叙事》没有废奴运动讲坛所盛行的情绪激烈的控诉,但却暗中蕴含了巨大的颠覆奴隶制的感伤力量。

即便是那些支持废奴的白人也在各个方面歧视和压迫黑人,正如约翰·厄恩

---

① William Well Brown. "Narrative of William W. Brown." p.408.
② 同上条文献,第395页。
③ 同上条文献,第373页。

斯特（John Ernest）在《牛津非裔美国奴隶叙事手册》序言中所讲的："非裔美国叙述者在向白人读者揭露自己的生活时要格外谨慎，即便这些白人是很善良的北方读者。因为这些白人也生活在一个试图看低、消除甚至控制黑人的文化之中。"①在19世纪美国奴隶制的大环境下，黑人的人身安全经常得不到保证，且不说到处有奴隶贩子追捕逃跑的奴隶，鞭笞与私刑处处可见，即便是自由的黑人，也常常会被抓走贩卖掉。哪怕是在由白人废奴人士组织的废奴运动论坛中，黑人也常常处在危险之中。布朗和道格拉斯在巡回演讲的时候，就经常遭到白人的攻击与伤害："敌意的听众向布朗投掷过臭鸡蛋、水果、蔬菜和石头，尽管他没有受过重伤。而他不幸的同伴，比如道格拉斯，就受过各种重伤害，导致终身疤痕、烙印以及残疾。"② 在这样的大环境下，布朗的委婉叙述不是奴隶主压迫制度下的失声，而是更为切合实际的叙述方式。

第三节 《安德森自述》中对叙述者干预的研究

《安德森自述》③出版于1857年，作者为前奴隶安德森本人，在这本叙事中，安德森记录了自己作为奴隶的遭遇：逃跑、鞭打、囚禁、饥饿、获得自由，受到教会和公众的承认，同时记录了他所见证的其他奴隶的遭遇，奴隶们在美国独立战争中所做出的贡献等。《安德森自述》采用了多种叙述者干预的策略，通过对故事进行评价，对事实进行总结和概括，暴露了被噤声的另一个阶层的生活状况。叙述者干预是指叙述者在文本中对于"人物、事件，甚至文本本身进行评论的方式"④，不过此处的评论是广义的，包括说明、解释、分析等对于文本叙事的干预性介入。布斯将叙述者干预统称为"作者干预"（authorial intrusion），但既然布斯同时发明了"隐含作者"的术语，使用"作者干预"就不能方便解释

---

① John Ernest, ed. *The Oxford Handbook of the African American Slave Narrative*. New York: Oxford University Press, 2014, p.8.

② Ezra Greenspan. *William Wells Brown: An African American Life*. p.126.

③ William J. Anderson. *Life and Narrative of William J. Anderson, Twenty-four Years a Slave; Sold Eight Times! In Jail Sixty Times!! Whipped Three Hundred Times!!! or The Dark Deeds of American Slavery Revealed. Containing Scriptural Views of the Origin of the Black and of the White Man. Also, a Simple and Easy Plan to Abolish Slavery in the United States. Together with an Account of the Services of Colored Men in the Revolutionary War—Day and Date, and Interesting Facts, Written by Himself*. Chicago: Daily Tribune Book and Job Printing Office, 1857.

④ 谭君强：《叙事理论与审美文化》，北京：中国社会科学出版社，2002年，第76页。

叙述者和作者的区别,赵毅衡建议使用"叙述者干预"(narratorial intrusion)①,将作者和叙述者区别开来,更有利于讨论叙述者干预在故事层面和话语层面所起到的叙事效果。

一、叙述者干预

叙述者干预通常可以分为两类,即对故事的干预与对话语的干预。两者都会或多或少地游离于所讲述的故事与话语之外。叙述者干预又常被视为"叙述者所做的评论性离题"。在 19 世纪的叙述里,叙述者干预并不少见。通常叙述者以插入语的方式,对某一特定人物、事件或故事自身做出评论,原有的叙述进程会被打断;甚至有时叙述者会直接撇开故事的进程,直接呼唤读者,希望引起读者最直接的反应。在《安德森自述》中,叙述者干预在故事层面上,主要有几类介入功能:一是在故事层面上,叙述者干预对事件的回顾和总结,如在叙事第一章中,叙述者回顾他幼年时在农庄看到奴隶被贩卖,成百的奴隶被送往南方的市场,妻离子散,永远不能见面。作者在叙述了上段他的所见之后,不由发出感叹:

>"啊,我曾看到、听到他们像狗或狼一样嚎叫,当不得不承受痛苦的分离,知道今生永难再见的时候。他们中的许多人不得不离开摇篮中或襁褓中的婴儿,让这些孩子忍受或死于缺乏食物或关爱,或者缺乏两者。
>
>如果我有语言和学习的能力,我愿意试着勾画一个奴隶的处境。作为一个奴隶——上帝造物中的一个人类——沦为动产,像货物或商品,牛或马一样,被买被卖!他没有任何可以称作他自己的东西——甚至他的妻子,或孩子,或他自己的身体。如果主人能够拿走灵魂,他可能也会取走;不过我相信上帝在照管着灵魂。"②

叙述者干预在这里的插入式叙述,偏离了叙述故事的时间和故事进程,饱含着对奴隶制下奴隶悲惨状况的无限同情和感慨。在故事时间内,叙述者是幼儿,

---

① 赵毅衡:《究竟谁是"第三人称叙述者"?》,载《西南民族大学学报》(人文社科版)2016 年第 9 期,第 181 页。

② William J. Anderson. *Life and Narrative of William J. Anderson, Twenty-four Years a Slave; Sold Eight Times! In Jail Sixty Times!! Whipped Three Hundred Times!!! or The Dark Deeds of American Slavery Revealed. Containing Scriptural Views of the Origin of the Black and of the White Man. Also, a Simple and Easy Plan to Abolish Slavery in the United States. Together with an Account of the Services of Colored Men in the Revolutionary War—Day and Date, and Interesting Facts,Written by Himself*. p.6.

不理解奴隶家庭被拆散以及奴隶主的残酷;而叙述者干预虽然仍然在故事层面,但叙述时间却是当下,叙述插入语使用了现在时,表明叙述者作为成熟的有经验的叙述视角,对少年时期所见所闻的回顾;叙事采用了虚拟语气,冷嘲热讽地对奴隶主的贪婪进行了揭露。现在时的使用提醒读者,过去的一幕并没有落幕,缺乏人伦的奴隶制仍然在南方天天上演妻离子散的悲剧。叙述者干预通过对故事的概括,揭示了奴隶制下的奴隶生活的普遍状况。

查特曼对叙述者干预故事做了三种分类:解释、判断和概括。"解释"是对故事成分的要旨、关联或意义成分进行公开阐述;"判断"是叙述者对于世界或事件的看法,显示其道德或其他价值观点;"概括"则从小说世界深入真实世界,以作为相互的参照,无论它所涉及的是"普遍的真实",还是实在的历史事实。① 在《安德森叙事》中,叙述者干预的第二种功能是对故事中叙述者的身份和经历进行解释;第三种功能则是对奴隶的生存状况进行道德批判和价值判断。有时叙述者干预结合了几种功能,如叙述者回顾了自己认字和学习写字的过程,并给读者解释了他写作水平和识字能力有限的原因:

"于是,我谢谢上帝,我取得了如此大的进步以至于我能够有限地阅读和写作了。有许多和我境况一样的人也非常想学习,他们劝我周日教他们一点儿;所以我们有的星期天就开始了教和学,直到被白人发现,被责令永远不能再聚众学习,否则就要冒着被鞭笞的危险;于是我们小小的学校从此就解散了。

于是,待在弗吉尼亚时,我被严格监视着,所以读者可以理解我简单的叙事和故事中我的错误。但这里,信仰基督的读者啊,我全心全意地感谢主,感谢他对我巨大的赐福。我必须承认,就像大卫所言:'主是我的牧人,我不索要;然而美好和怜悯跟随着我生命中所有的日子;我会永远地栖居在主的房中。'是的,读者,我能回头看到在我所有的不幸中主的美意,我想,如果许多可怜的奴隶们虔诚,他们会到天堂,那里没有奴隶制,没有鞭打,也不会为了金钱而贩卖奴隶基督徒。"②

---

① 谭君强:《叙事作品中的叙述者干预与意识形态》,载《江西社会科学》2005 年第 3 期,第 214 页。参见西摩·查特曼:《故事与话语:小说和电影的叙事结构》,徐强译,北京:中国人民大学出版社,2013 年,第 222-232 页。

② William J. Anderson. *Life and Narrative of William J. Anderson, Twenty-four Years a Slave; Sold Eight Times! In Jail Sixty Times!! Whipped Three Hundred Times!!! or The Dark Deeds of American Slavery Revealed. Containing Scriptural Views of the Origin of the Black and of the White Man. Also, a Simple and Easy Plan to Abolish Slavery in the United States. Together with an Account of the Services of Colored Men in the Revolutionary War—Day and Date, and Interesting Facts*,*Written by Himself*. p. 10.

在这一段叙述中，叙述者安德森解释了自己的读写能力从何而来，同时也回顾了过去习得文字时的艰辛不易，请求读者原谅自己语法和文字的错误。这里的叙述者干预主要是为了解释，但同时也是为了增加真实性，让读者看到一个"作者是本人"的前奴隶身份，其叙述力量更能打动读者。同时，叙述者这里的介入，还强调了叙述者基督徒的身份。他呼唤"信仰基督的读者"，并相信信徒们会将其视为同胞，会接纳他们进入天堂。叙述者干预在这里形成了话语层面的叙述交流——叙述者和读者的交流。叙述者不再是故事中的人物，而是以基督徒身份存在的说话人，而读者被呼唤、参与、加入倾听，在道德层面上取得和叙述者的认同。从《安德森自述》中来看，安德森取得自由后，成为教会的主要负责人，宣讲道义和参加废奴运动讲坛给了他宝贵的经验，去抓住、取悦、说服教徒。由于内在强烈的信仰激情，他学会了怎样在其他人身上激发这种激情。

因此，在《安德森自述》中，涉及叙述者"解释"性干预时，通常是回顾过去时叙述自我对经验自我的补充，如对少年时不知道、不了解的奴隶悲惨情况做的说明；涉及叙述者"判断"性干预时，则是对奴隶制道德上对人性人道的践踏、缺失和基督公义等做出的评价；涉及叙述者"概括"性干预时，则是对奴隶制的总结。叙述者干预从三个层面，不断邀请读者加入，呼唤读者的同情心和道德感，揭露奴隶制不为人知的黑暗和残暴。

二、叙述者干预中的三种叙事意识

1807 年之后，奴隶贸易在英国和美国被禁止。当赞同奴隶制的作家为将奴隶作为私人财产辩护的时候，废奴组织采取的反对奴隶制的策略之一是，借鉴了洛克哲学关于自然权利的部分，即人拥有生命的权利，来反对将人看作可以买卖的物质，强调自由是人的权利。因此在奴隶叙事中，失去自由的和被束缚的自我，是叙述者讲述故事的重点；而获得自由后的奴隶，往往通过叙述者干预，来体现奴役和自由生活的区别，见识的提高，表现其对过去生活的看法，同时强调奴隶制的残暴，为废除奴隶制的必要性辩护。另外，叙述者干预还有一个重要的任务，即结合前奴隶叙述自我的经验和废奴主义者的声音，创造一个"真实的自我"，这个自我需要符合白人文学和阅读常规，叙述者这种叙事意识同时也代表公共的期待形象。

叙事意识是指叙述者进行叙事时的心理状态。对叙述者可靠性和叙事意识的判断极大地影响着读者对叙事文本的理解和阅读。叙事意识人格化故事叙述者，对叙述者的隐形和显形也具有影响。在《安德森自述》中，叙事意识分为三种人格化的叙事自我。一是作为奴隶的安德森,叙述者回顾视角中的经验自我,作为回顾过去时正在经历奴隶制磨难的主人公;这部分的叙述经过废奴主义者的打磨,具备多种修辞策略,政治焦点集中在废除奴隶制。二是解放后的安德森,作为作家的安德森,也是叙述者经历了种种折磨,经过反抗后获得自由后的叙述自我;这里有新的矛盾出现,叙述者通过叙述干预,对自己的所作所为进行解释,但显得隐忍和含蓄,和追述过往时直抒胸臆,谴责奴隶主的自我形象相比,解放后的安德森叙述自我意识时更多地在为自我辩护。三是叙事话语层面,超越了奴隶身份、人种、人间法律束缚的基督徒的身份。作为基督徒身份的叙述者,"我"代表了读者期待的、具有公共美德和价值的形象。这也是在19世纪的社会语境下,奴隶叙事的一种普遍叙述状况,也就是说,奴隶叙事中存在被奴役、被囚禁的自我,获得自由的自我,以及具备虔诚信仰和坚定信念的基督徒的叙述意识的自我。

叙述者干预在奴隶叙事中,不仅担任了表明废奴主义者政治焦点的任务,同时也是寻找公共政治领域,提供之前不为人所知的知识,成为奴隶制罪恶的见证的工具。叙述者一方面提供自我的经历,另一方面提供他所见到、所听到、所经历的奴隶制的残暴的故事。作为叙述者,安德森的叙述让读者相信并接受他对事件的报道、理解和评价,尽管存在语法和拼写错误,但更让读者相信其叙述的可靠性;而在其可靠性叙述的假设前提下,安德森的叙事意识非常突出。《安德森自述》第五章讲述了安德森被卖为奴后,在农场所见到的女性黑奴的悲惨境况:

"他[奴隶主]剥掉一名可怜的女奴身上所有的衣物,把她捆在柱子上,用一根板锯抽她裸露的身体,直到折断。日子久了,他还强暴了她,和她生了一个孩子。另外,他总是在房子里养着一个黑女人。**这是奴隶制的另一个让人诅咒之处——非婚性关系和非婚生子女——在遥远的南方已经到了让人惊恐的程度**。一个可怜的黑人,住得离他妻子虽然近,却很少被允许回家探望她,而其他男人,白人和有色人种,都去占那个妻子的便宜。毫无疑问这是世界上乱伦和重婚罪最恶劣的地方。"[①](黑体为笔者所加)

安德森的这段叙述,见证了他看到的或听到的奴隶制违反道德、拆散家庭、

[①] William J. Anderson. *Life and Narrative of William J. Anderson, Twenty-four Years a Slave; Sold Eight Times! In Jail Sixty Times!! Whipped Three Hundred Times!!! or The Dark Deeds of American Slavery Revealed. Containing Scriptural Views of the Origin of the Black and of the White Man. Also, a Simple and Easy Plan to Abolish Slavery in the United States. Together with an Account of the Services of Colored Men in the Revolutionary War—Day and Date, and Interesting Facts,Written by Himself.* p.18.

欺凌女奴的事实；中间黑体部分为现在时，在叙述者见证的同时，插入评论，指出事实；接下来有大段的叙述者干预：

"我知道这些事实好像太可怕以至于不能连起来想，但我被迫写下这些令人厌恶的行为，因为这些是真实的'美国奴隶制的黑暗行为'。那么，好心的读者，继续跟随我的叙事吧，记得在我写的那些令人恐惧的场景细节里，我没有虚构。不仅如此，相信吧，在这个所谓自由国度里，可怜的奴隶们所承受的痛苦，我一半都没说完。"①

在这一段叙述者干预中，安德森强调了"我"作为主体的意愿和行为。他没有使用客观陈述句，而是强调了"我的"叙事，"我没有虚构""我的细节"。第一人称物主代词和主格的使用，显示出叙述者对自己的讲述充满了自信，叙事意识非常突出，对所揭露的"奴隶制的黑暗行为"的真实性，用自己的人格做出了担保。

安德森逃跑并获得自由后，尽可能帮助其他黑人，他回顾道："我的两辆运货马车和载人马车，以及五匹马，都一直为寻找自由的逃奴服务。好多次我的马车载着满满一车逃奴，而追捕的人就擦身而过。我曾在大白天把他们运走，也曾在晚上昏暗光线中进行。我曾带着逃跑的奴隶在树林中侦察前行，同时野蛮的奴隶猎人就像追逐中的狼、美洲豹或是熊紧随在后。"这里的"我"是获得自由后的叙述自我。叙述者塑造了一个英勇和正义的形象，以及为了废除奴隶制和帮助黑人同胞兄弟而不惜舍弃财物和生命的形象。但紧接着，叙述者讲述了他所遭到的误解：

"对于某些人可能感兴趣的信息，我这里将要陈述一下，即尽管我帮助过100个印第安纳州的有色人种，但我从来没有帮助过一个越过肯塔基州流出的俄亥俄河流②。他们仅仅是在印第安纳州时**被我**帮助过，方式是给他们食物以及逃亡路线上的指点等。

我很难过，现在有色人种回报**我**的是恶意的对待，怀疑**我**的陈词，还变着法儿地迫害我。我本可以告诉读者好几个一边希求我的好意一边迫害我的例子，但恐怕我会**被认为**自食恶果而有罪。

我将继续把我的忠心放在上帝那里，不允许我同伴们的威胁和缺德的行为

---

① William J. Anderson. *Life and Narrative of William J. Anderson, Twenty-four Years a Slave; Sold Eight Times! In Jail Sixty Times!! Whipped Three Hundred Times!!! or The Dark Deeds of American Slavery Revealed. Containing Scriptural Views of the Origin of the Black and of the White Man. Also, a Simple and Easy Plan to Abolish Slavery in the United States. Together with an Account of the Services of Colored Men in the Revolutionary War—Day and Date, and Interesting Facts，Written by Himself.* p.19.

② 这句话的意思是他仅在印第安纳州帮助过有色人种，没有在其他州做过类似的事情。

阻止我的善举。因为如果上帝支持我，又有谁能反对我？"①（黑体为笔者所加）

值得注意的是这一段。在第一种叙述意识中，叙述者干预对奴隶制的指责和控诉，采取的是第一人称主语的形式，叙述意识非常突出，显示出对事实负责，对真实性保证的意愿；而相比第一种叙述意识中非常突出的主动态，有主体意识的自我，出现了第二种叙述意识。虽然叙述者没有详细说明他所受到的迫害，但从文中可以看出，尽管他帮助黑人逃奴，但却受到许多黑人的控诉和迫害。这里的叙述者连着使用了两个宾格的"我"，作为"回报"和"迫害"的客体，同时连续使用了被动语态，表明自己迫不得已的处境，既维护了得体的原则，没有过分泄露一些黑人之间的矛盾；但又通过虚拟语气和被动语态，塑造了一个委曲求全的叙述者形象。叙述者干预在这里明显畏惧读者对他的质疑，叙述意识不自觉地放低了手段，放软了口气，将自我放置于受评价和受观察的角度。然而，在最后一段的叙述意识中，叙述者再次借助于信仰，将自己的名誉和评判交到上帝手里，重新恢复了信心。

在《安德森自述》中，叙述意识的多重人格化，使叙述者的形象丰满，饱经折磨的前奴隶和坚定的废奴主义者，帮助逃奴，却受到指责和迫害的自由人，以及信仰坚定的基督徒，叙述者如何建立叙事权威，叙述可靠性，成为本文本的重要叙事任务。

三、卷首语和文后补录：叙述者的话语干预

叙述者干预一般通过叙述者对人物、事件和故事本身进行评论，又被称为"叙述者评论"。布斯在其《小说修辞学》中认为，"叙述者评论包括提供事实、'画面'或概述、塑造信念、把个别事物与既定规范相联系、升华事件的意义、概括整部作品的意义，控制情绪，直接评论作品本身等"②。叙述者在叙事中体现出来的特征也受到了高度关注，尤其是叙述者的可靠性和叙事意识。可靠的叙述者让读者相信并接受他对事件的报道、理解和评价，不可靠叙述者则由于知识的缺乏、对事件参与不足或有问题的价值判断系统，让读者对其报道、理解

---

① William J. Anderson. *Life and Narrative of William J. Anderson, Twenty-four Years a Slave; Sold Eight Times! In Jail Sixty Times!! Whipped Three Hundred Times!!! or The Dark Deeds of American Slavery Revealed. Containing Scriptural Views of the Origin of the Black and of the White Man. Also, a Simple and Easy Plan to Abolish Slavery in the United States. Together with an Account of the Services of Colored Men in the Revolutionary War—Day and Date, and Interesting Facts，Written by Himself*. p.39.

② W. C. Booth. *The Rhetoric of Fiction*. Chicago: University of Chicago Press, 1961, pp. 189-235.

和评价产生怀疑。布斯在《小说修辞学》中，以读者为中心去界定不可靠叙述者，他以叙述者的言论是否符合或违反常规为由来界定叙述者是否可靠。他写道："当叙述者按照作品的规范（即作者的规范）行动时，我称之为可靠的叙述者，反之，为不可靠的叙述者。"申丹认为，布斯对可靠叙述和不可靠叙述的界定，属于修辞方法。布斯所界定的规范（norms），是指作品中的事件、人物、文体、语气、技巧等各种成分体现出来的作品的伦理、信念、情感、艺术等各方面的标准。布斯这里的作品规范，等同于隐含作者的规范。申丹指出，由于布斯受到新批评有机统一论的影响，他认为作品是一个艺术整体，由各种因素组成的隐含作者的规范也就构成一个总体统一的衡量标准。①

在《安德森叙事》中，作为第一人称叙述，安德森是否存在有意欺瞒？他对事件的看法、报道是否公正？他本人是否诚实可靠，其品行是否得到认可？这一点对于他的叙述是否可靠，能否得到读者的同情和承认非常重要。奴隶叙事的创作离不开当时的社会语境。作为前奴隶，其身份本身处于非法状态，因为逃奴违反了《逃奴法案》；另一方面，黑人本身是否具有人性，是否能称得上上帝的子民，这些问题是在奴隶叙事的语境中，叙述者面临叙事交流的重要问题。安德森的叙事面临的困境还在于，不仅是白人读者怀疑他的可靠性，黑人读者或他的伙伴也质疑他的叙述。在前言中，安德森讲述道：

"祈祷上帝并请求他的祝福降临到我和我的书上后，我进入了这项工作，因为我要和黑人以及一些白人辩论。我认识的黑人会对我有偏见，因为我不再像他们那样劳作，像大家一样——而一些有偏见的白人认为所有的有色人种应该用犁和锄头工作。但我知道所有邪恶的谎言将来自我自己的种族，我祈求全能的上帝的臂膀来帮助我。真相是，很少有人曾经历过我所经历过的。

我曾被卖过，或转手过 8 到 9 次；我曾经被投入监狱达 60 次；我曾经被戴上铁镣和手铐达 50 次；我曾经被鞭打达 300 或 400 次。任何人如果不相信我所说的，如果他们非常想知道事实，可以按规定付款 5 元钱看到证据（receipts）。"②

---

① 申丹：《何为"不可靠叙述"？》，载《外国文学评论》2006 年第 4 期，第 134 页。
② William J. Anderson. *Life and Narrative of William J. Anderson, Twenty-four Years a Slave; Sold Eight Times! In Jail Sixty Times!! Whipped Three Hundred Times!!! or The Dark Deeds of American Slavery Revealed. Containing Scriptural Views of the Origin of the Black and of the White Man. Also, a Simple and Easy Plan to Abolish Slavery in the United States. Together with an Account of the Services of Colored Men in the Revolutionary War—Day and Date, and Interesting Facts, Written by Himself.* p.5.

第三章　奴隶叙事修辞和叙述策略研究

前言作为叙述者干预，在话语层面上看似游离于故事之外，作为引言讲述叙述者叙述的条件和叙述的目的，但安德森在这里却采用了少叙的手法，简单说明了他所面临的叙述困境：白人读者和黑人读者的质疑，但没有过多解释和评论。值得注意的是，这里他暗指的读者包括"黑人""一些白人""愿意知道真相的人"，而很明显，他的理想读者是愿意知道真相的人。在前言中，他暗示自己的种族将会反对他，质疑他，而他所得到的帮助会来自上帝。换言之，信仰上帝的基督徒将会理解他，将会同情并相信他。前言里面和自传封面的数字，比话语描述更精确和清晰地建构了文本真实性，而提到文本时所用的"证据"，以隐喻的方式定义了《自传》。由此，叙述者干预在前言中，建构了质疑和相信、谎言和真实、指责和辩论的张力，同时，他把自己塑造成《圣经》中的宣道者或受难者的形象，越过了废奴运动中反抗和自由之间的修辞联系，最终直接和读者取得了基督教义层面的修辞交流：作为一个饱经考验的约伯形象，他所经历的一切困难和折磨都是主的美意，一切来自白人和黑人的质疑，都没有影响他的信仰，从而在话语层面，达到了可靠性的目的。

在前言中，叙述者干预提到的"辩论"，在后文中得到了补充。叙述者人物逃离了奴隶制之后，曾经帮助过逃奴，这一点是违反当时的《逃奴法案》的，但叙述者这样辩解道：

> "那些青睐'特殊机制'的人试图让我保证不再帮助逃跑的奴隶，如果他们正好路过的话。①但是他们的这种企图是无效的，因为我怎么能这么做，而同时坚持追随我的圣经里面的教导呢？②在这本圣书中，我们被要求要给饥饿的人吃的，给赤裸的人衣服，而没有提到是不是给色人种或在什么情况之下。③另外，我还从我自己的悲惨的经历中知道，那些可怜的被猎狗追逐的奴隶多么渴望从这些非人的禁锢中逃向自由——当一个真正的朋友提供他们所追求的保护时他们的心如何为着喜悦而跳动。④不，我所有的任务必须包括对我不幸的同类的好意。我的有生之年希望投入为上帝受尽磨难的子民所做的慈善和广阔的光荣事业的工作中。"⑤……①（句子编号为笔者所加）

---

① William J. Anderson. *Life and Narrative of William J. Anderson, Twenty-four Years a Slave; Sold Eight Times! In Jail Sixty Times!! Whipped Three Hundred Times!!! or The Dark Deeds of American Slavery Revealed. Containing Scriptural Views of the Origin of the Black and of the White Man. Also, a Simple and Easy Plan to Abolish Slavery in the United States. Together with an Account of the Services of Colored Men in the Revolutionary War—Day and Date, and Interesting Facts*，*Written by Himself*. p.5.

在这一段的叙述者干预英文原文中，当提到"特殊的机制"和人们对他的指责时，如①和②所示，叙述者使用的过去时，表明事情发生过；但当叙述者反驳时，③、④和⑤句使用的是现在时，这意味着叙述者认为，遵从《圣经》的教导和善待上帝的子民，是持续的永存的真理，含蓄地谴责了这种特殊机制的历史性的错误。叙述者使用现在时，和隐含作者的距离缩小，等同于隐含作者的立场和态度，从这点看，叙述者干预巧妙地塑造了一个信奉上帝公义而非人间法庭律法的形象。

在其自传的第十章，叙述者作为自传人物的故事结束时，用了一长段叙述者干预来加深自己的形象：

"所以我将信奉神，就像约伯、彼得、保罗和所有的先知一样。啊，像约拿一样，我几乎可以说'我在地狱的腹中向上帝呼唤'，因为这些监狱就像地狱，我在联邦国的许多这类监狱中待过；即使奴隶主没有把我关进去，这些恶意的北方人或自由人，有黑人有白人，会谋划去囚禁我。但是，感谢主，老安德森仍然活着，而他们中的许多人都倒下了。是的，光荣属于主，我期待着当世界处于烈火中时我能胜利地呼号。①"

结尾叙述者呼应了前言中他所遭到的质疑、打击和磨难，同时，将这些磨难看作是上帝对他的考验，将自己比作受难的先知。叙述者的可靠性在这里得到了保证。但除了谴责奴隶制以外，叙述者表现出来的更多的是赞同、顺服美国其他的制度。他们表达的社会目标更多是同化（assimilation），而不是反叛。最后，叙述者还借用了大量的圣经片段、诗歌、赞美诗和黑奴的诗歌、补充说明等，来致意读者们并和读者进行话语层面的交流。叙述者的理想读者的形象为具有道德感、富有同情心、理性而公义的形象。叙述者通过这种方式假设，如果没有之前赞同或附和奴隶制度，读者们仅仅是不知道奴隶制的罪恶而已。因此，他们尽力去唤醒读者"良好的本性"，以便鼓励读者运用道德良知去帮助奴隶，而取得的效果达到了这一自传的目的。

---

① William J. Anderson. *Life and Narrative of William J. Anderson, Twenty-four Years a Slave; Sold Eight Times! In Jail Sixty Times!! Whipped Three Hundred Times!!! or The Dark Deeds of American Slavery Revealed. Containing Scriptural Views of the Origin of the Black and of the White Man. Also, a Simple and Easy Plan to Abolish Slavery in the United States. Together with an Account of the Services of Colored Men in the Revolutionary War—Day and Date, and Interesting Facts, Written by Himself.* p.44.

第四节 本章小结

　　叙述者尽量维护其叙述，在当时的语境下，是获得读者信任的办法。北方白人读者要求"真实"的故事，他们要求结束奴隶制但维护白人至上权。因此，作为前奴隶的叙述者，其叙事任务是尽力去说服读者相信奴隶制度的罪恶。这种修辞策略迎合了 19 世纪白人叙事的常规，在话语的层面接近读者，读者因此容易相信其故事中的叙述，相信奴隶所受到的不公平待遇，同情饱受残暴打击、暴力虐待和失去自由的黑人，而将拯救这些受束缚的人的事业视作光荣的事业。根据叙述者与事件的位置判断、叙述者的可靠性判断、哪些主题在故事中处于优先地位的判断、哪些叙事结构可能引起不同性别的特殊反应，以及读者如何回应叙事技巧再现出的价值观等，这些叙事形式与叙事阐释语境之间的相关作用，对我们掌握作者、叙述者、文本和读者之间的语境关系和修辞关系，有重要作用。

　　在《比布叙事》中，黑奴魔法的本质是跨越种族和阶级的差异。作为一种摹仿，泥土、草根、粉尘等反映了奴隶通过代替来躲避被奴役和鞭打的境遇；而作为一种隐喻，魔法代表了奴隶们对自身主体性受到限制的认知，魔法的力量在于认识到奴隶主对奴隶们物化的企图，因而通过置换，奴隶们反驳了奴隶主逻辑的谬误；从《比布叙事》的文本叙事交流来看，叙事也成为前奴隶自传的一种魔法，叙事交流的魔力在于争夺话语权力，争夺读者交流的尝试。在《比布叙事》结尾处，比布与玛丽夫妇在加拿大获得了自由，合办了黑人自己的报纸《逃亡者之声》（*Voice of the Fugitive*），这也是加拿大的第一份黑人报纸。比布夫妇大力宣传黑人自治和自我实现，反对白人的压迫与霸权。1852 年，亨利·比布夫妇与同是黑人的玛丽·安·沙德还就该不该接受白人的资金援助问题展开了论战。可以说，比布叙事最终依靠言说的力量，成功地从一名多次逃跑的奴隶，变为了一名废奴主义斗士，个人的故事借助奴隶叙事的魔力，反映了奴隶制存在的普遍的问题，虽然大多数的奴隶还未能改变自己的命运或不幸的遭遇，还在借助魔法或巫术来寻求逃避，但《比布叙事》经历的怀疑、辩解，再到获得读者的同情、认同，这一过程本身就体现了奴隶叙事改变奴隶制思维方式的努力。

　　委婉叙事在维多利亚时代非常流行，通常以维多利亚时期"得体原则"来形容这种叙事常规。一定时期的读者和作家的阅读和写作都要受到这一时期人们所特有的看法和文学成规的规约，这些看法既包括对文学自身（如体裁、风格、形式等）的看法，也包括对文学产生背景的看法。在此基础上形成了读者对文学作品的期待视域，使读者带着一定的先入之见去读作品。每一部文学作品的读者都是在这一时期主导的"期待视域"之下进行阅读的。当一部作品与读者的期待视域相吻合，就易于被同时代的人理解；如果读者的期待视域与作品不一致，为了完整地认识它，读者在阅读时只好调整或打破旧有的期待视域，从而形成新的期待视域。19 世纪的奴隶叙事的生产不可避免地带入了读者的期待视野，构成大多数读者群的白人读者群，他们期待听到奴隶制的真相，但却不愿听到过多对其种族或阶级的指责；他们对于黑皮肤的黑人作者抱有好奇，但却希望他们温和地反抗，而不是激烈地抨击。《布朗叙事》采用低调陈述、曲言、弱陈、迂回、少叙、模糊人称等委婉叙事的方式，避免了涉及一些社会禁忌的直接表达，一方面迎合了读者的阅读期待，另一方面也使叙述者更为谦卑、文雅和温和，更能为读者群接受；但在涉及个人家庭遭遇时，叙述者则采用了第一人称亲历视角来描绘身体感受，采用直接引语引用母亲和妹妹的话，充满感伤色彩，容易得到读者的同情。同样，安德森叙事也通过叙述者干预，对事件加以评述或转述，避免了对奴隶制丧失人伦行为的直书，这也是在当时语境下所采取的特殊的叙述策略。

第四章

奴隶叙事中的身体书写和声音力量

道格拉斯是 19 世纪美国历史上极具影响力的美国黑人作家、废奴主义运动家、演说家和政治活动家。美国学术界对他的研究最早要追溯到 1891 年,弗雷德里克·霍兰(Frederic May Holland)写了《弗雷德里克·道格拉斯:一个有色人演说家》(*Frederick Douglass: The Colored Orator*)一书,对道格拉斯的演说技巧进行了仔细研究,但并不涉及其经历和思想对美国黑人解放运动的影响。[①]真正开始对道格拉斯进行全方面研究的是著名的黑人史学家本杰明·夸尔斯(Benjamin Quarles),他于 1948 年出版了《弗雷德里克·道格拉斯》(*Frederick Douglass*)一书,引起了学术界对道格拉斯的重视。耶鲁大学的马克思主义者、劳工史学家菲利普·福纳(Philip S. Foner)经过艰辛的努力而整理、编辑的《道格拉斯的生平和著作》(*The Life and Writings of Frederick Douglass*)五卷本资料汇编为学术界研究道格拉斯做出巨大贡献。尔后,布拉辛格姆编辑的《道格拉斯文书》(*The Frederick Douglass Papers*)对福纳的资料进行了补充,使学术界研究道格拉斯的原始文献更为充足。

第一节 《道格拉斯自述》国内外研究综述

1845 年,道格拉斯发表了《道格拉斯自述》讲述了他作为奴隶的生活、自我奋斗、逃亡到北方获得自由的经历。1817 年,道格拉斯出生于马里兰州,母亲是一名黑奴,父亲可能是一名白人奴隶主。小时候他由外祖母看护,母亲是大田奴隶,只有晚间才能见到母亲,7 岁时母亲去世,他被送往劳埃德庄园干活,目睹了奴隶主鞭打女奴的血腥场面。1826 年,他被送往巴尔的摩,作为奴隶主

---

① Frederic May Holland. *Frederick Douglass: The Colored Orator*. New York: Haskell House Publisher Ltd., 1891 (reprinted in 1969).

休·奥尔德（Hugh Auld）的家奴。奥尔德夫人本来是一位仁慈的主母，曾教小道格拉斯认字，但很快被其丈夫制止，并告诫她奴隶一旦识字，就会变得不听话，得寸进尺，从而不服管教。奥尔德夫人很快为奴隶制的毒液所侵蚀，变成"恶魔一般可怕"。道格拉斯却并没有因此停止自己的学习，他向邻居的白人小孩学习认字，用小主人废弃的纸学习写字，慢慢获得了读写能力。1833 年，老主人安东尼死后，他被转手卖给了奴隶主托马斯·奥尔德（Thomas Auld），道格拉斯非常讨厌这位主人，认为他"极端自私""假装虔诚"。每天奥尔德都要祈祷，但却宁肯让堆满肉的房子里的食物腐烂发臭，也不让道格拉斯吃饱肚皮。后来，奴隶主奥尔德认为道格拉斯已经变得无礼，因此决定将他出租，送往"黑鬼克星"科威那里去调教。新主人科威的绰号是"蛇"，他残忍和不择手段，擅长"调教"黑奴。道格拉斯经常受到他的鞭打，被多次毒打后，道格拉斯决定不再按照奴隶主教给他的中心原则：永远不违抗自己的主人——来行事，他决定按照这样的假设来做：在上帝眼中，人人平等。在又一次科威对他施行毒打时，道格拉斯进行了反抗，在经过两个多小时的搏斗后，科威终于不敌道格拉斯，从此以后再没有打过他。道格拉斯认为，这场斗争是"我奴隶生涯中的转折点"。1836 年，道格拉斯策划逃跑，但没有成功，被安排给威廉·福里兰德做奴隶。1838 年，经过充分准备，他终于逃离了南方，得到了自由。

　　1841 年，道格拉斯在参加废奴大会时应邀发表了第一次演讲，并得到了著名的废奴领袖加里森的赏识，之后加入了马萨诸塞州废奴协会。他发表的演讲大受欢迎，成为废奴主义运动著名的演说家，但同时，也有不少听众怀疑他不是奴隶——虽然没有经过正式的训练和教育，但道格拉斯的思路清晰，逻辑严密，善于修辞，白人听众认为他的修辞能力超出了奴隶的能力。为了更好地证实自己，宣传废奴主义和解放奴隶的思想，道格拉斯发表了第一本自传。这本自传成为美国奴隶叙事最为著名的篇章，一经出版便引起了轰动。马萨诸塞州新闻报纸的评论员把道格拉斯比作丹尼尔·笛福，称他的自传是"美国出版业有史以来发行的最重要的书"（最重要被特意加上了着重号）。在英国和爱尔兰，评论家们为"其天生的高贵"和它劝说读者支持废奴事业的效果而喝彩。[①]一位编辑认为，道格拉斯通过自传，"带着尊严站起来了并驳斥了压迫"，另一位读者认为，"我从来没有如此深深地完全地被带入了对奴隶的同情中"。[②]评论家还认为这

[①] William S. McFeely. *Frederick Douglass*. New York: W. W. Norton, 1991, pp. 116-117.
[②] Philip S. Foner. *The Life and Writings of Frederick Douglass, My Bondage and My Freedom*. Ed. John Stauffer. 1855, Rpt. New York: Modern Library, 2003. pp. 59-60.

是一篇真正的"我"的叙事。叙述者是一个爱默生式的自我,赞成自我主权(self-sovereignty)和内心的神灵(an indwelling God)——在自我和在世界中显示。叙述者同时也是一个自信的、大胆的、讽刺的表演者,他在控制他的故事同时也在努力控制他的生活。① 还有的评论家认为,道格拉斯的自传更多地吸取了富兰克林自传中的关于提升、自我塑造和个人主义等精神。② 通过他的自述,道格拉斯成为美国的偶像,他对文字、声音和形象的精彩运用,成功地为自己打造了公共的形象,因此常常被称为"代表人物"(a Representative Man)。

《道格拉斯自述》具有的代表意义不仅在于其文学价值,还在于其参与了社会话语的建构。在 19 世纪,因为《逃奴法案》和南方各州保护奴隶制的法规,奴隶制成为一个法律和道德的争辩话题,不仅在法庭上成为争辩的中心,在废奴运动的讲坛上,以及各种印刷文本中,都成为对奴隶制的另一种形式的审理法庭(tribunal)。在这种法律浸染的气氛下,废奴运动者希望抓住观众注意力,求助于打官司的刑事术语,将奴隶制的争议变成了一场对奴隶主的公开的持续的审讯:"在这个想象性的法庭中,每个角色都有固定的位置。将奴隶制作为犯罪,那些召唤这场审判的人将奴隶主描绘成行凶者(perpetrator)和被告(defendant),奴隶作为受害者(victim)和证人(witness),白人废奴主义者作为奴隶的辩护律师(advocate),而美国的阅读的大众则是代表了法庭的公共意见(public opinion)。"③ 在这种大的语境下,珍妮·德洛姆巴德(Jeannine M. DeLombard)指出:

> "前奴隶道格拉斯和雅各布等运用了这种法律修辞,将自己描绘成残暴奴隶制的'目击证人(eye-witness[es])',并把他们的叙事作为'奴隶制真实面目'的'证词',而白人改良者,如韦尔德(Theodore Dwight Weld)则宣誓要'通过交叉质疑来让奴隶主,从他们自己的嘴里得出定罪的理由'。即使是那些道格拉斯所定义的'蓄奴恶行的行凶者'拒绝将自己和罪人等同化,在面对公众审理法庭时(public tribunal),他们也被迫采用了一种抵御的

---

① John Stauffer. "Frederick Douglass's self-fashioning an the making of a representative American man." *The Cambridge Companion to the African American Slave Narrative*. Ed. Audrey A. Fisch. Cambridge:Cambridge University Press, 2007, p. 59.

② Robert S. Levine. "The Slave narrative and the revolutionary tradition of American autobiography." *The Cambridge Companion to the African American Slave Narrative*. Ed. Audrey A. Fisch. Cambridge:Cambridge University Press, 2007, p. 104.

③ Jeannine Marie DeLombard. *Slavery on Trial: Law, Abolitionism, and Print Culture*. Chapel Hill: The University of North Carolina Press, 2007. p.1.

姿态。"①

对于《道格拉斯自述》，评论家们主要从以下几方面进行分析：一是从读写能力和个人实现，分析《道格拉斯自述》中个人意志和黑人原型的塑造。如唐纳德·吉布森（Donald B. Gibson）指出道格拉斯认为个人主义是上帝显现自己的方式，个人主义通过鼓励个人发挥自己的最大潜能来显现上帝的意志。②玛丽亚·杜兰（Maria Duran）认为道格拉斯运用了一系列文学策略来强调写作的重要性，并把读写能力作为克服被奴役的社会地位和获得真正意义上的自我的唯一方法。③丹尼尔·罗耶（Daniel J. Royer）认为道格拉斯获得读写能力并非是一个人独立完成的，而是集体协作的过程。④罗伯特·莱文（Robert S. Levine）在其专著中则追踪了道格拉斯在自传中不断强化他的摩西形象，这种形象和定位使他的文本能够更易于与普通的奴隶、黑人和白人进行对话和传道。⑤玛格丽特·科恩（Margaret Kohn）通过将道格拉斯和监工科威打斗的描写与同时期黑格尔有关统治和奴役的辩证法并置和对比，来分析两个文本是如何相互阐明、复杂化和挑战彼此。⑥蒂莫西·巴尼特（Timothy Barnett）从批判性读写理论的角度分析了《道格拉斯自述》中生成主题（generative themes）的双重作用：生成主题既能使道格拉斯对自身的奴隶处境和奴隶制都有比较深刻的认识，又能让道格拉斯批判性地与奴隶的悲惨处境保持距离，这种双重作用使道格拉斯不仅运用语言改造自己和自己所处的环境，最终也指引他走向了自由。⑦玛莎·卡特（Martha J. Cutter）指出，一方面道格拉斯坚信读写能力是通往自由之路，另一方面道格拉斯在掌握读写能力之后觉得读写能力让他明白自己的悲惨处境却无法给他逃离的方法。他认为道格拉斯阐述了一种美国少数族裔作家在书写最早的文本时就会遭遇的语言和心理困境："主人"和白人主流文化中的语言和读写能力

---

① Jeannine Marie DeLombard. *Slavery on Trial: Law, Abolitionism, and Print Culture*. pp.1-2.

② Donald B. Gibson. "Reconciling Public and Private in Frederick Douglass' Narrative." *American Literature*, Vol.57, No.4 (1985): 549-569.

③ Maria Durán. "Writing as Self-Creation: Narrative of the Life of Frederick Douglass." *Atlantis*, Vol.16, No.1-2 (1994): 119-132.

④ Daniel J. Royer. "The Process of Literacy as Communal Involvement in the Narratives of Frederick Douglass." *African American Review*, Vol. 28, No.3 (1994): 363-374.

⑤ Robert S. Levine. *Martin Delany, Frederick Douglass, and the Politics of Representative Identity*. Chapel Hill: The University of North Carolina Press, 1997.

⑥ Margaret Kohn. "Frederick Douglass's Master-Slave Dialectic." *The Journal of Politics*, Vol.67, No.2 (2005): 497-514.

⑦ Timothy Barnett. "Politicizing the Personal: Frederick Douglass, Richard Wright, and Some Thoughts on the Limits of Critical Literacy." *College English*, Vol.68, No.4 (2006): 356-381.

可能暗含一种机制来诱导少数族裔进入贬低本民族的意识形态陷阱,进而认识到本民族处在无法改变只能接受的低劣地位;更重要的是,占支配地位的话语用其自身的等级制度贬低少数族裔的主体、削弱少数族裔的声音,以便维持白人及其主流文化的统治地位。表面上,英语的读写能力似乎存在着一个无法回避的抉择问题:要么成为一个有读写能力的、接受白人文化的、开化的主体,要么成为一个无读写能力、保持少数族裔文化的、野蛮的主体;实际上却并非如此。[1] 安东尼奥·布莱(Antonio T. Bly)分析了1730—1776年美国殖民地时期的逃逸奴隶与读写能力之间的关系,指出主流意识形态通过控制书写的历史来巩固它的支配地位,因此书写文化对于边缘群体和少数族裔反抗文化压迫、确认自身文化合法性和文化自信具有重要意义。[2]

二是从《道格拉斯自述》的叙事和修辞来分析。贝丝·如麦科伊(Beth A. McCoy)分析了道格拉斯1845年自传中副文本(paratext)的作用:一方面道格拉斯运用副文本来处理白人力量,另一方面在这个过程中有得也有失。[3] 米歇尔·亨克尔(Michele A. Henkel)的文章则注重道格拉斯1845年自传中的语言和文学策略,如文字游戏(word play)、意象和象征、中间韵和头韵等。[4] 金伯利·德雷克(Kimberly Drake)通过分析道格拉斯对暴力的再现和语言有效性之间的关系,认为语言失效不在于他在呈现赫斯特阿姨时将她物化,而在于作为见证暴力所产生的创伤导致道格拉斯丧失了再现这种暴力的语言能力。[5] 梅琳达·霍利斯(Melinda Hollis)注意到在1881年自传中,道格拉斯称奴隶主奥德先生为"兄弟",这一方面表明道格拉斯宗教信仰的转变让他认为在死亡面前大家都平等,另一方面道格拉斯通过掌握和巧妙地运用奴隶主语言的内涵让他自己加入甚至克服奴隶主组成的"兄弟情谊"。[6] 劳埃德·普拉特(Lloyd Pratt)认为道格拉斯的1855年自传并没有像传统的奴隶叙事那样提供全面的叙述,有意留下了很多盲点,这种修辞形式与赫尔曼·梅尔维尔(Herman Melville)和沃尔

---

[1] Martha J. Cutter. "Editor's Introduction: Translation and Alternative Forms of Literacy." *MELUS*, Vol.34, No.4 (Winter. 2009): 5-13.

[2] Antonio T. Bly. " 'Pretends he can read': Runaways and Literacy in Colonial America, 1730—1776." *Early American Studies*, (2008): 261-294.

[3] Beth A. McCoy. "Race and the (Para)Textual Condition." *PMLA*, Vol.121, No.1 (2006): 156-169.

[4] Michele A. Henkel. "Forging Identity through Literary Re-interpellation: The Ideological Project of Frederick Douglass's Narrative." *Literature and Psychology*, Vol.48, No.12 (2002): 89-101.

[5] Kimberly Drake. "The Violence in/of Representation: Protest Strategies from Slave Narrative to Punk Rock." *Pacific Coast Philology*, Vol.44, No.2 (2009): 148-158.

[6] Melinda Hollis. "A Change of Persona or a Change of Heart: Frederick Douglass's 'Brothers.' *The Explicator*, Vol.67, No.3 (2009): 167-170.

特·惠特曼（Walt Whitman）都有异曲同工之处：道格拉斯一方面给读者留有很多想象和揣测的空间，另一方面又直接称呼读者，好像读者就在作者对面，这一远一近产生了很大的张力。①

三是分析《道格拉斯自述》与历史的关系。阿布多拉曼（Aliyyah I. Abdur-Rahman）指出，道格拉斯的 1845 年自传不仅为美国奴隶制度提供了史料，还展现了文学对于身份、想象和意识形态的文化建构所产生的巨大影响。他认为，道格拉斯在 1845 自传中所呈现的性暴力，不仅再现了奴隶个人所遭受的身体和精神创伤，也是对奴隶制罪恶的集体见证。他还指出，性暴力所带来的一系列侵犯、对身体的占有、心理折磨以及难以消除的创伤不仅将黑人奴隶置于一种被奴役的状态，也让读者真实地感受到奴隶制的残忍；这种制度化的性暴力通过贬低黑人奴隶，强化了白人的主人地位。②另外，琳达·钱德勒（Linda Lee Chandler）的博士论文研究了对美国南北战争前家庭生活的书写。③而马克·奥康塔（Mark Okuhata）的博士论文则研究美国南北战争战前、战中、战后重建时期黑人男性气质的操演和构建。④ 诺兰·贝内特（Nolan Bennett）通过对比研究道格拉斯 1845 年自传和 1855 年自传，发现每部自传与时代背景和道格拉斯的处境密切相关。他认为，自传是一种独特的政治理论类型，通过表现作者本人和作者所属民族的状况，来挑战和改变个人与集体之间的现有关系。⑤

国内学者对《道格拉斯自述》给予了较多的关注。主要分析包括：①介绍与政治思想分析，如吴金平对其介绍和研究比较细致，他指出，当时美国废除奴隶制主要有三条道路：道德说教派、政治行动派和暴力革命派，吴金平把道格拉斯的废奴策略称为"合法改革派"。⑥王恩铭的著作介绍了道格拉斯政治思想，他从"妥协式政治"（the politics of accommodation）、"法律斗争方式"（legalist approach）和"道德斗争方式"（moralist approach）这三个方面对道格拉斯的政治思想进行自己的解读，认为道格拉斯的政治思想是建立在他的道德思想基础之

---

① Lloyd Pratt. "Human beyond Understanding: Frederick Douglass's New Liberal Individual." *NOVEL: A Forum on Fiction*, Vol.43, No.1 (Spring, 2010):47-52.

② Aliyyah I. Abdur-Rahman. "'The Strangest Freaks of Despotism': Queer Sexuality in Antebellum African American Slave Narratives. *African American Review*, Vol.40, No.2 (Summer, 2006): 223-237.

③ Linda Lee Chandler. *Keeping Home: Another Look at Domesticity in Antebellum America.* Berkeley: University of California, 2011.

④ Mark Okuhata. *Unchained Manhood: The Performance of Black Manhood During the Antebellum, Civil War, and Reconstruction Eras.* Los Angeles: University of California, 2014.

⑤ Nolan Bennett. "To Narrate and Denounce: Frederick Douglass and the Politics of Personal Narrative." *Political Theory*, Vol.44, No.2 (2016):240-264.

⑥ 吴金平：《自由之路：弗·道格拉斯与美国黑人解放运动》，北京：中国社会科学出版社，2000 年。

上，同时道格拉斯十分信任美国政治体制，尤其是法律至上的原则，所以道格拉斯的废奴主张是在坚持美国大的原则和大方向前提下能够做出适当的调整和妥协。①②从《道格拉斯自述》与美国历史之间的关系分析，如杨金才认为19世纪美国黑人文学是一个特定历史阶段的产物，而不是一种孤立的文化现象，它与整个美国文学传统是一脉相承的；要研究美国文学传统中深厚的种族意识，光着眼于一个黑人传统是远远不够的。杨金才认为道格拉斯1845年自传不仅涉及种族问题，也是支配与被支配关系的一种普遍化范式，道格拉斯遵照美国独立革命的话语方式并奉行一种国际自由劳动意识形态。杨金才强调，尽管道格拉斯对美国的不公正现象提出了种种抗议，但他的"自我创造"昭示了一种向心倾向，他毕竟也是"美国人"的忠实代表。②崔侃指出，道格拉斯在三部自传中通过叙述他本人的生活经历，记录了美国南北战争前后几乎一个世纪的政治、经济、文化和宗教状况，刻画了一系列重要的历史人物形象，因而在美国黑人文学史上有着突出的独特贡献，开创和奠定了美国黑人文学传统，引领了一种新的文学话语模式。③③从叙述策略分析，如许德金从叙事学的角度，通过对道格拉斯1845年和1855年自传的对比研究来解构道格拉斯的叙述策略，并揭示其叙述的政治性以及自我在不同文本中的成长变化，从而从一个侧面证明自传文本中的叙述者不但与真实作者不同，其本身也并非一成不变，而是在不断的成长变化中。④许德金在英文专著的第二章中，运用叙事学理论分析了道格拉斯1845年自传和1855年自传的时间安排、叙事情境和评论的作用。⑤

另外，国内专家也注意到《道格拉斯自述》中的主题意义，如赵白生以《道格拉斯自述》为个案探讨黑人文学的使命书模式，并指出该自传的三个阐释策略：制度的系统定性、传记事实的类型归纳和象征性自我的打造。⑥邓建华认为道格拉斯在1845年自传中不但揭露了奴隶制的残酷本质，而且揭示了奴隶制得以维持的秘密——奴隶们总是被迫保持文盲状态；并强调了道格拉斯的重要思

---

① 王恩铭：《美国黑人领袖及其政治思想研究》，上海：上海外语教育出版社，2006年。
② 杨金才：《19世纪美国自传文学与自我表现》，载《国外文学》1999年第3期，第3-5页。
③ 崔侃：《美国自传文学发展概述》，载《荆楚理工学院学报》2012年第1期，第5-9页。
④ 许德金：《叙述的政治与自我的成长——弗雷德里克·道格拉斯的两部自传》，载《外国文学研究》2001年第6期，第52-59页。
⑤ Dejin Xu. *Race and Form: Towards a Contextualized Narratology of African American Autobiography.* Bern: Peter Lang, 2007.
⑥ 赵白生：《美国文学的使命书——〈道格拉斯自述〉的阐释模式》，载《外国文学》2002年第5期，第52-57页。

想：知识是从奴隶制通往自由的必由之路。①王育平和杨金才认为在美国黑人文学中，追求自由、平等是一个永恒的主题。惠特莉和道格拉斯是不同时期美国黑人文学的代表作家，其作品都蕴涵了对独立人格身份的追求与探索。不同的是，惠特莉试图借黑人身份和白人文化的融合建立自己的独立身份，而道格拉斯则强调自己作为黑人的异质性身份，以此来获取自由和独立。②王玉括认为地理空间在非裔美国文学中具有强烈的种族意识形态特征，并分析了道格拉斯1845年自传中地理空间对道格拉斯从追求自由到追寻自我身份的确定的过程中的隐喻作用及其文化表征。王玉括认为，在对空间的认同、反思和反讽过程中，非裔美国人不懈地追求着真正的自由和真正的自我。③庞好农认为白人教黑奴学文化的事件与希腊神话中的"潘多拉魔盒"传说具有寓意深刻的互文性：教黑人学文化的行为在白人奴隶主看来犹如开启了"潘多拉魔盒"，但对黑奴来讲却是开启了智慧之门，有助于提高黑人的政治思想觉悟，动摇奴隶制的思想基础。庞好农认为，知识能使黑奴认识到美国社会的不公正、奴隶制的非法性和奴隶反抗的合理性，会使他们不顾一切地为自由而战；道格拉斯的黑奴经历不仅是他个人的不幸遭遇，而且还是整个黑人民族在奴隶制社会环境里生存困境的真实写照。④

总的来说，作为流传最为广泛也最受关注的奴隶叙事文本，《道格拉斯自述》的分析主要集中在政治、叙事和主题方面。但其中，对于《道格拉斯自述》中涉及的黑奴的身体书写和见证意义，以及叙事交流方面，批评家们还有进一步开掘的空间。

第二节 受伤的身体：身体书写和见证

正如评论家霍滕斯·斯皮勒斯（Hortense Spillers）指出的："文化和批评话语的社会症结使黑人的身体成为许多可能性中一个连锁的矛盾——它是一件'东

---

① 邓建华：《一个奴隶的觉醒与奋斗——解读〈黑人奴隶弗雷德里克·道格拉斯的生平自述〉》，载《东北大学学报》（社会科学版）2004年第1期，第76-78页。

② 王育平，杨金才：《从惠特莉到道格拉斯看美国黑人奴隶文学中的自我建构》，载《外国文学研究》2005年第2期，第92-98页。

③ 王玉括：《非裔美国文学中的地理空间及其文化表征》，载《外国文学评论》2009年第2期，第160-167页。

④ 庞好农：《"潘多拉的魔盒"开启之后——评〈弗雷德里克·道格拉斯：一个美国奴隶的生平叙事〉》，载《英美文学研究论丛》2014年第二十辑，第192-203页。

西',其肉身为一种主要叙事服务:它遭受的伤害、它的眼泪、伤疤、缺口、破裂、感染,组成了西方世界楔形语言的样板。"① 在《道格拉斯自述》中,身体是奴隶制重要的关键词,黑人身体既是奴隶主的动产,财富;也是施展暴力、惩罚、规训的重要载体。黑人的生育和繁殖成为积累财富的代名词,在这个意义上,黑人的繁殖和动物蓄养没有区别;而打击黑奴,亦是通过对身体的打击形成的,鞭打、饥饿、虐待和虐杀,身体都是奴隶主惩罚的媒介。道格拉斯的自传描绘了一幅奴隶制下的庄园景象。在其中二元对立的象征性结构中,奴隶主对应于奴隶,既是主人又是父亲,这意味着奴隶主在法律上完全拥有支配奴隶的权利,财产上把奴隶作为私人财产的动产,同时,也具有父权制下对奴隶心灵和精神的控制;更何况奴隶主大部分在血缘上,同时也是奴隶的父亲。奴隶主规定,法律也这样承认,在所有情况下,女奴隶的孩子一律继承母亲的地位。不少情况下,奴隶主对他的奴隶都有着既是主人又是父亲的双重身份。社会秩序的稳定渐渐地转到以伦理行为中的规训为核心。对于黑奴来说,身体和身份密切相关。奴隶制在其身体上再现,通过饥饿、鞭打、伤口,甚至死亡来书写。

一、食物与奴隶身体

《道格拉斯自述》通过奴隶道格拉斯亲身的经历,为读者描绘了一幅南方种植园的真实图景。在这个庄园中,首先看到的是等级制度严格的分层:奴隶主东家(劳埃上校、安东尼、安德鲁、理查德、托马斯·奥德少爷、休·奥德先生、威廉·弗里兰先生、维丁先生、霍浦金斯先生,也包括奴隶主女主人卢克丽霞、奥德太太、托马斯少爷家等);监工(帕林茂、西维亚先生、霍浦金斯先生[②]、高尔先生、科威先生等);家奴(赫斯特阿姨、少年道格拉斯、老巴尔内和小巴尔内);大田奴隶(桑迪·詹金斯、威廉·休斯、比尔·史密斯、但姆贝、成年道格拉斯、韩迪·考德威尔、亨利·哈里斯);年老或失去劳动能力的奴隶(道格拉斯老外婆、韩妮)。在等级森严的庄园体制中,奴隶的生活并非如南方奴隶主所描绘的那样,处于南方伊甸园中,由好心的奴隶主和慈善的奴隶主夫人来照顾黑奴生活,庄园生活其乐融融。相反,道格拉斯以白描的方式,提供了一份真实的奴隶生活吃穿住行记录:

---

① Hortense Spillers. "Black, White, and in Color." *Bearing Witness to African American Literature: Validating and Valorizing Its Authority, Authenticity, and Agency*. Ed. Bernard W. Bell. Wayne: Wayne State University Press, 2012, p.234.

② 他和作为监工的霍浦金斯名字拼写相同,实际上是不同的两个人。

"男女奴隶每个月的口粮是八磅猪肉，或是相当这个数量的鱼，以及一蒲式耳粗玉米粉。他们全年的衣着包括两件粗布衬衫、一条布裤（料子和衬衫一样）、一件夹克、一条冬天穿的裤子（用黑人手织粗土布制成）、一双袜子，还有一双鞋子；所有这一切加起来不会超过七元钱……奴隶们是领不到床的，除非一条粗毯子也可以算是床，而且只有成年的男人和女人才会有粗毯子。"①

"我们的口粮并不总能准时领到。我们吃的是煮熟的粗玉米渣，这叫'糊糊'。人们把它倒在一只大木盘或大木槽里，放在地上。孩子们被叫来，就跟叫唤猪一样，而他们也像一群猪似的围拢来吞食这'糊糊'；有的用牡蛎壳抠来吃，有的用小石片，有的就干脆用自己的手，没有一个人有勺子……反正没几个人是吃饱离开木槽的。"②

在黑人奴隶叙事中，饥饿叙事和身体政治紧密相连。饥饿不仅是奴隶主控制奴隶、惩罚奴隶并规训奴隶身体的重要方式，同时也是奴隶深刻的创伤记忆，在其自传中，几乎每一个奴隶都回忆起食不果腹、衣不蔽体等非人的待遇。饥饿这里连接的不仅是折磨，还是奴隶主对奴隶的规训。驯服的奴隶首先要经过对身体的惩戒和训练，才能达到奴隶制对标准奴隶的定义。另一本奴隶叙事则提供了对奴隶所吃食物的证词。

"现在，听听我们的食物是什么吧。周末的晚上我们被叫去，称一蒲式耳玉米给我们，有时是剥好的，有时是整玉米装了一蒲式耳，两或三磅猪肉或牛肉。这就是我们一个星期的口粮。不过为了惩罚我逃跑，他会几个星期不给我肉，并锁了我两个多月，这是威胁我让我退化得和其他奴隶一样，不过很难做到。

农场上他们还有一个大的咖啡磨，我们可以用来磨自己的玉米，或打磨、煮或烤干玉米。这个活必须做好两天内的，不然我们出去的时候就只有一天有吃的另一天没吃的。这里我要说明一下：几个星期来我很卖力地弄我的玉米口粮或者干面包。农场里有好多鸡，我打算杀一只来做好，用来吃我的面包的时候会更有滋味。我刚刚吃了这只鸡一点点，一些其他奴隶就跑去我的主人那里告密，说我'把这地方所有的鸡都吃光了'。我的主人抓住我，把我拖出棚子，把我拴在同样的柱子上，这根柱子见证了上次我的痛苦，然后给

---

① 道格拉斯：《道格拉斯自述》，李文俊译，北京：生活·读书·新知三联书店，1988年，第16页。
② 同上条文献，第32页。

了我 100 鞭——他说。在我住在密西西比州时，我不记得[主人给我们]吃过任何鸡的记忆。但我对于这种食物的胃口一点没有被我的主人对我的残暴而破坏，我去那里后享受了好多顿这些无辜的家禽。"①

在庄园神话中，食物作为基础生活保障，也显示出所处的政治经济和社会阶层。最下层的奴隶付出了巨大的劳动却无法获得相应的生产资料和生活资料；而最上层的奴隶主却可以拥有"大量的食物堆放在库房、[在]熏制间里发霉变质"。②居于食物链顶端的奴隶主，却对于如何饲养奴隶，有着自己的一套经济营生策略。1837 年南方奴隶主的农业期刊《农场记录》（*The Farmer's Register*）中刊登的一篇奴隶主来信专门提到了如何通过食物来管教奴隶：

"在对黑奴们的管理中，最为重要的课题就是给予他们足够的食物……奴隶在很大程度上依靠食物才能快乐。没有什么比对一顿好食物的向往更能激励他欢喜和勤快的了……我非常肯定，从对这个课题的长时间的观察来看，一个奴隶如果被剥夺了肉食，就不能忍受劳动，而那些满足的奴隶却能做到；如果主人给他的大田奴隶每天半磅肉，两餐食物（有时少于这些，可以用足量的蔬菜来补足），那么就会比那些只给日常饮食的主人得到更好的劳动作为回报。应该为奴隶每天做好两顿的食物，并带到地里去。在这个州，通常的规矩是给他们一天做一顿，然后要求每一个奴隶晚上自己煮食，然后将自己的早餐食物带到田里去；但奴隶们都爱偷懒，或因为疲倦，常常导致他一回到住处就马上倒头大睡，如果他没有幸运地半夜醒来为自己煮明天早上的饭（这还真的是他们很多人通常的习惯），第二天他就被迫缩短工作时间以尽快回家做饭。"③

在这段引文中，需要注意到奴隶主通过食物来对奴隶的身体进行管理，食物无关身体的快感，而是和生产效率相连。鲍德里亚指出："身体关系的组织模式

---

① William J. Anderson. *Life and Narrative of William J. Anderson, Twenty-four Years a Slave; Sold Eight Times! In Jail Sixty Times!! Whipped Three Hundred Times!!! or The Dark Deeds of American Slavery Revealed. Containing Scriptural Views of the Origin of the Black and of the White Man. Also, a Simple and Easy Plan to Abolish Slavery in the United States. Together with an Account of the Services of Colored Men in the Revolutionary War—Day and Date, and Interesting Facts*，*Written by Himself*. p.8.

② 道格拉斯：《道格拉斯自述》，第 54 页。

③ The Farmers' Register, (A Monthly Publication Devoted to the Improvement of the Practice, and Support of the Interest of Agriculture) 5 (May 1, 1837): 32-33, from Robert Felgar. *American Slavery: A Historical Exploration of Literature*. Santa Barbara: Greenwood, 2014, pp. 16-17.

反映了事物关系的组织模式及社会关系的组织模式。"①每一种生产方式都产生出不同的获取生活必需品的样式，同时也产生不同的劳动者和非劳动者之间的关系。南方庄园经济的生产性目标，经济效益决定了黑人的身体不仅是劳动者的承载容器，还是生产资料的一部分。对于南方奴隶主来说，这个黑色的身体首先是其"动产"，是资产的一部分，是集生产工具、技术、劳动者和劳动技能为一体的生产力。白人奴隶主和黑奴之间的身体关系，是垂直单一的权力关系，也体现了奴隶制下南方经济模式。奴隶主对黑人身体的管理，就是经营自己的产业。奴隶主对奴隶的控制，是通过对身体的控制来达到的，正如上文奴隶主所建议的那样，足够的食物可以让黑人奴隶的性情变得愉快，而饥饿感也是训练黑人的重要方式；奴隶主通过控制食物来控制饥饿时间，从而达到调教奴隶的目的。同样地，在《农场记录》中，还有另外一个奴隶主这样讨论道：

"充足的大方的喂养，穿得住得暖和，你的黑奴们会干得更卖劲也更主动，会更健康，而且他们的道德品质会得到提高，因为他们不会再因为饥饿而受到一块肉的吸引，去偷他们主人的猪、羊和家禽，或者对他的邻居们来一次掠夺。一旦你给他们吃得好，穿得暖，住得好，你的黑奴们**生育**得会更快，这一事实，会为那些心里不那么洋溢这人道感情的奴隶主们，增添一种吸引力。

奴隶的品质被评价过低了。这种品质更像陶土，根据塑造人的技巧，可以被捏造成可人意儿或不讨人喜的形状。"②[黑体为笔者所加]

食物因为可以进入人的身体，可以参与新陈代谢，从而成为人身体的一部分。控制食物，也是对奴隶身体控制的一个途径。对于奴隶主来说，饲养和教化是奴隶制伦理道德的双面，身体的饱暖直接干涉到奴隶精神道德的培养。这种生产关系的再生产形成了身体关系的新伦理。身体的一切具体价值具有功能性，同时兼具功用性的交换价值。奴隶主满足奴隶的口腹和安全，是对生产工具的维护；而身体的繁衍和身体本身，具备经济价值和增殖。因此，黑人的身体是可供交换的商品，转让或买卖都依据商品交换的经济规律。奴隶制度中理想的、标准化的黑人身体是健康而快乐的，黑奴的经济价值决定了身体检测的标准。在奴隶拍卖市场上，奴隶们像牲口一样，被检验和供人"估价"，在拍卖场上，"男的女的、老的少的、已婚的和未婚的，都和马、羊、猪排在一起……都作为一类东

---

① 让·鲍德里亚：《消费社会》，刘成富、全志钢译，南京大学出版社，2014年，第121页。
② Robert Felgar. *American Slavery: A Historical Exploration of Literature*. p. 19.

西排在一个队伍里,都要经受同样严格的检验","他[奴隶贩子]让我们抬起头,精神抖擞地来回走两步。买主们可以摸摸我们的手、胳膊和身上,让我们转个圈,问问我们会做什么,让我们张开嘴露出牙齿,就像马贩子在买货或者交易时检查马匹一样。"[①]这样做的目的,是看黑奴身体是否健康,而标准化的身体,即健康的身体,意味着劳动力。

二、规训、惩戒和驯服

生产方式决定生产关系,奴隶制生产方式产生了主人和奴隶的关系。从经济的角度来说,吃饱穿暖保证了黑奴作为劳动力的产出价值,同时也保障了生产力再生产,黑奴繁衍生育意味着剩余价值再生产,有着经济意义。相反,一旦黑奴反抗或逃跑,就意味着奴隶主的损失。即便是在买卖奴隶时,奴隶主也会关注到,"奴隶背上的疤痕意味着该奴隶有反抗精神,不好驯服,这会影响到他的售价"[②]。因此,奴隶主规训黑奴的身体,也就是规训黑奴的行为,具有政治意义和经济意义。奴隶主对黑奴身体的规训包括三个方面:惩罚、控制、话语。塑造一个健康但驯服的身体,惩罚不听话不服管教的黑奴,鞭打、虐待或枪杀,惩罚的终端都是建构在身体之上。对于黑奴来说,奴隶主的话语是他们能得到的唯一的合法的教育,食物匮乏及饥饿感,对身体的鞭打,对黑奴精神世界的摧残和知识的隔断,成为这三方面的具体体现,目的是制造"驯服"的身体。对身体的重视,不仅在于奴隶主对黑人作为动产,维护其身体健康和温顺意味着维护生产工具;而且是在蓄奴制的种族主义观点下,对黑奴教化的需要。即使是写出《棉花是国王》的废奴主义作家克里斯蒂,也坦率说道:"(黑人)在白人当中根本无法从智力上、道德上或者政治上蓬勃发展起来。"[③]蓄奴制的意识形态基础,就是将南方定义为一个文明的社会,家长制的种植园经济构成了特殊的生产和行为模式制度,其产生、维持和再生产都是由奴隶体制所保证的,而对奴隶身体的规训,是奴隶制对黑奴进行个体和集体教育,控制和自我控制的需要。

奴隶主利用权力规训黑奴身体,而黑奴不断逃离规训,进而引发权力的调整和新一轮的规训。身体始终是奴隶制的权力机制对黑奴进行规训和惩罚的起点和终点。身体关系呈现出单一的上下的组织关系,最上面的一层是奴隶主,而中间

---

① 所罗门·诺瑟普:《为奴十二载》,常非译,北京:北京大学出版社,2014年,第57页。
② 同上条文献,第57页。
③ 萨克文·伯科维奇:《剑桥美国文学史(第二卷):散文作品1820年—1865年》,第269页。

一层用于监督和管理黑奴的是奴隶监工,最下面的一层是奴隶们。奴隶监工是奴隶制度里一种特殊的工种,用于监督黑奴劳作,并负责调教和惩罚不听话的奴隶。监工的特殊之处在于,不仅负责管理生产进度和效率,而且直接面对奴隶,制定奴隶的行为规范和标准。在监工的管理下,只有听话的、勤恳的奴隶,反之不听话和偷懒的奴隶就必须承受身体的惩罚,以使其行为被规训。奴隶主阶级通过监工,将生产纳入可控的范围,同时,奴隶个人的私人生活也被纳入公共生活的范畴领域,庄园成为个人生活的中心场所,庄园和个人的关系也成为奴隶社会生活的中心内容;奴隶的个人自身权利被压缩,不断缩小,并常常被剥夺。奴隶个人被规训,并被要求不仅要在身体上对奴隶主服从,而且要情感上依赖奴隶主,奴隶主以庄园大家庭的方式生产了一种新的情感状态,即以家长制的伦理关系和行为构建奴隶个人的生活领域。奴隶主类似于父亲(或生理血缘上本来就是奴隶的生父),精神上教导奴隶,生活中照顾奴隶;为他们的生活规划,但同时提出无数条规则和禁忌。这种规训也并非一直采用伦理行为,即通过家长制的权威和奴隶主给奴隶灌输的道德理念和宗教思想来运行;而是通过更加暴力的方式,以公开的惩罚来加强训诫,强化集体行为。这种暴力的制裁强迫奴隶公众参与,暴力的施暴过程是由监工的鞭打、奴隶们的目睹来共同完成的,以提高惩罚的效率,减少其政治和经济的成本和代价,最终建构一种基于家长制庄园伦理行为的惩戒体系。道格拉斯的自传描绘了监工高尔先生对奴隶但姆贝的公开处罚:

>"高尔先生有一次动手鞭笞劳埃上校的一个叫但姆贝的奴隶。他才打了几鞭,但姆贝不想挨打,就跑到河边跳进水里,站在齐肩膀深的水中,不肯出来。高尔先生说他要叫他三声,到第三声但姆贝还不出来,他就开枪把他打死。叫了第一声,但姆贝没有搭理,还是站在原处。第二、第三声也都叫了,但姆贝还是那样,高尔先生根本不和别人商量,也不考虑一下,甚至也没有再叫但姆贝一声,就将步枪举到眼睛前面,仔仔细细地瞄准了他那个站着的靶子,一瞬间之后可怜的但姆贝再也不在人世了。他那血肉模糊的身体沉入水中,鲜血和脑浆却浮了起来,标明他原来站立的地方。"①

道格拉斯描绘了监工高尔先生是如何射杀了一个公开反抗惩罚的奴隶但姆贝。在这一幕里,道格拉斯强调了这幕场景的视觉的一面:高尔先生数三下数所

---

① 道格拉斯:《道格拉斯自述》,第28页。

形成的戏剧性，和沉默的被迫旁观的黑奴一起，构成了这幕惨剧的高潮。对于高尔先生来说，不听话不服从的黑人身体，可以立即被消灭；监工高尔先生对自己的谋杀解释道："但姆贝已变得桀骜不驯，正在给别的奴隶树立一个危险的榜样。"他断言说："如果有一个奴隶不服管教，而且还居然活了下来，那么很快别的奴隶都会学他的样；这样下去，势必是奴隶得到自由，而白人却沦为奴隶。"[1]这番说辞是建立在种族文化逻辑之上的：但姆贝的身体是一个黑奴同伴们的替代——如果这个单个的身体拒不服从，黑人整体的身体就会变得反抗，导致种族权力关系的灾难性的逆转。然而，如果这个身体被成功地通过暴力制服，那么奴隶集体也就会变得温顺，种植园的秩序也就能得以保存。

高尔先生的这段解释构成了奴隶意识形态下官方的叙述，不仅拒绝承认幸存者的见证，而且威胁到要消灭幸存者的声音。枪杀行为不仅在于对黑人身体的伤害，而且因为其惩戒性是通过公开执行来施行的，道格拉斯和其他黑奴共同目睹了这一谋杀事实，这就意味着暴力的施行被强迫观看，观看由此成为对黑奴集体的惩罚，道格拉斯等黑奴成为奴隶主和监工暴力下的幸存者。然而，作为幸存者，"他们当然既无法提出控告，也不能出来作证"[2]。因为黑人的证言不具备法律效力，他们共同的沉默迫使黑奴成为凶杀的集体同谋，观看枪杀成为对黑奴集体进行惩戒的方式，反之，也成为谋杀的参与方式。沉默是创伤见证的特殊形式。监工高尔先生不仅在肉体上消除了黑人但姆贝，在黑奴的集体记忆中，但姆贝也和"不服从管教"相联系，相当于抹除了关于这个人的记忆。这幕对黑奴身体的规训场景，不仅说明了施暴者的残酷和其行为之后的种族文化逻辑，也揭示出奴隶叙事的重要叙述目的：目击的意义。

三、目击和见证的意义：黑人的身体叙事

"在18世纪，感伤主义是盎格鲁美国文化的主要因素，它为作家提供了他们想要表达的政治观念的一种情感修辞。"[3] 因为感伤主义主要依靠读者对他者情感和身体经历的想象，作品中情感所承载的政治力量就常常在于对内心思想和身体存在的特殊再现。洛克（John Locke）发表的《有关人类理解的论文》（*Essays Concerning Human Understanding*，1690）提出，人脑如同一张白纸，

---

[1] 道格拉斯：《道格拉斯自述》，第28页。
[2] 同上条文献，第28-29页。
[3] Christine Levecq. *Slavery and Sentiment: The Politics of Feeling in Black Atlantic Antislavery Writing, 1770-1850*. Durham and New Hampshire: University of New Hampshire Press, 2008, p.16.

感官中生发的观点是慢慢刻上去的。17 世纪和 18 世纪，伊萨克·牛顿（Issac Newton）以及大卫·哈特利（David Hartley）都认为思想和肉体相联系。"同情"的概念就经历了一系列转变。最早它是医学用语，18 世纪爱丁堡的医学家开始用这个词指示"人体器官之间情感的交流"，是"一种情感的特殊案例"。因为这些器官可以是眼睛和耳朵，所以目击和听闻就可以指示有影响力的场面的见证，其作为效果就是感伤和心理。18 世纪伦理修辞之中延续了感情和身体之间存在相通关系的论证。托马斯·拉克尔（Thomas W. Laqueur）指出，18 世纪和 19 世纪发展出的"人文性叙事"（humanitarian narrative）就是对"个人身体"（personal body）感受的再现，如他所说，"肉体会言说"（the flesh speaks）。① 亚当·史密斯（Adam Smith）分析人类同情中的心理和情感因素，指出同情是两个个体的，内部的状态中的片段式联系："因为我们没有其他人感受到的即时的经历……通过想象我们把自己置于他的境地，我们感受到我们自己正在经受同样的折磨，我们进入他的[身体]，在某种程度上成为和他同样的人，于是形成他感觉到的一些念头，甚至感受到一些他的感受，尽管强度上不及。"② 从这个角度出发，目击作为见证的一种形式，可以在作者和读者之间形成感受和经历的传递，引发同情心理。

作为一种特殊的证词，奴隶叙事中的目击场面往往具有特殊的意义。不仅是对场景的再现，更是对亲身经历的再现，对于揭露奴隶制意识形态的虚伪、奴隶生活的恐怖和奴隶主的残暴，具有证词的作用。道格拉斯在自传中，特别记录了小时候第一次目击奴隶赫斯特阿姨被鞭打的情景：

"他开始鞭打赫斯特阿姨之前，先把她拖到厨房里去，把她从颈部到腰部的衣服全部剥光，让她把脖子、肩膀和背脊都袒露着。接着他叫她把手交叉起来，同时骂她是个下贱的婊子。他用一根粗绳子捆住她交叉起来的手，把她拖到一张凳子前，凳子上空有一只钉在梁架上的大钩子，这只钩子是专为打人用的，他叫她站上凳子，把她的手吊在钩子上。这样，她只好站在那儿听凭他大肆狂虐了……这时，他对她说：'好，你这个下贱的婊子，我要让你尝尝违抗我的命令的滋味！'接着他把袖管一卷，开始抽那根粗重的牛皮鞭，很快，温暖、殷红的鲜血便滴落在地板上，间杂着她那撕裂人心的尖叫和他

---

① Thomas W. Laqueur. "Bodies, Details, and the Humanitarian Narrative." *The New Cultural History*. Ed. Lynn Hunt. Berkeley: University of California Press, 1989, pp.177-179.

② Adam Smith. *The Theory of Moral Sentiments*. Cambridge: Cambridge University Press, 2004, pp.11-12.

第四章 奴隶叙事中的身体书写和声音力量

那骇人的咒骂,我看见这种情形吓得不得了,就躲进了一个小房间。"①

赫斯特阿姨被鞭打的这一段,对于道格拉斯而言具有特殊的象征意义。道格拉斯重复道,他永远不会忘记这个场景,叙述者作为见证人,回顾了毫无经验的幼小的自己,目睹奴隶主的诅咒和鞭打,赫斯特阿姨流下的热乎乎的血等身体遭遇,并担心自己会遭到同样的暴力。叙事再现的肉体的痛苦是为了唤起读者感同身受的体验,通过对这种残酷场景和身体遭遇的想象,来达到情感的交流,进而产生同情。读者的代入感使他们可以和叙述者一起成为奴隶主暴力的见证者;另一方面,身体感受引发的同情心,会模糊淡化种族的差异,从人类的共同的身体感受上升到人类平等的观念之上。因此,身体不仅是记录暴力和伤害的载体,也是修辞隐喻,读者通过这个隐喻,自身也体会到同样的伤痛。多里·劳布(Dori Laub)认为:"创伤故事的听众不自觉地参与到故事中,和故事的主人公一起成为创伤事件的主角……故事中创伤受害者和创伤事件一起影响着读者和故事事件之间的关系,读者逐渐和故事中的受害者共同体会着困惑、伤痛、迷茫、恐惧、冲突。"②听众和受害者一同在与他(或她)的惨痛经历留下的伤痕累累的回忆和刻骨铭心的'伤疤'进行斗争。叙述者的讲述和再现为读者提供了一个窥视残暴场景的窗口。

《道格拉斯自述》中通过一对同音同义词"scene/seen",建立起作者权力和视觉的关系。第一次目击行为不仅介绍了道格拉斯的奴隶身份,而且建构了目击场景中内在的主体性。看到阿姨被鞭打的血淋淋的场面时,年幼的奴隶道格拉斯本能地将他自己易受攻击的黑人身体躲藏起来。这幕鞭打的场景不仅展示了残暴的奴隶主、尖叫的流着热血的女奴,还有惊恐地躲到柜子里去的证人。年幼的道格拉斯躲起来的举动,既体现了他认识到作为黑人,身体的卑微性和黑人种族属性的联系;也是一种女性化的行为,失去了男子气概。这也为后来道格拉斯和监工科威搏斗,从而赢得了男子气,成功找回主体性相关。躲起来的行为还有另一层含义,即道格拉斯意识到,作为可以交换的商品,奴隶之间是可以互相替换的——小弗雷德里克可以并能够代替赫斯特阿姨。如同道格拉斯所说的那样,在奴隶制的语境下,观察如此的暴力就是注定成为既是一个目击证人又是一个参与者。

身体的情感经历主要用于创建个人对于所发生的事件的理解,讲述显明或隐

---

① 道格拉斯:《道格拉斯自述》,第 13-14 页。
② Dori Laub, M.D. "Bearing Witness or the Vicissituds of Listening." *Testimony: Crises of Witnessing in Literature, Psychoanalysis, and History.* Ed. Shoshana Felman and Dori Laub. New York: Routledge, 1992, pp.57-59.

晦的身体经历，以便使主体适应社会的、文化的语境。黑人所遭受的身体暴力，直接导致了恐惧、焦虑、紧张等情绪，并使主体意识建构受挫或自我否定。在目睹了赫斯特阿姨被鞭打后，道格拉斯被送到巴尔的摩。卢克丽霞太太告诉他必须"把脚上、膝盖上的硬垢擦掉"，年少的道格拉斯"一本正经地做这件事"，"简直要把自己的皮也擦下去一层"①。这幕场景很生动地表现了这个黑男孩对于自己身体的厌弃——他花了三天时间在小溪里洗涤自己的黑皮肤，因为这种污垢和猪贩子说的猪皮癞癣一样——洗涤是一种仪式，白人妇女灌输给他黑色是肮脏的概念，小男孩认为他身体不洁的根源是黑色皮肤或其种族的原罪，这种蜕皮的象征式的方式只是这种认识的外显而已。

弗朗茨·法农（Frantz Fanon）在其《黑皮肤，白面具》（*Black Skin, White Masks*）中，同样描绘过在白人殖民者的眼中，黑人身体在黑白二元对立观念中的痛苦经历，他称之为"历史-种族模式"（historico-racial schema）。他回忆了一个白人小孩见到他时的心路历程，法农从中看到了种族主义意识形态如何否定黑人主体性的逻辑：

"我的身体回忆起那个白色的冬日早晨，我蜷缩着，扭曲着，黑鬼；……黑人是一个动物，黑人坏，黑人刻薄，黑人丑陋；看，一个黑鬼，天冷，黑鬼在发抖，黑鬼在发抖因为他冷，小孩子在颤抖因为他害怕这个黑鬼，黑鬼在发抖因为寒冷穿透了他的骨头，漂亮小男孩颤抖因为他想这个黑鬼是因为狂怒在发抖，这个白人小男孩扑向他妈妈的怀抱：妈妈，这个黑鬼要吃掉我。"②

可以看到，黑人在种族主义的视角下，和各种负面的形容词相联系，即使是白人的小孩，也戴着有色眼镜来看待黑人，将黑人的自然举动都视作带有侵犯性质的行为。无论黑人做什么，白人小孩都把他联系为种族主义观念中的魔鬼。在种族主义的意识形态逻辑中，黑人的身体是有罪的，黑人天生"坏、刻薄、丑陋"，因而黑人的"冷、发抖"就变为白人小孩眼中的"狂怒和吃掉我"的意象。可以说，黑人的非人形象是和其身体相关的，种族主义歪曲的意识形态总是扭曲黑人的身体，并且通过虐待黑人身体，来达到惩罚、规训、制裁的目的。在奴隶叙事中，黑人受伤的身体（wounded body）成为一个典型的意象，也成为一个文化隐喻；和身体相关的暴力行为直接造成了黑人主体意识建构的扭曲。奴隶

---

① 道格拉斯：《道格拉斯自述》，第32页。
② Frantz Fanon. *Black Skin, White Masks*. Trans. Charles Lam Markmann. New York: Grove, 1967, pp. 113-114.

叙事中黑人的身体总是处于被虐待中，如雅各布斯的《女奴生平》记录了主人对女奴鞭打和性侵的历史；奴隶主的暴力还常常暴露出一种施虐倾向：充满新花招，毫无节制的，并乐在其中。诺瑟普记录了他的女主人带着一种"没有心肝的满足的神情"，将他的朋友帕特西抓住，剥光，捆在地上，抽打直到她失去知觉。其他暴露的奴隶主的罪恶还包括：使奴隶骨肉分离，残酷的劳动、暴力、养育奴隶的孩子并出售，甚至出售自己的女儿（黑白混血）去妓院等。这些残破的、血淋淋的、饥饿的、受到侵犯的，甚至死亡的身体意象，不仅仅是黑人奴隶痛苦的身体体验，也包含了奴隶们恐惧、绝望等精神体验，使读者从伦理价值的维度，重新思考奴隶制贪婪、背叛、傲慢和种种道德败坏的事实。奴隶们的身体创伤叙事将黑白种族的冲突和矛盾得以具象化，身体书写了奴隶制的暴力——这也是为什么在废奴运动讲坛上，逃奴或前奴隶演说家常常被要求脱掉上衣，展示背部的鞭痕的缘故。道格拉斯曾介绍在早期演讲生涯中，"我常常被作为一个'动产'（chattel）——一个'东西'（thing），一件南方的'产业'（property）——来介绍给观众，主席向听众们保证这个东西会说话"。创伤身体书写汇集成无数多的伤痛故事，使奴隶叙事和社会历史通过奴隶的身体意象和记忆得以表达，以重复的方式凸显了黑人奴隶悲惨的真实处境。

《道格拉斯自述》通过创伤身体书写，再现了真实的南方奴隶生活，为读者展示了黑奴身体的经济性和社会性，驳斥了奴隶主和亲蓄奴制的南方种植园伊甸园的言论。奴隶主克扣食物，或利用饥饿感来控制黑人，以及其他对黑人身体的维护、运作、剥削和利用，对黑人身体的鞭打、虐待、枪杀，都证明了奴隶主没有将黑人视作人，而是视作物或动产，视作生产工具。黑人的身体不过是奴隶主加以奴役和剥削的工具，惩罚和规训的终端，其本质是被物化的，失去了人的权利和属性。从文本中对各种受到厌弃的身体、失去平衡和秩序的身体、被鞭打的身体以及肮脏的身体等意象来看，道格拉斯呈现出奴隶制中黑人身体经历和情感经历的相关性。黑人奴隶们将身体作为一种象形文字来再现过去的经历和记忆，身体成为重要的记载物和记忆场域。正如道格拉斯所回忆的，在他逃跑后的公共演讲会上，废奴主义者多次要求他展现自己被鞭打的后背，因为身体上书写着"事实"。甚至废奴主义者也只是认为，逃奴的身份是一件身体性相关的物件，黑人身体的符号性，它的所指和能指，喻指和比喻，都是通过黑白之间的二元对立来构成的。

如同贝克（Houston Baker）在他的文章"场景……没有听见"（Scene...Not Heard）中提到的，有色人种的公共证言创造了身体和声音之间的严格界限。历史上，黑人进入公共场域没有发声，而是展示身体。贝克描绘了在种族主义暴力的见证中,无声的身体的作用:"作为奴隶——即使当他或她是南方暴力中的'逃亡者'——也被期待保持沉默。在北方的废奴主义者集会中,逃奴成为'黑奴展览'。她默默地扭过来背对观众,以便展示被南方监工的鞭子鞭打的烙印。"①公众从被展示的身体上阅读,惊奇或同情,而不用听取他或她的声音。黑奴的身体从南方到北方,从私密到公共,都成为黑白对立中他者性所在。

斯卡瑞(Elaine Scarry)说道:"只有当身体舒适的时候,当它停止作为观念和关心的客体的时候,意识就能发展出其他的客体。"斯卡瑞认为这些其他"客体"是语言。他指出,痛苦摧毁了受害者的声音,他或她用文字来表达的能力,同样也摧毁了"意识内容"(the contents of the consciousness),或受害者自我的意识。② 加诸黑奴受害者身上的极度的身体痛苦,对其身份建构具有毁灭性的影响。因此,奴隶叙事是一种尝试去说话,去重建自我的努力。

第三节 沉默和声音:颠覆的价值观和叙述交流

《道格拉斯自述》见证了道格拉斯从一个在法律许可的暴力下被动的、无声的、惊吓的证人成长为一个以暴制暴的反抗者。作为目击沉默的补偿,叙述者的声音建构了作者的权威性,其中既有对过去的描述(description),对场景(scene)的再现,对过去经历的总结(summary),也有叙述声音介入:讽刺或评论,争辩奴隶的权力和法律的公正,显示出叙述者的不同经历和阶段之间的看法,由此突出了叙述者的成长,讲述了这位年轻奴隶不断成熟的公民意识和自我意识。叙述者构建的多重声音,最终统一为隐含作者的证言,书写主体"我"逐渐凸显,越过了被书写的主体"我",建构了其作者证言权威(testimonial authority),最终获得了个人的独立声音。

一、颠覆的价值观和沉默的黑奴

在《道格拉斯自述》一开始,叙述者以第一人称叙述形成描述了他的出生地:"我不知道自己精确的年龄,因为我没有见到过任何可靠的记载。绝大多数

---

① Houston Baker. "Scene...Not Heard." *Reading Rodney King: Reading Urban Uprising*. Ed. Robert Gooding-Williams. New York: Routledge, 1997, pp. 38-50.

② Elaine Scarry. *The Body in Pain*. New York: Oxford University Press, 1985, p.4, p.6, p.11.

的奴隶就像马儿一样,根本不知道自己的年龄,据我所知,大多数主人都是故意让奴隶这样无知的。"①在这一段中,叙述者所描述的不是西方传统中线性发展的时间,而是环形的时间:"我不记得遇到过一个奴隶,能说得出自己的生辰时日。他们顶多只能说是在播种的时节、收获的时节、樱桃花开放的时节,是在春天,或是秋天。"②环形时间对应于自然界的四季交替,不同于人类历史发展的线性时间。换句话说,奴隶的时间被剥夺了。盖茨指出:"这种剥夺创造了奴隶关于自我和他者,黑人和白人的想象中的鸿沟,更为严重的是,它创造了一种奴隶和动物之间的相似性联系。这种剥夺并非偶然的,而是系统性的,'大多数奴隶主都希望他的奴隶无知'。"③叙述者在第一段里对时间的质疑,成为整本自传中二元对立的价值观和意识形态基础,其中,奴隶不仅被剥夺了认知能力,而且被剥夺了话语权力。作为和自然、动物、野蛮、愚蠢等价值观相联系的奴隶们,开口说话意味着危险、反抗和威胁。

《道格拉斯自述》里,前十章里叙述者没有使用直接引语。即便在对话之中,也只有对奴隶主话语的直接引用,奴隶作为客体,话轮之中属于沉默的无声的一方。唯一的话语轮出现在第三章,里面描述了劳埃上校和奴隶的对话。劳埃上校拥有一千个奴隶,"他看见他们时都认不出来,而外面农场的奴隶也并不都认得他"。因此他遇到一个黑人,有了下面这段对话:

"'喂,小子,你是谁家的奴隶啊?''是劳埃上校的,'那个奴隶回答道。'噢,上校待你好不好啊?''不好呢,老爷,'回答很现成。'什么,他让你活儿干得太多了,是吗?''是的,老爷。''那么,他也没让你吃饱吗?''不价,老爷,吃的上头倒是够的,咱是有啥说啥。'"④

这一段奴隶主和奴隶之间的对话,罕见地用了直接引语。尽管被引号所包裹的奴隶的声音显得幼稚憨厚,但却是自传前部唯一出现的真实的声音。但叙述者很快就透露,由于这个奴隶"挑主人的错儿,[他]如今已经[被]卖给了佐治亚州的一个奴隶贩子了",叙述者告诉我们,"这就是在回答几个普通的问题时说了

---

① 道格拉斯:《道格拉斯自述》,第8页。
② 同上条文献,第2页。
③ Henry Louis Gates, Jr. "Binary Oppositions In Chapter One of Narrative of the *Life of Frederick Douglass an American Slave Written by Himself.*" *Critical Essays on Frederick Douglass*. Ed. William L. Andrews. Boston: G.K. Hall and Co., 1991, p.87.
④ 道格拉斯:《道格拉斯自述》,第24页。

真话，说了大实话的结果"。① 这段经历告诉我们，对于奴隶来说，说话是危险的，说实话尤其危险。这个假设就构成了叙述的一个有趣的张力：叙述者的话语对奴隶制构成了怎样的威胁？真实受到打击，在奴隶主鼓励说谎的伦理体系中，奴隶们的道德如何得到保证？

隐含作者的这番教训，秘密颠覆了故事开始时叙述者所设置的二元对立价值观。在奴隶制体制下，奴隶主和奴隶之间的二元对立是隐喻式的，如盖茨指出的"奴隶拥有晚上，主人拥有白天。这种类比——关于这个世界的象征符号——扩大到动物、母亲、奴隶、晚上、土地、母系继承、自然；对立与人类的关系，父亲、主人、白天、天堂、父系继承和文化。简短而言，道格拉斯将绝对的和永恒的对应于现世的和有限的。这个二元对立的单子，还可以扩大到精神和无知、贵族和底层、文明和野蛮、贫瘠和肥沃、活力和懒惰、蛮力和规则、事实和想象、线性和环形、思考和感官、理性和非理性、骑士的和懦夫的、高贵的和粗鲁的、纯洁的和被诅咒的、人类的和动物的。"② 叙述者的插入语则分析了这种二元对立的来源，指出奴隶主对奴隶人身权利的剥夺如何影响了奴隶的表述，奴隶主如何教导奴隶说谎；而作为故事外的读者，在外故事层则和成熟的叙述者分享了这个二元价值体系的颠覆。我们可以看出，在《道格拉斯自述》中，关于叙述者、人物、受述者和读者之间，建构了双层的修辞交流层面，如图4.1和图4.2所示：

作者—隐含作者—叙述者（奴隶主）—人物（奴隶）—受述者（奴隶）—
　　读者（不了解奴隶制黑幕的读者）

图4.1　蓄奴制叙事叙述交流

作者—隐含作者—叙述者（成熟的、成年的、自由的道格拉斯）—人物（无知的、年少的、被奴役的贝利）—受述者（奴隶主）—读者（有同情心的基督徒）

图4.2　奴隶叙事叙述交流

从图4.1和图4.2中可见，两层叙述交流层面是相反的。如果把赫斯特阿姨被鞭打的回述和奴隶主和奴隶的对话作为平行层面的两个故事，那么，叙述者的讲述经历了从亲身经历到转述的过程，第一个故事中叙述者是一个沉默的目击证人；第二个故事解释了奴隶保持缄默的原因。两个故事构成年少的道格拉斯所受到的关于奴隶制的话语教育。"我"的故事和"他"的故事成为内部层面奴隶

---

① 道格拉斯：《道格拉斯自述》，第24页。
② Henry Louis Gates, Jr. "Binary Oppositions in Chapter One of *Narrative of the Life of Frederick Douglass an American Slave Written by Himself.*" p.88.

们分享和共知的故事；而叙述者的评述则成为叙述层面外的总结："由于发生了这一类的事情（至少这是原因之一），奴隶们在[被]问到他们的情况以及主人的脾气时，他们几乎总是众口一词地说他们很满足，他们的主人很仁慈。"[①] 叙述者这里的插入语，使用了一般现在时，和转述故事使用的过去时态相区分，表现出道格拉斯作为隐含的作者其叙述所建构和交流的修辞伦理：即奴隶对奴隶主品行的证言需要反过来听，虚假的却是真实的，仁慈的却是残暴的，奴隶们的满足实际上是抱怨的代名词，奴隶们的众口一词必须反过来理解才是真实。因此，当奴隶主讨论奴隶制的优点或奴隶制如何保护奴隶，或者当奴隶们提到主人的仁慈的时候，读者就会理解到叙述者所透露的奴隶们话语的秘密，会心地明白这番话中真实和虚假的互换。叙述者通过颠覆奴隶制的二元对立价值体系建构了自己和读者之间的交流，传递了奴隶们真实的感受和奴隶生活真实的信息。

二、读写能力和叙述交流

作为一名奴隶，道格拉斯的叙述策略并非故作姿态，有意歪曲。对于19世纪的美国人来说，人类历史上奴役与被奴役是一个存在了数千年的事实。大部分美国人认为，奴隶制只能算一种必要的罪恶，立即结束奴隶制却是一种疯狂的行为。当时的波士顿市长哈里森·奥迪斯（Harrison G. Otis）和后来的总统亚伯拉罕·林肯（Abraham Lincoln）都公开表示过，消除奴隶制需要上帝的力量。南方奴隶主则从《圣经》、亚里士多德、圣奥古斯丁、密西西比州的神学家詹姆斯·史密列（James Smylie）等的著作中，引经据典宣称奴隶制不仅有利于社会和奴隶主，也有利于奴隶自身。奴隶主们认为，奴隶制使奴隶们受益，因为它能把奴隶们从非洲带出来，使他们接受基督教的教化，使他们变得"文明"。而且，奴隶主们还为他们提供了衣物、食品、住宿和保护，奴隶的生活得到了保障。奴隶主们认为，黑人就像心智不全的孩子，或发育良好的动物，天生智力不如白人，也缺乏自我管理的能力。如果他们学会读书写字，那就既毁坏了黑人优质纯朴的天性，也对白人种族和奴隶主阶层造成了威胁。《道格拉斯自述》很形象地说明了读写能力分别作用于奴隶主和奴隶身上的意义。道格拉斯来到巴尔的摩之后，好心的女主人开始尝试教他学习字母并练习写字，这一举动很快被男主人发现了，道格拉斯记录了以下这段对话：

[①] 道格拉斯：《道格拉斯自述》，第24页。

"奥德先生发现我们在干什么,他立即不让奥德太太继续教我,除了举出一般性的原因之外,还特地说,教会一个奴隶识字是不合法的,同时又是不安全的。用他的原话来说,那就是:'要是你给一个黑鬼一寸,他就要一尺。黑鬼除了懂得服从主人,照主人吩咐的去做之外,别的是不必知道的。学习只会*惯坏世界上最好的黑鬼。*'他还说:'要是你教会了那个黑鬼(指我)识字,你就再也养不住他了。他一旦有了文化,就再也不适合当奴隶了。他会马上变得不服管教,对主人来说那就一点用也没有了。对他自己来说,有文化也毫无益处,反而带来许多祸害。他会变得不满足与不快活。'"① (斜体为原文)

在这一段中,叙述者保持了沉默的目击者的姿态,直接引语表明叙述者听到并完整转述了奴隶主奥德先生的原话。奥德先生的声音是被引号所保存的,具有音响效果,这也说明了在当时社会中占主流地位的声音;而受述者"我"却是沉默的,这种沉默其实也是一种声音的类型。在这段转述中,奥德先生讲述了读写能力和管理黑奴,以及黑奴自身幸福的关系,奥德先生是叙述者,奥德太太为受述者,年少的道格拉斯为隐形的沉默的在场的受述者,而成熟的道格拉斯为奥德故事的外叙述者。这种叙述层次和交流具有什么样的叙事意义呢?这种叙述交流可以用图4.3来表示:

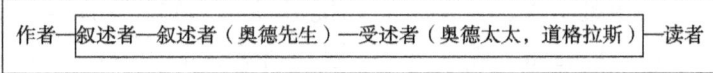

图 4.3　奥德先生叙述交流图

值得注意的是,图 4.3 的框架标明叙述行为,处于第一层框架话语层的叙述者是成熟的、已经获得读写能力的道格拉斯,他回顾往事,讲述了幼年时的故事。处于第二层故事框架中的叙述者为奴隶主奥德先生,他对奥德太太讲述了一个一旦奴隶获得读写能力而可能发生的故事;奥德太太是沉默的在场的受述者;年幼的道格拉斯为沉默的目击者和隐形在场的受述者;奥德先生的叙述作用在两个受述者身上起到了不同的作用。对于奥德太太而言,这是关于奴隶主怎么调教和管理奴隶的课程,因而在这之后,"她开始按照她丈夫的训诫行事了。最后在反对让我念书识字上她竟变得比她的丈夫还要激烈……不止一次她满面怒容朝我冲来,一下夺走我手中的报纸"②。这番讲述让沉默的目击者道格拉斯明白了奴

---

① 道格拉斯:《道格拉斯自述》,第37页。
② 同上条文献,第41页。

隶主奴役黑人的秘密所在。"这对我来说是一种新的、特殊的启发,解释清了许多晦暗、神秘的事物……我现在弄清了过去对我来说曾是一个最不可解的难题——那就是,白人奴役黑人的能力究竟何在……从那时起,我懂得了从奴役通向自由的途径何在。"①目击和真相相关,作为另一个隐形受述者,这番叙述对于道格拉斯的作用是颠覆性和革命性的。年幼的道格拉斯已经知晓了对于奴隶主的教训要反过来聆听,而且明白了反抗这种奴隶制逻辑的秘密。接下来的叙述者评述很清楚地表明了这种反转:"他最害怕的,正是我最希望的。他最喜欢的,也正是我最憎恨的。对他来说是罪大恶极、避之唯恐不及的事,对我来说自然就是趋之若鹜的大好事了。"②叙述者连续用了几组对应的矛盾修饰修辞来加强反转的效果:dreaded/desired、loved/hated、a great evil/a great good、carefully shunned/diligently sought,最后讽刺地说,他的读写能力的获得,一方面归功于好心的女主人,另一方面还得益于男主人激烈的反对。这幕颠覆性的一课,对于道格拉斯的成长具有决定性的意义,反讽的形式重新解释了奥德先生对奴隶学习不合法不安全的看法,对于道格拉斯等奴隶而言——读写能力就是力量(literacy is power)。更应该看到的是,道格拉斯对于过去事件的再现,与其说是通过感受来体验的,不如说他看重的是对事件的解释,其中可以看到不同的种族和不同的集体,对于同一历史事件(从小黑奴的学习到整个黑人种族的读写能力)的不同解释和不同标准。

三、沉默和声音:"我"的叙事

道格拉斯通过奴隶主这种特殊的叙述修辞训练,习得了颠覆奴隶主逻辑的话语能力。从自传叙述来看,尽管在奥德故事中,叙述者的叙事行为是间接的,但并非出让了叙述声音。在这段对话中,虽然人物奥德先生的声音是显明和在场的,但却包含在叙述者的声音里面。叙述者之后的评价既包含对年幼的道格拉斯学习精神的富有同情心的肯定,也有对奥德先生的讥讽,从而进一步拉开了读者和奥德先生的距离。这些评论被表述为或被接受为权威的声音,同时也树立了叙述声音附着的故事人物的权威,建立了作者型叙述声音和故事人物之间的共谋关系。

费伦指出:"声音既是一种社会现象,也是一种个体现象。"换句话说,话

---

① 道格拉斯:《道格拉斯自述》,第37-38页。
② 同上条文献,第38页。

语即声音。"声音是文体、语气和价值观的融合。"①不同的声音对应着各自的社会价值。在《道格拉斯自述》中,作者提到了对他启发最大的一本书,即他12岁时看到的《哥伦比亚演说家》,其中关于奴隶主和奴隶的对话,启发了道格拉斯深层的思考。一名奴隶主重新抓住了曾两次企图逃跑的奴隶。奴隶主认为自己的行为符合人道主义,想知道奴隶试图逃跑的原因,而奴隶辜负了奴隶主对他的同情;奴隶主要求奴隶道歉,但奴隶只说:"我认命。我是奴隶。"这一回答引发了奴隶主和奴隶之间关于奴隶制是否道德的辩论:

"奴隶主:一个人应该臣服于另一个人,这符合上帝的法则。由来如此,永远如此。

奴隶:用手枪抵住你胸口的强盗用的完全是同样的托词。上帝给了他凌驾于你的生命和财产之上的力量,上帝给了我的敌人控制我自由的力量,但上帝也给了我两条可以逃跑的腿。

奴隶主:可我的本意是不仅让你现在的生活说得过去,晚年还给你养老。

奴隶:像我这样的生活……还值得考虑什么晚年?不!它越早结束,我就越早可以获得解脱,我的灵魂早在渴望着这一时刻的到来。"②

奴隶主的逻辑是奴隶主和奴隶之间的关系是驾驭和服从;而奴隶反驳道,所谓的上帝法则只是强盗的逻辑,只赋予了奴隶主强盗的力量,用来掠夺奴隶的财产、控制奴隶的自由、凌驾于奴隶的生命之上。这段对话对道格拉斯产生了很大的影响:"它们赋予我自己心灵中有趣的思想以语言的外形,这些思想经常在我心中涌现,由于没能表达出来而自行消亡。"这些回顾性的叙述说明了思想和语言的关系,而学会了用语言来表达思想的道格拉斯,接下来有一段著名的自我独白,打破了之前人物的静默,其音响效果和叙事效果一样,成为奴隶叙事中一篇著名的动人的公开演讲。道格拉斯在科威监工的残酷折磨下,星期天来到切萨皮克海湾,看着驶向茫茫大海的帆船,直接呼吁:

---

① 詹姆斯·费伦:《作为修辞的叙事:技巧、读者、伦理、意识形态》,陈永国译,北京:北京大学出版社,2002年,第19-20页。

② Caleb Bingham. *The Columbian Orator*. Ed. David W. Blight, 1797; reprint, New York: New York University Press, 1997, pp. 209-211. 《哥伦比亚演说家》是马萨诸塞州教育家凯列伯·宾海姆(Caleb Bingham)为青少年编著的一本流行读物和演讲手稿,是当时美国最受欢迎的图书之一。从1797年到1860年,这本书印刷多达23次,是许多美国家庭中和《圣经》、单词拼写本、日历书等同样重要的必备书目之一。由于这本书提倡人生而平等,人人都享有不可剥夺的生命权、自由权和幸福权,在奴隶制危机达到高峰的18世纪50年代,这本书被南方列入废奴主义图书的黑名单,成为南方学校和家庭的禁书。

第四章 奴隶叙事中的身体书写和声音力量

"你们从系泊的处所释出,你们是自由的;可我却被锁链捆住,是一个奴隶!你们在煦风中何等逍遥自在,我呢!却在血腥的皮鞭下饮泣吞声!你们是自由的翅翼迅疾的使者,飞遍了全世界;我却为铁的镣铐所囚禁!哦,我多么愿意得到自由!哦,我多么想到你华丽的甲板上,受到你羽翼的庇护!可是,唉!在你我之间,翻腾着滚滚的浊流。你前进吧,你前进吧。哦,但愿我也能随你一起前进!但愿我能游泳!但愿我能飞翔!啊,我生下来是一个人,为什么又变成了一头牲口!……哦,上帝,拯救我!上帝,带走我!让我自由!……想想吧!只要笔直往北走一百英里,我就自由了!"[1]

在看到船并发出我要逃跑的宣言时,这段著名的内心独白高度显示了道格拉斯"我"的叙事力量。它指涉着圣经,是约伯式的感叹,祈求恩赐的祈祷,求得黑奴"更好的日子即将来临"(Better Days Are Coming)的呼吁,其中叙述者"成为他的文本世界中神一样的权威,并试着在他文本之外的世界中去扩大他的权威",通过拒绝奴隶制下通常对话的条约,这段告白显示了语言如何导向为了自由而死的意愿。[2] 这是奴隶叙事中少见的凸显叙述者"我"的叙事。道格拉斯在这篇宣言式的告白中,运用了十六个感叹号,相比之前故事人物的沉默,这一大段"我"的自我独白却如同绝望中的呼吁,感情充沛且声音洪亮。表面上来看,受述者是海湾里自由翱翔的帆船,而实际上,"我"却是对读者直接发言,叙述者在这里使用了大段直接引语,并全部使用了现在时,这种叙述策略让人感觉"我"正在面对读者演讲,听起来更加具有现场感,仿佛饱受折磨的奴隶站在读者面前在呼吁解放和自由,带着震耳发聩的力量。

紧接在这段独白之后,道格拉斯的叙事中出现了一个转折点。叙述者这样引入:"你们已经看到一个人怎样变成奴隶;你们将看到一个奴隶怎么变成了人。"(You have seen how a man was made a slave; you shall see how a slave was made a man.)这句话从文体来看很有意思。句子前半句是现在完成时,总结了自传叙述前半部分的经历,而后半句是将来时,预示了今后的变化。句子非常对称工整,中间的分号,成为句子的隔断,但同时也指涉了道格拉斯人生经历的分水岭。继上一段的自我独白之后,叙述者的这个宣言似乎标示着奴隶道格拉斯得到了象征性的解放。通过和监工科威的打斗,他获得了对自己身体的自治,监工科

---

[1] 道格拉斯:《道格拉斯自述》,第65-66页。

[2] David W. Blight. "Introduction." *Narrative of the Life of Frederick Douglass, an American Slave, Written by Himself*. Goston: Bedford/St. Martins, 2003, p.6.

威从此再也没有鞭打他,通过英勇的战斗,道格拉斯从一个奴隶变为一个有尊严的男子汉,他懂得了反抗。叙述者声称:"这次打架在我奴隶生活中是个转折点。它使我即将死灭的自由的余烬复燃,使我身上男子汉的尊严感苏醒……这是一次光荣的复活,我从奴役的坟墓一直升入自由的天堂……怯懦离开了我,取代它的是大胆的反抗。"① 当然,在这之后,道格拉斯还用了四年的时间才获得了自由,但不妨碍我们把这个转折点作为奴隶通往自由的许多步中的一步。和读写能力一样,奴隶在身体上对自己身体的自治,也是解放的重要一步。

不过,除了这场和监工科威之间的打斗外,自传中还描绘了一场暴力,弗雷德里克在船厂做学徒,受到四个白人学徒的攻击。虽然他一一还手,但还是被打得很厉害,左眼球差点爆裂。他将自己的经历告诉主人休少爷后,主人马上带着他去见一位律师,准备起诉他的攻击者们。但却发现作为黑人,在法庭上既没有权力起诉也没有权力作证针对白人,用律师的话来说:"除非是有某个白人愿意挺身出来作证。"律师还告诉他:"如果我在一千个黑人面前被人杀死,他们的证词加在一起也不足以使谋杀者中的一个受到逮捕。"② 如同和科威的打斗一样,船厂的打架和自传中其他血腥的场面不同,故事人物弗雷德里克不再是一个暴力的见证者(看到在被奴役的黑人身体上发生的暴力),而是直接成为暴力的对象目标。这场打斗通常被评论家忽略,但却延续了黑人奴隶在南方被迫缄默的论证。对于道格拉斯而言,这是一场见证的危机(a crisis of witnessing)。即使黑人有独立的意识和反抗精神,法律仍然限制黑人说话的权利,因此南方黑人被迫成为沉默的受害者。道格拉斯的眼睛被打伤,除了身体伤害和再次重复了受伤的身体意象之外,还喻示着目击证言的无效。这加强了他逃亡北方的决心,因为只有在那里摆脱了奴隶制后,逃亡奴隶才可以用反抗性的证言取代受害者的沉默不语。

第四节 本章小结

《道格拉斯自述》清晰地再现了奴隶制通过主人和监工制订的严格的惩罚和规训制度,塑造黑奴身体的认知、感受和行动,使其行为更具有规范性,用以提高生产力。黑奴在奴隶制的操控下,身体变得服从、驯顺和配合、身体被器具

---

① 道格拉斯:《道格拉斯自述》,第73页。
② 同上条文献,第95页。

化、同质化、符号化、被逐渐改造成具备生产价值的、高服从性的移动的生产工具。在这个过程中，沉默意味着顺从，声音意味着反抗。《道格拉斯自述》显示了从沉默的见证人和受述者，到为自由而呼喊的思想者，叙述者经历了从无知到拥有读写能力，从被压迫到主动反抗的历程。在这段成长过程中，声音的力量是巨大的。借助了语言的修辞的帮助，叙述者能够用语言来表达思想，同时也学会了如何争辩如何分析。就整段叙述来看，前面九章的奴隶叙述者使用间接引语，第十章第一次出现了奴隶人物的直接引语，直接引语掷地有声，具有唤醒沉默中的奴隶们的作用。

在自传结尾处，道格拉斯站起来在楠塔基特的一次废奴大会上发言，虽然他承认"在白人面前讲话给我的精神压力很大。不过才讲了几分钟，我就觉得轻松多了，我想说什么，都能自由自在地表达出来"。在自传最后，叙述者成为一名出色的演讲家，证明了逃亡奴隶完成了从奴隶到自由人的转变：不再被迫对南方的奴隶制暴力保持沉默，他现在可以在北方自由地说话，发出自己的声音。

有趣的是，道格拉斯在这一完成转变的时刻，撤离了叙述者见证的作用。他没有提供一份楠塔基特演讲的记录，而是简单地总结道："从那时起到现在，我一直致力于为黑人兄弟呼吁。"①这意味着，道格拉斯将自己作为奴隶受害者和奴隶制见证者的身份牢牢地留在了南方，甚至拒绝了废奴主义者要他保持一个展现受害经历而施加的压力。②第一次演讲之后，道格拉斯认识到："对那些知道我的人我几乎用不着说，写给公众看绝没有讲给公众听来得容易。"③最终，道格拉斯不再是白人废奴主义者眼中可以用动人的证言"为奴隶呼吁的具有权威性的奴隶（the powerful slave）"，而是黑人自己的职业辩护人。

李维斯曾这样定义美国观念中的英雄，他"从历史中得到解放，……不为通

---

① 南方亲蓄奴制将大量的书籍、图片、宣传册投放市场，将奴隶生活描绘得幸福而满足，他们指责废奴主义者不曾见识过奴隶制，认为只有南方人对奴隶制度才有发言权。南方白人声称北方的劳动工人所受的压迫和生活的窘迫远远超过奴隶，他们声称自己是黑人最好的朋友，奴隶主是最具有仁爱之心的父亲。为了回应南方的言论和批评，北方的改革派和废奴主义者需要一名奴隶来现身说法，讲一讲奴隶制到底是怎么回事。但这个前奴隶演讲者却需要有勇气承担因暴露而被奴隶主再次抓回去的风险，同时还要具备协会对演讲者的严格要求，废奴主义者希望演讲的人具备"将死人都能激活的感召力，同时具备坚忍不拔的精神"，能经得住频繁的奔波和来自亲蓄奴制的不断攻击。道格拉斯因为其出色的演讲才能和坚定的信念，成为美国反奴隶制协会第一名担任全职演讲的前奴隶。协会邀请他担任演讲员，和他签订了一份 3 个月续签一次、年薪 450 美元的合同。

② 废奴主义者柯林斯常常提醒道格拉斯："只给我们讲讲事实就行，哲学什么的由我们来说。"甚至他只需要脱掉上衣，展示被奴隶主鞭打的伤痕就可以。"我在成长，我需要空间，"道格拉斯写道，可是有些白人就是要限制他，希望他永远保持类似奴隶的角色。约翰·史托弗：《巨人传：弗雷德里克·道格拉斯与亚伯拉罕·林肯评传》，第 102 页。

③ 同上条文献，第 96 页。

常的家庭或种族继承所动或限定；他就是一个独立的人、依靠自我、自我推动，在他自己独特的和内在源泉的帮助中准备去面对不管什么样等着他的命运"[1]。在这个意义上，道格拉斯和林肯总统一样，是自由的斗士：他们在解释自身命运的时候，都喜欢引用莎士比亚《哈姆雷特》中的同一句台词："无论我们怎样辛苦图谋，/有一种神力决定着我们的结果。"道格拉斯的一生追求黑人不可剥夺的人身权利，并且不断重塑自我，从一名奴隶制的沉默的见证者变成了一个为了奴隶自由和解放而奋斗的呼吁者，以自己的"我"的声音，为自由事业而奋斗。从前奴隶到追求自由的斗士，他最终成为美国一名伟大的演说家，也成为美国精神的典范人物之一。

---

[1] R.W.B. Lewis. *The American Adam: Innocence, Tragedy, and Tradition in the Nineteenth Century*. Chicago: University of Chicago Press, 1955, p. 5.

第五章

奴隶叙事中的社会合力和自我塑造

当我们面对过去时，历史和记忆常常交织出现，叙事实践怎样再现过去——某些故事是怎样在个人生活世界中产生意义？个人怎样把某个已知的故事挪用作为他自己的故事？奴隶叙事在社会合力和自我书写之间，如何塑造黑奴的形象？在19世纪美国废奴主义运动中，道格拉斯是著名的废奴主义斗士，而几乎同样出名的则是《汤姆叔叔的小屋》中著名的黑奴汤姆叔叔的形象，甚至汤姆的形象更为美国主流社会所接受，符合黑人忠仆的原型。与此对应，奴隶叙事《亨森自传》也创造了一位黑人形象，并广为人知，被喻为真实的汤姆叔叔传记。温克思（Robin W. Winks）指出："那些美国南北战争前从美国逃到英国殖民的北美洲其他国家的逃奴叙事中，没有一本书像乔西亚·亨森叙事那样如此广泛地被阅读，如此频繁地被修改，如此具有影响力。因为亨森逐渐被等同于19世纪美国文学中最为知名的人物，即哈瑞特·斯托夫人最著名的小说中令人尊重的和自我牺牲的汤姆叔叔。从那时起到现在，对于大众而言，无可置疑，亨森就是汤姆——斯托夫人在情节和性格塑造上借用了大量因素的人物。"[①] 值得注意的是，汤姆叔叔获得知名度在前，亨森在后，也就是说，亨森借用了汤姆叔叔的故事和话语常规，逐渐自我塑造成真实生活中的汤姆叔叔形象，其中社会合力塑造的力量也不容忽视。

[①] Robin W. Winks. "The Making of a Fugitive-Slave Narrative: Josiah Henscn and Uncle Tom—A Case Study." *The Slave's Narrative*. Ed. Charles T. Davis and Henry Louis Gates, Jr. Oxford: Oxford University Press, 1985, p.114.

第一节 《亨森自传》版本研究和编辑所起的作用

一、《亨森自传》及文献综述

亨森，出生于美国马里兰州的黑奴。小时候曾目睹奴隶制的残暴，亲眼见到他的父亲为了保护母亲免受监工的侵害，受到奴隶主100下鞭打，被割掉一只耳朵，卖到了另一个奴隶主那里。亨森后来再也没见过他的父亲。亨森自己也被转卖过几次，直到被艾萨克·赖利（Isaac Riley）买下，由于他为人诚实，聪明能干，又是虔诚的基督徒，很快成为赖利得力的监工。1825年，在奴隶主赖利被起诉而濒临破产的时候，他答应主人的请求，带着一群奴隶投奔1000多英里以外的主人的弟弟。从马里兰州到肯塔基州，尽管中途有机会逃跑，亨森和其他奴隶们仍然遵守承诺到达了赖利兄弟的农场。亨森成为新主人的奴隶后，仍然以忠诚和虔诚的品德著称。他曾伴随主人的侄子沿着密西西比河运送货物，明知主人的侄子会把他卖掉，却毫无怨言；他在主人的侄子患了水热病的情况下，仍然忠心耿耿服侍他回航。亨森的种种行为，都符合黑奴忠仆的形象。1829年，赖利同意以450美元的价格出售亨森的自由，亨森本已通过布道筹集到这笔款项，可是赖利不知何故提高了价格；亨森后来得知主人其实有卖掉他的打算，为了家人不分离，亨森携带妻子和儿女逃离肯塔基州，一路辗转于1830年10月来到加拿大。获得自由以后，他从给人做佣工开始，慢慢地取得了废奴组织的信任，借助于白人赞助的资金，在加拿大黎明镇建立了一个黑人社区，并在一所劳工学校旁边开了一家木材厂和一个谷物加工厂，后因自己经营不善，企业破产。亨森的社会形象在加拿大非常良好，成为逃亡奴隶中的知名人物。亨森还经常回到美国，据说他曾借助"地下铁路"救助了200个黑人奴隶逃离美国，还曾为美国南北战争征召黑人士兵入伍，他的大儿子也参加了南北战争。另外，亨森一生曾三次去英国，发表布道演讲。他参加了伦敦举办的世界博览会，1851年还成为英国维多利亚女王的私人客人，参见过英国主教等诸多名人。直至1983年，亨森还成为加拿大邮票上的封面人物，这是黑人第一次在加拿大成为邮票封面。

学界对《亨森自传》一直抱有浓厚的兴趣，其中有学者专门分析《亨森自传》作为奴隶叙事的真实性问题，例如玛丽·爱伦·道尔（Mary Ellen Doyle）主要对亨森在1849年与1858年的两部叙事中的文学特点进行了比较分析，认为亨森1858年自传相比于1849年自传来说，形成了一个更为稳定的主题，也为以后的黑人小说叙事做了铺垫①。H. A. 坦泽尔（H. A. Tanser）从历史角度，结合美国和加拿大之间的"地下铁路"的历史史实，分析了亨森本人的逃亡，以及亨森作为黑人的"摩西"，带领黑人逃离奴隶制的英雄式行为。② 安德鲁斯研究了亨森 1849 年叙事中的"表演"（performance）方面，认为亨森在叙事中首先演示了黑人可能给白人带来的野蛮性恐惧，然后迎合了白人对黑人这一臆想，有效地利用了他和白人读者之间的契约（contract）。③迪克森·布鲁斯（Dickson D. Bruce, Jr.）考察了以往的历史学家（如美国的菲利普斯）对《亨森自传》的分析，认为在奴隶叙事的真实性方面，《亨森自传》有不实之处，有待历史的进一步验证。不过，《亨森自传》之所以广为流传，原因在于亨森被认为是 19 世纪美国文学斯托夫人著名的小说《汤姆叔叔的小屋》里，富有自我牺牲精神和虔诚善良的汤姆叔叔的原型。④对于当时的读者而言，亨森就是活着的汤姆叔叔，或者说，《汤姆叔叔的小屋》是亨森的另一个版本的传记，斯托夫人正是借助于亨森这个人物原型，创造了其中的情节和人物。⑤

　　逃奴亨森是如何成为汤姆叔叔？在历史的进程中，亨森的自传如何采纳、吸取其他社会话语，将虚构的人物汤姆叔叔包装成真实的奴隶原型？如果历史必然伴随着解释，那么我们的阅读本身也将和 19 世纪特定的社会和文化语境联系在一起。正如格林布莱特所言："艺术的创造伴随着其他给定的文化制品、实践和话语。"⑥ 亨森的自传和《汤姆叔叔的小屋》之间的联系，或者说，伴随着后者的出版，前者的重写和修正，再次回到关于"真实性"与否的讨论。奴隶叙事是否可以算作真实的历史，或者说，奴隶叙事和虚构小说之间，哪一个更能反映历史的真实性？从《亨森自传》的几个版本的修正出发，可以看到社会事件的联系，显现出汤姆叔叔典型形象在社会宣传上的不断塑造。

---

① Mary Ellen Doyle. "Josiah Henson's Narrative: Before and After." *Negro American Literature Forum*, Vol. 8, No.1 (Spring, 1974): 176-182.

② H. A. Tanser and Josiah Henson. "The Moses of his People." *The Journal of Negro Education*, Vol. 12, No. 4 (1943): 630-632.

③ William L. Andrews. *To Tell A Free Story: The First Century of Afro-American Autobiography, 1760-1865.* Urbana: University of Illinois Press, 1988, pp. 118-123.

④《大英百科全书》，乔西亚·亨森词条，https://academic.eb.com/levels/collegiate/article/Josiah-Henson/608351.

⑤ Robin W. Winks. "The Making of a Fugitive-Slave Narrative: Josiah Henson and Uncle Tom—A Case Study." p.141.

⑥ 安德鲁·本尼特、尼古拉·罗伊尔：《关键词：文学、批评与理论导论》，汪正龙、李永新译，桂林：广西师范大学出版社，2007 年，第 111 页。

二、《亨森自传》的版本研究

　　《亨森自传》出版过多个版本。1849 年第一部自传《亨森自传》的正文只有 76 页，没有章节目录的编排。由于当时亨森不识字，自传基本是亨森口述，并由波士顿市的前任市长萨缪尔·艾略特（Samuel Eliot）[①]记录下草稿："一部分故事是讲述出来的，然后在写好以后又念给他（亨森）听，以便更正可能产生的事实上的失误。"[②] 艾略特在这一版的公告中说明道："事实、回忆和大部分语言是他的；小部分句子结构属于另一人的。"[③] 从这些话来看，可以发现《亨森自传》类似于其他奴隶叙事的创作，由前奴隶口述，回忆自己的出生、家庭、奴隶生活和逃亡、获得自由后的生活，并由白人编辑进行记录和整理。内容也是重复了其他奴隶叙事常规的情节和主题，通过再现奴隶生活的艰难和残酷，抨击奴隶制的残暴。1851 年，这本自传在英国伦敦查尔斯·吉尔平（Charles Gilpin）出版社发行，也称为 1851 年英国版。同年，《汤姆叔叔的小屋》开始在《国家时代》（The National Era）连载发表，两本书一前一后，前者虽然是奴隶自述，但从影响程度来看，远远不及后者拥有的读者人数多。

　　《汤姆叔叔的小屋》在获得巨大成功的同时，也受到了一些读者的质疑。1853 年，斯托夫人出版了《关于〈汤姆叔叔的小屋〉的答辩》，证明她的小说来源于真实的奴隶生活和真实事件，其中，她指出了奴隶叙事诸如亨利·比伯、威廉·维尔斯·布朗、诺瑟普、弗雷德里克·道格拉斯、乔西亚·亨森、路易斯·克拉克等自传中，和自己作品的一些相似事件。亨森和克拉克在斯托夫人发表这部书之后，都曾声称自己的经历是汤姆叔叔原型。但亨森之所以能够为世人公认为汤姆叔叔的真实形象，是因为《亨森自传》第一个版本之后，编辑和作者不断修改，贴近汤姆叔叔的故事的缘故。1858 年，亨森出版了第二版自传，书的名称改为《真相比小说更离奇，亨森老爹自己的生平故事，附有斯托夫人介绍》（*Truth Stranger than Fiction, Father Henson's Story of His Own Life, With an Introduction by Mrs. H. B. Stowe*）；并且邀请了斯托夫人为之作序，还加上了亨森的画像；内容新增加了 6 章，全书变成 23 章，正文增加到 212 页，每章的开头增加了本章内容的提示性关键

　　[①] Robin W. Winks 在 "The Making of a Fugitive-Slave Narrative: Josiah Henson and Uncle Tom—A Case Study" 一文的第 137 页注释部分介绍，是艾略特在听完亨森的演讲之后，主动提出将亨森经历写成自传。此文载于 *The Slave's Narrative*. Ed. Charles T. Davis and Henry Louis Gates, Jr. Oxford: Oxford University, 1985.

　　[②] Josiah Henson. *The Life of Josiah Henson, Formerly a Slave, Now an Inhabitant of Canada*. Boston: Arthur D. Phelps, 1949, p.iii.

　　[③] 同上条文献，第 vii 页。

词。新增加的内容包括亨森获得自由后开办木材厂，去波士顿和英国出售木材，在英国见到维多利亚女王及首相，接受了坎特伯雷大主教的采访等。新增内容显示，亨森在现实生活中以汤姆叔叔自居，并且得到了一些社会名流，诸如英国王室的认同。同时，相较于第一版本中对亨森生平中"事实"的强调，这一版本更加重视对亨森个人的塑造，包括他怎么样讲述他的故事，故事情节中的细节、人物和话语也更为丰满，亨森的形象更具有典型性和代表意义。

三、编辑的包装和修改

1877 年，伦敦白人图书编辑约翰·洛布（John Lobb，1840—1921）出版了《亨森自传》的新版本《"汤姆叔叔的生平故事"，乔西亚·亨森（斯托夫人的"汤姆叔叔"）自传：从 1789 年到 1876 年》。（"Uncle Tom's Story of His Life." An Autobiography of the Rev. Josiah Henson (Mrs. Harriet Beecher Stowe's "Uncle Tom") From 1789 to 1876）这一版首次在标题中并列出现了亨森和汤姆叔叔，并将《亨森自传》直指为汤姆叔叔的生平故事。这一版在保留 1858 年版斯托夫人的序言之外，增补了斯托夫人的画像以及另外两篇对亨森本人及其自传的介绍。在内容编排上，与1858 年版相比，这部自传扩展为 31 章，其中前 23 章的内容基本保持不变①，后面的 8 章是新加的内容，增加了附录和索引。附录中有一篇对斯托夫人的专门介绍，其中再次提到了亨森与汤姆叔叔二者的关联。自传的最后 4 页是广告页，也就是本书编辑为本书做的广告。

1881 年，英国编辑约翰·洛布再次对《亨森自传》进行了修改，出版了号称"最全面"的亨森自传版本，书名为《"汤姆叔叔的生平故事"，乔西亚·亨森（斯托夫人的"汤姆叔叔"）自传：从 1789 年到1881 年》。因为1881 版在英国伦敦和加拿大的安大略同时发行，这个版本又被称为安大略版。在 1877 年版本的基础上，这一版增加了英国维多利亚女王派人写的回信，信中表达了女王对汤姆叔叔和亨森本人故事的兴趣；另外，在推荐语之后增加了长达 7 页的编者语，即约翰·洛布对"汤姆叔叔"与乔西亚·亨森二者关系的解释。在内容章节上，自传增加到 33 章，前 31 章内容保持不变，增加的 2 章分别是亨森接受女王召见以及重访自己在美国马里兰州的老家的报道。

单单从《亨森自传》的描述，以及《汤姆叔叔的小屋》中汤姆的故事经历上

---

① 一些地方有微调，比如把一些骂人的脏话删去或换了说法。如在 1877 年版的第五章第 37 和 38 页，把 1858 年版的 "you d-d black scoundrel" 中的 d-d 删去了，把 "you black son of bitch" 改为 "adding oath after oath"。

比较，除了两人都是虔诚的基督徒之外，似乎很难将二者画上等号。汤姆叔叔和妻子克洛大婶一起服务于一个名叫谢尔比的白人奴隶主，是主人最忠实的奴仆。但是，因为谢尔比资不抵债，汤姆被卖给了奴隶贩子。在运送的客船上，汤姆救了一位白人小女孩伊娃，得到了伊娃和她的父亲奥古斯丁先生的喜爱，被这家人购买。奴隶主奥古斯丁先生虽然是一位有正义感的人，同情黑奴，但他没有付诸行动去给奴隶以自由。汤姆陪伴在伊娃身边，这位小天使临终之前，唯一的心愿就是救赎汤姆叔叔，给他自由。伊娃去世以后，奥古斯丁被女儿的虔诚感动，想要释放汤姆，但是不幸的是，还未诉诸行动，他就因为劝架而被人刺死。汤姆后来被奥古斯丁的妻子卖给了奴隶主拉格雷先生。拉格雷是个残暴的主人，汤姆叔叔遵从天主的公义，帮助拉格雷的两个女奴逃跑。拉格雷发现后拷打逼问汤姆叔叔，但他坚守秘密，最后被拉格雷活活打死。对比亨森本人的经历和汤姆的故事，可以看出，亨森和汤姆都是白人眼中忠仆的代表，是"模范奴隶"的化身，受到主人的信任和黑人奴隶们的爱戴，是黑奴中有领导力的人物。但是，在汤姆叔叔的众多原型之中，为什么只有亨森能够脱颖而出，成为汤姆叔叔的真实化身？亨森作为汤姆叔叔的形象如何广为流传，并让广大读者接受？亨森的塑形和《亨森自传》的众多代笔者、编辑所采用的叙述策略有关，正是社会合力和多方的共谋，实现了文本叙事效果的最大化。

第二节 《汤姆叔叔的小屋》和《亨森自传》：社会合力和类文本

一、《汤姆叔叔的小屋》和汤姆叔叔形象

《汤姆叔叔的小屋》的生产和发行，和美国社会发布的《逃奴法案》有密切关系。1850年，美国国会通过了《妥协法案》，其中的六条法规都致力于解决因奴隶制而产生的地方危机。其中，最令人震惊的部分是《逃奴法案》，该法案剥夺了嫌疑人接受陪审团审判，以及嫌疑人听证的权利，也不接受他们自己的证词。该法案还指定特派专员，授权他们"不延误不上诉"，一旦发现可疑逃奴，即可立即将嫌疑人收押为奴。逃奴专员们还可以因此得到一笔奖金（由原来的五美元提高到十美元）。同时该法案规定，北方各社区的居民有义务抓捕逃亡奴隶，如果北方居民不配合抓捕行动，可以处以一千美元的罚金。任何被发现向逃

犯提供帮助的人都将面临罚款或坐牢。《逃奴法案》引起了美国北方社会的震动,公众舆论认为它使北方自由的土壤变成了"南方绑架者的猎苑",造成了北方黑人为了逃避奴隶贩子的追捕,向加拿大大规模迁徙的行为。[①] 许多学者考证认为,正是这部法案激发斯托夫人写出了《汤姆叔叔的小屋》。在小说中,斯托夫人曾经借克劳大婶的话,这样谴责奴隶贩子:"不是他们把吃奶的娃娃从母亲怀里夺走,把他卖掉吗?小娃娃哭喊着,抓住妈妈的衣襟不放,不是这伙人贩子把他们强行拉走,卖掉吗?不是这伙人贩子把丈夫和妻子活活拆散吗?"[②] 奴隶贸易的猖獗让许多黑奴家庭离散、母子分离,正是因为担心孩子被卖,小说中女奴伊莉莎被逼逃亡,小说由此开始,细诉了伯德先生和伯德太太对逃奴伊莉莎和孩子的帮助,再现了《逃奴法案》对于救助逃亡奴隶的影响。与此同时,小说也描述了汤姆叔叔在面对主人的不公和出卖时,以德报怨、信守承诺的基督徒殉道者行为。他的善良、忠诚和无辜惨死的命运,让无数读者一洒同情之泪。

《汤姆叔叔的小屋》从1851年6月到1852年4月起以连载的形式在《国家时代》上连续发表,受到极大的欢迎。斯托夫人原来的标题是《汤姆叔叔的小屋:人是一个物件》,后来被重命名为《汤姆叔叔的小屋,或,底下人的生活》。肯尼恩·林恩(Kenneth S. Lynn)认为,斯托夫人采用了现实主义的文类体裁,小说中充满了"家庭的破碎,泪水涟涟的分别,各种各样的家庭烦心事。最后,让人饱含热泪的故事,以神圣的眼泪宣泄结束,孩子被迫和父母分离……漂亮的四分之一混血姑娘,在拍卖场被拍卖并堕落到一种现存的地狱生活中"[③]。斯托夫人的家庭叙事和感伤主义情调,极易打动19世纪具备维多利亚式家庭观的读者群体,也激发了信仰基督、怜悯同情黑人的共同情感。正如斯托夫人在序言中说道:"本书旨在激发人们对生活在我们之中的非洲裔人的同情;揭露他们在奴隶制度下遭遇到的种种不平和痛苦——在这一残暴不公的制度下,就连深切同情他们的人所能试图为他们做的善行也遭遇挫折和禁止。"[④] 斯托夫人的序言不仅对追求自由的黑人奴隶们不公正,而且剥夺了具有怜悯心和同情心的白人们施以善行的权利。作品充满正义的呼吁和动人的感伤力量,打动了无数读者,以至于汤姆叔叔系列在最后一版出来前十天,整个故事就编辑成两卷,以1美元的价格出售一空。1852年该系列出版成书后,更是受到极大欢迎,出版后一周

[①] 约翰·史托弗:《巨人传:弗雷德里克·道格拉斯与亚伯拉罕·林肯平传》,第175页。
[②] 斯托夫人:《汤姆叔叔的小屋》,李彭恩译,北京:北京燕山出版社,2010年,第49页。
[③] Carver Wendell Waters. *Voice in the Slave Narratives of Olaudah Equiano, Frederick Douglass, and Solomon Northup*. Lewiston: The Edwin Mellent Press, 2002, p.65.
[④] 斯托夫人:《汤姆叔叔的小屋》,第1页。

内就售出 1 万本，8 个星期内售出 5 万本，一年内就售出 30 万本。截至 1843 年，在英美两国已经总共售出 100 万本。据统计，光是伦敦和欧洲大陆，在一年内就有 20 种版本出版。这本小说是一种现象性的成功，其中心叙事戏剧化了奴隶制下的案例，并在北方各州点燃了废奴主义的情绪，其影响如此深远，以至于林肯总统在白宫接见斯托夫人的时候，称她为"写了一本触发这场伟大战争的小个子女人"①。《汤姆叔叔的小屋》取得巨大成功的同时，汤姆叔叔的形象成为读者心目中黑人奴隶的代名词，深受读者喜爱。

二、汤姆叔叔和亨森：类文本的塑造

汤姆叔叔和亨森之间，存在着一个塑造和主动塑造的过程。《汤姆叔叔的小屋》发行之后，白人编辑很快意识到其影响力可以扩大《亨森自传》的出版。据废奴运动赞助人回忆，在 1849 年，乔西亚·亨森几乎是不识字的②。他的第一部自传（1849 年）由萨缪尔·艾略特代笔；1858 年自传也是在艾略特版本的基础上，由另外三人代笔。根据温克斯的考证，这三名影子作者分别是自传的出版人约翰·P. 朱伊特（John P. Jewett），他于 1882 年左右承认自己写了大约四分之一的篇幅；第二位是吉尔伯特·黑文（Gilbert Haven），写了约四分之一的篇幅；第三位是马萨诸塞州斯普林菲尔德的一位牧师，写了二分之一的篇幅③。这些白人影子作家在对《亨森自传》的修改中，逐渐将汤姆叔叔和亨森并列，对亨森身上的忠诚、信仰、正直和善良等要素加以强调，也就是说，亨森的自传经过社会合力，在作品进入流通过程之后，出版机构将自传中的某些社会实践放大，借用汤姆叔叔形象在美国引起的关注和欢迎度，建立起亨森和汤姆叔叔之间的联系。

在《亨森自传》的类文本中，显示了文本生产中社会合力的多方参与，体现了《亨森自传》中真实与虚构、真实作者与隐含作者的互相关联。类文本概念首先由法国叙事学家热奈特 1982 年提出，"热奈特还对类文本进行了进一步的分类，包括两大次类型类文本，即：（1）边缘或书内类文本（peritext）；（2）后或外类文本（epitext）。前者包括诸如作者姓名、书名（标题）、次标题、出版信息（如出版社、版次、出版时间等）、前言、后记、致谢甚至扉页上的献词等；后者则包括外在于整书成品的、由作者与出版者为读者提供的关于该书的相

---

① Joan D. Hedrick. *Harriet Beecher Stowe: A Life*. New York: Oxford University Press, 1994, p. vii.
② Robin W. Winks. "The Making of a Fugitive-Slave Narrative: Josiah Henson and Uncle Tom—A Case Study." p.125.
③ 同上条文献，第 142 页。

第五章 奴隶叙事中的社会合力和自我塑造

关信息,如作者针对该书进行的访谈,或由作者本人提供的日记,等等"①。许德金在热奈特的基础上,对类文本概念进行了进一步澄清与区分,根据类文本在书本出现的位置不同,可以将它分为两大类。

A. 外类文本(off-text paratext),即在文本正文之外的类文本要素,又可依据其出现在文本正文的前后,再细分为:A1.前类文本(pre-text paratext,包括:前言、扉页上的献词或引用、目录、版权信息、致谢、插图、作者的署名、前封面上的相关内容等);A2.后类文本(after-text paratext,包括:附录、后记、索引、后封面上的相关内容等);B.内类文本(in-text paratext),即出现在文本正文之内,但却不是文本不可或缺的一部分,以明显的句读符号如图形(包括地图、图像、照片、甚至录像等)、括号或注释的形式出现在文本(包括印刷文本及当代各种多媒体形式出现的超文本)中的各种类文本要素。②

在亨森被塑造成为汤姆叔叔的过程中,编辑、废奴主义者、斯托夫人,甚至英国女王等,都成为塑造汤姆叔叔的社会合力,体现在《亨森自传》中的附录、序言、引言、编者按、正文前的画像等类文本或副文本之中。继 1851 年《汤姆叔叔的小屋》发表后,1858 年《亨森自传》就邀请到斯托夫人为其做序言。斯托夫人的序言落款时间是 1858 年 4 月 5 日,最后一段的内容还提及了亨森的一个兄弟还处在奴隶制中,希望读者购买这部自传来帮助他脱离奴隶制。1877 年版《亨森自传》标题中开始出现的"汤姆叔叔的生平"、"斯托夫人的'汤姆叔叔'",同时和文本中作为前类文本出现的斯托夫人的画像,以及在自传的附录中"斯托夫人的简述"("A Sketch of Mrs. H. Beecher Stowe")一起,共同形成了一个套着斯托夫人的汤姆叔叔故事外壳的类文本证据链,直接或间接地证实了亨森就是汤姆叔叔这一论断。同时,斯托夫人为亨森 1877 年自传写的序言,作为前类文本,对亨森和汤姆叔叔之间的联系做了说明:③

"根本无须太多推荐,这部作品的作者那些不计其数的朋友们,只要一提到他的名字,就可以让这部书变得受欢迎。在美国奴隶制体制所产生的每

---

① 许德金:《类文本叙事:范畴、类型与批评框架》,载《江西社会科学》2010 年第 2 期,第 30 页。
② 许德金:《类文本叙事:范畴、类型与批评框架》,第 33-34 页。
③ 亨森找斯托夫人写序言,其中的一个理由就是赢得更多读者,争取更多版费以解救他的兄弟。可以看出亨森是有意将自己打造成汤姆叔叔形象,但这一版中斯托夫人的序言巧妙地避开了这一证实,只是对亨森自传中几个特点做了评述。但是在 1877 年版中,最后一段内容被删掉了。

一部有趣的记录中,我们知道没人比乔西亚·亨森的记录更令人震撼、更有特点、更富有教导意义。

他生来就是奴隶,实际上出生在一个异教徒的土地上,归属于一个异教徒主人,他在成长中没有基督的光芒和知识相伴随,就像圣保罗所说的异教徒那样,'天生没有书写下来的律法'。基督的一个布道,一个救赎的邀请对他而言就足够了,就像对于那个埃塞俄比亚太监一样,使他马上就能成为基督的一个衷心的信仰者和布道者。

对于伟大的基督教教义中宣扬的对敌人的宽恕,以及以德报怨,他在上帝的恩惠下成为一个忠诚的见证者,他在考验人们灵活的情况下,使得我们读过的人都这样说:'不要把我们带入这样的诱惑之中。'我们恳切地推荐他的这部分叙事给那些受到小的诱惑就认为自己可以有理由以恶报恶的人。"①

在该前类文本中,斯托夫人主要从基督教的角度,赞美了亨森的虔诚。虽然斯托夫人没有明确将亨森等同于汤姆叔叔,但她的文本中显示出几个重要的信息,即亨森身上的品质和汤姆叔叔形象一致:虔诚、宽恕、以德报怨、忠诚——这些正是《汤姆叔叔的小屋》所宣扬的道德品质,这也是斯托夫人作为 19 世纪著名作家,她所代表的社会阶级和文化团体对于奴隶制和黑奴受难经历的理解。奴隶制引起的美国社会矛盾,在公共领域体现为政治动荡、经济矛盾加剧,国家稳定受到威胁;在私人领域则体现为漠视人权、暴力虐待、家庭破裂等。斯托夫人认为黑人天性"温柔、敏感""天生热爱家庭,注重感情",她塑造的汤姆叔叔具有谦虚无私的品行,拒绝使用暴力为自己挣得自由,笃信圣经的教诲,把幸福寄托在天国,具备宗教的牺牲精神,认为信仰能帮助完善社会制度。斯托夫人借助于汤姆叔叔的形象,呼吁具有宗教信仰的人们能够帮助奴隶们,但同时期望奴隶们顺从白人的好意,服从他们的命运。斯托夫人在小说中为奴隶寻找到的出路,在亨森身上得到了很好的体现;亨森本人在其自传中所表现的恭顺和虔诚,和斯托夫人的类文本中所呼吁的以德报怨不谋而合。尽管小说中汤姆叔叔不幸遭到虐待而惨死,但斯托夫人序言似乎暗示,现实之中的亨森却由于这些良好的品质而得到了好的结果。

---

① Josiah Henson. *"Uncle Tom's Story of His Life." An Autobiography of the Rev. Josiah Henson (Mrs. Harriet Beecher Stowe's "Uncle Tom"). From 1789 to 1876*. Ed. John Lobb. London: "Christian Age" Office, 1876, pp. 157-158.

三、社会合力的塑造

在 1877 年版本中,编辑洛布增加了一段附录内容,为汤姆叔叔添加了一个现实生活的结尾,呼应了斯托夫人这种社会改良主义的情感结构。这个附录是一个后类文本,首次将汤姆叔叔和亨森本人之间建立起等同的关系,视角不再沿用自传中的第一人称人物聚焦叙述,而是改为了第一人称复数"我们"的视角,对亨森的近况进行了说明。洛布在这个后类文本中,盛赞了《汤姆叔叔的小屋》这部书,写道:"最近值得高兴的是,这部书的主人公'汤姆叔叔'在已经 88 岁高龄的时候,第三次造访英格兰。亨森神父(他给斯托夫人提供了他生活的很多事实,斯托夫人在这些事实基础上写成了独特的"汤姆叔叔"这一形象)已经受到了城里城外数以千计的人们的热烈欢迎。"① 虽然这段报道和小说人物之间存在异质性,但却成为小说主人公故事的补充说明:真实人物亨森直接等同为虚构人物汤姆叔叔,并且善有善报,成为人们欢迎和热爱的对象。斯托夫人和编辑等通过对亨森故事的包装和打造,真实模拟了虚构,出于 19 世纪特定历史时代的社会需求,汤姆叔叔成为现实生活中的亨森本人。

《亨森自传》不仅通过斯托夫人和编辑洛布建立起和汤姆叔叔的联系,而且充分利用社会话语,建立起亨森和社会权威之间的互动与交流。其丰富的类文本中,不仅展示了亨森和社会知名人士之间的联系,还挪用了英国女王的信件,来增加亨森的社会认可度。1877 年版前类文本展示了英国女王的臣民给编辑洛布的来信,信的内容如下:

> "陆军中将 T. M. 比达夫爵士代表女王接受了洛布先生呈上的《汤姆叔叔的故事》一书,并且转达女王的谢意。
>
> 奥斯本,1877 年 2 月 10 日
>
> 女王陛下很有礼貌地接受,并怀着很大兴趣从比奇·斯托夫人的著作中了解了你的历史。
>
> 你真诚的仆人
>
> T. M.比达夫(签字)"②

---

① Josiah Henson. "Uncle Tom's Story of His Life." An Autobiography of the Rev. Josiah Henson (Mrs. Harriet Beecher Stowe's "Uncle Tom". From 1789 to 1876. p.215.

② Josiah Henson. An Autobiography of the Rev. Josiah Henson ("Uncle Tom"). From 1789 to 1881. With a Preface by Mrs. Harriet Beecher Stowe, and Introductory Notes by George Sturge, S. Morley, Esq., M. P., Wendell Phillips, and John G. Whittier. Ed. John Lobb. Revised and Enlarged. London and Ontario: Schuyler, Smith. and Company, 1881, pp. iii-1.

从序言之前的来信可以看出，女王"怀着很大兴趣从比奇·斯托夫人的著作中了解了你[亨森]的历史"。小说激发了女王对真实人物的兴趣，在这个意义上，同情汤姆叔叔等同于同情亨森。编辑通过将这一前类文本和结尾后类文本相呼应，故事本文和故事外构成的故事，淡化了真实和虚构之间区隔的差异。女王代表的英国皇室所接受认可亨森的过程，被包装在亨森苦难自传经历的外面，也使亨森经历增加了一个维多利亚时代的神奇手段的故事结尾。

编辑洛布除了帮助亨森出版《"汤姆叔叔的生平故事"，乔西亚·亨森（斯托夫人的"汤姆叔叔"）自传：从 1789 年到 1876 年》之外，还在没有亨森参与的情况下，编写了一部《青少年插图版汤姆叔叔（J. 亨森）的生平故事（从 1789 到 1877 年）》（*The Young People's Illustrated Edition of Uncle Tom's (J. Henson's) Story of His Life From 1789 to 1877*）。这部传记的内容和章节均经过了重新编排，由自传版中的 31 章缩减为 17 章，各章的标题也经过重新改动。如 1858 年版及之后的自传版本中，第一章标题是"我的出生和童年"，但是在青少年插图版中，第一章标题却变成了"为什么我被称作汤姆叔叔"。这种改动直接切入亨森和汤姆叔叔的类同点，更能调动读者的兴趣。青少年插图版除了内容之外，在前言、附录等副文本中，也有不少改动，更加符合目标读者的兴趣。前类文本中，去掉了斯托夫人文体庄重的前言，改为"汤姆叔叔致大不列颠青少年的讲话"，堂而皇之地把乔西亚·亨森和汤姆叔叔等同起来，甚至后者虚构人物置换了前者现实人物。在附录上，编辑沿用并进一步强化了亨森与汤姆叔叔的等同，分别为两篇附录取名为"汤姆叔叔参观爱德华国王的工业学校以及位于剑桥希思的女孩避难所"以及"汤姆叔叔和编辑拜见女王陛下"。编辑洛布等借助"汤姆叔叔"来吸引读者眼球的编辑、叙述策略，以及市场推广的确也收到了良好效果。据统计，他的这部青少年插图版自传卖到了 25 万册，成为主日学校的畅销教材。① 至此，《亨森自传》已经成为社会合力的产物。如果说在 1849 年和 1858 年及后期自传上，亨森还保留了话语权力的话，那么在青少年插图版的亨森"自传"中，白人编辑几乎重写了亨森的故事，在汤姆叔叔的壳子中装进了亨森个人的经历，成为一个被打造的黑人逃奴的故事。编辑洛布等所使用的类文本，进一步篡改了亨森早期自传中对奴隶制的揭露这一意义，变相成为宣传汤姆叔叔宗教虔诚，同时又赞美大英帝国形象的工具。

---

① Robin W. Winks. "The Making of a Fugitive-Slave Narrative: Josiah Henson and Uncle Tom—A Case Study." p.127.

第三节 亨森的自我塑造

一、亨森进行自我塑造的内在需求

除了白人编辑约翰·洛布、白人代笔作家、废奴主义者等在类文本中不遗余力地对亨森进行塑造之外,亨森本人对汤姆叔叔的形象也有内化的需求。1877年版的《亨森自传》第 25 章"斯托夫人的人物"中,亨森专门提及了自己对斯托夫人的访问(尽管是否真的有过这一访问尚未有考证),并解释了为什么自己被称作"汤姆叔叔":

> "过后不久,斯托夫人的大作《汤姆叔叔的小屋》出版了,然后在美国各个地区发布,人们在北方是公开阅读,在南方则是偷偷传阅。许多人认为她的陈述是夸大其词的。她就出版了那本书的导读,来证明她并没有对奴隶制的恶行加以夸大,然后她给出了很多与小说相对应的例子,并提到了我那本已经出版的自传,作为汤姆叔叔这个人物事实存在的一个例证。从那个时候开始到现在,我就一直被人称作是'汤姆叔叔',对这个称呼我很自豪。如果我谦卑的叙述在任何一个方面激发了这位有才能的夫人去写了这么一部悲伤的故事,感动了整个社会中那些同情可怜奴隶遭遇的人,我就没有白活;因为我相信她的这部书只是伟大行为的一个开始。这是一个楔子,撼动了整个巨大的结构物,令其逐渐分崩离析。"[1]

这也是亨森首次公开在自传中默认自己就是"汤姆叔叔"的原型。为了进一步解答人们的疑问,亨森解释了为什么汤姆叔叔死了,而自己还活着:

> 尽管她让她的主角去世了,但她这么做是为了使故事完整;如果上帝没有给我一个巨人般的体格,我本该在到达加拿大之前就死了很多次了。我把自己能够从各种苦难中复原过来看成是我生命中一个重要特征。我感谢上帝无比的仁慈,带我走出埃及,来到应许之地,而且我希望自己能到死都做他忠诚的仆人。[2]

---

[1] Josiah Henson. *"Uncle Tom's Story of His Life." An Autobiography of the Rev. Josiah Henson (Mrs. Harriet Beecher Stowe's "Uncle Tom"). From 1789 to 1876.* pp.157-158.

[2] 同上条文献,第 158 页。

接下来自传中又举出了斯托夫人小说中其他人物的人物原型：

>白人混血奴隶乔治·哈里斯和他的妻子伊莉莎是我特别的朋友。乔治·哈里斯的真实名字叫刘易斯·克拉克，有四分之三的白人血统。他和我一起在新英格兰各州四处奔波演讲。他是一个很聪明的人，这与斯托夫人的描述一致。他和他的妻子在摆脱奴隶制以后长期住在加拿大，但后来搬到了俄亥俄州的奥柏林，去教育他们的孩子。①

在这里，亨森不仅承认斯托夫人借助自己的经历，创造了这本伟大的小说，而且继续将身边的真实人物（克拉克夫妇）与虚构人物（哈里斯夫妇）联系，让读者不仅认同汤姆叔叔的真实存在，而且通过"亨森"（汤姆叔叔）来了解其他人物的故事结果。这样做很容易激发读者的兴趣，并相信虚构作品的真实性。取得了读者信任之后，亨森又继续为斯托夫人辩护，认为她的小说完全没有夸大的嫌疑，而是"还没说出一半的事实；故事太恐怖以至于没法让人听"（The truth has never been half-told; the story would be too horrible to hear.）②。这种叙述策略一方面可以扩大亨森的影响力，加大自传销量；另一方面也是在为斯托夫人辩护，帮助她解决文本真实性这一难题。这样，白人编辑、黑人讲述者、白人作家就通过亨森的文本，将虚构的小说人物与真实的自传人物画上了等号，模糊了真实与虚构的界限。

二、虚构和真实

从斯托夫人和亨森，《汤姆叔叔的小屋》和《亨森自传》，可以看出虚构和真实之间的交换和协商，事实上，正是社会合力将真实逼近虚构，主要的途径如图 5.1 所示。

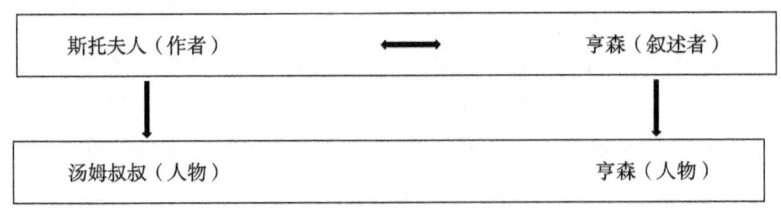

图 5.1　真实和虚构交流图

---

① Josiah Henson. *Uncle Tom's Story of His, Life An Autobiography of the Rev. Josiah Henson (Mrs. Harriet Beecher Stowe's 'Uncle Tom'). From 1789 to 1876.* p.158.

② 同上条文献，第 163 页。

第五章　奴隶叙事中的社会合力和自我塑造

在图 5.1 中，斯托夫人和亨森是真实存在的人物，汤姆叔叔（人物）和亨森（人物）则分别是小说和自传中的虚构人物。其中的交流过程包括：①1849 年亨森发表第一版自传，讲述了自己忠于主人，但为主人所欺骗和售卖，逃亡加拿大的故事，1852 年，斯托夫人发表《汤姆叔叔的小屋》，塑造了一位虔诚、忠厚、善良的汤姆叔叔，使汤姆叔叔成为黑人忠仆的代表，其悲惨的命运得到广大读者的同情和关注。②1853 年，在《汤姆叔叔的小屋》受人质疑的时候，斯托夫人又写了一本《〈汤姆叔叔的小屋〉导读》，为自己小说中的人物辩护。在这个背景下，斯托夫人需要一个虔诚的黑人奴隶作为汤姆的原型，而之前亨森本人在自传中的虔诚的个性比较符合这一特征，同时亨森本人也需要斯托夫人的小说来扩大自己的知名度和影响力。在这期间，英国编辑洛布起到了将虚构和真实人物连接起来的重要作用。1858 年在美国出版的《亨森自传》除了让斯托夫人帮忙写作序言之外，还没有将自己与汤姆叔叔相类比，然而，1877 年洛布编辑的自传却开始大肆渲染二者之间的类比关系，把亨森作为汤姆叔叔的原型。对于白人编辑的这一称呼，亨森持一种不加反对，甚至暗中接受的态度。"汤姆叔叔"这一名字带来的影响力、名人效应以及经济效益，让白人编辑、白人作者、黑人作者之间，存在着微妙的共生关系。③在这种市场利益驱动和废奴主义修辞的语境下，汤姆叔叔（人物）和亨森（人物）之间开始等同，而最为重要的是，汤姆叔叔（人物）和亨森（作者或叙述者）之间开始等同。这就意味着，斯托夫人和亨森之间双方交换叙事性记忆，虚构的汤姆在现实生活中找到了真实的替身，亨森本人成为活着的汤姆叔叔本人。这是一次从虚构到真实的模拟过程，更是真实如何模拟虚构，亨森借助汤姆叔叔的知名度和影响力，完成自我塑造的过程。

叙事与现实之间取得一致性，在历史层面上至关重要。斯托夫人的小说创造了一个经典的黑奴形象，而亨森作为一个亲历者或受害者，更希望读者们把汤姆叔叔的故事看作真事，即斯托夫人讲述的是真实发生过的故事。亨森就是汤姆叔叔，这种一致性尤其重要，读者可以通过移情，在历史的层面上达到故事和记忆的合力。"正因为故事都是以同样的方式源于这样一些故事，历史性群体最终担负着塑造或再造自身身份的职责。"① 对于亨森来说，汤姆叔叔的公众效应使他的个人叙事进入了历史，文学叙事和传记叙事之间取得一致，有助于他的身份塑造。

从《亨森自传》1858 年版一直到 1877 年、1881 年版，我们可以看出，这种

---

① 理查德·卡尼：《故事离真实有多远》，王广州译，桂林：广西师范大学出版社，2007 年，第 140 页。

对身份的塑造和自我塑造正在逐渐成型。在社会合力下，亨森对自己的塑造更加贴近汤姆叔叔的人物原型，变得更加以自我为中心、更加注重自我形象。比如在 1858 年自传的第一章中，亨森回忆小时候监工欺负母亲，他目睹父亲反抗监工，这一版就更加突出了父亲的英勇性格，也暗中应和了《汤姆叔叔的小屋》中，女奴受到性侵的威胁，被逼道德沦丧、家庭破散和骨肉分离的主题。小说中汤姆叔叔对老主人的宽厚和同情，也在《亨森自传》中表现为亨森对主人赖利的解救。在 1849 年版本中亨森主仆的对话仅仅只有两句话，而到 1858 年版本时，简单的对话扩充为段落，并显示出亨森的虔诚信仰和他对主人的同情和怜悯。当他倾听主人赖利的经济困难时，他的态度是"一半带着骄傲，一半带着我从基督信仰中学会的神圣的爱"[①]。另外，1851 年的英国版本中他带着"痛苦的怀疑"承认，没有允许赖利的奴隶们逃跑，这种做法似乎偏离了"我所经历的正直的情感，高度荣誉的情操"；而到了 1858 年出版的第二版中，这种怀疑逐渐变成"苦涩的焦虑"，受到他"正义的观念"所激发的骄傲和虚荣心的影响，他断定自己发生了"判断的失误"，甚至认为没有纵容奴隶们逃跑是"不可原谅的罪恶"[②]。1849 年第一版中他认为自己给饥饿的女奴食物，是一种善良的行为；而在 1858 年的版本中，这种善举成为他高贵心灵的佐证，他赞美自己是一名"黑人骑士"（black knight），觉得自己和任何一名白人一样，有着一颗"骑士的心灵"。可见，在亨森不断改写的自传中，他也在不断修订个人的记忆，不断塑造符合白人读者群对汤姆叔叔想象的形象。

三、经典故事和个人记忆

亨森对自己形象的不断塑造，不仅限于对自身品质的赞美，而且模仿汤姆叔叔，试图将自己塑造成黑人代表或黑人集体领袖的形象。在亨森后期的自传中，以逃到加拿大为分界，叙述者"我"的身份更加体现了这种塑造的痕迹：他更乐意于展现个人的成功故事，并将他的故事和犹太人《出埃及记》里"神奇历史"相联系。这种类似的圣经隐喻在他描绘自己和经历的时候很常见。在马里兰州和肯塔基州做奴隶的时候，"我"是一个忠于主人、服服帖帖的奴隶监工，为了保护奴隶主的"财产"，葬送了和自己一起工作的奴隶的前程；而到了加拿大，

[①] Henson, Josiah. *Truth Stranger Than Fiction, Father Henson's Story of His Own Life, With an Introduction by Mrs. H. B. Stowe.* Boston: John P. Jewett And Company, 1858, p.45.

[②] 同上条文献，第 53-54 页。

"我"变成了黑人的摩西,变成了加拿大的布克·华盛顿,开始领导同胞在黎明镇这片沃土上开创新事业。在 1858 年自传及以后版本新加的章节中,"我"是绝对的主角。他的妻子为他生了 12 个孩子,活下来 8 个,但文本中叙述者只是简单提及大儿子参军,后来就没有出现过其他信息。尤其是他经营黎明镇的工厂破产,亨森把责任归咎于一个经理人身上,而根据历史文献的记载,的确是亨森本人挪用了工厂的资金。①亨森开始不仅仅着力描写个人的经历或过去,而且试图塑造一个群体代表人的形象,在 1881 年版的自传中,亨森更是变成了女王的座上客(第 32 章)、荣归故里的英雄(第 33 章):

"3 月 5 日的周一,斯托夫人《汤姆叔叔的小屋》中的男主角乔西亚·亨森从伦敦出发去参拜温莎城堡的女王陛下。亨森通过西南铁路来到温莎城堡,随行人员有他的第二任妻子亨森夫人,以及约翰·洛布,洛布是《基督时代》(Christian Age)编辑兼汤姆叔叔自传的编辑。……亨森先生由 T. M. 比达夫爵士引荐给女王陛下。考虑到他年事已高,女王陛下表达了对这位黑人神父矍铄精神和乐观情感的惊讶。……女王陛下很高兴地说很多年来她一直很熟悉他的经历,并且把自己的照片送给了他,签名写着'维多利亚,1877',并且用镀金框裱好。亨森先生代表自己感谢所接受的无上荣誉,并代那些加拿大和女王其他领土上的黑人兄弟姐妹们感谢女王陛下,感谢她为那些穷苦的逃奴提供保护,以及在她的领导下无所不在的无以言表的保佑。汤姆叔叔和他的朋友们由女王指引参观了城堡……他被女王陛下的热情深深感动,并讲到皇家的示范作用给加拿大带来的良好影响。"②

亨森经过各方的包装与宣传,加上女王陛下的认可,此时已经成了汤姆叔叔的代名词。叙述者在书写的行为中生产了他自己——此时的汤姆叔叔,不再是斯托夫人小说中那个受尽屈辱与折磨的汤姆叔叔,而是带着荣誉光环,以黑人领袖自居的亨森。在他后期自传中,他感谢的最多的除了上帝,就是白人,而不是他的黑人同胞和他的家人。这个汤姆叔叔是依据白人的标准来行事的,是白人对黑人亨森的一个心理投影。隐含作者笔下的亨森变成了白人的一个牵线木偶,他的叙事文本也在一定程度上应和着汤姆叔叔的人物塑形。

观察汤姆叔叔和亨森之间的互动,可以帮助我们建立起历史和文学的联系,

---

① Mary Ellen Doyle. "Josiah Henson's Narrative: Before and After." p.181.

② Josiah Henson. *An Autobiography of the Rev. Josiah Henson ("Uncle Tom"). From 1789 to 1881. With a Preface by Mrs. Harriet Beecher Stowe, and Introductory Notes by George Sturge, S. Morley, Esq., M. P., Wendell Phillips, and John G. Whittier.* pp. 210-211.

审视历史和文学怎样相互塑造，《亨森自传》如何在 19 世纪废奴主义运动这样一个特定的历史时期与斯托夫人的小说以及其他文本交流，参与建构了那个时期社会的权力关系。《亨森自传》是如何参与塑造了特定时期的主导意识形态，如何塑造了自我；甚至在 1881 年自传正文部分的"结语"中，这种塑造的痕迹已经不用掩饰，叙述者换成了"我们"，叙述者"我"成为被叙述的对象"亨森老爹"：

> "在结束这本书的时候，看到我们的朋友亨森老爹身体仍然非常健康，我们不能抑制喜悦与惊异之情。在过去的一年里，他为了服务他的黑人同胞，在加拿大的很多地区，代表假日学校，参加了很多次祈祷仪式，帮助免除了很多教堂的债务。无须赘言，他走到哪里都受到热烈欢迎……在某一个阶段，有个别无知和嫉妒的人尽他们最大努力怀疑亨森先生作为'汤姆叔叔'的身份；但是这些谣言最后都被有效的证据驳斥了，沉默了下来。
>
> ……
>
> 面对以上这些证据，我们的读者将会打消头脑中那些认为摆在他们前面的这部叙事中存在任何虚假成分的想法。绝对没有，这本书真实记载了一个尚在人世的好人的一生，而且这个人由于斯托夫人不朽的故事而得到了对早年痛苦经历的补偿，这一故事极具影响力，它在上帝的天意下，打破了奴隶的枷锁，解放了那些受束缚的人们。"①

在这里，"我们""我们的读者"等字眼侵入了以"我"为叙述者的叙事文本，如果说之前的版本中，"我"指代亨森本人的话，那么结语部分的"我们"，则是包括白人编辑和废奴主义者合力存在的一个明显标志。

第四节　本　章　小　结

《亨森自传》的多个版本展示了"汤姆叔叔是如何塑造的"痕迹。亨森的第一部自传（1849 年）是一部比较纯粹的以事实为导向的叙事。但到了亨森后期 1877 年和 1881 年两部自传中，亨森逐渐被编辑、亨森本人、白人代笔者等包装

---

① Josiah Henson, *An Autobiography of the Rev. Josiah Henson ("Uncle Tom"). From 1789 to 1881. With a Preface by Mrs. Harriet Beecher Stowe, and Introductory Notes by George Sturge, S. Morley, Esq., M. P., Wendell Phillips, and John G. Whittier.* pp. 225-227.

为汤姆叔叔，这其中有社会合力的共同塑造，这些社会合力不仅体现为对叙事文本的改写，还在包括序言、人物画像、正文外的书信、附录甚至白人直接改写的同名自传等等类文本中形成了互相呼应的证据链条，模糊了真实与虚构的界限，真实叙述者的话语权被迫让渡给虚拟的叙事人物。在多方社会合力的共谋下，亨森的知名度借助汤姆叔叔这个人物而大大提高，虚构人物将真实人物带进了真实的世界，引发了读者对"真相"的追求：很多读者通过阅读叙事文本，真的相信汤姆叔叔就是亨森本人，进而将汤姆叔叔的品格加在亨森身上。直到今天，在《大英百科全书》词条中，亨森仍然被解释为汤姆叔叔的化身。

正如塞纳南所言："这种[将汤姆与亨森等同起来的]神奇的互相关联，揭示了废奴写作与奴隶叙事的相互影响，以及事实性和虚构性两种反对奴隶制的故事在引发大众想象方面的巨大力量。"①当真实的叙述者在社会合力下，被虚构的人物代替之后，他也就一步步成为读者和观众的消费对象，从而很难发出自己真实的声音。这也是很多奴隶叙事所面临的叙述困境。但同时，亨森在享受白人赋予的知名度的同时，也逐渐内化并认同白人作者所创造虚构的人物形象，体现为真实模拟虚构，现实人物逐渐等同于虚构人物的有趣现象。正如白人废奴主义者加里森在《道格拉斯自述》的前言中所写道，奴隶叙述者被表扬的原因是他的声音"进入公众有用的领域"（into the field of public usefulness）。《亨森自传》正是通过对这个符合白人文学和阅读常规的自我的创造而成为广为人知的形象。

---

① Kerry Sinanan. "The Slave Narrative and the Literature of Abolition." *The Cambridge Companion to The African American Slave Narrative*. Ed. Audrey A. Fisch. Cambridge: Cambridge University Press, 2007, p.76.

第六章

奴隶叙事的种族伦理和家庭伦理困境

奴隶叙事证言为废奴运动的讨论增加了道德伦理的维度，废奴主义者充分利用了道德伦理和法律的交叉点，控诉奴隶制是面对上帝的犯罪，不仅是法律意义上对人权的侵犯，也是一种宗教和道德上的罪行。废奴主义组织宣称"每一个美国公民，如事先未征得当事方同意就对其拘押，就是一个人贩子"，因为"奴隶制就是犯罪"，"奴隶必须马上被释放，并被带到法律的保护下"①。废奴主义者认为，无论种族有何不同，所有人都应该遵循道德伦理，人身自由应该是自然的和绝对的，任何对人身的奴役，都是有违自然法则，与福音新教的伦理观相悖的。因此，废奴主义话语将奴隶叙事打造为受害者的陈述，将全体社会变成公开的法庭，呼吁大众参与评论和辨别奴隶制的原罪，将一个个前奴隶个人的案例变为特别的话题，讨论应该依据法律去顺从奴隶制而忍受其残暴，还是应该尊重公民权利和上帝慈爱去反抗暴政？同时，前奴隶作者也在思考着奴制下种族伦理和家庭伦理的标准，思考白人种族对于黑人血统的歧视，从一滴血论到对奴隶人身自由的限制，以及家庭伦理中所谓的解放、教育、婚姻等，都面临双重标准的压迫和困境。本章从种族伦理的角度出发，分析《千里逃亡求自由；或者，威廉和爱伦·克拉夫特夫妇从奴隶制中的逃亡》（*Running a Thousand Miles for Freedom; or, The Escape of William and Ellen Craft from Slavery*，以下简称《千里逃亡》）里，叙述者如何通过叙述策略，对种族伦理进行解构；另外，《艾奥拉·勒罗伊，或阴影退去》聚焦于黑人解放后的生活状况，再现了黑人女性受到分离领域和家庭伦理的禁锢，成为种族和性别的双重奴隶。

---

① Jeannine Marie DeLombard. *Slavery on Trial: Law, Abolitionism, and Print Culture*. pp.12-13.

第六章 奴隶叙事的种族伦理和家庭伦理困境

第一节 《千里逃亡》叙述策略和种族伦理

1860年，威廉·克拉夫特（William Craft）和爱伦·克拉夫特（Ellen Craft）夫妇发表的《千里逃亡》，和《布朗自传》《道格拉斯自述》一样，也是一部经典的奴隶叙事，在19世纪引起了广泛的关注。《千里逃亡》讲述了1848年临近圣诞节的一个晚上，佐治亚州美肯市一处种植园的黑奴威廉和爱伦如何千里逃亡，摆脱奴隶制的经历。由于妻子爱伦的肤色和白人无异，所以她女扮男装成一位胳膊残疾且患有风湿病的白人奴隶主，带着自己的黑人随从威廉（实际上是她的丈夫）去北方养病。在接近四天的逃亡中，他们途径萨瓦那（Savannah），一路辗转来到了费城，被费城郊外一户人家收留，之后又逃到相对安全的波士顿。1850年《逃奴法案》颁布以后，克拉夫特夫妇南方的奴隶主派出赏金猎人去波士顿追捕二人。他们因黑人社区的保护没有被抓获，但夫妇俩不得已逃往英国。夫妇二人的自传《千里逃亡》于1860年在英国出版，引起轰动，其故事被改编为多种文本，包括戏剧、连环画，甚至爱伦·克拉夫特乔装成白人男性的照片也在当时广为流传。

关于这部自传，学界现有的研究主要有以下几个方面：目前最新且最具权威性的研究是芭芭拉·麦卡斯基尔（Barbara McCaskill）通过对克拉夫特夫妇一生经历的探索，来还原美国特定时期的文化记忆，其专著《爱、解放以及逃离奴隶制：文化记忆中的威廉和爱伦·克拉夫特夫妇》（*Love, Liberation, and Escaping Slavery: William and Ellen Craft in Cultural Memory*）结合档案、家庭采访、报纸、他人自传、法律文书等和克拉夫特夫妇相关的资料，对二人的一生中遭遇的各种微妙关系，如夫妇俩与白人奴隶主的关系、夫妇俩与白人废奴主义者关系、夫妇俩与英国废奴主义者的关系等做了透彻的分析。另外，《千里逃亡》中揭示的种族问题也是学者们关注的重点。有的学者从种族与旅游文学的角度，提出克拉夫特夫妇的叙事构成了一种"形式特别的旅游文学"[①]；也有学者探讨《千里逃亡》中的装扮残疾（包括胳膊骨折、失聪等）与种族、性别、阶级的关系，认为"残疾可以使种族的身

[①] Sara Brusky. "The Travels of William and Ellen Craft: Race and Travel Literature in the 19th Century." *Prospects*, Vol. 25 (2000): 177.

体本性变得模糊"①。除此之外,也有研究从女性主义角度关注该自传中的女奴爱伦。沃德罗普(Daneen Wardrop)认为传统上把威廉·克拉夫特看成唯一作者是不对的,事实上是"爱伦也作为作者,一起书写了这部书"②。芭芭拉也从女性主义角度讨论了爱伦·克拉夫特如何与丈夫一同被推到公众面前,像文本和艺术品一样被展出,特别是在英国1851年世界博览会上。③

除了以上的研究焦点以外,也有零星的研究关注黑人的识字能力问题。如有研究者从德里达解构主义思想的角度,认为黑人要想从无意义(meaningless)的符号向有意义的符号转变,识字能力和写作场景(scene of Writing)很重要,"获取识字能力就等同于超越身体状况和身体地理的限制",并且通过克拉夫特夫妇的巧妙伪装,在逃跑中"创造了一种没有写作行为的'写作情景'"④。由于自传主要讲述克拉夫特夫妇俩的经历,因此也有学者讨论黑人夫妇俩的婚姻、家庭观,认为夫妇俩依靠互相信赖而逃出了奴隶制,这与奴隶叙事中独身一人逃跑的模式显得与众不同;而且为了给读者留下一种"优雅的家庭生活"("genteel domesticity")印象,爱伦充当了一个"克制"叙述者("understated" narrator)角色⑤。另外,学者们还关注爱伦·克拉夫特"性别与种族的扮演"(gender and racial passing)⑥,以及爱伦·克拉夫特女性地位、威廉与爱伦的奴隶婚姻、奴隶识字水平等问题。总体说来,对《千里逃亡》的研究主要集中在主题和性别等上面,但对其中的叙述策略和种族相关的伦理关系涉猎较少。对《千里逃亡》运用颇为复杂的叙述策略,比如对事实的省略与改写、第一人称单复数混用、视角的局部切换等,有效反映了文本背后的种族伦理关系。

---

① Ellen Samuels. "'A Complication of Complaints': Untangling Disability, Race and Gender in William and Ellen Craft's *Running a Thousand Miles for Freedom*." *MELUS*, Vol. 31, No.3. (Autumn, 2006): 24.

② Daneen Wardrop. "Ellen Craft and the Case of Salomé Muller in *Running a Thousand Miles for Freedom*." *Women's Studies*, (2004): 33, 962.

③ Barbara McCaskill. "'Yours Very Truly: Ellen Craft—The Fugitive as Text and Artifact'." *African American Review*, Vol. 28, No.4 (1994): 509-529.

④ Lindon Barrett. "Hand-Writing: Legibility and the White Body in *Running a Thousand Miles for Freedom*." *American Literature*, Vol. 69, No.2 (Winter, 1997): 315-336.

⑤ Charles J. Heglar. *Rethinking the Slave Narrative: Slave Marriage and the Narrative of Henry Bibb and William and Ellen Craft*. Westport: Greenwood Press. 2001, p. 3.

⑥ Ellen Samuels. "'A Complication of Complaints':Untangling Disability, Race and Gender in William and Ellen Craft's *Running a Thousand Miles for Freedom*." p.17.

第六章　奴隶叙事的种族伦理和家庭伦理困境

一、种族伦理和"一滴血决定论"

根据聂珍钊在《文学伦理学批评导论》中的定义，伦理主要指"相对抽象的道德价值判断与评价，因此伦理一般指已经形成并为人们所认同、遵守和维护的集体的和社会的道德规则与道德标准……伦理是对道德的抽象化和理论化，它从集体和社会立场以及从理性的层面总结、解释和说明道德。伦理以对人与人之间的关系和秩序的评价为基础，既对个人的行为进行抽象的道德评价，也对集体的和社会的道德进行抽象评价"[1]。韦恩·布斯也指出："任何旨在揭示叙事性故事的德性与个人和社会德性之间的关系的行为，或任何旨在揭示它们如何相互影响各自的'精神气质'——或德行——的行为，都称得上是伦理批评。"[2]从两位学者对伦理的讨论可以看出，伦理不仅涉及人与人之间的关系，也关乎人与社会的关系；不仅是一种道德关系，还可能涉及政治关系。正如陈后亮所说："伦理和政治从来都是密切交织在一起的，它们甚至可以说是一个问题的两个表现方面。"[3]在《千里逃亡》这一叙事中，种族关系是伦理的一个重要维度，它既是美国 19 世纪政治问题的体现，又是奴隶制道德矛盾和窘境的焦点。克拉夫特夫妇面临的一大难题，就是在具体社会历史语境下，如何利用叙述策略来揭示种族伦理关系。

伦理关系以对人与人之间关系的道德与价值判断为基础，而种族伦理则是这种判断在种族问题上的体现。根据大英百科全书英文版的"种族（Race）"词条，我们可以看到 18 世纪至 20 世纪，北美的"种族"观念不仅只是个生物学意义上的概念，而且渗透进了社会文化领域，成为一种社会分层机制，它具有以下六种特征：

1. 世界所有人都可以被分为生物学上相互分离、不相关联、各自排斥（biologically separate, discrete, and exclusive）的人种，叫作种族。一个人只能属于一个种族。

2. 显形的，或者说脸部的外在特征是种族身份和地位的标志和象征。

---

[1] 聂珍钊：《文学伦理学批评导论》，北京：北京大学出版社，2014 年，第 254 页。
[2] Wayne C. Booth. *The Company We Keep: An Ethics of Fiction*. Berkeley: University of California Press, 1988, p.12.
[3] 陈后亮：《伦理学转向》，载《西方文论关键词（第二卷）》，金莉、李铁主编，北京：外语教学与研究出版社，2017 年，第 312 页。

3. 每个种族都有不同种类的性情、道德水平、习性和智力水平。每一个种族都有与自己外貌特征相关的独特的行为特点。

4. 不同种族是不平等的。他们可以，而且应该按照由优等到劣等的顺序来分等。正如19世纪的生物学家路易·阿加西所言，因为存在种族，我们必须"让他们按序排好"（settle the relative rank among [them]）。

5. 每个种族的行为和身体属性都是继承的和内在的，因此也是固定的、长久的、不可易的。

6. 不同种族应该相互隔离，以发展各自的制度、社区和生活方式。[1]

亲蓄奴制的观点认为，依据这种种族分层体制，黑人和白人由于外在的外貌形体特征不同，天然地就相互分离并各自排斥，并由此决定了各自不同的"种族身份和地位"，种族存在一个由优等到劣等的次序表。南北战争之前的美国盛行白人的"一滴血决定论"，即白人和黑人所生的孩子只能算是黑人，只要血液里有一滴黑人的血液，就被排除在了白人种族之外。白人社会发明了一系列区分黑人与白人的名词：mulatto（黑人与白人生的第一代混血儿），quadroon 或 quadroon（白人与半白人混血儿，其中黑人血统占四分之一），octoroon（黑人血统占八分之一的黑白混血儿），即便是白人血统占八分之七，也只能归类为黑人。尽管奴隶制的存在支持和保证了美国经济的迅速增长，但黑人奴隶却因为种族论，而被视为动产，其权利受到严重限制，几乎无法参与美国公共生活。爱伦·克拉夫特母亲叫玛利亚，是少校詹姆斯·P. 史密斯的家奴，玛利亚本身就是黑白混血儿（half-white）[2]。爱伦作为史密斯的女儿和奴隶，至少具有四分之三的白人血统，但在她主人眼里，她却是一个不折不扣的黑人。可是，每次家里来客人时，都会把爱伦看成白人，她的女主人史密斯夫人感到十分"尴尬"与"愤怒"，就把11岁的爱伦（1837年）送给了其同父异母的18岁的白人姐姐艾丽萨做结婚礼物[3]。从家庭伦理的关系来看，艾丽萨血统上和爱伦是同父异母，父亲都是史密斯先生，只是生母一个是白人，一个是黑人；但在奴隶制下，两姐妹却变成主人和奴隶截然不同的社会地位。可见，奴隶制对美国的家庭伦理而言，提供的是一个具有排斥性的维度，种族主义的伦理关系压倒了血缘关系，主仆关系取代了亲情，哪怕爱伦身上有一滴黑人血脉，她也被排斥在史密斯家庭范

---

[1] https://www.britannica.com/topic/race-human, written by Peter Wade, Yasuko I. Takezawa, Audrey Smedley. 个别地方有删减。

[2] Barbara McCaskill. "Yours Very Truly: Ellen Craft—The Fugitive as Text and Artifact." p.18.

[3] 同上条文献，第18-19页。

围之外。

白人对种族血统的要求,不仅体现在血统纯正之上,还体现在和种族血统相关的身份和自由等政治生活方面。早在殖民地时期,根据特拉·汉特(Tera W. Hunter)的研究,1662年,殖民地议会通过了一项法律,规定黑人家庭子女的身份是根据母亲是自由人还是奴隶来决定的。这就决定了黑人女奴的后裔永远只能是奴隶。从那时候开始,无论黑人的父亲是白人还是黑人,母系决定黑人身份的伦理政治就一直延续下来。① 黑人的亲情和血缘关系在种族主义血统观面前,就变得微不足道了。威廉虽然被卖到爱伦所在的种植园有好几年了,但是两人仍然没有结婚,原因仅仅是"因为有不公平的、劣于异教徒法律的规定,强迫所有做奴隶的母亲生下的孩子也是奴隶。那就是说,奴隶的父亲可能是共和国的总统,但是如果他们的母亲是奴隶,可怜的孩子就在法律上注定遭遇同样的厄运"②。婚姻意味着家庭和诞生儿女,但奴隶制却决定了黑奴的下一代也将成为奴隶,可能是这个原因,使威廉和爱伦虽然相爱,却不敢成婚,担心孩子从出生起就成为奴隶。

事实上,奴隶制掩盖了一切罪恶。17世纪初,英国移民刚开始在美洲大陆定居时,"天定命运"的构想已见雏形。1630年,温斯罗普(John Winthrop)向马萨诸塞河湾殖民地的教众布道时,就宣扬并勾画出"山巅之城"的愿景,提出:"以色列之神……挑选了我们这个民族,我们就像坐落在山顶上的城市,全世界的目光都注视着我们。"③ 在以新英格兰为中心的北方,"山巅之城"的理想如果用世俗化的语言和形象来表达的话,即富兰克林在其自传中所突出的几种道德规范和价值观:节制、沉默、秩序、决断、俭朴、勤劳、诚挚、正直、中庸、整洁、宁静、贞洁、谦逊。但是,温斯罗普将"基督教慈善的规范"作为清缴社会结构的理想蓝图,认为上帝以"最神圣、最明智的旨意"设计了人类社会,社会不平等是正常的:"正如在任何时候都有富人、穷人,既有权力显赫、气质高贵的人,也有卑鄙下流、地位卑微的人。"④ 1640年,温斯罗普发表了关于自由的著名讲演:

"自由有两种,自然的,以及文明的或曰联邦的。前一种自由,无论人

---

① Tera W. Hunter. *Bound in Wedlock: Slave and Free Black Marriage in the Nineteenth Century*. Cambridge, Massachusetts: The Belknap Press of Harvard University Press, 2017, p. 65.

② William and Ellen Craft. *Running a Thousand Miles for Freedom*. p.689.

③ 萨克文·伯科维奇:《剑桥美国文学史(第一卷):1590年—1820年》,蔡坚主译,北京:中央编译出版社,2008年,第183页。

④ 同上条文献,第183页。

类禽兽，还是其他生灵，都一概无异。在这样的自由下，人与另一人之间的关系就是，他有愿做什么就做什么的自由。这是行善的自由，也是为恶的自由。……另一种自由我称之为文明的或联邦的自由；也可以称之为道德的，因为上帝与人类之间有约，人与人之间有道德的和政治的法约法规。"①

可以看出，从建国初始，美国社会就以清教徒团体象征为模范社会，以教徒们的爱为纽带，主张"兄弟般的关爱"，并严格要求基督教的公正和宽容。但是，在对黑人的判断标准上，这个标准就变为了血统决定论，黑人被排斥在社会纽带之外，作为基督徒的奴隶主也不必用基督徒的伦理、爱和道德来规范自己的行为。黑人血统决定了他们社会地位的低下和自然能力的缺乏，《纽约号角报》（*New York Herald*）在1852年这样说道："黑人不论在现在，还是将来，直至世界末日都将比白种人低贱，并因此注定要为白人所统治。"② 作为一种意识形态的种族决定论，将黑人排斥在白人的价值观和伦理道德之外。对于黑人女性而言，衡量她们的标准没有宁静、贞洁的道德要求，相反，她们成为奴隶主发泄欲望和榨取劳动价值的工具；以母亲为核心的家庭也仅仅用来生产和生育。奴隶主随意拍卖黑奴，拆散黑奴的家庭，造成母子分离、骨肉失散，但却属于奴隶制下合法的行为，因而也就不受白人伦理观的谴责。从这个意义上来说，这种分离的价值观和伦理观，只能说明种族主义白人至上的伦理观的虚伪性和虚假性。

二、种族伦理的虚伪性

《千里逃亡》中克拉夫特夫妇采用了事实省略与改写、插入叙述、视角的局部切换等叙述策略，突出地反映了白人对黑人的种族歧视以及白人种族伦理观的虚伪性。《千里逃亡》叙述伊始，就故意省略了威廉的白人血统。正如芭芭拉所言，很多研究者都在关注爱伦·克拉夫特的白人血统，却甚少有人关注威廉·克拉夫特是否有白人血统。③这一方面是因为爱伦的白人血统在自传中提到了一些（尽管也是一笔带过），而威廉的血统则一点也没透露。可是，想要了解男主人公是不是有白人血统，其实并不难，在1849年2月13日的《佐治亚时报》上，登载了克拉夫特夫妇逃亡的消息，把他们描述为"一个长相不错的黑白混血男

---

① 张冲：《新编美国文学史（第一卷）》，上海：上海外语教育出版社，2000年，第73页。
② *New York Herald in History of Women Suffrage*. Ed. Elizabeth Cady Stanton, Susan B. Anthony and Matilda J. Gage. Rochester, Vol.6 (1881-1922): 854.
③ Barbara McCaskill. "Yours Very Truly: Ellen Craft—The Fugitive as Text and Artifact." p.19.

人，和一个长得更好看，几乎是白人的直发女孩"（good-looking mulatto man, and a still better looking, almost white girl, with straight hair.）①。那么为什么威廉没有说自己是黑白混血，有一半的白人血统呢？这与当时严重的种族歧视与种族隔离政策有很大关系。纯种黑人和混血黑人，在种族伦理中也会受到不同的待遇，这一点也在当时的文艺演出上反映出来。根据杰弗里·理查兹（2005）的研究，当时的美国白人对纯种黑人的歧视已经到了相当严重的地步。

"直到19世纪50年代，在舞台上能代表黑人形象而又保留尊严的就是那些黑白混血（mulattos）、四分之一混血（quadroons）、八分之一混血（octoroons），以及几乎就是白人的黑人（near-whites），他们的唯一悲剧之处就在于他们身上不是纯白人血统。当艾肯创作的新英格兰地区奥菲利亚小姐[《汤姆叔叔的小屋》的同名话剧中的奥菲利亚]对托普西表露出明显的讨厌之情时，正好又反映出美国北方人（Yankees）对新英格兰社区的黑人们的厌恶之情。"②

黑人皮肤的深浅决定受歧视程度的高低。大部分滑稽戏团都是由白人来扮演黑人，纯种黑人甚至无法登上戏台。甚至白人废奴人士或同情奴隶遭遇者也对黑人有一种厌恶态度。这在1852年出版的《汤姆叔叔的小屋》中体现得非常明显。奥古斯丁是一个相对开明、宽容的南方奴隶主，他对来自新英格兰地区，同情奴隶遭遇的堂姐奥菲利亚小姐曾经这样说："我在北方旅行时常常注意到你们的个人偏见比我们重得多。你们像厌恶蛇或者蛤蟆那样厌恶黑人，然而对他们遭受的不平你们却又十分气愤。你们不愿意他们受虐待，可是你们自己不愿和他们打任何交道。"③ 奥古斯丁还说："你们愿意把他们送回非洲去，眼不见心不烦；然后派上一两名传教士去做自我牺牲，把教育黑人的工作一揽子包下来。"④ 这些废奴人士对黑人奴隶存在极深的偏见，奥菲利亚小姐出于爱心收养了一个调皮机灵的黑人女孩托普西，却连手也不屑于碰她一下。可见，在种族主义伦理观里，黑人不仅仅是和愚蠢、低等、动物性相联系，而且从情感上，白人对黑人有一种厌恶心理。因此，在面对白人世界对黑人的种种恶意时，克拉夫特夫妇在自传中并没有为了迎合白人而强调威廉的白人血统，反而故意略去其白人血统，同时也淡化了有关爱伦母亲的白人血统这一事实。威廉作为一位克制型的叙述者，

---

① Barbara McCaskil. "Yours Very Truly: Ellen Craft—The Fugitive as Text and Artifact." p.19.
② Jeffery H. Richards. *Drama, Theatre and Identity in the American New Republic*. New York: Cambridge University Press, 2005, p. 233.
③ 斯托夫人：《汤姆叔叔的小屋》，第166页。
④ 同上条文献，第166页。

故意隐藏了文本的重要信息，省略了部分事实。这一叙述策略说明在当时一滴血决定论的社会历史语境下，威廉的白人血统无助于其逃亡，反而可能引起白人读者对黑白混血的反感。相反，叙述者故意省去威廉的白人血统，读者会默认他为黑人，那么他的勇敢、智慧便与白人血统无关，这样做实际是"对白人种族优越感的拒斥，以及对[黑人]种族忠诚感的肯定"①。在《千里逃亡》第一次出版时，书中只有爱伦一个人女扮男装缠着绷带的照片，却没有她的黑人丈夫威廉。究其原因，可能是为了避免暴露威廉的身份，泄露其具有白人血统的秘密。

白人的种族伦理推崇白人具有天赋的民主、自由和兄弟之爱，但事实上，这种伦理观在奴隶制所带来的经济效应面前，却是虚假的，不仅表现在对黑人是不同的标准，而且体现在白人内部，当伦理和经济利益冲突时，经济利益占据绝对的上风。这也反映了持有白人种族伦理观，却施行奴隶制的奴隶主的自私和贪婪。黑人并非天生奴隶，白人也并非天生主人或领导人，为了经济利益，白人种族内部之间，也存在人口买卖和白人奴隶。2007 年，唐纳德·约旦和乔丹·沃尔什出版《白货物：英国白人奴隶在美国被人遗忘的历史》（*White Cargo: The Forgotten History of Britain's White Slaves in America*），这本书"追踪了白人奴隶制这一体制的演变史，数以万计的白人被当作货物而持有、买卖，而且受到野蛮惩罚，甚至在有些情况下工作到累死"②。虽然有批评者提出质疑，对契约制奴隶（indentured servitude）和奴隶（slave）加以区分，认为白人奴隶不算奴隶，而只是契约仆人，但不可否认的是，两者都丧失了自由身份，沦为挣钱的工具。白人奴隶这一事实，从侧面揭露了白人种族伦理的虚伪性：并非是由于黑人生来低人一等才成为奴隶，白人天生高贵应该成为主人；而是经济利益驱使之下，白人也会变为奴隶，白人种族内部之间甚至还会拐卖贩卖自己同胞为奴。所谓的种族伦理，事实上是奴隶制的遮羞布，掩盖的都是赤裸裸的经济利益和政治利益。《千里逃亡》采用了两种讲述方式，一是夫妇俩讲述白人女奴的故事，二是以旁观者视角来引入他人讲述的故事。在讲述之前，夫妇俩就开宗明义，揭露了白人伦理的虚伪性：

"我已经亲自和不少奴隶谈话，他们告诉我他们的父母是自由白人，但

---

① P. Gabrielle Foreman. "Who's Your Mama? 'White' Mulatta Genealogies, Early Photography, and Anti-Passing Narratives of Slavery and Freedom". *American Literary History*, Vol. 14, No.3 (Autumn, 2012): 524.

② Don Jordan and Michael Walsh. *White Cargo: The Forgotten History of Britain's White Slaves in America*. New York: New York University Press, 2007, p.12.

第六章 奴隶叙事的种族伦理和家庭伦理困境

是他们被从父母那里偷了出来,年纪很小就卖为奴隶。"①

白人种族伦理认为,每个种族都可根据外在的外貌形体特征来判断"种族身份和地位",种族存在一个由优等到劣等的次序表。他们通过外貌形体特征来判断种族身份和地位,将白人视为优等,而黑人被视为次等,以此试图将对黑人的奴役和统治合法化。然而事实上,黑人并非天生为奴,白人是通过践踏弱小者来获得经济利益。只要能获利,他们利益的爪子也会伸向同种族的白人,将纯种白人贩卖为奴。所谓的种族伦理,不过是白人为了获得利益建构出来的意识形态。在《千里逃亡》中,克拉夫特夫妇采取了插入叙述来亲自见证,选取了萨洛美·穆勒白人奴隶的案例来批判白人种族伦理的虚伪性。萨洛美和多丽莎是德国移民的后代,随父亲迁移到新奥尔良农场干活,父亲死后,两个女儿却消失了,"亲戚们无论如何反复打听和询问,也没有她们的踪迹。她们被认为是去世了,因此亲戚也就放弃了寻找"。直到1843年夏天,一个和穆勒一家一起坐船过来的德国裔卡尔夫人,在经过新奥尔良的一条街时,很偶然地发现萨洛美在一家葡萄酒店里做奴隶。卡尔夫人认出萨洛美并解救了她,带她来到她的表姐和教母舒伯特夫人家。作者不仅用自己的声音讲述穆勒的故事,同时也采用了新闻纪实报道,引用白人媒体《法律报道》(*Law Reporter*)以及接生婆的证词来佐证自己的讲述,证实了萨洛美的身份,从而增强了故事的可信度,也增强了自我的叙述话语权威。这个故事同时戳穿了虚伪的种族伦理:奴隶制是白人对弱小者的奴役和践踏,而并非黑人种族天生应该为奴。白人在奴隶之下也并不安全,也可能被拉进奴隶制的深渊。

与某些奴隶叙事的作者相比,克拉夫特夫妇在反对种族伦理上采用的叙述策略似乎更为有效(如乔西亚·亨森②)。他们认识到,要反对如此强大的白人种族伦理,仅仅靠个人叙述自己的经历远远不够。因此他们大量运用了插入叙述,全书有近三分之一的篇幅都是以插入其他奴隶经历为主,通过大量的事实互相印证、多方位揭露不公平的种族伦理,形成一系列证据链,从而解构了白人固化的种族伦理观。克拉夫特夫妇在插入叙述中除了引用大量的法律文本和信件之外,还采用了多个叙述者讲述的方式,包括夫妇俩讲述其他人物的故事、邀请别人来讲述夫妇俩的故事、以旁观者视角来看他人讲述别人的故事。在《千里逃亡》的第二部分,夫妇俩引用了波士顿的废奴人士萨缪尔·梅写给另一位白人的信,讲述了《逃奴法案》颁布之后,南方的奴隶贩子如何残暴地试图抓取克拉夫特夫

---

① William and Ellen Craft. *Running a Thousand Miles for Freedom*. p. 682.
② 乔西亚·亨森的自传从头到尾都围绕自己展开,而很少对他人加以关注。这也是他被人诟病的一个原因。

妇，黑人团体如何对奴隶贩子抗争，以及克拉夫特夫妇又是如何拒绝了一位白人先生的好意等。另外，叙事文本直接引用了白人的书信，其中白人讲述了奴隶贩子对黑人的极端侮辱，对黑人人权的践踏，也谈到黑人群体对白人种族极端分子的抵抗。这一叙述的转换，不仅能够引起读者的同情与共鸣，更重要的是白人自己的话语成为克拉夫特夫妇叙事的佐证，印证其故事的真实性，从而不仅能够解构白人虚伪的伦理观，也可以赢得更多读者的支持，邀请那些同情黑人奴隶遭遇的白人读者，共同反对不公平的种族伦理。

三、自由的辩论和种族身份

在《千里逃亡》的扉页上，威廉·克拉夫特提到了美国《独立宣言》中，人生而平等，具有追求生命、自由和幸福的权利，并因此质疑黑人为什么被称为"动产"（chattels）？威廉宣称："我们对这次'逃亡千里'的危险而令人兴奋的举动感到非常适意，这是为了获得那些在《独立宣言》中如此生动地描绘过的权利。"① 威廉的话语正应和了反对奴隶制运动中最为重要的思想：即自由是一种真正的普遍权利。废奴主义者认为，无论种族有何不同，所有人都应该是"自由的道德意志遵循者"②。但废奴主义内部对于美国宪法与奴隶自由的关系却有分歧。加里森认为美国宪法是一份与魔鬼签订的契约，他曾公开焚烧宪法，称宪法是"死亡的同盟""地狱的合约"③；而道格拉斯认为宪法并没有从联邦的角度为奴隶制提供保护。另一名废奴主义者格利特·史密斯（Gerrit Smith）④却认为宪法是一部彻底反奴隶制的文献，认为自然法与奴隶制水火不容，因而高于一切为奴隶制辩护的人类法则。史密斯和其他的自由党成员指出，宪法从未提到过"奴隶""奴隶制""黑人"等字眼，因而也不可能赞成奴役或种族压迫。

---

① William and Ellen Craft. *Running a Thousand Miles for Freedom*. p.679.
② 埃里克·方纳：《美国自由的故事》，第 136 页。
③ William E. Cain, ed. *William Lloyd Garrison and the Fight Against Slavery: Selections from* The Liberator. Boston: Bedford/St. Martin's, 1994, p.36.
④ 格利特·史密斯出生于美国的最富裕家庭之一，他也是美国最伟大的慈善家之一。他捐出的土地和其他资产价合 800 万美元（相当于当今约 6 亿美元），捐赠对象大部分是贫苦的黑人，他也和黑人保持密切的通信联系，是弗雷德里克·道格拉斯的朋友、资助人和废奴主义同仁。1846 年，史密斯给纽约州约 3000 名贫苦黑人捐赠了 12 万亩土地，贫苦黑人平均每人获得 40 英亩，被称为"现金的穷人""土地的富翁"。史密斯希望他送出的这份礼物能使受赠者成为独立自主的农民和选民（因为纽约州要求黑人拥有 250 美元价值的财产才能获得选举权）。1840 年，史密斯帮助建立了自由党，后又参与了"全国自由党"，宗旨是解放全人类以及所有人共享平等权利。John Stauffer. *The Black Hearts of Men: Radical Abolitionists and the Transformation of Race*. Cambridge: Harvard University Press, 2002, pp.134-135.

第六章 奴隶叙事的种族伦理和家庭伦理困境

史密斯认为,宪法保护人民的生命、自由,不论父母的实际地位如何,禁止剥夺财产权和公民权利以保证每个孩子生而自由。

在《千里逃亡》中,威廉扮演的黑人仆从在逃亡途中目击了南方一位开明的年轻人和一个顽固的蓄奴老太太之间的辩论,辩论的主题是该不该给奴隶自由:

"'你大错特错了,夫人,'年轻人说,'比如说,我那丧偶的老母亲,在她去世之前,就解放了她所有的奴隶,把他们送去了俄亥俄,他们在那里生活得很好。我去年夏天还亲自看到过他们中间的几个。'

'喔,'老太太回答道,'自由可能会对你妈妈的黑鬼有用,但是在我这里行不通;而且,愿天降灾祸于他们,使他们永远不能自由;就是这样的话,显得有点粗鲁。'

……'炸死他们!'老太太大吼道,并且大声强调着,'如果我逮到了他们,就把他们剁碎煮了,还把他们的一身黑皮晒了晾干!上帝原谅我,'这个老人补充说,'黑鬼将会使我丢掉所有宗教信仰!'"①

从这一场景可以看出,对于自由的讨论,这位白人老太太不但拒绝给予黑人解放,而且认为黑人的自由和"灾祸"相联系,甚至不惜丢掉信仰,也不能解放他们。事实上,对于自由的概念,白人和黑人从来就是两个标准。废奴主义者道格拉斯宣传:"美国不配享有伟大或自由的称号。"在道格拉斯那篇最著名的演讲中,他指出,在美国这样一个崇尚自由而事实上每天都在进行着比地球上任何其他国家都更"令人震惊和血腥的实践"的国家中,庆祝7月4日的独立日,对于黑人来说,只是暴露了美国政府的虚伪。"这个7月4日,"道格拉斯说,"是你们的,而不是我的。"②克拉夫特用对话描写把这位顽固的白人老太的种族主义思想刻画得入木三分,可见在当时的语境中,对于白人和黑人是否能够享有同等自由的问题,冲突尖锐到每一个美国人,涉及每一个哪怕是垂暮的老人。

1832年《新英格兰杂志》宣称说:"我们并不认为,美国对于被奴役和自由的黑人来说,与对于我们自己来说,是一个同样的国家。"即便是在美国南北战争之后,对于自由问题的讨论仍然在继续。如同来自伊利诺伊斯州的参议员莱曼特·朗布尔所形容的,"什么是奴隶制和什么是自由"的问题,是围绕重建的最大问题。③随着对奴隶制讨论的日益激烈,越来越多的读者通过奴隶叙事或

---

① William and Ellen Craft. *Running a Thousand Miles for Freedom*. pp.717-718.
② 埃里克·方纳:《美国自由的故事》,第140页。
③ 同上条文献,第130-140页。

废奴主义的宣讲认识到，奴隶制和美国国家自由传统是根本抵触的。到了19世纪50年代，"自由社会"和"奴隶社会"的对立逐渐融合，北方被美化成为一个进步和自由的家园，南方是黑暗和落后的地方，南北冲突成为自由和奴役之争，成为意识形态之争，如美国南北战争中林肯总统在葛底斯堡的演讲中提到，美国是一个"孕育在自由之中并致力于所有人生而平等的理想"的国家，这是对独立宣言的引用，也是对奴隶解放的内在逻辑的认可。

从题目来看，《千里逃亡》相比于其他奴隶叙事《某某的自述》等，更加突出了"自由"的重点。上文对于黑人自由和白人之间利益的讨论，着重强调了黑白种族的对立。然而，在《千里逃亡》中，克拉夫特夫妇正是通过角色扮演，颠倒了黑白身份，从而取得了自由。更令人惊奇的是，一旦克拉夫特这对黑人通过"表演"白人行为，模仿扮演成白人绅士，在世人眼中就不再是受人轻贱令人讨厌的黑人奴隶，仅仅因为爱伦看起来是白人的这种视觉观感，种族身份就发生了逆转——刚刚被老太太恶毒咒骂的黑人，转眼成为受欢迎和受尊重的绅士。随着千里逃亡的开始，叙述者将"我的妻子"开始变成"我的主人"，"她"变成了"他"。"我的主人"在火车上暂时取得了其他白人的信任，甚至还让两位白人女孩喜欢上了"他"：

> "绅士们认为我的主人若是躺下来休息一下，会感觉好一些；由于我的主人不想说话，他立刻就听从了这一建议。女士们很客气地站起来，拿出她们多余的披巾，为这个伤残者的头做了一个简单的枕头。我的主人穿了一个时尚的布披风，他们拿出来正好可以给他盖在身上，这样子很舒服。他躺了一小会儿以后，那些女士们，我猜想他们以为我主人睡着了；于是其中一个人长叹了一口气，用一种很安静很痴迷的口气说：'爸爸，他真的是一个很不错的年轻绅士。'但是还没等她父亲开口，另一位女士很快说：'哦！我的天，我从来没有这样喜欢过一个绅士！'"①

"我的主人"扮演的那种开明奴隶主形象不仅深得白人喜欢，还受到了火车上黑人奴仆的尊敬。"我的主人"这一称呼与被称呼者的真实身份（奴隶）形成了巨大的反差，从而揭示所谓的主人身份并不是一种固有的存在，而是一种身份的表演，即白人的"主人"身份是一种建构，从而颠覆白人的种族观，对其虚伪性也有一种嘲弄的作用：既然白人男性的种族身份可以由黑人女性通过扮演来获得，那么白人自己所谓的种族优越感又是建立在什么基础之上呢？和《道格拉斯

---

① William and Ellen Craft. *Running a Thousand Miles for Freedom*. p.714.

叙事》中颠倒的价值观类似,叙述者这里"我的主人"事实上暗含着对白人的嘲讽:一旦黑人被视作白人,种族伦理观就对这个"我的主人"充满好感,这也证明血统并不能代表人种的优劣。同样,建立在种族身份之上的美国自由观,也不是真正的真理。

第二节 《艾奥拉·勒罗伊,或阴影退去》中的家庭伦理困境

《艾奥拉·勒罗伊,或阴影退去》是美国黑人女作家弗朗西斯·哈珀(Frances E. W. Harper)于 1893 年出版的一部小说,小说描绘了浅肤黑人[①]在美国南北战争前后的生活经历。书中女主人公艾奥拉生于南部的大种植园,父亲为白人,母亲原本是浅肤女奴,后被其父释放并缔结婚姻。为使艾奥拉免受歧视,父母刻意隐瞒其混血的事实,并将其送往北方接受教育。后来其父意外亡故,亲戚图谋家产,将其母与其一众兄弟姊妹的混血身份揭穿,剥脱其继承权,并从法律上将其从自由人降格为奴隶。艾奥拉在南北战争中经联邦军队解救获得自由,并在南北战争后努力寻回失落的亲人,最后和家人以教师的身份重回南方,致力于黑人的民族提升。

小说出版伊始,赞誉与批评就相伴随行。称赞者认为,小说从前奴隶的视角揭示了南方奴隶在南北战争前的悲惨遭遇以及在南北战争后重建时期面临的种种困难,从而与彼时白人作家笔下田园牧歌式的南方系列小说形成对抗性陈述。批评者则认为,小说的道德说教意味太过浓厚,降低了小说的思想和艺术深度。此后,随着时代语境的变迁,这部小说陷入了一段较长的批评沉寂期。近 20 年来,得益于学界对奴隶叙事文本的重视,围绕该小说所展开的研究重新兴起,并呈现多视角、跨领域的特点。目前学界主要从黑人群体内部的阶层区分、重建时期黑人教师的社会引领作用、黑人与印第安人教育的对比研究,以及作家生平事迹与女主形象建构的关联研究等角度进行研究,相关成果已十分丰富。但是既往的研究忽视了对小说中次叙述单元(九至十二章)的关注,尤其缺乏对其

---

① 此处,有必要着重指出的是,小说中的浅肤黑人不是一般意义上的肤色较浅,而是完全与白人无异,更确切地应该称为白肤黑人,即完全不存在外部特征可以揭示其黑人身份。考虑到学界目前广泛使用浅肤黑人的称谓,笔者予以沿用,但是读者在阅读中应始终记得该词语在本篇小说中的指代对象的特殊性。

中的关键句子"我将解放你，教育你，并迎娶你"，①在玛丽身上逆反效果的透彻把握。

就小说的布局来看，全书共 33 章，主要围绕女主艾奥拉展开，叙述时间从南北战争临近尾声向读者所处的当下演进。但是从第九到第十二章，叙述时间突然回拨到南北战争开始的 20 年前，主要人物变为艾奥拉的父母（尤金和玛丽），尤其是其母玛丽。该部分介绍了玛丽的出身（浅肤女奴）、教育（北方神学院）、婚姻（嫁给原主人并被授予自由）、对子女的教育（隐瞒混血身份，送往北方）以及家庭巨变的原因，从而构成了小说女主艾奥拉的故事前传。因该部分内容相对独立，聚焦人物不同于其他篇章，再加上叙事时间的回拨，该部分可视为相较于其他章节（围绕艾奥拉的主叙述单元）的次叙述单元。上文提到的关键句子是艾奥拉的父亲尤金对玛丽说的，杰西卡·坎蒂罗（Jessica Wells Cantiello）认为这种"解放、教育和婚姻的三位一体"②在小说中的重复出现，有重大寓意。实际上，这三个词（解放、教育、婚姻）正构成解读该小说的三个题眼。解放所蕴含的黑人对政治、权利平等的诉求，教育所寄托的黑人对发声与言说的渴望，迎娶（婚姻）所包裹的黑人对重构男女形象和重塑家庭伦理的期盼，这三者结合起来实质上囊括了小说的主旨。然而，颇为吊诡的是，上述三个关键词在玛丽身上出现了适得其反的效果，获得自由身的玛丽因为被亲戚找到了法律程序的漏洞而再次降格为奴隶，被主人送往北方接受教育的玛丽明确将此事件视作是主人的投资，且仍然延续奴隶的做法称呼其为主人，被主人迎娶的玛丽遭遇活动空间从公共到私人的退化。上述经历以反讽式的笔调凸显出所谓的解放、教育和迎娶三个词汇背后的权力与话语的纠葛。此外，这三个词汇的排列也十分耐人寻味，解放实现了身份上的对等，教育实现了品味上的相近，如此这番，最终的迎娶才会显得门当户对。从这个角度来看，所谓的解放和教育不过是为了迎娶所做的装饰性工作，家庭伦理实质上体现了权力的高低分配。再者，从小说的行文上看，第九章之前故事行进到格雷汉姆医生向艾奥拉示爱，艾奥拉面临选择的困难。而十二章之后，即在讲述完玛丽的故事之后，艾奥拉果断拒绝了格雷汉姆医生。这种紧密的衔接明显是在暗示玛丽的婚恋经历对于艾奥拉择偶观念的影响。从这个意义上看，次叙述单元恰恰成了解读主叙述单元的注脚。

那么解放、教育和婚姻为何会在玛丽身上起到逆反效果？这三个词折射出家

---

① Frances E. W. Harper. *Iola Leroy, or Shadows Uplifted*. Oxford: Oxford University Press, 1988, p.71.

② Jessica Wells Cantiello. "Frances E. W. Harper's Educational Reservations: The Indian Question in *Iola Leroy*." *African American Review*, Vo.45, No.4 (Winter, 2012): 575.

第六章 奴隶叙事的种族伦理和家庭伦理困境

庭伦理背后怎样的权力话语纠葛？玛丽的婚恋经历又对女主艾奥拉起到了怎样的反向投射作用？对于这些问题的拷问，有助于我们更深入地理解这部小说。

一、脆弱的解放和奴役的双重性

在《艾奥拉·勒罗伊，或阴影退去》中，玛丽获得的解放呈现出一种脆弱的姿态，因为该解放不是通过体制性的立法方式实现的，而是奴隶主尤金个人意志的施展，相应地该决定就带有对个人强烈的依赖性，且蕴含了可撤销性的风险。小说中玛丽原本是尤金的女奴，因为尤金罹患重病，得到玛丽的悉心照顾。尤金如同获得神启一般，将玛丽视作圣女，决定归还其自由身。然而在尤金死后，图谋其家产的亲戚刻意寻找了法律程序上的漏洞，从而褫夺了玛丽和其子女的自由身份以及继承权。在这个过程中，不难看出，玛丽的自由身份的存续完全依赖于尤金，从而缺乏一种切实的保障机制。从美国建国到南北战争结束，美国联邦宪法中都使用"他"（he）来描绘政府官员，尽管没有明显的对性别的区分，但公民权利几乎理所当然地被认为是男性的天赋人权。对于男性来说，政治自由意味着自我管理的权力以及各种政治设置的权力，而对于妇女来说，婚姻契约的效力高于社会契约，她们与外部社会的关系必须通过她们与男性之间的关系来协调和界定。[①] 尤金对玛丽说的那句"我将解放，教育，迎娶你"中**我**和**你**分别隶属的主语和宾语位置，从语言上建构出尤金和玛丽，恩主与受恩惠者的对应关系，这实质上是对此前二人之间存续的剥削者与被剥削者（抑或施害者与受害者）关系的遮蔽。经由此种遮蔽，原本二人之间的道德站位发生了反转。在此之前，尤金作为奴隶主，借由对奴隶的盘剥，过着纸醉金迷的生活，这与遭受压迫却尽心尽力照顾患病尤金的玛丽相比，自然处于一种道德洼地。但是当尤金以解放玛丽的恩主形象示人，实际上是攫取了一种道德高地的区位优势，从而一方面洗白了自身形象，另一方面在与玛丽的婚姻关系中建构了一种心理上的不对等，使得玛丽因为铭记自己曾接受恩惠而延续一种奴颜婢膝的姿态。

政治自治和解放意味着对财产的拥有或对自我人身的绝对控制，但在奴隶主宣布的解放中，前女奴玛丽并没有自己的财产，也没有相对等的法律地位，更无法获得白人妇女一般的社会地位，无法被尤金的社交圈子认可。"在得知玛丽是

[①] Jan Lewis. " 'Of Every Age Sex & Condition': The Representation of Women in the Constitution." *Journal of the Early Republic*, Vol.15, No.3 (1995): 359-387.

家中的女主人后，他的女性朋友就再没有踏入他家的大门。"①尤金宣布解放玛丽，并在法律意义上完善手续，这些行为都只能表明从尤金个人的角度来界定玛丽，她是一个自由人。但是于玛丽而言，这并不是完整意义上的解放，因其还未得到社会的认可。囿于有限个体意义上的解放（玛丽的自由身仅对于尤金有效），其真实性是有待商榷的。当然读者可能会质疑，即尤金为玛丽的解放办理了相应的法律手续，那么自然就具备法律意义上的真实性。但文中可以看到：法律意义上的解放停留在名义之上，尚未落实到实际之中。法律条文是抽象空洞的，而尤金的社交对象是具体而微的，只有当玛丽的自由身份被上述诸人认可，名义上的自由才落到实处。而对应到玛丽身上，这种法律意义上名实不副的现象，正是对当时美国涉及黑奴权益法律的嘲讽。另外，尤金办理法律手续，授予玛丽自由身份；而尤金的亲戚也是通过法律手段，褫夺了玛丽的自由身份。在这样一个颇具悖论意味的过程中，法律成了供人予取予夺的工具，完全丧失了客观公正的特性。那么基于这样一种法律之上的解放，自然脆弱不堪。

从家庭伦理的角度看，尤金和玛丽成婚，意味着尤金认同了玛丽"人性"的一面，其解放也正是释放了人性因子；若玛丽依然是奴隶的身份，那就等同于"物件"或"动产"，在奴隶制下其社会地位和身份都等于动物，从伦理的角度看，这样的婚姻不是人性的结合，而是人与兽的结合，是违反伦理的。但玛丽获得的解放，并不能使其脱离动物状态，逃脱被追捕或被奴役的命运，这反映了所谓奴隶解放的双面性：解放的背面是奴役，解放是话语的不确定的，奴役才是现实的确定的。玛丽身上时刻袭来的不安全感正是对这种解放的双重性的佐证。小说中，玛丽在获得自由身份后，也时常担心自己和子女会丧失自由，这种不安全感挥之不去。"我有时在床上辗转反侧，思考会不会哪个地方螺丝松了，然后孩子们和我就得重新沦为奴隶。"②这种不安全感甚至让玛丽在梦中预见到自己和子女在丈夫死后的悲惨遭遇。"一天晚上，我梦见你死了；律师们进到屋里，夺走所有的财产，我和孩子们复归为奴隶。"③之所以会有这种不安全感，究其根源，就在于玛丽在被贩卖到尤金家之前，被先前的女主人欣赏，并承诺她在自己死后会归还玛丽的自由身。"但是她突然死亡，然后因为牵涉财产的缘故，她被出售并落到了我的经纪人手里。"④由此可见，玛丽正是之前经历过这种希望—失望的快速转换，深知自己和子女的自由身份缺乏切实保障，才会时刻被不安

---

① Frances E. W. Harper. *Iola Leroy, or Shadows Uplifted*. p.76.
② 同上条文献，第80页。
③ 同上条文献，第80页。
④ 同上条文献，第69页。

第六章 奴隶叙事的种族伦理和家庭伦理困境

全感笼罩。因之,小说中提到,在得知尤金将其亲戚作为自己的遗嘱执行人,从而保证玛丽及其子女的财产继承权之后,玛丽仍旧感到不安,苦苦哀求尤金为自己的权益加装双保险。"当问题指向有色女性的权益时,有多少男士会值得信赖?你表弟曾经竭力阻止我们缔结连理,因此我不能将自己的命运交托到他的手里。请你为我们的未来打算,一定要使稳妥无虞的事情变得双重稳妥(make assurance doubly sure)。"①这种对于稳妥性的近乎执拗的要求,正从反面印证出玛丽解放的脆弱性。

最后,玛丽希冀通过空间的转换来排遣不安全感的努力以失败告终,洞见到美国南方和北方在种族歧视上是一样的,从而以避无可避的宿命论的方式揭示出其和子女重新沦为奴隶的必然性,更突显其解放的不实际和欺骗性。小说中,南方和北方是极富政治意味的指代。尤金意识到自己和玛丽的旷世之恋不容于南方的社会习俗,因之将玛丽送往北方接受教育,并在北方举办婚礼。因之,玛丽对北方产生了幻觉,即认定北方是躲避种族主义的桃花源。此后,为避免子女在南方遭受歧视,她和尤金对子女隐瞒其混血的身份,将艾奥拉及其弟弟送往北方入学。这样一种空间转换其实寄托着玛丽排遣不安全感的心理预期。但是,尤金的一句话刺破了玛丽的幻觉。"你知道的,北方也不是没有种族歧视。"②这一点从尤金最初在北方为玛丽安排学校被拒,以及之后艾奥拉在北方求职屡屡碰壁的例子中可以得到印证。由是观之,北方和南方的区别只在种族歧视的程度不同,但是本质上是一样的。最后,正如玛丽和尤金采用隐瞒(混血身份)的方式将艾奥拉从南方送往北方,在这个次叙述单元的结尾,艾奥拉也被从事奴隶贸易的掮客采用隐瞒(父亲死讯)的方式从北方送回南方。在尤金的亲戚看来,艾奥拉和其母本就是奴隶,因此艾奥拉在地理上的回归原点(南方),正好对应艾奥拉身份的去伪存真(奴隶)。而在玛丽看来,艾奥拉回到南方,复归奴隶,正式宣告自己的逃避企图的失败,因为事情的发展正如梦中所预见的一般。从这个意义上看,玛丽以及子女的结局似乎带上了命定论的色彩。奴隶制是加诸玛丽等解放之上真正的禁锢:对于玛丽而言,尤金对她的解放,使她拥有了人的身份,可以和男主人共同组建一个家庭;但她并没有摆脱种族他者的身份,甚至她的解放,也只是从奴隶制中的家奴到家庭关系中的奴隶而已。她的黑人性或种族身份,决定了她的解放事实上是作为黑人和作为女人的双重压迫的对立面,解放是虚假的,奴役才是真实的。

---

① Frances E. W. Harper. *Iola Leroy, or Shadows Uplifted.* p.81.
② 同上条文献,第 84 页。

二、装饰性教育和家庭中的他者

在19世纪维多利亚式的家庭伦理中,妇女被认为是家中的天使,换句话说,妇女被禁锢在家庭的私人领域中,男性则属于政治领域和竞争市场。家庭被明显地和公共生活隔绝,这种划分被称为"分离领域"。作为男性的他者,以及白人种族的他者,玛丽接受教育是为了培养品味或道德,使其能担负起家中的责任。从尤金的角度来看,教育是为了培养玛丽与其相近的文化品位,从而尽力消除他和玛丽之间除种族之外的差异,以期使二人的结合尽量符合社会规范,尽量使玛丽能够融入他的阶层和族群。从这个意义上讲,尤金为玛丽安排教育,其实是印证了当时盛行的一种观点,即"教育可以帮助一个人超越种族排斥的影响"[1]。但实际上,尤金的教育培养,其实是对玛丽的另一层禁锢,尽管在前文他曾有给予玛丽人身自由解放之举,这里的教育却是延续了对他者的控制,其目的并非为了培养玛丽的独立人格,而是为了培养服侍丈夫的另一种含义的奴隶。对于玛丽而言,这种奴役还具有内化的含义,玛丽不仅没有充分认识到教育对于黑人民族解放的重要意义,反而内化了这样一种观点,即教育是主人在其身上的一笔投资,因而教育本身对于玛丽而言,意味着谦卑和服从。

当主人尤金来到北方参加玛丽的毕业典礼时,二人的对话场景就颇为耐人寻味。尤金称赞玛丽看起来棒极了,玛丽的回答是:"我很高兴,你没有感到失望,会觉得你的钱都打了水漂。"尤金回之以"不,我在你的教育上花的钱是我这辈子最明智的投资"。玛丽答道:"我希望,你会一直这么认为。**但是,主[人]……**"(黑体为笔者所加)。彼时,玛丽已经在北方接受了相当长一段时间的教育,对平等、自由、独立等观念也应该有一定的了解,这从后文她的关于美国文明的阴影(奴隶制)的毕业发言可以看出。但是,在面临主人的夸赞,玛丽的第一反应居然是放下了心中的重负,即不会再觉得主人的钱花得不值当。这说明两点:她对主人供养其接受教育的目的有着清醒的认知,明确其是一种投资。但是她内化并接受主人对自己的安排,呈现一种顺从的姿态;另外,所谓的教育在她身上并未起到真正的思想启蒙的作用,在骨子里她仍然延续着一种奴隶式的思维,仍然将自己视作主人的合法财产,并希望对主人的财产保值增值有所贡献。上面引文中那个尚未完全发出的主人的称谓,就是玛丽在接受教育后仍然维

---

[1] Cassandra Jackson. "'I will gladly share with them my richer heritage': Schoolteachers in Frances E.W. Harper's *Iola Leroy* and Charles Chesnutt's *Mandy Oxendine*." *African American Review*, Vol.37, No.4 (Winter, 2003): 554.

第六章　奴隶叙事的种族伦理和家庭伦理困境

持奴性的明证。

奴隶主对于奴隶的教育钳制在奴隶叙事文本中，主要有两种形式：一是剥夺奴隶受教育权的愚民手段，一是利用圣经灌输服从意识的醉民手段。此处，联系尤金将玛丽安置学校的特殊性（神学院），可知尤金是采用第二种——醉民手段来控制玛丽。但是，不得不提的是，醉民手段其实是一把双刃剑，即可能麻痹奴隶，召唤其服从意识；也可能开启民智，滋生其反抗意识。例如，在小说中女主人一直将艾奥拉的舅舅罗伯特视作宠物，对他优待般地进行识读教育，本意是当作一种游戏，却不想接受教育之后的罗伯特认识到自由的重要，趁夜逃跑，投奔北方军队。这里，同样是接受教育，同样身为奴隶，而且玛丽所处的环境（北方）更为便宜，但是罗伯特的经历在玛丽身上并没有得到复制，凸显出玛丽内心的奴性意识之重，也从一个侧面说明了教育之于玛丽，不过是华而不实的装饰。

就尤金对玛丽的定位而言，二人的主仆关系未变，因之，尤金为玛丽安排的教育只具有装饰性。文本中明确提到，尤金动身前往北方是去"见证其被监护人的毕业"（witness the graduation of his ward）[①]。ward 在英文中指称那些受法院或监护人保护的人，尤指儿童；而此处用 ward 一词指代玛丽，是颇为引人深思的。ward 一词多用来指儿童，而小说中玛丽毕业时早已成年，这样的指代显然是不合适的。但是在奴隶制盛行时的南方，主人对男奴和女奴一般都用带有轻蔑性的称谓孩子（boy/girl），而不考虑对方实际年龄大小。这样 ward 一词的适用年龄与美国南方主人对奴隶的称谓若合符契，揭示出尤金虽然供养玛丽接受教育，但是心里仍然将其定位为奴隶。ward 一词除指被监护人外，还有病房的意思。注意，这不是一般意义上的病房，而特指医院中单独的一间房屋或一片区域，一般用来安置某一特殊类型的病人。因之，ward 一词实际上还具有因标出性而隔绝外人进入的意思。从这个意义上说，尤金把玛丽视作 ward，就类似于捕猎者标出猎物，以宣示一种独家的占有权，而这实际上是把玛丽从人降格为物（财产）。这意味着在奴隶制的特殊形态下，"分离领域"具备公共生活和私人领域之差，对于婚姻中的有色女性而言，玛丽不仅是丈夫的附属品，被支配的客体；而且还是一种拥有物，享有绝对的控制权利。ward 一词的含义就隐喻着"被囚禁"，尤金和玛丽之间仍然是奴隶主人和奴隶的关系。

对于尤金而言，教育并非为了帮助玛丽学习独立、自由、平等等观念，或者说，使他婚姻中配偶玛丽取得平等地位，而是为了满足自私的欲望，用来打扮装饰自己宠物的方式。因此，当他听到玛丽在发表关于批评美国奴隶制的毕业演讲

---

① Frances E. W. Harper. *Iola Leroy, or Shadows Uplifted*. p.73.

时,"不时地一种不悦的神情浮现在他[尤金]的脸上"。事实上,在蓄奴制批判的影响下,美国妇女解放运动先驱就将自己的地位和奴隶对比,欧内斯廷·罗斯指出:"女人的一生中,从摇篮到坟墓,都是一个奴隶,主人们——父亲、监护人、丈夫——把她像一件财产一样,从一个人手中传递给另外一个人。"① 玛丽的演讲,透漏出她内心对于奴隶制的认识,读者也借此可以窥见她对于自己地位的认知。但她的解放有赖于尤金的善心和欲望,且因为尤金兼具保护人和丈夫的双重角色,玛丽对尤金呈现出严重的依赖性,而非经受教育后所应该养成的独立人格。再者,尤金让玛丽接受教育,目的不在于获取知识,而在于习得雅音。尤金想要迎娶玛丽,横亘在二人之间的巨大差异除种族外,就是阶层所代表的文化差异。玛丽的白肤外表可以轻易遮蔽其混血女奴的背景,而尤金承诺解放玛丽也可以快速实现法律意义上的身份对等(都是自由人);但是文化差异,尤其是表征为雅音与土语的白人(上层社会)与黑人(下层社会)的文化区隔是难以轻易抹去的。在参加玛丽的毕业典礼前,所有关于尤金和玛丽相处的信息都是由尤金转述给其亲戚的,中间从未有过一句玛丽的直接引语。而在此之后,文中大量出现玛丽操持雅音的直接引语是因为尤金认为"玛丽的声音极为甜蜜,就是缺少文化"②。

文中,尤金和玛丽回到南方后,家中女仆丽萨所操持的发音模糊、语法错误的土语,玛丽却发音正确语法清晰。虽然玛丽和丽萨曾经同为女奴,但此时玛丽的雅音和丽萨土语的对比正揭示出教育在玛丽身上产生的历史性变化。"这种黑人语言的不同以提喻的方式区分受过教育、语言标准的中产阶级和语言粗鄙的属下阶层。"③对于尤金而言,他所投资的教育取得了成果:玛丽掌握一种作为上层社会文化符号的雅音,一方面尽量缩小二人的文化差异,另一方面有效伪装玛丽的身份,以减小南方社会规约的非议。实际上,利用语音来作为判别社会阶层的符号,在相当长一段时间内,不光在美国,在欧洲都是一种通行的做法。因之,通过培养雅音来实现阶层冒充也就成为一种遮蔽真实身份的策略。无独有偶,1913年,著名戏剧大师萧伯纳就以此为主题,创作了一处讽刺剧《皮格马利翁》(又译《卖花女》或《窈窕淑女》),剧中一个出身下等阶层的卖花女经语言学家有针对性的培训之后,再次亮相,凭借一口地道的雅音被众人误认为出身贵族。由此可见,语音之于阶层的一种捆绑性关联。照此来看,尤金安排玛丽

---

① 埃里克·方纳:《美国自由的故事》,第130页。
② Frances E. W. Harper. *Iola Leroy, or Shadows Uplifted.* p.68.
③ James Christmann. "Raising Voices, Lifting Shadows: Competing Voice-Paradigms in Frances E. W. Harper's *Iola Leroy.*" *African American Review*, Vol.34, No.1 (Spring, 2000): 6.

接受教育，并非是纯粹的利他行为，而是带有功利的目的，即希望通过教育使玛丽获得一种身份伪装，这也从反面揭露出教育的装饰性。

三、禁锢的婚姻和分离领域

婚姻和奴隶制的类比关系，是由玛丽·沃斯通·克拉夫特在18世纪90年代提出来的。分离领域对于美国自由的实现有着极大的阻碍，公共领域中的自由并不意味着私人领域中的自由。拉尔夫·沃尔多·爱默生在1840年的日记中写道："那些最狂热的激进分子，在谈到婚姻的理论时，很容易变成一个保守派。"[1]《纽约号角报》宣称，妇女除了从丈夫那里得到"得体的待遇"的权利，和法律上允许她控制的财产外，可以说"没有任何公共社会所关心的……任何权利"[2]。玛丽结婚之后，活动空间（含物理和社会）严重缩小，局限在尤金的庄园上。因为不容于以尤金的社交圈为代表的南方上流阶层，玛丽自我隔绝，生活呈现封闭性。受此影响，玛丽的关注点也从社会性事物向家庭事务转移，解放和教育并没有让她突破视野局限，反而内化了她的奴性，自觉地拘囿于婚姻制度的私人领域中。

结婚之前，玛丽在北方求学，得益于北方相对宽松的政治环境，"她可以经常接触到支持废奴的人士"[3]。不管是私下与废奴人士的交谈，还是在公共场合（毕业典礼上）发表抨击蓄奴的观点，这样一种私人与公共领域的自由穿梭，凸显出玛丽在婚前社交版图的相对宽广与行动的自由。与之相反，玛丽在婚后的活动空间则局限在尤金的种植园之内，呈现严重萎缩的状态。上文提到，尤金的社交圈子并不认可和接纳玛丽，导致她从不参与教堂礼拜，也从不与邻里产生交集。如是这般，社会空间完全对玛丽封闭，而与之相伴随的是玛丽在物理空间上的局限。自从回到南方，一二十年中，玛丽鲜有机会走出家门，唯一一次前往北方探视女儿，也因丈夫尤金染病身亡而被中途叫停。如果把南方的种植园视作监狱的话，那么玛丽的北方之旅就无异于一种逃逸，北方之旅半途而废，象征玛丽的越狱以获得行动自由的愿望没能达成。更为严重的是，如果说之前玛丽在种植园只是活动空间萎缩，行动自由受限，那么在尤金死后，玛丽则面临社会空间被定格在底层，人身自由完全丧失的厄运。

---

[1] Edward W. Emerson and Wallace E. Forbes, eds. *Journals of Ralph Waldo Emerson*, 10 Vols. Boston, 1909-1914,VI, 72.

[2] *New York Herald*, April 4, 1858，埃里克·方纳：《美国自由的故事》，第116页。

[3] Frances E. W. Harper. *Iola Leroy, or Shadows Uplifted*. p.75.

玛丽在结婚之前，对公共生活是有过积极介入的，体现为其在毕业典礼上所做的抨击美国奴隶制度的演讲。这里有三点值得注意：第一，毕业典礼是一个公共场合，而发表演说的玛丽自然是公众目光汇聚的焦点所在。第二，玛丽的演讲是对美国的奴隶制做总体观照下向公众的呼号，而非聚焦个人命运的自怨自艾。第三，从听众的反应来看，"热烈的掌声不绝于耳，美丽的花束密集洒落"①。可见玛丽的演说是赢得了公共认同的。但是，在玛丽婚后，上述这种对公共事务的热忱被对自身及子女命运的担忧所取代，婚姻对于玛丽并非一种同等的地位，反而成为一所"专制的学校"。②玛丽在其中表现出一种格局的降低和视野的狭窄。在婚后，玛丽和丈夫围绕奴隶制也交换过看法，与前述情况相比，也有三点变化值得注意：第一，玛丽与丈夫的交谈是在私下进行的，不再属于公共场合，当然也不具备万众瞩目的仪式感。第二，玛丽和丈夫围绕奴隶制的交谈，例如讨论私生子问题，虽然也是从宏观入手，即对奴隶从整体上加以审视，但每每都是在微观上落脚，即最后聚焦于玛丽的子女艾奥拉等身上。这样一种观察对象的细分和演变，揭示出玛丽在婚后关注中心的偏移，即从公共事务到个人命运。第三，从交谈的结果来看，往往难以达成共识。甚至在争论激烈时，尤金会指斥玛丽"你在北方接受的教育使你在南方的生活遭遇水土不服。你和我们的孩子都是自由的，为什么不到此为止呢？（Why not let well enough alone?）"③。如果说上文，玛丽的演说赢得听众认同，是彰显了其影响力的话，此处，尤金对玛丽的指斥，则说明玛丽影响力的消亡。尤其是最后一句，尤金对玛丽适可而止的劝告，其实含有噤声的意味，这从一个侧面揭示出婚姻之于玛丽的禁锢意义。

禁锢不仅表现为空间的局限，声音的压制，还表现为思维的固化。如果说玛丽在毕业典礼上发表演讲，是一种自我决断，彰显了玛丽的主体意识的话，那么玛丽在婚后一个明显的改变就是上述决断力的丧失，蜕变为尤金的一种人身依附物。这从其与尤金的交谈中占据大量篇幅的乞求性言论可以看出。上文提到，婚后玛丽时常为自己和孩子自由身份的不确定性担忧，因而一再央求尤金将事情做到万无一失。而且在预见到子女在南方接受教育可能遭遇歧视，玛丽需要间接地通过尤金来达成将子女送往北方求学的目的。在这个过程中，玛丽和尤金的关系呈现的并不是对等的丈夫和妻子的站位，而是一高（尤金）一低（玛丽）的失衡态势。关于这种站位失衡，除了上文提到的尤金以玛丽的恩主和监护人自居的原

---

① Frances E. W. Harper. *Iola Leroy, or Shadows Uplifted*. p.76.
② 约翰·斯图亚特·穆勒把家庭称作一个"专制的学校"，埃里克·方纳：《美国自由的故事》，第130页。
③ Frances E. W. Harper. *Iola Leroy, or Shadows Uplifted*. p.80.

因，更重要的就是玛丽仍然延续一种奴性的思维。在小说中，当玛丽和尤金对于遗嘱执行人的可靠性意见相左后，尤金以让玛丽弹琴唱歌的方式结束了争论。但尤金对玛丽的说话方式引人深思："现在，玛丽，坐到钢琴边，然后唱。"[①]这样一种祈使句传达出强烈的命令意味，原本是不适宜用于夫妻之间的。但是玛丽遵从了尤金的吩咐，而且在弹唱的过程中呈现出"一个快乐妻子和母亲"[②]的意象。这里，玛丽对尤金的顺从，无疑是源自为奴的过往，是一种奴性心态使然。反过来，尤金选择让玛丽弹琴其实是跟蓄奴时期白人奴隶主对有音乐才艺的黑奴的"伶人"定位有关。黑奴经常在主人家举行宴会时被要求表演节目，一方面取悦宾主，另一方面是作为主人的财产供其炫耀。这种例子在奴隶叙事文本中有很多，例如《为奴十二载》中，所罗门经常被主人要求弹拉小提琴。尤金在婚后仍然对玛丽下达弹琴唱歌的命令，说明他从心里并未完全认可玛丽的自由身份。玛丽属于婚姻中的一个玩意儿，一个宠物而已；而玛丽对这种带有侮辱性的命令，仍然选择接受，并呈现出快乐的神情，充分暴露出其奴性思维的固化。

第三节 本 章 小 结

总的来说，在美国南北战争之前，白人建构的种族伦理歧视黑人血统，并试图将奴隶制作为一种生产方式长期稳定下来。克拉夫特夫妇在《千里逃亡》中采用的叙述策略有效地解构与颠覆了白人不公正、荒谬的种族伦理观。作者对某些事实细节的略写，一定程度上消解了白人的优越感、抢夺了叙事权；大量的插入叙述则从多个角度，对事实加以反复验证，针对白人之间虚伪的种族伦理，以及白人对黑人的种族迫害，形成了严密的证据链条。另外，在逃亡途中，威廉以第一人称目击者视角的叙述，进一步揭露出白人内部在种族问题上的分歧，引发了对于黑人和白人"自由"的讨论；在叙述的人称上，由"我们"向"我和我的主人"，由"爱伦"向"威廉·约翰逊"先生的转变，更是暗中反讽、颠覆了白人内部的种族身份。《千里逃亡》以独树一格的角色颠倒和扮演，为奴隶叙事如何讨论黑人的自由和解放，提供了另一种视角。

美国废奴主义的主要目标之一，是回复奴隶"拥有自己身体的不可剥夺的权利"，废奴主义者的宣传，让美国妇女运动认识到，"在为解脱'黑奴'手脚的

[①] Frances E. W. Harper. *Iola Leroy, or Shadows Uplifted*. p.82.
[②] 同上条文献，第 82 页。

镣铐的斗争中",废奴主义演说家阿比凯利写道:"我们发现我们自己也处在锁链之中。"①弗朗西斯·哈珀以玛丽作为一个女性代表人物,意在揭示在社会巨变(废奴)的大环境下,作为前奴隶的黑人女性在解放、教育与婚姻上所面临的问题的特殊性。这种特殊性不能被上述一些宏大词汇所遮蔽,相关问题的解决也不能寄希望于毕其功于一役(一场战争和一个宣言)。尤金采用三个具有宏大叙事性质的词汇(解放、教育、婚姻)来界定和玛丽的关系,但是解放的脆弱性、教育的装饰性以及婚姻的禁锢性却刺破了尤金对玛丽许下的美好愿景。从家庭伦理的角度看,玛丽和尤金的婚姻并没有实现平等和解放,而是继续了奴隶制的管理,甚至增加了婚姻中分离领域的禁锢,尤金试图以解放之名迎娶玛丽,并用教育将她塑造成理想太太、家中天使,但这种婚姻中的塑造实则是继续奴役和压迫玛丽,并内化为玛丽接受的家庭关系。黑人女性受到双重的压迫,不仅在种族上成为他者,也在性别上成为他者,成为奴隶制意义和家庭意义上的双重奴隶。

---

① 埃里克·方纳:《美国自由的故事》,第129页。

第七章

奴隶叙事的见证危机和记忆政治

1840年后，废奴写作开始聚焦对美国法律系统的分析，观察它在奴隶制方面的问题，这说明"废奴运动的领导人正逐渐扩大对奴隶制的法律结构的关注"①。废奴主义运动鼓励美国人把奴隶制度的争执想象成一场巨大的持续的审判，一方是奴隶受害者的证言和废奴倡议者，另一方是南方的"奴隶恶行的犯罪者"和他们北方的"对蓄奴制的教唆者"。如同罗伯特·科弗（Robert M. Cover）在他经典著作《被控的正义：废奴运动和法庭程序》（*Justice Accused: Antislavery and the Judicial Process*）中提到，这种诉讼为废奴运动提供了"一种意识形态的戏剧性论坛"。② 本章分析《为奴十二载》中法庭见证和叙事见证的真实性问题，重新审视奴隶叙事作为见证叙事的叙事危机；同时，从《奈特·特纳自白书》③（以下简称《自白书》）中的记忆政治出发，分析作为法庭见证文本的特纳叙事的真实性问题，以及《索继娜·楚丝，一个北方奴隶的叙述，1828年被纽约州从人身奴役中解放》（*Narrative of Sojourner Truth, a Northern Slave, Emancipated from Bodily Servitude by the State of New York, in*

---

① Robert M. Cover. *Justice Accused: Antislavery and the Judicial Process*. New Haven: Yale University Press, 1975, p. 149-150. 科弗把这类见证文学分为八类：a. 对奴隶制的法律汇编；b. 对特定话题的法律争论；c. 将美国宪法与奴隶制一对一比较；d. 与法律义务和公民不服从有关的文学；e. 就与奴隶制相关的法律问题所作的布道；f. 与第e类问题相关的学术、哲学和宗教论文；g. 针对那些为压迫等邪恶行为辩护的判决或法律机构而写的长篇抨击；h. 审判记录。

② Robert M. Cover. *Justice Accused: Antislavery and the Judicial Process*. p. 161.

③ 本书英文原标题特别长，此处为方便使用，笔者予以简化。英文原标题为"The Confessions of Nat Turner, the Leader of the Late Insurrections in Southampton, VA. As fully and voluntarily made to Thomas R. Gray, in the prison where he was confined, and acknowledged by him to be such when read before the Court of Southampton; with the certificate, under the seal of the Court convened at Jerusalem, Nov. 5, 1831, for his trial. Also, an authentic account of the whole insurrection, with lists of the whites who were murdered, and of the negroes brought before the Court of Southampton, and there sentenced." 完整标题的汉译本详见本章第一部分。

1828，以下简称《楚丝叙述》）①中体现的记忆的争夺和话语交锋的问题。

第一节　从法庭罗生门事件到见证叙事危机
——《为奴十二载》中的真实性问题

诺瑟普的《为奴十二载》②长期以来被奉为美国奴隶叙事的经典之作，其成书时间（1853 年）介于《汤姆叔叔的小屋》和《道格拉斯自述》之间，从黑人奴隶的视角，讲述了作者本人的一段真实经历。诺瑟普出生于 1808 年，父亲是一名获得了自由的前奴隶，1828 年诺瑟普和安妮·汉普顿结婚，婚后两人生有三个子女，过着幸福的生活。1841 年，诺瑟普被两个陌生人骗到了华盛顿特区，在那里他被监禁，失去了自由，之后被送到了新奥尔良的奴隶监狱，被当作奴隶卖给了奴隶主福特。福特主人待诺瑟普不错，但因为福特财务问题，诺瑟普又被卖给了提毕兹；再后来被转卖给奴隶主艾普斯。新主人艾普斯号称"奴隶阎王"，以征服手下奴隶的精神闻名。诺瑟普为他工作了整整十年，"没有任何奖赏"，"除了不该承受的皮鞭和打骂"③。诺瑟普没有放弃恢复自由身的希望，经过各种努力，他最后取得了主人朋友巴斯的信任，巴斯为他联系了他之前的几位白人朋友，其中一位的来信证实了诺瑟普的自由人身份，经过法庭审判，最终诺瑟普在朋友的帮助下恢复了自由。该书不光揭露了南方种植园奴隶主对奴隶的残酷剥削和压榨，也暴露出北方从事奴隶贸易的掮客，受经济利益驱动，罔顾法律、道德，诱骗北方自由民黑人并进行贩卖的丑恶嘴脸，从而在覆盖南北全域的基础上，揭示出美国奴隶制的黑暗，意在"为美国黑人，对美国，尤其对美国白人说话"④，唤起支持废奴运动的白人的同情，为废奴运动宣传造势。

长期以来，围绕该书进行的文学批评主要集中在政治功效（对奴隶制罪恶的揭露）、叙事形式（白信封装黑信息）、身份转变（围绕主人公的自由民、黑奴、自由民的身份转换而引发的社会境遇的改变）、边缘群体内部的异质性（黑人内部的不团结）以及伦理分析（奴隶制对黑人家庭、社群等观念的冲击）。然

---

① Sojourner Truth. "Narrative of Sojourner Truth, a Northern Slave, Emancipated from Bodily Servitude by the State of New York, in 1828." William L. Andrews and Henry Louis Gates, Jr., eds. *Slave Narratives*. New York: Literary Classics of the United States, Inc., 2000, p.596. 该书名为笔者自译，国内目前尚无该书的汉译本。
② 所罗门·诺瑟普：《为奴十二载》，2014 年。
③ 同上条文献，第 150 页。
④ 赵宏维：《黑白之间的流动——评〈剑桥美国非裔奴隶叙事指南〉》，第 169 页。

而，就笔者掌握的资料来看，既往的批评者忽视了文本结尾处所罗门为讨回公道，与曾经贩卖自己的博奇对簿公堂却最终败诉这一情节的重要意义。文本中，对于过往事件的追忆，双方当事人提供了两种截然不同的叙述，所罗门提供了自己作为自由民被博奇贩卖的版本，而博奇则提供了自称是黑奴的所罗门同意被交易的版本，两种版本构成了一种叙事竞争。经验事实因时间的不可逆性已经无从追溯，因而在法庭聆讯的环节，控辩双方所谓的事实陈述只是依托自己的叙事建构一种相对于经验世界事实的可能世界叙事版本。最后由法官和陪审团基于逻辑性和因果律的考量，选择一种版本作为经验事实的可靠叙事。"法庭就是控辩双方进行叙事竞争的擂台，都希望自己的故事能获得听众的信任，尤其是法官和陪审团。"[1]因所罗门和博奇都无法提供完整的证据链，各自的陈述虽有证人证言，但都缺乏关键的佐证，两种叙事相互对抗，难以判定谁言为真，真相在这里成了各执一词的罗生门现象。本着疑罪从无[2]的考虑，法庭宣布博奇无罪开释。既往的读者大多将这一情节视作法庭审判不公，正义未得到伸张，从而更加同情所罗门的遭际。然而在笔者看来，法庭审判这一环节在文本中具有重要作用，就像是被推倒的第一张多米诺骨牌，引发一连串的问题。首先，面对同一个陈述，为何读者信以为真而法庭却认为真假难定？再有，作为见证叙事的典范，如果如上文分析的那样，所有宣称为讲述事实（真实）的文本都只是一种叙事版本，事实（真实）根本无法追溯，那么见证叙事是否遭遇了危机？据此推论，长期以来，人们对文艺作品按照纪实与虚构进行划分，是否存在问题？对这些问题的拷问，有助于我们更深入地理解文本。正本必先清源，既然问题源起于法庭论辩，那么不妨从论辩环节切入，逐一回答上述问题。问题聚焦在"真实"，法庭对事实的考核，是否真实？作者作为见证者，见证证词本身是否真实？文本是否真实？

一、法庭证言和奴隶叙事的真实性博弈：读者认同和法庭悬置

所罗门和博奇之间的官司发生在 1853 年，所罗门获救后，向华盛顿的法庭对博奇提出了诉讼，理由是绑架和贩奴。为了更清楚地显示控辩双方对事实真相的见证和辩论，我们简要地回顾一下文本：

原告：所罗门·诺瑟普

---

[1] 张新军：《可能世界叙事学》，苏州：苏州大学出版社，2011 年，第 203 页。
[2] 疑罪从无指在刑事司法中出现既不能排除犯罪嫌疑又不能证明有罪的两难情况时，从法律上推定为无罪的处理方式，又被称为疑点利益归于被告。

原告律师：查斯议员（俄亥俄州）、克拉克先生（华盛顿的珊蒂山），亨利·B. 诺瑟普先生（华盛顿特区）

被告：鲍比

辩护律师：约瑟夫·H. 布拉德利

原告证人：奥维尔·卡拉克，亨利·诺瑟普先生

被告证人：埃比尼泽·雷德本，本杰明·O. 沙克尔，本杰明·A. 索恩

在审判之中，原告证人证实所罗门·诺瑟普是个自由人，提出了对博奇绑架自由人并贩卖自由人的控诉；但被告方先是请证人雷德本作证，承认所罗门于1841年被博奇置于奴隶监狱；然后将沙克尔作为见证人，证明他在自己的酒店内见到过所罗门："他说我自称在佐治亚出生长大，同我一起来的年轻人中有一位是我的主人，而我对即将与他分别表现得依依不舍，'流出了眼泪'！尽管如此，我仍坚持主人有权卖我，也应该卖掉我。"①本杰明·A. 索恩接着作证，说他曾在1841年沙克尔的酒店见过一个拉小提琴的黑人，"那名黑人向我承认自己是奴隶"②。所罗门之后提出作为证人作证，但遭到了反对，法庭否决的依据是所罗门是一个黑人。但博奇本人却可以担任本方证人。尽管原告方提出反对，但是法庭还是接受了博奇的证词。"法庭宣布博奇是诚实无辜的，因此予以释放。"③

如上所述，尽管原告证人提出了奴隶贩卖时的见证证明，但其证明之后不断受到叙述者所罗门的叙述干预，对原告证人提出了质疑。从叙述效果来看，读者对所罗门的叙述建立起高度的信任，并进而质疑法庭审判的公正性。值得注意的是，在这一段法庭审判之中，有两种性质的证言：一为具有法庭效应的证词；二为奴隶叙事，作为对奴隶贸易和奴隶制残酷性的社会法庭的证言。两者交叉，互有矛盾，由此产生了对叙事和见证本身的质疑，原因可以大致归为以下几点。

第一，读者与法庭所面对的针对同一事件的叙事版本迥乎不同，前者逻辑严谨，可信度高，而后者分散破碎，可信度低。就阅读的整个过程来看，法庭审判的环节居于全书末尾，在此之前，所罗门作为叙述者已经详尽地向读者交代了其如何被白人诱骗，从自由民沦为奴隶，度过悲惨的十二年，后经人解救，恢复自由身份，并回到北方的整个历程。而且在其中，不惜笔墨，点明可以进行佐证的人名、地名，使细节相当饱满。在这一叙述过程中，所罗门作为叙述者，对所叙述信息进行了有效整合，使之呈现出高度的逻辑严谨、因果合理的特征，从而在

---

① 所罗门·诺瑟普：《为奴十二载》，第267页。
② 同上条文献，第268页。
③ 同上条文献，第269页。

叙事层面上使文本具备了高度可信性。在这样一种信息铺垫下，当读者读到法庭审判这一节，可以不假思索地认同所罗门的陈述，进而得出审判不公的结论。

然而，就法庭审判而言，控辩双方争论的焦点是所罗门是究竟作为自由民还是黑奴被博奇贩卖，与此无关的信息，例如所罗门作为自由民的生活，与被贩卖后的悲惨境遇，统统被剔除在关注范围之外。两相比较，法庭占有的信息远远少于读者所获取的信息，且成片段化，未经有效整合。具体来说，针对所罗门一方而言，法庭所获知的信息仅限于奥维尔·卡拉克与诺瑟普先生为所罗门作证所提供的证言，即"从童年时期就认识我[所罗门]，我是个自由人"①，诺瑟普先生还另外"证明了前往阿沃耶尔地区执行任务的事实"。所罗门"提出作为证人作证，但遭到了反对，法庭裁决我[所罗门]的证词不予承认"②。所罗门的证词不被承认的一个直接后果就是有利于其的证人证言因彼此不相统属，一为焦点事件（被贩卖）之前，一为焦点事件之后，缺乏意义连贯性与逻辑上的统摄性，呈现分散、破碎的状态。以法庭审判的角度而言，原告之方这些叙事层面的缺陷严重降低了其可信度。

第二，就叙事竞争而言，读者因为面临唯一的叙事，不用进行叙事选择；而法庭面临两个彼此对抗的叙事，在取舍上面临极大困难。就读者而言，一开篇，在序言部分白人编者戴维·威尔逊即向读者保证"书中所包含的事实大多有据可查"，而且表示"对他[所罗门]严格遵照事实的陈述十分满意"。在正文开端部分，叙述者所罗门也宣称"我的目标是如实陈述真相，重述我的人生故事，不隐瞒，不夸张"③。编者和作者的关于真实性的双重保证再加上文中极其饱满的细节真实，营造出高度的真实感，使读者认同所罗门的叙述，并深信不疑。而在法庭审判环节，针对同一事件出现了截然相反的两种叙事，且都有证人证言，两种叙事彼此消解对方的真实性。面对此种情况，因经验世界的事实无法回溯，法庭能做的只是依据双方的叙事，对其中一方进行证实或者证伪，从而在双方建构的可能世界的事实中选取一方作为经验世界的事实。问题是，双方的竞争性叙事都有问题。如前所述，就所罗门一方而言，证人证言并不直接指涉焦点事件，即所罗门被博奇作为自由民贩卖。无论是奥维尔·卡拉克还是诺瑟普先生，都只能证明所罗门生来是自由民，但是在被博奇贩卖为奴这件事上，都不在现场，无法证明。就博奇一方而言，虽宣称所罗门当时是作为黑奴自愿被交易的，但在交易账

---

① 所罗门·诺瑟普：《为奴十二载》，第 266 页。
② 同上条文献，第 266-268 页。
③ 同上条文献，第 202 页。

簿上却查不到记录，也变成了真假难定的叙事。基于疑点利益归于被告的考虑，法院最后只得宣判博奇无罪。但是，需要特别指出的是，这样的宣判并不代表法庭认可了博奇的叙事，只能说明法庭在面对两种对抗性叙事时，难以断定孰真孰假，最终将真实性悬而不论。

第三，在真实性的认定方面，读者与法庭也存在方法论上的差异。读者选择信以为真，一则是情感认同遮蔽了理性质询。所罗门的讲述细节饱满，极富煽情效果，容易使读者浸没其中，从而去除了读者对内容真实性进行质疑的可能；二则因为《为奴十二载》作为一个见证叙事的文本（下文将会提到），"它要求公众对受害者有一种人类伙伴的信任和认同。……我们相信见证者故事的真实性，是出于我们对见证者的'信任'"[①]。与读者的信以为真相反，法庭对真实性的认定讲求重证据实，在没有确凿证据指证博奇违法的情况下，必须将其开释。现代西方"理性的法"（尤其是证据法）来自以形式逻辑和精确计算为基础的罗马法，而不是诉诸激情、眼泪的卡迪斯法。[②]再者，就程序正义与实体正义而言，法庭的审理遵照了程序正义的原则，控辩双方（所罗门和博奇）都进行了事件陈述，结果导致实体正义的缺席（博奇无罪开释）。当然，这里探讨的是法庭审判的过程是否有问题，而不是法律设计本身是否有问题。程序正义关涉的是法律结果的达成过程是否合法合规，而法律该如何制定则与实体正义的实现有关。因此就审判过程而言，法庭并无可以指摘的地方。

值得注意的是，废奴主义奴隶叙事中对这两种见证证言的矛盾和冲突，都来源于废奴主义对公义的追求，对美国法庭证言的质疑，并在此之上，对奴隶叙事打造成见证证言的努力。从法律的角度来说，美国早期的清教徒法律改革者将财产犯罪降低为民事纠纷，取而代之的是在《圣经》中有违道德的罪恶，如绑架（man-stealing）、强奸、通奸……尽管随着国家的建立，法律对于罪行的定义有一些改编，但清教徒时期对于罪恶（crime）的理解仍然保持着道德的维度，并持续塑造着公众对罪行的理解："在还没有建立新的基督秩序时，直到18世纪，清教徒法律在新英格兰仍然是强有力的论据。犯罪仍然被视为作恶（sinful）；罪犯（the criminal）也等于是一个罪人（sinner）；而犯罪法（the criminal law）则是上帝的世间工具，法庭仍然作为公共道德的监督者而存在。"[③]废奴主义运动曾打算强迫法庭去面对奴隶制问题，但在德雷德·斯科特案中，最

---

① 徐贲：《"记忆窃贼"和见证叙事的公共意义》，载《外国文学评论》2008年第1期，第85页。
② 马克斯·韦伯：《经济与社会》（下卷），林荣远译，北京：商务印书馆，1997年，第721页。
③ Edgar J. McManus. *Law and Liberty in Early New England: Criminal Justice and Due Process, 1620-1692*. Amherst: University of Massachusetts Press, 1993, p. 180.

高法院对逃奴斯科特的裁决,却反映了美国法院对奴隶和证言的态度。首席法官托尼在裁决中这样说道:"如果宪法承认奴隶主对奴隶的拥有权,并对这种财产与公民拥有的其他财产一视同仁,在联邦权利下,无论是立法的、行政的或司法的,任何裁决都无权对它们区别对待,或否认那些为保护私有财产免遭政府侵害而立的条款对它的好处。因此……奴隶系其主人的财产,这一财产权在宪法中得到明确的肯定。奴隶被当作普通商品和财产一样买卖,每州公民保证有二十年的奴隶买卖权。"① 首席法官托尼的裁决,从另一个层面说明了在所罗门案件审理中,法庭证言和程序都符合法律要求,但也从另外的层面体现了法律对待黑人不公正:对黑人人权的否定,以及由此而来的道德缺陷。因此,废奴主义者将对奴隶制度的争执放大到社会层面和道德层面,一方是奴隶受害者的证言和废奴倡议者,另一方是南方的"奴隶恶行的犯罪者"和他们北方的"对蓄奴制的教唆者"。奴隶叙事被打造成见证叙事,提供前奴隶"我"所看见的,"我"所听见的,"我"所经历的,这种文类要求的出发点在于真实。

二、见证叙事危机

"判断一个文本是否是见证文本,首先需要满足两个条件:第一,文本的写作者必须是亲历了某种社会灾难事件的人;第二,亲历者讲述他们在社会灾难中的所思所想所感,并且为其所讲述内容的真实性负责。"②见证叙事的文类预设了一个价值合约,即作者承诺在该类文本中所讲述的都是事实,而读者也认同这一承诺,选择相信文本中的讲述为事实。见证叙事的作者通常需要满足两个条件:①普通人;②以亲身经历为依据。之所以要求见证叙事的作者是普通人,是因为高端人士,例如政客,对同一历史事件的解读很可能不同于普通人。如罗伯特·李将军和一名北方的普通士兵对美国南北战争的解读就会不一样。李将军看到的是南方伊甸园的神话和南方的"伟大事业",而普通士兵看到的是战争的残酷与人性的泯灭。高端人士的历史解读表现为正史的宏大叙述,这样的著作早已汗牛充栋;而普通人对同一历史事件的解读,却极其匮乏,散见于残章断简。尤其当普通人的解读与正史出现对抗时,这样的解读就更弥足珍贵,因为它打破了正史的话语垄断,丰富了历史叙事的形式,并且可以"重新矫正一种错误的认识

---

① J. 艾捷尔:《美国赖以立国的文本》,第151页。
② 吕鹤颖:《见证文学与文学的见证》,载《文艺争鸣》2016年第10期,第156页。

或改正一种不公正的看法"①。至于第二个要求，必须以亲身经历作为写作依据，则是见证叙事的应有之义。只有这样，才能最大程度保证叙事内容的真实性，进而保证见证意义的有效性。从这两点来看，《为奴十二载》完全符合见证叙事的要求。首先，作者诺瑟普是一名普通的黑人自由民，他以其十二年作为黑奴的亲身经历为美国的奴隶制之罪恶做见证，从而在支持蓄奴的白人作家垄断话语权和掌控奴隶制的解释权的情况下，提供了一个新的解读视角（黑奴视角），形成了与美化奴隶制相抗衡的历史叙事。同时与倡导废奴的白人作家的作品相比，其作品因依据亲身经历，在细节真实上高度饱满，平添了可信性。

基于上述分析，《为奴十二载》中所述内容的真实性似乎得到了有效确保，但是果真如此吗？文本中提到所罗门初遇两名白人奴隶贩子是经熟人介绍，"我努力回想当时的情景，印象中我的一位熟人——但我怎么都想不起那位熟人是谁——为我介绍了那两位先生，说我是拉小提琴的一把好手"②。所罗门此处的叙述，虽然一笔带过，但细究却存在疑点。在文本中，所罗门的讲述表明其具有强大的记忆能力，虽时间跨度长达十二年，所述人物多达数十位，却能一一给出名字，其中包括仅仅是偶遇过的水手和奴隶，却唯独对这位熟人记不起来。这种强大记忆能力的临时性失忆着实让人起疑。

另外，这位熟人在所罗门命运转变的过程中发挥了重要作用，正是经由他的引荐，所罗门才得以认识那两名白人奴隶贩子，并最终被贩卖为奴。可以说，是他一手开启了所罗门人生中的悲剧。对于这样一个对自身有过重要影响的人，拥有强大记忆的所罗门究竟是无法想起，还是不愿想起？从人物性格连续性来看，后者的可能性远远大于前者，即所罗门记得那人是谁，却不愿直言其名。那么又是为什么呢？文本中没有明确给出原因，但是耐人寻味的是，在本书的同名电影③中，明确标示出是一个白人向所罗门引荐了两名奴隶贩子。那位白人熟人究竟只是充当了引荐人，还是和奴隶贩子一起参与了对所罗门的诱骗，囿于文本信息，难以求证，但是却给读者留足了想象空间。再联系所罗门在这个问题上有意的模糊化处理，可以看出，所罗门之所以对那个熟人的名字三缄其口，恰恰是出于避讳：一方面有意遮掩这位白人熟人的肮脏行径；另一方面，奴隶叙事的目的是激起白人对黑奴的同情和怜悯，而不是对自身的愤怒和羞耻，那样就背离了文

---

① 王欣：《大屠杀见证：创伤记忆与历史再现》，载《社会科学研究》2015年第6期，第20页。
② 所罗门·诺瑟普：《为奴十二载》，第11-12页。
③ 影版《为奴十二年》依据所罗门·诺瑟普的传记文本《为奴十二载》改编，由史蒂夫·麦奎因执导，于2013年11月8日在美国上映，曾斩获第71届金球奖最佳剧情片奖、第86届奥斯卡最佳影片奖、最佳女配角、最佳改编剧本奖三项大奖。

本最初的政治目的。但是从见证叙事对真实性的预先设定来看,所罗门此举无疑违规,因为其掩盖了事实,或者说只陈述了部分事实;而部分事实与完整事实在价值意义上是完全不可等同的,一定情况下,部分事实更接近谎言。例如,甲看见乙用刀杀了丙,却只对警察说看见丙死了,胸口插着刀,这样甲虽然陈述了部分事实,但在语用效力上完全等同于谎言。因为事实是乙杀了丙,而按照甲的描述,可以得出丙死于意外的结果,这样甲的陈述就有帮乙脱罪的嫌疑。管中窥豹,可见一斑。所罗门对熟人名字的模糊化处理,不难引起读者对于文本所宣讲内容的真实性的质疑。

此外,《为奴十二载》作为典型的奴隶叙事作品,在形式上具有"白信封/黑信息"的标准特征,即黑人亲历者的叙述之前总有一篇白人编者的序言,在序言中白人编者宣称为后续黑人讲述者所述内容的真实性做保证。然而,白人序言的阅读,使读者窥见文本内部的裂隙,进而引发对文本真实性的持续质疑。首先,威尔逊在序言中的一句话颇为耐人寻味:"书中所包含的事实大多有据可查——其余部分则全系所罗门的主张。"[①]不难看出,威尔逊对所罗门陈述内容的真实性只做了部分担保,并明言所罗门在文本中掺杂了私货。其次,具体到《为奴十二载》这本书的生产,是叙述者所罗门先进行口述,由编者戴维·威尔逊进行记录,然后由所罗门进行校对。白人编者戴维·威尔逊在这一文本的生产过程中似乎只扮演了记录秘书的角色,但是威尔逊的记录真的是不沾染个人主观色彩以及白人意识形态的中性/零度记录吗?

我们知道,词语的选取,语句的组织,文本的架构,都会造成围绕同一底本的不同述本间的巨大差别。因此,白人编者威尔逊的存在绝对不会是对所罗门所述文本的零度介入。序言中的一句话点明了这一点:"他在松树林受到的待遇,表明奴隶主中有人道和残忍之分。"[②]威尔逊在这里指涉所罗门曾经的两位主人,福特和艾普斯,前者脾气温和,后者暴虐成性。然而这只是驾驭奴隶的手段不同(一柔一刚)而已,不足以成为二人人道与残忍的分界线。福特用圣经麻痹消解所罗门的反抗意识,与艾普斯用鞭子抽打所罗门使之产生畏惧心理,在效果上是等同的,都是为了让所罗门努力干活,好多为他们创造经济价值。白人编者威尔逊在行文伊始就为这二人做了二元对立的品性判定,明显带有诱导读者认同该解读的嫌疑,即白人种植园主并不全是坏的,从而避免读者将白人与邪恶、残暴画上等号。

---

① 所罗门·诺瑟普:《为奴十二载》,第3页。
② 同上条文献,第3页。

同时，在对福特这个白人奴隶主的界定上，叙述者所罗门与编者威尔逊的不同理解，则折射出文本中黑人叙述者与白人编者对话语权的争夺。如上所述，白人编者威尔逊认为福特是一个人道的奴隶主，而所罗门则对福特的柔性统治策略有清醒的认知。"围绕在他身边的结交之人和影响，让他看不到奴隶制度根源处的本质错误。他从未怀疑过将人屈服于人的道德权利。"[1]所罗门明确看到，奴隶制本身是一个错误，是反人道的，因此作为奴隶制的既得利益群体的一员，福特与艾普斯的区别只是残忍的程度不同而已。围绕福特，编者威尔逊的"人道"论，与叙述者所罗门的"错误"说，构成了一种叙事张力，前者与后者争夺读者的理解认同，同时也在消解后者叙事的真实性，因为在这里，围绕同一人物，同样的事件，出现截然对立的判定，读者认同前者解读，势必否定后者。这样一来，原本叙述者与作者为文本内容真实性提供的双重保证，演变为编者消解叙述者所述内容真实性的反讽。真实性在文本内部面临诘问，见证叙事出现了危机。

三、二度区隔框架下的纪实与虚构之分

行文至此，《为奴十二载》的文类归属似乎陷入一个尴尬的境地，宣称讲述事实的文本，真实性却受到了质疑。那么是否可以据此，将《为奴十二载》列入虚构文学的范畴？如果如此，是否就动摇甚至是颠覆了长期以来，读者对纪实文学的常识性界定？更进一步地说，纪实与虚构划分的依据是什么，这个依据本身是否经得起推敲？

对上述问题的回答，可以从《为奴十二载》两个汉译本之间的一点细微差别讲起。目前，就笔者掌握的资料来看，市面上流通的《为奴十二载》的汉译本有两种：一种是蒋漫的译本，由上海译文出版社于2017年出版；另一种是常非的译本，由北京大学出版社于2014年出版。两种版本在形式上有细微差别，即蒋漫的译本略去了作为白人编者戴维·威尔逊的序言，而常非的译本则对该部分予以保留。威尔逊的序言不过二三百字，内容不多，表面上看，删去似乎无伤大雅。不过，这篇白人序言保留与否，直接影响到《为奴十二载》这个文本的题材归类，即到底是纪实的还是虚构的。

关于纪实与虚构的区分，赵毅衡提出二度区隔的判定标准，即"一度区隔是再现框架，把符号再现与经验世界区隔开来"[2]。"虚构叙述必须在符号再现的

---

[1] 所罗门·诺瑟普：《为奴十二载》，第67页。
[2] 赵毅衡：《广义叙述学》，第74页。

基础上再设置第二层区隔。也就是说，它是'再现中的进一步再现'。"①结合《为奴十二载》的文本样态，白人编者的序言构成了一度区隔，白人编者直接面对经验世界的读者言说。叙述者所罗门的叙述则构成二度区隔，在这个意义上就成了虚构。而如果去掉白人编者的序言，则所罗门的叙述成为一度区隔，叙述者所罗门直接面对经验世界的读者言说。需要指出，在运用二度区隔框架对奴隶叙事进行纪实/虚构的划分上，笔者的理解不同于国内学者方小莉的研究。方小莉认为"奴隶叙事叙述者，以及为奴隶叙事写序的白人都被要求对其真实性问[负]责，因为他们都属于同一个层次，在一度区隔中共同面对经验世界的读者"②。问题的关键在于黑人叙述者的讲述与白人编者的序言是否在同一个层次。笔者的看法是否定的，原因如下：第一，从符号学的角度来看，狭义的文本不包括标题、序言等元素，序言属于副文本。第二，从奴隶叙事"白信封装黑信息"的特征来理解，白人序言与黑人叙述从形式上就截然分开。第三，具体到《为奴十二载》这一文本，威尔逊在序言中明确指出："编者的唯一目的，是忠实记录下所罗门·诺瑟普亲口讲述的人生经历。"这句话明确了文本在构成上的知识产权归属，序言归威尔逊，叙述部分归所罗门，二者不可混为一谈。因此，包含序言的《为奴十二载》是二度区隔而非一度区隔。蒋漫的译本没有保留序言，绝不是无心之失：一来序言位于全书开篇的位置，不可能错过；二来，即便译者漏译，编辑和校对人员也会发现，予以补救。对于像上海译文出版社这样专业运营多年，且在业界口碑甚高的机构，如果出现译者、编辑和校对的集体失职，很难令人信服。因此，笔者认为，序言的有无看似是个小问题，实则折射出出版社对本书的文本定位。蒋漫的版本没有保留序言，则该版本的《为奴十二载》属纪实类文学，偏重史料价值；而常非的版本保留了序言，则该版本属虚构类文学，偏重艺术价值。

然而，一个吊诡的事情是，出版社的文本定位与历史语境下的现实情况出现了反差。照上海译文出版社的定位，偏重史料价值的是不包含白人序言的版本。实际情况与之恰恰相反，历史上，美国奴隶叙事之所以会出现"白信封/黑信息"（白人序言在黑人叙述内容之前，并为叙述内容的真实性具保）这样的独特形式，是因为在当时白人看来，黑人所说的话是不可信的，体现在《为奴十二载》的文本中，黑人奴隶的话不能当作证言，不具备法律效力就是一个明证。因而，白人序言存在的一个很大的作用就是为后续的黑人叙述内容具保，对真

---

① 赵毅衡：《广义叙述学》，第76页。
② 方小莉：《美国奴隶叙事研究》，载《西南民族大学学报（人文社科版）》2016年第9期，第191页。

实性负责。体现在二度区隔的具体划分上,白人序言属于一度区隔,白人直接面向经验世界的读者言说,是纪实类,具备可信度;而黑人叙述处在二度区隔框架内,属于虚构类,可信度不高。这样一组白人/黑人、一度区隔/二度区隔、纪实/虚构、可信/不可信的二元对立话语模式是对当时社会文化的真实有效表征。据此,如果上海译文出版社更看重史料价值,就应该保留白人编者的序言,反之则反。

此外,如上文分析,蒋漫的译本没有保留序言,文本属于纪实类,倒还符合读者预期。而常非的译本因为保留了序言,具备双重区隔特征,因而属于虚构类文学。这样的分类结果冲击了读者的既往认知,面对这样一部细节饱满的文本,很难解释一部虚构作品会具有如此大的真实性,这是否构成一种悖论?在这里,首先必须指出,此处所探讨的真实性与真实绝对不可混同。前者指涉读者在阅读文本过程中所获得的真实感,是一种感觉;而后者指涉经验世界中的事实。厘清了这两个概念之后,接下来还要弄清楚一个问题,即纪实性作品传达的真实性是否必然多于虚构性作品?答案是否定的。虚构作品并非与经验世界隔绝,从而没有指称性,指称性不能成为区分虚构与纪实的有效依据。例如,纪实类作品《拿破仑传》与虚构类作品《战争与和平》中都有对拿破仑入侵法国这一历史事实的描写,后者虽属虚构,但是得益于托尔斯泰的如椽巨笔,小说中关于战争场面的描写细节极其饱满,从而给读者营造出极强的真实感;而前者虽属纪实类,但囿于篇幅、史料以及文体的限制,细节上着墨不多,所营造的真实感反而逊于后者。此外,虚构文本所营造的内在真实性,会对读者产生浸没效果,使之忘记或者搁置区隔,从而在读者的阅读过程中,二度区隔变为一度区隔,虚构让位于纪实。在这里有必要指出,虚构让位于纪实这一过程发生在读者的阅读体验中,而并不是说二度区隔的划分标准不固定,解释呈现随意性。例如,所罗门的叙述因为细节高度饱满,营造出极强的真实性,使读者忘却了白人编者的序言这个一度区隔的限制,认同于所罗门的叙述,直接把所罗门的叙述当作一度区隔,从而在阅读过程中,实现了文本定位由虚构到纪实的转变。这种情况在实际阅读中很有可能大量存在。一来,序言位于全篇开首,从狭义的文本定义来说,序言属于副文本,部分读者受阅读习惯的影响,可能直接跳过序言,从所罗门的叙述读起。在此种情况下,序言作为一度区隔的标记虽然存在,但是实际上不发挥作用。读者已然把所罗门的叙述认作一度区隔,文本被定性为纪实。二来,从字数上看,序言不过二三百字,相对于所罗门的叙述体量而言,相当渺小,且位于全书开篇。即便读者从序言读起,但是一旦浸没在所罗门的叙述里,就极易忘却序言的存在。在此种情况下,所罗门的叙述僭越了白人序言的一度区隔位置。这也就解释了为什么读者的阅读观感对文本纪实/虚构的定位会出现二度区隔框架下的文本纪实/虚构定位不匹配的现象。正如赵毅衡指出的那样："'真实性'的产生，最主要原因是道德情感的强大力量，它会如橡皮一样擦抹掉虚构框架区隔，把一切还原成'真实'。"①

总的说来，在文本内容层面，所罗门和博奇关于所罗门究竟是作为自由民还是黑奴被贩卖的两种叙事版本构成叙事竞争，法庭难以判断孰真孰假，事件真相演变成罗生门。在文本形式层面，白人编者威尔逊与黑人叙述者所罗门的叙述声音相互竞争，前者与后者争夺读者的理解认同，并消解后者的真实性，从而质疑并动摇《为奴十二载》作为见证叙事文本的合理性。在文本类属层面，有无白人编者序言的两种汉译本按照二度区隔理论分属虚构和纪实两大阵营，在一定程度上冲击了读者的既往认知。

第二节 谁是受害者？《自白书》中的见证和记忆

1831年8月21日，美国弗吉尼亚州南安普顿镇爆发了一场由黑奴奈特·特纳领导的针对白人奴隶主的起义（insurrection）②，起义旨在解放黑奴，但在起义过程中确实存在洗劫白人财产、滥杀无辜的现象，许多白人妇女和儿童（14名成年女性，31名婴幼儿）都未能幸免。事后统计，有55名③白人在此事件中被杀害。虽然从参与人数（六七十名黑奴）、波及范围（仅限南安普顿镇）和造成伤害（55名白人被杀）上看，特纳起义都是一起小规模事件，但是由于起义成员的嗜杀，这一事件连同起义领导者的名字，都已成为美国历史上极具梦魇性质的词汇。起义在第二天旋即遭到白人统治者镇压，起义参与者或在追捕途中被当场击毙，或在事后被判刑收监。领导者奈特·特纳在躲藏两月后也被捕，后经法庭审判，裁定死刑。

---

① 赵毅衡：《广义叙述学》，第85页。

② 英文单词 insurrection 对应汉语中两种翻法，一为褒义词起义，一为贬义词暴乱，两种翻法体现出使用者不同的政治倾向和阶级立场。《自白书》文本由奈特口述，白人律师格雷记录，就根本而言，是为白人统治阶层服务，文本中亦大量充斥格雷对奈特所领导的这一事件的贬低性评价，因此适合翻作暴乱。国内学界得因于20世纪特殊的政治历史背景，普遍译作起义，为使用方便，本文沿袭旧例。但在具体引用文本时，译为暴乱，以表明白人编者的感情态度，借以更加忠实于原文。

③ 关于遇难白人的确切数字，学界说法不一，但都认为不超过60人。这里依据的是格雷版《自白书》给出的白人遇难者名单，统计得出55人。

《自白书》成书并出版于 1831 年，是白人律师托马斯·格雷在特纳被捕后，获准从10月1日到3日，利用三个晚上的时间进入监狱对特纳进行访谈，并将访谈记录汇编，整理出版。就内容而言，该书的核心是事件当事人黑奴特纳，对起义动机、起义经过以及躲藏经历所做的自述，间或夹杂白人律师格雷的提问。在此之外，白人律师格雷又有所添加补充，包括在访谈之后针对特纳的法庭审判记录、起义中白人遇难者名单、其他受审的起义参与者名单及审判结果、白人律师格雷对特纳本人和起义事件的评论以及法庭成员为格雷出具的记录真实的证言。从形式上看，该书是一种典型的嵌套式叙事，黑奴特纳的自述居于全书中间位置，前有白人律师格雷的"致公众"（类似前言）和法庭成员（白人）的记录真实的证言，后有白人律师格雷的相关评论以及法庭审判记录。如此一来，黑奴特纳的自述文本被白人编者的文本包裹其中，具有典型的奴隶叙事"白信封/黑信息"的表征，难怪哈佛大学教授盖茨在编纂《美国奴隶叙事》一书时，会将其收录其中。但是，需要指出的是，在内容上来说，《自白书》是一种非典型的奴隶叙事，因为就文本创作的政治目的而言，其他多数奴隶叙事文本是"为美国黑人，对美国，尤其对美国白人说话"[①]，从而激起支持废奴运动的白人同情；而《自白书》中却充斥大量对黑人残忍嗜杀白人的描写，显然有悖于上述目的。

　　《自白书》自出版以来，长期被奉为解读特纳起义事件的圭臬，因为第一，该书是事件亲历者所做的叙述，具备主观权威；第二，该书是具备法律意义的文本，特纳的叙述部分曾作为呈堂证供递交法庭，具备客观真实。如此这般，特纳起义似乎早已盖棺论定了，实则不然，该事件一直余波不断。对于该事件的定性（起义抑或暴乱），以及对于特纳本人的界定（屠夫抑或英雄）一直在历史的语义场中延宕。关于《自白书》的真实性问题，学界其实一直质疑不断。例如，丹尼尔·法布里克就曾指出，白人律师格雷的政治立场使其不可能做出真实记录："这个故事之所以被讲述，不是为了阐述事实，而是为了维护南方奴隶制的政治、社会和经济利益。"[②]因之，历史上出现了一批和《自白书》内容相反的对抗性叙述。例如，20世纪60年代，美国作家威廉·史泰龙（William Clark Styron Jr.）以特纳起义事件创作了同名小说（《奈特·特纳自白书》），在书中，特纳被描绘成一个受到神启，领导黑人进行圣战（holy war）以反抗白人统治的英

[①] 赵宏维：《黑白之间的流动——评〈剑桥美国非裔奴隶叙事指南〉》，第169页。

[②] Daniel S. Fabricant. "Thomas R. Gray and William Styron: Finally, A Critical Look at the *1831 Confessions of Nat Turner*." *American Journal of Legal History*, Vol.37, No.3 (1993): 341.

雄。该书为史泰龙赢得了普利策奖，但是书中对特纳优柔寡断的性格、性错乱行为以及其与白人女奴隶主之间罗曼史的描写，却招致极大争议，甚至许多黑人作家都批评史泰龙，认为此举抹黑了英雄形象。无独有偶，2016 年一部名为《一个国家/民族的诞生》(*The Birth of a Nation*) 的影片上映，该片取材自特纳起义，由黑人演员奈特·帕克（Nat Parker）自编、自导、自演。在片中，特纳也被塑造成一个民族英雄，不同于《自白书》中叙事聚焦于起义者如何屠杀白人，影片在解释特纳起义的动机上做足了铺垫，即白人奴隶主对黑人的压榨和欺凌，如特纳同伴被活生生敲掉牙齿、特纳妻子被白人强奸殴打等，导致黑人揭竿而起。不过，这部曾被看好有望冲击奥斯卡的影片最终却颗粒无收，多数影评认为改编太过出格，严重背离观影者对这一事件的历史认知。

在《自白书》中，特纳被塑造成一个自命不凡的神棍形象，书中有大量关于黑奴残忍杀害白人的细节描写，从施害/受害的角度来看，由特纳领导的起义黑奴是施害者，死于非命的白人是受害者。而《一个国家/民族的诞生》这部影片展示的特纳是一个面对欺凌奋起反抗的英雄形象，前述的施害/受害身份获得了反转，尤其联系到影片结尾，特纳及一众参与起义的黑奴被施以绞刑，尸体在风中晃荡的惨相，更加坐实了特纳的受害者身份。这样一种反转实则是记忆政治的体现，因为当代读者若想触及相距久远的历史事件，只得借助于相关历史记录，而在新历史主义学者看来，根本没有客观真实的事实，有的只是经选择性记忆过滤过的，由文学语言加工后的文本，这样一种历史文本化的观点打破了传统意义上的历史（真实）/文学（虚构）的学科分野。如是观之，无论是《自白书》还是《一个国家/民族的诞生》都是以历史上真实发生的特纳起义这一历史事件为底本，而展开的两种不同述本。在两种述本中，出于创作者意识形态、阶级立场等因素的考虑，特纳被建构出不同的历史面相，因之，黑人/白人、施害者/受害者的身份也在不停轮转。研究《自白书》，可以观察到作为特纳记忆的记录者和见证者，格雷对于记忆材料的修改和删减；作为陈述主体对见证亲历者特纳讲述的僭越，以及格雷从集体记忆的角度出发，对于特纳的塑造如何趋同于他者原型，并将白人受害者身份固化的过程。

一、作为见证叙事文本的真实性

就文类而言，《自白书》属于典型的见证叙事。"判断一个文本是否是见证文本，首先需要满足两个条件：第一，文本的写作者必须是亲历了某种社会灾难事件的人；第二，亲历者讲述他们在社会灾难中所见所闻所感，并且为其所讲述内容的真实性负责。"[①]依照上述定义,特纳领导的起义对白人的大肆屠杀,给白人统治阶层造成极大的惊恐,可以被视作社会灾难事件;另外,特纳是以事件亲历者的身份,介绍起义动机和经过,并宣称白人律师格雷的记录是忠实于自己的原意。如是观之,围绕起义一事,任何其他人所做的阐述在主观权威上都不可能超越特纳本人。

文本形式上的嵌套式叙述为特纳的讲述的真实性进行了层层具保。需要在此指出的是,本文所探讨的《自白书》文本,并不是狭义上的只指代文本主体(从白人律师格雷的"致公众"开始),而是包括标题和白人法庭成员证词的广义文本。因为《自白书》属于奴隶叙事,"白信封/黑信息"是其典型形式。如果将上述内容排除在分析范围之外,那么对文本的审视就不全面,立论也难免会有偏颇。广义上的《自白书》文本如同套娃,一层套一层,而每一上层叙述都宣称对下层叙述的真实性负责。文本共可分为五层叙述,标题可以说是第一层,其中对真实性的刻意强调极为引人注目。《自白书》的完整标题为:

《奈特·特纳的自白书,该犯系新近发生在弗吉尼亚州南安普顿镇暴乱(insurrection)的首要人物,该书内容**全部(fully)**是其**自愿(voluntarily)**在狱中向托马斯格雷吐露的,并在南安普顿的法庭上向其宣读,其**认可无误(acknowledged to be such)**;(就真实性而言,)该书附有1831年在耶路撒冷[②]召开的审理奈特·特纳的**法庭印章(seal of court)**。同时,本书是一份关于整个暴乱事件的**真实的(authentic)**讲述,其后附有遇难的白人名单以及在南安普顿镇法庭上被传唤和宣判的黑奴名单》。[③]

上述引用中标黑的词汇对真实性的强调,给读者营造出强烈的不容置疑的感觉。尤其是以法庭印章的形式具保,更是从法律的意义上为文本的真实性平添了可信度。第二层是标题之后,即哥伦比亚地区法庭书记官艾德蒙·李的证言和法庭印章,证明《自白书》的内容与在其处存放的(关于特纳案件的)法庭档案并

---

① 吕鹤颖:《见证文学与文学的见证》,第156页。
② 弗吉尼亚州南安普顿镇下辖地名。
③ Thomas R. Gray."The Confessions of Nat Turner, the Leader of the Late Insurrections in Southampton, VA. As fully and voluntarily made to Thomas R. Gray, in the prison where he was confined, and acknowledged by him to be such when read before the Court of Southampton; with the certificate, under the seal of the Court convened at Jerusalem, Nov. 5, 1831, for his trial. Also, an authentic account of the whole insurrection, with lists of the whites who were murdered, and of the negroes brought before the Court of Southampton, and there sentenced." *Slave Narratives*. Ed. William L. Andrews and Henry Louis Gates, Jr. Electronic edition. Literary Classics of the United States, Inc., 2000, p.596.

无二致，"是一份忠实的记录"①。文本第三层是白人律师格雷的"致公众"书。格雷在其中宣称，"我决定为满足公众的好奇心，将他的陈述记录并出版，（保证）和他的原话**绝无半点改动（with little or no variation）**"。②第四层紧接着"致公众"的结尾处，是参与审判特纳的以杰瑞米·科布为首的六名法庭成员（白人）的证词、签名及私人印章。

> "我们如下签名的几位，是1831年11月5号在耶路撒冷召开的审理奈特，全名奈特·特纳，的法庭成员……在此作证，经由托马斯·格雷记录的奈特的供述内容，在我们在场的情况下宣读给奈特，其认可上述内容为**完整的（full）、不受胁迫的（free）、自愿的（voluntary）**[供述]。"（黑体为笔者所加）③

那么谁来证明杰瑞米·科布等六人确实参加了对奈特·特纳的审讯呢？第五层为六人的证言：南安普顿镇法庭职员詹姆斯·罗切勒对六人身份做出了证明，并盖上法庭印章："本人，詹姆斯·罗切勒，作为弗吉尼亚州南安普顿镇法庭职员，在此证明：杰瑞米·科布……是1831年11月5号在耶路撒冷召开的审理奈特，全名奈特·特纳，的法庭成员。"④如上所述，连续五层文本，构成了整个序列的见证关系，整个证明过程丝丝入扣，逻辑严谨：在文本还没有进展到特纳的讲述之前，就已经彻底打消了读者任何可能的怀疑心理，使其认同文本的内容。

不同于一般的文学作品，《自白书》同时还是一份法庭见证记录，具备法律意义上的真实性。这是其他绝大多数文学作品的真实性具保都不可比拟的；因为就其他作品而言，其具保过程都是由白人编者以及与黑人讲述事件相关联的白人完成的，而具体到《自白书》这一文本，其真实性除了白人编者（律师格雷），还有出席审判的法庭成员、法庭职员和法律文本存档地的书记官。这些为真实性具保的白人的职业身份以及在文本中大量出现的印章（含法庭公章及个人私章）在法律意义上为文本提供了充足的保证，而法律层面的担保就其效力而言，显然高过其他奴隶叙事作品中的真实性具保。

---

① Thomas R. Gray."The Confessions of Nat Turner, the Leader of the Late Insurrections in Southampton, VA. As fully and voluntarily made to Thomas R. Gray, in the prison where he was confined, and acknowledged by him to be such when read before the Court of Southampton; with the certificate, under the seal of the Court convened at Jerusalem, Nov. 5, 1831, for his trial. Also, an authentic account of the whole insurrection, with lists of the whites who were murdered, and of the negroes brought before the Court of Southampton, and there sentenced." p.244.

② 同上条文献，第245页。

③ 同上条文献，第247页。

④ 同上条文献，第248页。

二、僭越的陈述主体

按照上文分析，毋庸置疑《自白书》的内容真实性，因此，白人的受害者形象也貌似无可指摘。但实则不然，《自白书》中文本内部裂隙可以窥见白人编者（格雷）与黑人述者（特纳）并非和谐的合作共谋关系，而是存在着叙述竞争。首先，就特纳讲述部分而言，虽然格雷极少以提问者的方式直接介入，但是其间大量存在的插入语营造出极强的"双声"现象，即"格雷将自己的声音添加进特纳的[讲述]中"①，凸显出格雷在特纳讲述部分的存在感。就内容来看，这些插入语多数是对特纳讲述部分所做的进一步说明，系格雷为便于读者理解，依据访谈特纳之前和之后所做的大量调查资料而进行的补充。也就是说，在特纳口述时，插入的部分是不存在的，而在整理出版时被格雷加上了。表面上看，似乎无伤大雅，但是从阅读的一般规律来看，读者会在阅读时将常规文字与插入文字（括号内文字）一并摄入脑中。如此这般，本来是属于特纳的独白就变成了特纳主讲、格雷适时插话的双声。这首先违背了格雷自己在"致公众"部分所宣称的忠实记录："绝不做一点改动。"②部分读者也许觉得笔者是在吹毛求疵，认为格雷所做无非是在细节上做些补充，无甚大碍。可问题是，一旦格雷所提供的补充信息量大且细节足够饱满，就极易造成喧宾夺主的后果，即原本在双声现象中处于从属地位的格雷会僭越特纳的陈述主体的位置，以一个全知述者的身份轻易赢得读者的信任和认同，并由此降低特纳作为见证主体的叙述权威性。例如，在讲述起义者初次遭遇白人部队时，特纳讲道：

> "那伙白人，有十八个，从一百码的距离朝我们推进，这时，其中一个白人开火了（这是有悖于亚历山大·皮特上尉的进入三十码后再开火的命令的）并且我发现他们中有差不多一半的人正在撤退……"③

从逻辑上说，特纳是不可能知道在交战时，敌方的指挥官是如何要求士兵的，因此括号内的插入语只能来自格雷的相关调查。但是格雷的补充在此造成了一个问题，即打破了特纳叙述的时间框架，正常的读者本来浸没在特纳的叙述中，叙述时间从过去向现在呈线性推进。但是格雷的叙述声音插入，突然把叙述

---

① Kenneth S. Greenberg. "Introduction." *Nat Turner: A Slave Rebellion in History and Memory.* Ed. Kenneth S. Greenberg. New York: Oxford University Press, 2006, p.xii.

② Thomas R. Gray. *The Confessions of Nat Turner.* p.245.

③ 同上条文献，第258页。

时间往回拨转，因为命令只可能发布在开火之前。紧接着，随着叙述声音切换回特纳，时间箭头又沿着拨转前停止的位置继续前进。如此一来，特纳原本正常的单向度流动的时间框架被打破，与此同时，这种突然出现的"正向—逆向—正向"的时间震荡也极易将读者从特纳叙述所营造的浸没情绪中唤回，从而产生布莱希特语境下的间离效果①，而间离效果的产生又会拉低读者对特纳讲述的信任程度。此外，更严重的是，上述插入语的存在，使读者认识到文本中还存在一个比特纳的有限视角更厉害的全知视角，并由此认同并信服于全知视角的讲述，相形之下，特纳叙述能赢得多少读者的认同就更是被打上了问号。

除了采用插入语的隐性形式介入文本，从而与特纳展开叙事竞争之外，格雷更是采用质询的显性方式，引导操控特纳回忆性叙述的走向，使其沿着自己的意图定点行进，并最终通过对特纳叙述内容的选择性呈现，实现对特纳叙述内容的全面掌握。在特纳讲述的后半部分，第一人称指示代词的意指转换（从指代特纳到指代格雷），揭示出格雷自此已经抛弃了双声现象中对陈述主体的隐性僭越，而是从幕后走向了台前，上演了和特纳之间配角/主角的角色反转。在文本中表现如下：

> ……我[特纳]现在枷锁满身，愿意接受等待着我的命运。
> 在告知他等待他的一定是死刑，以及隐瞒只会让无辜者受伤，让他的黑人同胞蒙羞后，我[格雷]继续对他做了一些询问，内容关于他是否知道其他一些暴乱计划……②

一如上文，相邻的两个句子，同一人称代词（我），指代对象却发生了转变。文本中没有任何提示，也没有做出任何区分，需要读者依据上下文进行判断。在此之前，格雷介入特纳的口述，要么通过隐性的插入语，要么通过问方/答方的形式以区分彼此。在此之后，第一人称专一指代格雷，而特纳则用第三人称标记，这种人称的转换，揭示出陈述过程中主客体的反转。而这种反转造成两个后果：其一，特纳话语的真实性令人存疑。第一人称指代反转之后，在特纳回答内容的表述上，格雷多采用自由间接引语的形式。例如，"我问他是否知道几乎同时发生在北卡罗来纳州的暴乱，他对此予以否认。"自由间接引语和直接引语相比，没有后者的音响效果所营造的真实性。从表达上看，前者虽然赋予了转

---

① 间离效果（defamiliarization effect）由德国戏剧理论家布莱希特提出，是指让观众看戏，但并不融入剧情，意在让观众在观剧过程中保持一种理性判断，防止过度沉溺。

② Thomas R. Gray. *The Confessions of Nat Turner*. p.261.

述者较大的自由，但同时也意味着更大的背离原意的风险。而在一个宣称忠实记录的文本里，这样的技法选取显然是不合理的。其二，人称反转使特纳的回忆性叙述内容被框定了。在此之前，特纳作为陈述主体，陈述内容相对自主。而转换之后，格雷问什么，特纳答什么，格雷成了特纳陈述内容的决定者。然反推之，格雷如果想刻意规避一些问题，不对其设问，特纳自然也就没有陈述的机会。

行文伊始，格雷就提及"公众很难理解这场可怕阴谋的起因和经过，[也弄不懂]那个恶魔般的始作俑者到底处于何种动机"[1]。格雷出版此书就是为了解答上述问题，但是关于特纳起义的原因，格雷把责任完全抛在特纳一方，坚称是特纳的宗教狂热情绪（fanaticism）使然。然而，这个原因很难令人信服。如果只是特纳个人的一种宗教执念，他何以在起义中一呼百应？尤其联系当时的历史语境，仅仅在19世纪上半期，美国南部就发生了3次影响较大的奴隶起义。1800年弗吉尼亚州发生了普罗瑟领导的奴隶起义，普罗瑟等36人被判处死刑。1822年南卡罗莱纳州丹马克维齐在查尔斯顿发动起义，131名奴隶被捕，维齐等37人被处以绞刑。1831年特纳的起义最为受人瞩目，涉及57名白人被杀，100多名黑奴被捕遇害。可以说，白人奴隶主对奴隶的压榨不可能与起义事件毫无关联。但是，离奇的是，针对这一点，通观全书，特纳没有一次提及，格雷也一次没有问及。

格雷的缄默或对问题的忽略绝不是意识盲点之故，这种访谈问题设置反映了奴隶叙事中的意识形态和话语冲突。格雷的身份是律师，相较于同时代多数人，受过更好的教育。在一个关涉奴隶主和奴隶双方的政治矛盾中，单纯地把过错归结于一方，这种做法的明显偏颇之处他不会意识不到；这意味着格雷的缄默是有意为之。作为《自白书》的实际撰写者，书写的政治目的在于塑造黑人残忍嗜杀的形象，从而方便更加严厉地惩治和监管黑奴。而只有把责任完全推给特纳，才能更好地实现上述目的。一旦在其中引入白人奴隶主的责任问题，则很可能会激怒白人读者。因此，格雷对白人的责任问题进行了选择性忽视。在访谈过程和再现过程中，特纳提到："我和他展开了许多对话，也问了他许多问题。"[2]然而，引人深思的是，接下来的文本中并没有显示上述对话及问答内容。这些内容涉及什么，又为何没有呈现？这种对记忆的选择、删减、忽略甚至扭曲，是白人种族记忆政治的表现。换句话说，文本并不是像白人律师格雷宣称的那样，是对特纳陈述的忠实完整记录，而是格雷对特纳陈述的选择性使用。一个合理的推论

---

[1] Thomas R. Gray. *The Confessions of Nat Turner*. p.265.
[2] 同上条文献，第261页。

是，特纳讲述了关于白人对己方压迫的事实，但是被白人格雷出于政治正确性的考虑，剔除在文本之外。由是观之，格雷不仅操纵特纳陈述的走向，而且完全掌控了文本的内容，使文本沿着自己的意图定点（为白人统治阶层服务）行进。

不难发现，特纳在整个陈述过程中，实则是个提线木偶，受白人格雷的操控。此时再反观上文提到的嵌套式叙事的文本形式，就会读出一种反讽的意味。前文提到，特纳的讲述有法庭公章和白人证人的私章进行真实性具保，但是在文本形态上，印刷出来的不是公章或私章的模样，而是以英文单词（seal）代替。然而该单词除了印章的意思之外，还有封条的意思，即禁锢逃逸。因之，前文提到的层层具保，这时看来就变成了层层封印，防止文本内部的异质声音流出，防止特纳的叙述脱离格雷的掌控。如此一来，内容上的失真，叠加形式上的反讽，彻底撼动了《自白书》作为解读特纳起义圭臬的文本地位。

三、泛化的白人受害者身份

记忆对过去的建构性一方面使过去的经验得以保存，而另一方面却体现了记忆的社会功能，即通过分享记忆，使个人融入群体，产生一种归依感和认同感。哈布瓦赫在《论集体记忆》中，探讨了记忆如何被社会建构的问题。他认为，个人正是通过他们的社会群体身份，如亲属、宗教和阶级归属，个人得以获取、定位和回溯他们的记忆。如上所述，《自白书》对于记忆的建构并非真实依据黑人特纳的陈述，而是经过了白人律师格雷的剪辑，其建构过程塑造了两种不同意义的受害者和受害者身份。受害者指在某一事件中受到伤害的个人或群体，以事实为基础；而受害者身份是"基于此伤害建立的一种集体身份形式"[1]，是一种话语建构。两个概念有交叉重合，但又有所不同。在《自白书》中，体现在特纳起义事件中被杀害的白人是受害者，但是白人律师格雷因为种族关系和移情，按照社会群体身份，将自己也视作受害者，从而在道德的高度上对施害者群体（黑奴）进行口诛笔伐。正如同阿曼达·雅各布所论述的那样："受害者身份是政治文化建构的产物，为自我宣称为受害者族群的利益服务。"[2]《自白书》中白人律师格雷对于白人在黑奴起义中的责任问题的刻意回避，去语境化的话语建构，固化了白人族群的受害者身份，从而始终赋予白人族群在道德上的面对黑人的优

---

[1] Tami Amanda Jacoby. "A Theory of Victimhood: Politics, Conflict and the Construction of Victim-based Identity." *Millenium: Journal of International Studies*, Vol. 443, No.2 (2015): 513.

[2] 转引自彭瑶：《〈流离失所的人〉中的受害者身份政治》，载《外国文学评论》2018 年第 3 期，第 151-152 页。

势地位，进而为白人统治者后续的对黑奴的暴力惩处提供依据。那么格雷是如何在文本中建构受害者身份的？又是如何利用这种受害者身份，将特纳起义建构为白人族群的集体记忆的呢？

在开篇"致公众"中，格雷即通过第一人称复数的指称表明自己与受害白人的天然联系，将黑人起义者针对遇难白人施加的暴力视作是针对全体白人，而全体白人自然包括格雷自己。"这是**我们**历史上奴隶的第一次公开叛乱，也是第一次伴有如此惨行和伤害的叛乱，此事不仅将给那些罹遭不幸的人们留下深刻印象，也将令**我们**国土上的每一个人难以忘怀。"①如上，两个"我们"的使用，刻意传达出这样一个讯息，即在起义事件中没有当事人（死伤白人）和旁观者（其他白人）的区别，白人作为一个整体，一损俱损。这样一来，原本其他白人作为事件外旁观者审视事件的外视角就不得不转换为事件中受害者的内视角。扩展考察范围，延伸历史视野，不难发现，就因果链条而言，白人压榨是因，黑奴起义是果。就前者而言，白人施害，黑奴受害。就后者而言，黑奴施害，白人受害。但是"自封受害者的群体坚持自身目标的公正性，具有强烈的道德优越感，无法从对方的角度看问题"②。格雷通过第一人称复数的指代，自封为受害者，变外视角为内视角，孤立看待特纳起义事件，割裂了语境联系，从而凸显了受害者身份。并且，格雷将特纳起义事件和"我们历史""深刻印象"和"难以忘怀"等加以定义，将特纳起义建构成白人族群的集体记忆。通过第一人称复数的视角，建立起白人族群对于特纳事件的集体认识，从而塑造了集体记忆，将白人族群的成员统一为受害者身份的关系。

白人格雷以受害者的身份观察整个事件，着力凸显黑人作为施害者的暴虐形象，这种塑造方式，符合白人种族主义中黑人原型的形象，从而符合并加强了白人族群的集体记忆。在文本中，格雷几乎穷尽了英语中的贬义形容词来修饰特纳及其起义事件，例如他称特纳为"恶魔般的实施者"③、"残暴团伙的带头人"④、"可怕的狂人"⑤、"乖戾变态的[家伙]"⑥、"[长着]魔鬼般的面庞"，描述特纳起义为"可怕的阴谋"⑦、"血腥的过程"⑧、"史无前例的灭

---

① Thomas R. Gray. *The Confessions of Nat Turner*. p.245.
② 彭瑶：《〈流离失所的人〉中的受害者身份政治》，第152页。
③ Thomas R. Gray. *The Confessions of Nat Turner*. p.245.
④ 同上条文献，第245页。
⑤ 同上条文献，第246页。
⑥ 同上条文献，第262页。
⑦ 同上条文献，第245页。
⑧ 同上条文献，第246页。

绝人性的屠杀"①。需要指出的是,上述形容词多数出现在文本开篇,即特纳讲述之前。从阅读的一般规律而言,在读者还未接触到特纳讲述之前,格雷就有意地先入为主般地给特纳本人及其领导的起义定性,这种做法是颇为耐人寻味的。格雷的身份是律师,该份职业要求从业者具备冷静客观的判断力,而法律公文的写作也常常摒弃过于情绪化的表达。即便说《自白书》不是严格意义上的公文,不用那么拘泥形式,格雷既然明确宣称要忠实记录,那么就应竭力限制个人的发挥空间。但是,一如上文,大量形容词的存在似乎与文本的定位以及格雷的身份形成了一种悖论。格雷通过大量堆砌上述这种极富感情色彩的形容词,意在渲染愤怒仇恨的氛围,降低读者客观冷静思考的能力,使读者认同于这样一种观点,即特纳是凶残成性的,而他领导的对白人的屠杀就是这种本性的操演。而黑人越是本性暴虐,对白人的屠杀就越是没有根据,白人受害者的形象就越是稳固,最为重要的是,在整个事件中,白人的责任(白人奴隶主对黑奴的剥削压榨)就越不容易被纳入考虑范围。

格雷在文本末尾处附上法庭审判记录,目的是通过历史记录的方式,证明其记忆记录和保存的正确和真实性,也表明特纳的审判和行刑尊重法律,依法宣判。文本中,法官宣判特纳死刑时,罕见地连说了三遍,"死刑!死刑!死刑!",三个死刑和惊叹号的叠加使用,传达出强烈的愤怒情绪。然而,根据林达·瓦次的考证,格雷所记录的法官判决与档案留存的描述在内容和语气上均不一样,这表明"格雷的文本中毫无疑问地包含有文学性的加工衍生"②。可以看出,格雷的记录出自种族集体记忆中对黑人的恐惧:黑人他者的身份让人紧张、不安和危险。从记忆深处对他者的恐惧来塑造特纳起义,白人读者对于其破坏性也会因此深信不疑。从叙事来看,格雷通过想象来填充过去,存在扭曲事实真相的可能性。

就法庭审判流程而言,有证人证言,有特纳供认不讳的说明,尤其是在文本最后附上了一众黑人名单,有的定罪获刑,有的无罪开释,有的容当后审。格雷本意是要说明,特纳等一众黑人得到了公正的审判,程序上无可指摘,白人是照章办事,从不滥杀,从而在同黑人暴力行为的对比中,攫取道德和人性上的优势。但是,格雷忘了自己在"致公众"中写了这么一句"所有人[起义参与者]要么在接下来几天被击毙,要么被送交庭审,等候发落"③。由是观之,送交庭

---

① Thomas R. Gray. *The Confessions of Nat Turner*. p.262.

② Linda S. Watts. "The Hidden Face of History: Styron's *Confessions* and the Post-1967 Voicings of Nat Turner in Fiction and Drama." *The Mississippi Quarterly*, Vol.69, No.1 (Winter, 2016): 94.

③ Thomas R. Gray. *The Confessions of Nat Turner*. p.246.

的黑奴只占一部分，另一部分在被白人搜捕过程中未经审判即被当场击毙。这中间存在一个问题，有没有错杀的可能？即有些黑奴原本没有参加起义，却被人为地划归其中，而无辜惨死？答案是肯定的。据统计，起义过后约有 120 名[①]黑奴被杀，而据特纳回忆，追随他起义的不过四五十人。作为差额的七八十名黑奴自此顶着暴动者的宣判，而被白人的集体记忆所忘却。就此来看，格雷想要借法庭审判一事建构的公正正义的形象，更多不过是对白人以杀止杀行径的文过饰非。其中的内在逻辑是，黑人杀害白人是暴虐使然，白人作为受害者，以正义的名义行复仇之举，就应该是被允许的。这体现了"受害者身份政治的偏袒式逻辑内在蕴含了'道德权力感'，为自封受害者展开'复仇'并转变为施害者埋下了伏笔"[②]。

事实上，特纳起义给白人统治阶层造成极大的惊恐，自此之后，白人对黑奴施加了更为严格的监控，黑奴处境更加悲惨，这在《自白书》中论及从特纳事件中应吸取的教训时也有所体现："每一个社区应留神自己的安全，而法律的总体捍卫者，应对所有人保持一种戒备的目光（keep a watchful eye）。"[③]此处，法律的捍卫者，指国家强力机关，结合上下文，所有人指代所有黑人，将所有黑人置于强力机关监管之下，寓意不言自明，这充分传达出对黑人整体的一种不信任。先是格雷借助人称代词，宣示所有白人的一损俱损，实现了受害群体的泛化；现在又借特纳事件的教训，宣称黑人群体都靠不住，实现了施害群体的泛化，并最终造成黑白双方的绝对对立。格雷通过泛化白人受害者身份，将所有黑人推到了施害者/过错方的位置。

阿莱达·阿斯曼将记忆分为功能记忆和存储记忆，认为功能记忆有三个作用，分别是合法化、去合法化和区分[④]。前两个作用其实表征的是同一个意思，即历史是由统治阶层书写的，但同时也是由统治阶层忘却的。作为白人种族的一员，格雷所保留的是符合自身利益的文本，而删除涂抹的则是违背自身利益的文本。从这个意义上讲，《自白书》作为维护白人统治阶级的文本，成为白人集体记忆的见证文本，自然要予以保留。而与《自白书》的政治立场相左的相关文本，则要进行清理。这也就容易理解，为何历史上不断有为特纳翻案正名的举

---

① See Patrick H. Breen. *The Land Shall Be Deluged in Blood: A New History of the Nat Turner Revolt.* London: Oxford University Press, 2015, p.98.
② 彭瑶：《〈流离失所的人〉中的受害者身份政治》，第 152 页。
③ Thomas R. Gray. *The Confessions of Nat Turner.* p.247.
④ 阿莱达·阿斯曼：《回忆空间：文化记忆的形式和变迁》，潘璐译，北京：北京大学出版社，2016 年，第 151-152 页。

动，但总是以被压制的声音（silenced voice）出现。记忆叙述立足于过去，影响却在将来。今天的读者倘若不能洞见到《自白书》中的这些幽深曲奥之处，盲目接受其中的政治说教，不正是另一种意义上的受害者吗？

第三节 《楚丝叙述》中的记忆政治

索继娜·楚丝原名伊莎贝拉，本为美国北方纽约州的一名女性黑奴，后因纽约州在 1828 年以立法的形式在本州内废除奴隶制而获得自由。《楚丝叙述》出版于 1850 年，属于早期奴隶叙事的经典文本，主要通过回顾的视角讲述了楚丝的生平遭遇，以楚丝获得自由为分水岭，前半部分侧重于描述楚丝在奴隶主家的痛苦经历，后半部分侧重于描述楚丝对奴隶制的宗教解读。不同于传统的奴隶叙事，《楚丝叙述》一书在楚丝的讲述部分，采用了第三人称视角，且在第三人称（黑人楚丝）的叙述中夹杂着第一人称（白人编者）的评论。通过采用夹叙夹议的手法，白人编者对黑人楚丝的悲惨经历适时地给予点评，文本旗帜鲜明地传达出对黑人奴隶的同情以及对奴隶主/奴隶制的抨击，从而起到为废奴运动鼓劲造势的效果。

《楚丝叙述》一书极富文学和史学研究价值，就文学而言，夹叙夹议（黑人的叙述掺杂白人的议论）的书写方式嵌套在"黑信息/白信封"的大框架内，这在早期奴隶叙事的文本中并不多见，从而有助于丰富对早期奴隶叙事表达方式的研究；就史学而言，楚丝因州政府立法而获得自由，该经历相较于彼时数量庞大的黑奴群体经历而言，具有相对的特殊性，因此对该书的研究有助于完善关于美国南北战争前奴隶制的认知。然而，目前国内对该书的重视不够，相关研究尚属阙如。就国外来看，研究成果较为丰富，主要集中在文本的政治目的（废奴），叙述声音的切换，楚丝的宗教信仰，楚丝获得自由后的游荡意象，以及奴隶制对于白人的反噬作用等方面。

然而，令人遗憾的是，既往的研究对文本的政治功用解读太过流于表面，忽视了文本中两个指涉记忆的细微事件的内在关联，并因而没能领会到两个事件背后的深层政治寓意。具体来说，两个事件一为楚丝所讲述的故事，主人公为黑奴奈德，曾被白人主人应允在完成一定工作量后可以去探望远方的妻子，不料主人后来却玩弄文字游戏，不愿兑现诺言，并将执意要求主人践行诺言的奈德残忍打死。另一事件为楚丝的亲身经历，其五岁的儿子彼得被贩卖出纽约州，这违背了纽约州当时的法律。楚丝打起了官司，但在法庭聆讯环节，其子拒认楚丝为母，后经了解，其子被白人主人灌输了错误的认知，认为其母是在将他引向邪恶。表面上看，除了都指向奴隶主的残暴以及奴隶制的罪恶外，两个事件无甚关联。但细细推究，奈德事件关涉记忆的表述裁定问题：即奈德和主人各执一词，谁言为真？彼得事件关涉记忆的操控问题：即彼得关于母亲的自然记忆被白人奴隶主的哄骗、恫吓而阉割、替换。对记忆的共同指涉，将看似无关的两个事件自然地连接起来。除此之外，在两个事件中，记忆都不是中性的存在，都折射出权力的操演。于前者而言，当两个对抗性的记忆叙述同时存在，主人将黑奴奈德打死，目的是夺取对于记忆的独家阐释权；于后者而言，主人对于彼得自然记忆的阉割与替换，本身就是一种权力的施展，是一种较肉体奴役更高一级的精神奴役。再联系《楚丝叙述》一书的创作背景（美国南北战争前后）和创作动机（支持废奴），不难发现，该书是在以一种稗官野史的文本定位保留一种有别于官方正史（洗白白人）的历史记忆，进而向当时垄断话语权、为奴隶制辩护的白人作家展示一种斗争与抗衡的政治姿态。从奈德事件所反映的记忆争夺，到彼得事件所体现的记忆操控，再到文本定位所揭示的记忆抗争，文本动态地演绎了白人奴隶主与黑人奴隶围绕记忆而进行的一系列较量，是一种记忆政治的反映。具体来说，有以下几个方面。

一、记忆的表述和争夺

在奈德事件中，问题的核心在于白人主人允诺时究竟说了什么。奈德坚持认为，主人当时说的是"他可以去探望（see）他的妻子"[①]；而主人辩解道，他当时说的是"他会考虑（see）他[奈德]是否可以去，"[②]但是"现在他认为（see）他[奈德]不能去"[③]。不难发现，问题的根源在于 see 这个单词一词多义，歧义的存在致使当事双方各自选择一种有利于自己的解读，并互不相让。然而，双方争夺的关键绝不是字词，而是记忆，更确切地说，是表述记忆的权力。因为记忆，是人的大脑对过往事件的一种信息保存，然而如果不经表述，记忆就会囿于个体之内，无法成为可供交换的信息，从而与人分享，也就没有争夺的必要。"记忆的核心问题就是重现（representation），是表征，是语言和实际之间的逻辑联系

[①] Sojourner Truth. "Narrative of Sojourner Truth, a Northern Slave, Emancipated from Bodily Servitude by the State of New York, in 1828." William L. Andrews and Henry Louis Gates, Jr., eds. *Slave Narratives*. New York: Literary Classics of the United States, Inc., 2000, p.596.

[②] 同上条文献，第 596 页。

[③] 同上条文献，第 596 页。

和审美联系。"①据此，记忆的争夺，就其实质而言是一种记忆表述的争夺。谁掌握了对记忆的表述，也就掌握了对过往事件的解释权力；而对记忆的表述权又是跟实实在在的利益捆绑在一起的。以奈德事件为例，若奈德所言被认定为真，即获得表述该记忆的权力，则可探视他的妻子，反之则不能。因此，双方的言语之争折射的是权力之争、利益之争。厘清了这一点，也就容易理解主人后来为何会对奈德痛下杀手。

奈德与主人各执一词，陷入了纠纷。而欲结束此纠纷，常规的想法是先弄清事件的真相为何。但是，由于时间的不可逆性，真实的过往已经无从追溯，外人（当事人之外的人）能够做的只能是依托对于该事件的记忆叙述，去最大限度地还原真实，切近真实。但是，针对同一过往事件，不同的当事人囿于情感、知识以及意识形态等因素，会产生不同的记忆叙述版本，各种叙述版本之间相互竞争，最终有一种叙述版本在竞争中胜出，赢得了话语权。该种记忆叙述被奉为权威，并越过个体的界限，被他人所认同接受，成为一种集体记忆。体现在奈德事件中，主人当时究竟说了什么，外人（除了奈德与其主人）根本无法确切知晓，唯一能够做的就是依据逻辑和因果，进行两种叙述版本中的真假判定，并最终将判定为真的叙述版本认定为是对奴隶主当时所说的话的真实记忆。在这里，过往事件本身的真实还原演变成了记忆叙述版本间的真假判定，这是第一次演变。

奈德事件中关于记忆叙述的真假判定，因为陈述主体身份的不对等（一为奴隶主，一为奴隶），注定了难以体现客观公正的原则。第一，身为当事人的主人自封为裁定员，消弭了裁定的客观性。在文本中，奴隶主在陈述自己的记忆之后，奈德仍然要求主人践行诺言，主人盛怒之下，将奈德当场击毙。在主人看来，自己做出记忆叙述之后，该叙述自动成为针对往事的权威解释，关于两种叙述之间的真假判定也自然尘埃落定，即主人所言为真，奈德所言为假。在这里，身为事件当事人的奴隶主，同时又扮演着真假裁定者的角色；而他之所以如此判定，不过是将身份的高低等同于道德的高下，进而成为判定真假的依据；即主人因为身份高，必然道德高尚，自然所言为真。很显然，这一系列的推断缺乏逻辑上的连贯性，只是主人自我感觉良好的体现。第二，即便主人不充当判定者，而是邀请第三方进行判定，在当时的历史情形下，其选择的裁定者一定是有身份、有地位的白人，这样一来可以为裁定的结果增加权威性，二来也不会使白人主人有贬低身份之嫌。可以想见的是，上述白人第三方所做的裁定很大程度上将会是

---

① 赵静蓉：《文化记忆与符号叙事——从符号学的视角看记忆的真实性》，载《暨南学报（哲学社会科学版）》2013年第5期，第86页。

有利于奴隶主的。因为一则，在当时的历史语境下，黑奴通常被认为是道德低下的，且在法庭上黑奴的话是不能作为呈堂证供的，因而奈德所说的话可信度不高。二则白人第三方和奴隶主同为白人，都属于上层阶级，难以避免地会在真假判定时有亲疏远近之别。由是观之，奈德事件中，两种记忆叙述的真假判定又进一步演变成了叙述主体（奴隶主和奈德）间的身份高低判定，这是第二次演变。两次演变（事件真相还原—表述真假判定—身份高低取舍）使问题的核心发生了偏移，从对真实的关注转变为对身份的关注，进而使裁定的天平逐渐向奴隶主一方倾斜。

奴隶主将奈德当场击毙，并不单纯是暴虐使然，而是有深刻复杂的心理动机。上文提到，奴隶主在给出自己的记忆叙述后，就认为该叙述自动为真，但是奈德仍然坚持己见，这是对奴隶主话语权威的一种冒犯。因为在奴隶主看来，他的话语即具有立法的功效，在他明确表示奈德不能去探视妻子后，奈德仍然坚持自己的看法，这一行径是对自己话语权威的挑衅。为以儆效尤，必须对奈德施以严惩。另外，将奈德当场击毙，伴随奈德肉体消灭的还有奈德所秉持的记忆叙述，这样一来，奴隶主的记忆叙述因为缺失了竞争对手，自然成了唯一的选择，如此这般，奴隶主在这场对记忆的争夺中就牢牢锁定了胜局。

但是，需要指出的是，在奈德事件中，奈德与主人围绕记忆展开的争夺中，其主人只是取得了一时的胜利，因为这个事件的余波未平。在文本中，奈德事件并不是一个个案，紧接着楚丝又讲述了自身经历的一件白人主人失信的事情，即主人原本允诺楚丝提前一年还其自由身份，却最终反悔。两个事件并置，彼此互证，这样一来，白人奴隶主重信守诺的形象便不攻自破。除此之外，随之被颠覆的还有白人奴隶主赢得的对记忆叙述的掌控。得益于该书作者的前后文铺垫，后世读者更易于认同黑人奴隶（奈德、楚丝）的记忆叙述。从这个角度来看，是黑奴的记忆叙述最终占了上风。还有一点，必须指出，楚丝选择以故事的形式讲述奈德事件，并不意味着奈德事件就是虚构的，楚丝刻意模糊化处理奈德事件的真伪（道听途说），是颇具匠心的考虑。一来可以以虚写实，以故事中可能的情形映射现实中真实的情形，从而揭露奴隶主的狡黠无耻。因为囿于当时的历史语境和出版审查制度，过于直白地描写白人的罪恶可能为书籍的出版设置障碍。二来可以避免过度激怒白人读者，因为奴隶叙事的目的在于激起白人读者对黑奴遭遇的同情，而非将白人的种种劣迹暴露无遗。

二、记忆的阉割和操控

如果说奈德事件反映的是在真假未/难明的情形下，白人奴隶主与黑人奴隶对记忆（叙述）的争夺的话，那么楚丝儿子彼得拒绝认母的事件则是在真假已明的情况下，白人奴隶主妄图采用恫吓与哄骗相结合的方式，阉割、替换黑人记忆的一次尝试。在拒绝认母的事件中，前因后果一目了然，白人奴隶主将楚丝年仅五岁的儿子彼得贩卖到南方，这违背了当时纽约州的法律。楚丝提起诉讼，索要儿子，白人奴隶主为了脱罪，教唆其子拒绝认母。从记忆的角度来看，该事件是一次奴隶主对奴隶记忆的操控，具有重要的象征意义。

楚丝儿子的年龄设定（五岁）是一个关键因素。五岁的孩子，记忆力与理解力处于萌芽阶段，未充分发展，因此成为白人奴隶主实施记忆阉割以及记忆替换的绝佳对象。试想一下，如果将此人物换做一个两岁的孩子或是一个成人，则相应的记忆阉割与替换的效果将大打折扣。于前者而言，两岁孩子的记忆与领悟能力处于极端的初始阶段，其不但无法领会白人奴隶主对其的错误思想灌输，甚至连长时间保存关于自己母亲的记忆都有困难。如此一来，白人奴隶主既无可能也无必要对其实施记忆阉割和替换。于后者而言，成人的记忆与理解能力已经经过充分发展，超出了白人奴隶主的掌控范围，自然起不到预计的效果。因此，只有通过对一个五岁的孩童进行洗脑，才可以极富戏剧性地使其遗忘对于母亲的懵懂的记忆，并接受白人奴隶主向其灌输的记忆（母亲比奴隶主还残忍）。此外，孩童的意象在这里还是一个重要的隐喻。孩童因其年龄幼小，缺乏分析鉴别能力，一旦接触错误思想，极易形成错误认知。此过程正如同后世的读者在阅读关于美国奴隶制的历史时，因时间的不可逆性，只能借助于阅读当事人的记忆叙述来切近历史。然而为奴隶制正名的白人作家一旦垄断了相关的记忆表述，则很可能会一叶障目，从而使读者形成错误认知。如是观之，白人奴隶主对五岁幼童进行的洗脑，就好比掌握记忆表述权的个人或团体，基于维护自身利益的考虑，对后世大众进行的虚假宣传和有意误导。这表明，"无论是个人的还是特定群体的历史记忆，都不可避免地会受到各种各样的权力的操纵和利用"[①]。

白人奴隶主对黑奴的记忆进行阉割与替换，以恫吓与哄骗相结合的方式来截断血脉亲情，以人工记忆取代自然（天然）记忆。权力的操演贯穿了记忆阉割、

[①] 彭刚：《历史记忆与历史书写——史学理论视野下的"记忆的转向"》，载《史学史研究》2014 年第 2 期，第 10 页。

替换的全过程。首先,权力的施压(暴力的施行)是记忆阉割、替换的前提。文中提到,楚丝儿子"从头到脚,伤痕累累,惨不忍睹",正是这些加诸其身的暴力使楚丝的儿子不敢不遵从奴隶主的命令,拒绝认母,具体表现为在聆讯环节,"男孩坚持否认[楚丝]为自己的母亲,一边紧紧地抓住主人,一边说他的母亲根本就不住在这里"①。同时,除了暴力这种刚性手段,奴隶主还采取了哄骗这种柔性手段来阉割、替换男孩对于母亲的天然记忆。"在过去的几个月内,他一直被灌输这样一种观点,即那个要将他从主人身边带走的人[楚丝],是在使他远离所有的善良,走向所有的邪恶。"②在这里,奴隶主显然是利用了男孩天真懵懂的特性,将善恶标签分别标注在奴隶主和楚丝身上,让男孩自己选择站队。颇具讽刺意味的是,男孩对于善良本能的追求,反而使他走向了邪恶,因为从某种程度上说,他成了奴隶主罪恶的帮凶。正是通过上述一刚一柔的手段,奴隶主用谎言代替了真实,以虚假的人工记忆替换了男孩原本的天然记忆。

虽然法庭裁定男孩应归还其母楚丝,但是,需要指出的是,此种裁断得出的前提是楚丝向白人律师支付了五美元的好处费。可以想见的是,如果没有这五美元,则白人律师对楚丝的案子不会施以援手,白人奴隶主通过记忆阉割、替换而掌控彼得记忆的图谋就会得逞,彼得自然也就无法回到楚丝身边。因此,从某种意义上说,楚丝在法庭上的胜利是一种脆弱的、侥幸的胜利。值得注意的是,楚丝在文本中的简称贝儿(Bell),在英文中含有警钟、警示之意。这个名字本身具有隐喻含义,目的在于向世人示警,要警惕白人奴隶主通过垄断记忆表述,阉割真实记忆,从而为奴隶制正名的危险存在。

三、话语消解和记忆之争

白人奴隶主为了给自己的剥削行径正名,竭力与黑奴争夺对记忆的表述,甚至不惜违背事实,阉割、替换黑奴的真实记忆,从而达到掌控记忆表述,进而掌控记忆的目的,这实际上是一种记忆暴力。作为和白人官方的历史记忆表述相抗衡的文本,奴隶叙事的产生和发展都致力于创造自己的个人记忆和奴隶群体的集体记忆。需要指出的是,奴隶叙事文本产生之后,在相当长的一段时间内,没有引起读者,尤其是白人读者的严肃对待。一则,对于黑人叙述者的讲述内容,尽

---

① Sojourner Truth. *Narrative of Sojourner Truth, a Northern Slave, Emancipated from Bodily Servitude by the State of New York, in 1828.* p.605.

② 同上条文献,第 606 页。

管有白人编者做真实性担保,白人读者多数仍然抱有怀疑的态度,尤其是对待白人残暴的描写,认为有夸大的嫌疑。二则,奴隶叙事文本鲜明的政治取向从某种程度上妨害了,甚至是降低了文本的文学及史学研究价值。文本为废除奴隶制积极鼓动造势,这对处于统治阶层的白人奴隶主而言,是一种意图颠覆的煽动,是一种需要高度警惕的政治潜流。此种情况下,对于文本中政治倾向的关注占据了多数读者的眼球,反而忽视了其本身的文学及史学价值。

令上述情况发生改变的是20世纪80年代美国新历史主义的兴起。不同于近代德国历史学家兰克(Leopard von Ranke)所代表的传统史学观点,新历史主义认为,历史的书写是通过叙述进行的,因而历史与文学作品一样,本质上是一种文本。历史的文本化充分暴露了历史研究并不具备严肃史学所提倡的客观忠实的特征,而不过是历史学者基于自身理解,对先前历史文本拣选过后所建构的历史叙述。大写的、统一的历史为小写的、复数的历史叙述所代替,事实(history/fact)被消解为了故事(his-story)。受这样一种认知的影响,从事新历史研究的学者倾向于"通过丰富具体、往往又是庞杂琐碎的'野史',来让原本处于边缘地位、微弱甚至沉寂的历史小事件发出(常常是不和谐的)的声音,让被历史大树遮蔽的杂草显露出来,使中心话语露出破绽,使主流意识形态显出裂缝,从而揭示出历史话语中蕴含的权力机制及其虚构性"[①]。在上述思想的引领下,奴隶叙事的文本在21世纪初,重又引起了文学界与史学界的兴趣。尤其是后者认为在奴隶叙事文本中,发现了一种有别于官方叙事的异质声音。

该异质声音就是奴隶叙事以记忆叙述的样式呈现的,与白人主流作家为美化奴隶制而采取的记忆叙述相抗衡的文本力量。它为后世读者保留了一扇从前奴隶的视角审视美国奴隶制的窗口,为一段历史的演进(美国奴隶制的存在)提供了一个别样的(有别于官方正史)注脚。具体到《楚丝叙述》一书,奈德因争夺记忆表述被当场击毙以及楚丝儿子的记忆被阉割、替换都是极具象征意义的事件,揭示出白人奴隶主为垄断记忆表述,采用暴力清除异质声音,更有甚者,以假充真、以虚掩实。如此这番,若干年、若干代之后,事件当事人早已不复留存,而意图洗白奴隶主形象的记忆表述被奉为解读上述事件的圭臬,这样一来,白人奴隶主越过时空的界限,实现了对后者读者的记忆掌控。而楚丝的记忆叙述,恰恰以一种个人历史的形式,为后世读者提供了另一种解读该段史实的视角。它以一种对抗的姿态,消解着白人奴隶主对于历史记忆的话语垄断。

此外,《楚丝叙述》一书在具体的行文过程中多处引用圣经来批判白人奴隶

[①] 朱刚:《二十世纪西方文论》,北京:北京大学出版社,2006年,第391页。

主的残暴和堕落。事实上,不独该书如此,在奴隶叙事文本中大量存在对于圣经的引用。对于这一现象,既往的研究者多数将其视作是黑人奴隶在无力改变现状(从奴役中解脱)的情况下转而寻求一种宗教慰藉。此种说法固然不错,然而从历史语境的角度看,往往忽视了前奴隶作者此番手法背后的苦心孤诣。从记忆话语之间的对抗来看,援引圣经来批判白人奴隶主是一种高明的对抗手段,因为对方会无从反驳。近年来的记忆研究表明,文化记忆对于维持个体在时间维度上的身份认同(个体如何统摄先前的我、现在的我、将来的我)以及群体在空间维度上的身份认同(群体如何维系在不同地理空间上分布的成员的归属意识)都有重要作用。而文化记忆分为两种形式:一种是硬介质的,如博物馆、纪念碑;一种是软介质的,如民俗、典仪。阿莱达·阿斯曼在提到软介质的文化记忆时,还专门提到文化文本,它脱胎于文学文本,却是维持一个群体文化特质的核心文本。"《圣经》一方面代表基督教文化传统,与古希腊文化共同组成西方文化的源头与母体,另一方面亦被视为英语文学的奠基性文本"[①]。从这个意义上说,圣经在西方世界就是一种文化文本,软介质文化记忆的一种表现形式。阿莱达·阿斯曼认为,就接受关系而言,不同于"文学文本需要一种审美距离,它体现了一种不受约束的事实",文化文本则"需要崇拜、反复学习和富于感情的接受关系";就身份认同而言,"文学文本的对象是作为个人和独立主体的读者",读者阅读文学文本重在"消遣和领会",而"文化文本的受众是作为群体代表的读者……对文化文本的阅读表明了读者所属的某个特定群体,是一种超越主体的身份认同感的保证"[②]。如是观之,楚丝以及奴隶叙事的作者们引用圣经来批判白人奴隶主,对于奴隶主及亲蓄奴制的话语,对方根本无从否定,因为从文化规约的角度来看,圣经作为一种文化文本,属于白人种族文化记忆的重要文本,否定意味着切断文化记忆联系;从身份认同的角度来看,对圣经的拒斥,无异于自我隔绝于社会主流群体之外,是一种政治自杀。从奴隶叙事的角度讲,圣经文本的引用也表示奴隶也可以教化,甚至信仰相同,一方面肯定了奴隶作为人的地位,另一方面肯定了基督徒都是兄弟;一旦这个前提成立,白人对黑人的奴役,则成为手足相残,不合基督教伦理。因此,利用圣经在文化记忆中的特殊地位,选择圣经文本的箴言作为批判的武器,是极为聪明的做法。

[①] 卢永和:《论文学记忆与历史意识的四个维度》,载《文艺理论研究》2017年第4期,第213页。
[②] 冯亚琳,阿斯特莉特·埃尔:《文化记忆理论读本》,余传玲等译,北京:北京大学出版社,2012年,第140-141页。

第七章　奴隶叙事的见证危机和记忆政治

第四节　本章小结

　　真实与否，成为奴隶叙事作为见证叙事的危机，按照法庭见证叙事的要求，与事实无关或相悖，是不真实的表现；但按照道德法庭和基督教公义的要求，奴隶叙事中真实的情感再现和细节描绘，则成为奴隶经历的真实见证。19世纪亲蓄奴制言论对黑人人种的贬斥，对人权平等的偏见，以及废奴主义者对黑奴身体性的强调，都造成了读者对奴隶叙事真实性的质疑，但也成为这种文类特殊的地方。我们在奴隶叙事文本中，可以看到这些社会言论的冲突的表现，看到这些矛盾造成的文本空隙。因此在文本中，也可以看到叙述者前后不一致，或叙述省略的地方。值得注意的是，奴隶叙事的叙述者逐渐意识到见证的危机，在叙述中，叙述者从法庭见证人的角度，逐渐过渡到对奴隶制度公诉人的角度。

　　1846年，道格拉斯从英国回来后，和废奴主义者加里森决裂。1847年创办《北方之星》(North Star)时，道格拉斯强调道："很明显我们应该是我们自己的代表和辩护者，不是唯一的，但是是特别的——不是要和白人朋友区分开来，而是联系他们。"在1851年《北方之星》的编者按中，他反对加里森认为宪法是亲奴隶制的看法，指出："我们坚定地相信，并根据确认的法律解释来分析，宪法代表着解放。"以道格拉斯为代表的奴隶叙事叙述者们，不再仅仅是奴隶制的目击，其主要作用是展示奴隶制的残暴性，以赢得读者的感动和信任；而且同时自发地成为黑人种族自身利益的代表，从法律层面，要求黑人得到立即的解放和公民权。鉴于此，道格拉斯坚持，黑人有能力自己"明白"(apprehend)——这个词意味理解和掌握的双重含义——"他们的权利"。[①]

　　安东尼·史密斯(Anthony D. Smith)指出："有多少记忆就有多少集体，没有记忆，就没有身份，没有身份，就没有国家和民族。"[②]记忆和身份建构密切相关：恢复过去的记忆实践涉及一系列假设、质疑和重新定位，涉及主导话语的权力策略。毋庸讳言，奴隶叙事文本带有鲜明的政治倾向，通过奴隶对所经历的残酷奴隶生活的回忆，再现叙述者作为奴隶身份的生活，并试图以回忆来作为证词，驳斥奴隶主话语对蓄奴制的维护。《自白书》以见证文学的角度，记录了

---

① Jeannine Marie DeLombard. *Slavery on Trial: Law, Abolitionism, and Print Culture.* p.104.

② Anthony D. Smith. "Memory and Modernity: Reflections on Ernest Gellner's Theory of Nationalism." *Nations and Nationalism*, Vol.2, No.3 (1991): 383.

特纳起义、失败、法庭宣判的经过，并通过访谈，再现了特纳的心路历程。然而，白人律师格雷在叙述过程中，僭越黑奴特纳的陈述主体位置，通过建构泛化的白人受害者身份，将黑奴特纳及起义参与者打造成暴虐施害者形象，从记忆研究的角度来看，都存在种族集体记忆的主导话语的权力策略。在《楚丝叙述》一书中，楚丝在通过讲述亲身经历为废奴运动提供见证说明之外，实际上还揭示了一个更深层次的记忆政治问题：即白人奴隶主和黑人奴隶围绕记忆表述而展开的一系列角力较量。

奴隶叙事中记忆研究的一大重点是前奴隶和奴隶主之间，如何通过对记忆的建构，来重建历史的问题。该过程无疑会受到并影响 19 世纪美国社会中叙事权力的分配和话语权力的关系。这种"记忆的政治"，简单来说，"就是谁要谁记住什么，为什么要记住？"[1] 蓄奴制通过伊甸园形象、人类学和神话传奇，建立了家长制保护下黑奴愉快生活的形象；而奴隶叙事则通过对奴役生活的个人回忆，描绘了与之相反的奴隶生活图像。两种话语对抗之中，过去是怎样被再现，这个关于过去的形象是怎样被接受或被人们拒绝接受的？为什么有的过去的形象能成功地保存下来，而有些却遭遇了"记忆的失败"？为什么人们青睐某个过去的形象而不是另一个？这些问题无疑涉及选择，涉及权力从一种话语到另一种话语之间的流动，涉及个人记忆、集体记忆、历史记忆和文化记忆等之间互相争斗、互相抗衡，直至某一种记忆成为社会意识的主宰，成为官方的确定的历史叙事过程。

---

[1] Alon Confino. "Collective Memory and Cultural History: Problems of Method." *The American Historical Review*, Vol.106, No.5 (1997): 1393.

结　　语

　　盖茨指出："回忆是美国黑人文化的特征，因为不论是在蓄奴时代还是在蓄奴时代结束以后，黑人都曾经受到过有系统的阻挠，无法获知自己的历史。当然，在蓄奴制度之下，他们被禁止获得正式记忆的工具——阅读与书写……用意是要剥夺黑人的记忆，以及他们的历史。"① 在19世纪蓄奴制语境中，逃亡黑奴的亲身叙述是黑人文化最为重要的起源之一。作为一种特殊文类的自传，这些奴隶叙事各有特色，既有针对北方的白人同情者口述的简单故事，也有针对废奴主义者的要求，对奴隶制残暴性的揭露，其中也不乏对于蓄奴制下奴隶生活的回忆，或者惊险的出逃经历的描绘。前奴隶作者们在写作中采用了不同的修辞，或秉承了自传的类型，描绘了自我发展和自我奋斗的故事，或者沿袭了欧美感伤小说的传统，让人对奴隶的悲惨遭遇一鞠同情之泪；或者套用法庭见证文本，提供蓄奴制下奴役和自由的话语交锋；或者借用非洲民间传说和机灵鬼形象，反转蓄奴制奴隶主的逻辑修辞；或者从个人经历出发，控诉蓄奴制对于家庭、亲情、婚姻等家庭伦理的破坏，从而创造出美国文学中令人瞩目的独特文类。在美国南北战争结束后的几十年内，通过对黑奴叙事和口述历史的整理，不仅发现了其文化历史和早期奴隶叙事的联系，而且可以清晰地看到这种联系对于黑人历史和文化的重要性。

一、奴隶叙述策略

　　作为一种特殊的文类，奴隶叙事的标题几乎都冠以"由他自己书写"（Written by Himself）的后缀，这是奴隶叙事标题中有特殊意义的部分，表明该奴隶具备读写能力，从而驳斥了奴隶主主张的黑人种族智力低下的谬论，同时也确认作者的身份和著作权（black authorship），书写成为具有主体性的行为。然而，奴隶叙事在叙事特点上，往往存在叙述分层的现象：白人编辑、赞助者或影

---

① Henry Louis Gates, Jr. "The Hungry Icon: Longston Huges Rides a Blue Note." *Voice Literary Supplement*, No.76 (July,1989): 8.

子作者出现在黑人叙述者或主人公和读者之间，形成"黑信息/白信封"的文类特征。相对而言，白人编辑受过良好的教育，且因为他们常常是废奴主义者或具有社会地位，他们提供的证明、介绍或者证词，可以对黑人写作主体的性格和故事的可信度提供保证，解释黑奴写作和记录发表这些故事的过程，从而回答读者对黑奴写作真实性的关心。如果他们是编辑，他们会证明是前奴隶自己对自己故事进行的书写；如果大于编辑的作用，他们会解释作为影子作者，他们忠实地记录了主体口中叙述的故事。作为超故事层的主要叙述者，他们会称赞奴隶的良好性格和他们故事的真实性，恳请读者打开心扉同情可怜的奴隶，保持头脑清醒，认识到故事中可怕的细节代表了奴隶制度的邪恶，呼吁读者行动起来解放被压迫的奴隶。

同时，作为写作主体，黑人作家一方面要维护白人编辑或担保者的信任，获得白人读者的同情或支持；另一方面还要接受黑人同伴的质疑。雷丁（J. Sauders Redding）指出："黑人作家向来就必须维持两种面貌。……他们必须满足两种不同的读者：黑人与白人。"[1] 作为奴隶集体的一员，前奴隶作家面临奴隶同伴或有奴隶制经历的黑人读者对其身份的质疑，如伊奎阿诺、比布、安德森等，其叙事危机来源于同伴对其经历真实性的怀疑，以至于在他们的叙事类文本中，列出了读者的名单或来信，或呈现调查团的证据，来反驳其不实的罪名；同样，对于白人读者，前奴隶作家面临的可能是来自前主人的控诉，如道格拉斯；或来自法庭对其证言的争辩，如诺瑟普；或直接被白人编辑或白人影子作家所改编和删减，如亨森、特纳等。所以在奴隶叙事中形成了多种类文本，包括白人编辑的前言、与白人朋友的书信、法庭证明、报纸新闻、著名社会人士的来信或材料、路条、调查材料等，构成了丰富的叙述分层。这种叙述分层和类文本的存在，在阅读中会创造一种双重声音的存在，影响甚至决定读者的反应。因此，不论白人编辑参与了多少叙事，奴隶叙事都产生了叙事控制的问题。

不可否认，叙事是关乎声音的，叙事控制关系到黑人能否发声，能否拥有自己的声音。盖茨指出，黑人写作的所有作品必定都是"复调"（two-toned）的或者"双声部"（double-voiced）的，他们一方面使用了白人使用的规范话语，但另一方面却表达了一种黑人意识。"黑人已经成为修辞的主人：在具有压迫性的西方文化中，言说一件事情意指的却是另外一件事情，这已经成为黑人文化得以保存的基本途径。"[2] 在早期的奴隶叙事中，白人的声音总是更书面的，而黑

---

[1] J. Saunders Redding. *To Make a Poet Black*. Ithaca: Cornell University Press, 1988, p.8.
[2] Henry Louis Gates, Jr, ed. *Black Literature and Literary Theory*. London: Methuen, 1984, p.6.

人叙述者的声音则明显是说话的声音（spoken voice）、更为口语化，或者明显针对特定的听者；这固然是因为黑人奴隶往往很少有机会接受读写能力训练，还因为奴隶叙事的黑人作者往往也是废奴主义论坛的主要演讲者，他们四处旅行参加演讲会，告诉废奴主义论坛的听众们他们的生活和故事，因此他们的写作常常带有口述的色彩。这种独特的讲述方式，使奴隶叙事一方面开创了黑人文化中口述的传统，同时也结合了美国文学中书写的传统。

从写作本身来看，黑白叙事和各叙述分层之间，叙事控制决定了读者的接受和黑人作者能否建立自己的故事的问题。早期的奴隶叙事作品一般采用白人读者接受的叙事规则，如《伊奎阿诺自传》和《非洲土著生平和历险记》中，黑人作者都利用了圣经故事和比喻，谦卑的语调和虔诚的态度，感伤故事和俘虏、囚禁故事的外壳，来迎合白人读者对黑人种族好奇的态度；但同时，伊奎阿诺和温切又利用"黑信息/白信封"的叙述分层和"白夹黑"的隐喻，对白人对黑人在身体上的奴役、规训和空间定域进行了再现。在奴隶叙事发展期中，《比布叙事》中的魔法的隐喻和机灵鬼的形象，符合19世纪语境中黑人原型形象；但同时，魔法带来的叙事置换却颠覆了白人主人对黑奴的修辞控制。《布朗叙事》则采用委婉叙事和低调陈述，以白人读者熟悉并接受的"得体原则"，再现了奴隶生活的经历；但却在平静中蕴含着巨大的颠覆力量，指控奴隶制伤害黑人和破坏黑人家庭。对于前奴隶来说，修辞不仅意味着以白人种族为主体的读者群的接受，还在于能够传达出黑人自己的思辨和信息。从奴隶叙事中可以看出，黑人作者的写作形成了表面文本对于白人种族主义文化的应和，但潜在文本却形成和白人编辑者声音的对抗，对奴隶制和种族主义文化的颠覆。因此，奴隶叙事形成了一种集合欺骗性与潜在颠覆性于一身的话语，有效帮助废奴主义者瓦解了处于霸权地位的追求普遍性和本质化的奴隶制白人话语。

二、作为见证的文学

斯塔林曾统计过，从18世纪到20世纪中期，约有6000多名北美黑人，通过访问、论文、书籍等讲述过奴隶制的生活。[1]戴维斯和盖茨指出，早期的奴隶叙事"作为对黑人不会写作的这种论断的回应和反击而兴起"，他们认为，奴隶叙事"代表着黑人通过写作而成为一个人的努力"[2]。盖茨注意到，这些奴隶叙事

---

[1] Marion Wilson Starling. *The Slave Narrative: Its Place in American History*. p.311.
[2] Charles. T. Davis and Henry Louis Gates, Jr., eds. *The Slave's Narrative*. pp. xi-xxxii.

都是认真仔细创作的,因为"每一个作者都知道所有的黑奴都要靠里面的每一页提供的公开的证据来被评判"①。因此,奴隶叙事既是单独的个人的声音,也是共有的相互的经验,是"一种集体发声,一个集体的故事"②,提供了19世纪美国对于蓄奴制存在讨论最重要的见证。这也反映出奴隶叙事出现伊始,更多的是作为社会文献、历史史料或见证证言而发挥作用的。

在这个意义上,奴隶叙事提供了对美国奴隶制和美国南北战争前后南方生活的见证。琼·弗朗科(Jean Franco)指出:"见证是关于生活的故事,常常联系了次一等的阶级一员和知识分子阶级中的撰写者。这种文类使用'参考文献'来证实那些远离故乡、无家可归、受尽折磨的集体记忆,更清晰地注册了一个新的阶级在公众领域中作为参与者的出现。"③ 从这个角度来说,作为历史见证,奴隶叙事暴露了一种之前不为公众所知的奴隶生存状况。如弗朗科所指出的,它代表着在公众领域中一个新的参与阶级的出现。对这个沉默的或被压迫的阶级的认识,是见证不可缺少的一部分。因此,奴隶叙事的作者常常提供了一种对于其读者来说,先前不为所知、不可得或不可解的关于奴隶制的话题或奴隶生活的知识。黑人作者的写作深入被奴隶主遮蔽的公众领域,他们的声音对于蓄奴制和自由的讨论来说有着不可替代的见证作用。更深一层的意思是,见证有法律的所指。它所提供的信息往往和不公正,或"罪恶"相连。就像法庭上的目击证人一样,奴隶叙事的黑人作者帮助人们重新矫正关于南方奴隶主所创造的伊甸园的错误的认识或改正南方奴隶主所塑造的黑人懒惰、幼稚、无知的看法,参与美国建构全国性公民整体的历史、传播所有美国人应该权利平等的思想,正如道格拉斯在1847年写道:"那些经历了奴隶制的种种残酷折磨后的人,才是真正会鼓吹和倡导自由的人。"④奴隶叙事同时也形成了黑人自己书写的历史。如约翰·贝弗利(John Beverly)指出:"见证中的叙述者必须代表(既是从模仿的也是从法律和政治的意义上)一个更大的社会阶层或组织……见证中的叙述者……以一个集体或组织的名义讲话。"⑤奴隶叙事作为见证,不仅代表着单个奴隶的回忆,往往也构成了黑人集体的记忆和历史。

---

① Henry Louis Gates, Jr. ed. *The Classic Slave Narratives*. New York: Penguin Books, 1987, pp. ix-xviii.

② Pier M. Larson. "Horrid Journeying: Narratives of Enslavement and the Global African Diaspora." *Journal of World History*, Vol.19, No.4 (2008): 431.

③ Jean Franco. "Going Public: Reinhabiting the Private." *On Edge: The Crisis of Contemporary Latin American Culture*. Ed. George Yudice, Jean Franco, and Juan Flores. Minneapolis: University of Minnesota Press, 1992, pp.65-83.

④ 埃里克·方纳:《美国自由的故事》,第137页。

⑤ John Beverly. *Against Literature*. Minneapolis: University of Minnesota Press, 1993, p.127.

结　语

奴隶叙事以生动的细节记录了奴隶主的残暴。如《道格拉斯自述》中奴隶主人对赫斯特阿姨的鞭打，监工科威对道格拉斯的毒打；《安德森自述》中记录了被鞭打 300 多次等经历；《布朗叙事》中提到主人把他关到烟房子中，让他受烟熏烤；白人为了看看他的黑色在皮下有多深，把布朗用来做中暑实验，被晒的皮肤起泡。还有一些作品，如《为奴十二载》《道格拉斯自述》《亨森自传》等则再现了买卖奴隶的拍卖场，奴隶出行的路条，追踪逃亡奴隶的告示；叙述者自身经历了被拍卖以及和家人生离死别的场景；《布朗自传》《亨森自传》则讲述了奴隶生活中一个普遍的情形，即黑人自己被迫担任监工或奴隶贩子，鞭打自己的朋友或贩卖自己的亲友，不得不忍受良心和人性的考验；《千里逃亡》等讲述了混血奴隶的装扮以及不同寻常的逃亡故事，《艾奥拉·勒罗伊，或阴影退去》描绘了获得自由的女奴和白人主人结婚后的婚姻生活；《索继娜·楚丝，一个北方奴隶的叙述》《女奴自传》则讲述了南方奴隶制下，女奴受到的威胁、性侵、家庭破碎等事实。这些奴隶叙事印证了废奴主义者对奴隶制暴力和人性堕落的控诉，见证了奴隶主对奴隶精神和身体上的多重虐待，"虽说奴隶叙事故事常常缺乏斯托那种编剧技巧，却直截了当地诉说了人类的痛苦"①。这些见证式的奴隶叙事，和南方奴隶主宣扬的善待奴隶，南方作家的小说、散文以及北方游客、亲蓄奴制作家对种植园田园牧歌式的描绘形成了鲜明的对比，为美国社会各阶层了解一个被压制在社会底层、失去了人身自由和希望的种族提供了窗口。

1985 年，由盖茨编辑出版的《奴隶叙事》汇编了数十篇奴隶叙事的文章，在其导论中，编者沉痛地问道"文学传统还有比这更奇特的起源吗？"奴隶叙事庞大的数量和重复性、相似性构成了一种集体的见证：

> 在这种模仿与重复的过程中，黑奴自述逐渐形成一个社群的话语、一个集体的故事，而非仅仅是个人的自传而已。每一位黑奴作者在撰述他或她个人生平经验的时候，同时也代表千百万仍被禁锢在南方的缄默无声的黑奴撰述他们的生平经验。②

见证往往关乎着一个超越个人意义的集体记忆，主体的位置更多倾向于"我们"（us or we），而不是单数的"我"。作为个体的叙述者，奴隶叙事涉及着奴隶制的残酷、饥饿、暴力、侵害、剥削、精神和肉体的打击，以及从奴隶制中逃亡得以幸存的经历；这段经历对于个人来说，它"需要被讲述"，如同多

---

① 萨科文·伯科维奇：《剑桥美国文学史（第二卷）：散文作品 1820 年—1865 年》，第 314 页。
② Henry Louis. Gates, Jr. *The Classic Slave Narratives*. p.x.

里·劳布（Dori Laub）解释的："幸存者不仅需要幸存以便于他们能够讲述他们的故事，他们还需要讲述他们的故事以便于存活下去。一个人必须知道被埋藏的真相才能活下去。"① 因此对于饱受折磨的前奴隶个体来说，写作是交流共同经历，邀请共同见证的过程，同时也是自身治疗创伤、暴力或压抑的工具。换句话说，奴隶叙事文本是个体重建和幸存的一种方式。这种见证既是内在的，也是一个集体共同的，读者的阅读可以成为对奴隶叙事的见证，因此奴隶叙事作为见证的另一个要素是对读者的要求。读者的阅读意味着读者见证了文本中所描绘的不公正或遭遇，从而奴隶叙事创造了一种读者和文本之间的联系；另外，读者被要求认识奴隶制的不公正和不人道，记住那些可怜的挣扎在奴隶制生死线上的奴隶，并行动起来去解放他们。这是见证的需求，也是奴隶叙事交流的重要意义。

三、作为历史和记忆的文学

事实上，奴隶叙事记录了黑人的早期历史。18 世纪早期的奴隶叙事表明：非洲人被奴隶贩子虏获，被迫离开家园，在贩奴船上经历漫漫长途，被一个主人卖给另一个主人，被迫学习新的语言，接受新的环境中令人困惑的文化，体验政治边界带来的陌生感，回归家园的希望逐渐消失等，都形成了痛苦但充满重要意义的集体记忆。在 19 世纪中期的奴隶叙事中，关于非洲家园的记忆已经逐渐消失，取而代之的是"我出生于……"的美国南方种植园的生活经历。这一阶段的奴隶叙事充满对种植园中生活的回忆，如对奴隶母亲的刻画或记录、关于一个作者认识的奴隶受到虐待的故事、奴隶生活中食物、衣服、工作的描写、读写能力受到限制和如何克服、关于拍卖场的记忆、家庭分离的记录、逃亡经历、取得自由、获得新的身份和新的名字的个人和集体历史。值得注意的是，黑人的历史起源不同于其他文化的神话故事，其存在伊始就是关于一个人的故事，或者说，奴隶叙事建构起由个人组成的黑人历史。这些奴隶叙事的作者，同时也是历史的见证者和参与者，他们个人的形象，是黑人文学原型的来源：其中既有道格拉斯式的自我奋斗的英雄式人物，也有汤姆叔叔似的忠诚谦卑的亨森大叔的形象。道格拉斯像富兰克林一样，通过自我塑造和个人主义的奋斗，自我学习，掌握了读写能力。回到种植园后，他开办了自己的学校；并领导了一次具有革命性的逃跑，

---

① Dori Laub. "Truth and Testimony: The Process and the Struggle." *Trauma: Explorations in Memory*. Ed. Caruth Cathy. Baltimore and London: The Johns Hopkins University Press, 1995, p.78.

结　语

失败后被送回巴尔的摩前主人那里，又像富兰克林一样，试图通过挣钱来获得自由，最终逃亡成功获得自我解放。亨森则模仿了汤姆叔叔，通过忠诚和奉献，获得了白人主人的信任，也得到黑人奴仆的拥护。他带领黑人奴仆千里迁移，从某种意义上来说，也是类似于摩西一样的精神领袖。从两位前奴隶作者的经历来看，道格拉斯成为著名的废奴主义演说家、为黑人自由呐喊的斗士；亨森则为社会甚至英国皇家所接受，开创了自己的教堂，宣扬基督教仁爱精神。无论是自我塑造还是社会合力塑造，道格拉斯和亨森都树立了黑人精神领袖和模范的形象。对于黑人美国文学历史而言，这代表着两种方向：一是在道德、智力和美学上，黑人通过和主导意识形态的协商，创造的和其他社会成员共享的价值观；另一种经典则是通过寻找虚构人物和特定历史人物的对应，建立起文学和历史的关系。

　　奴隶叙事的重要性在于，不同于英美文学传统中自传文类指涉的对过去亲身经历的事件的记忆，它不仅仅是一个人或一个家庭的回忆，而是通过多个个体的记忆，多个群体的共同遭遇回忆，再现了一个种族的集体经历。对于那些奴隶叙事中反复出现、重复再现的事件，不仅要求黑人奴隶群体从自身的视角出发来认识，从而建立起群体之间的关联；同时要求从其他族裔的视角来看待，从这个时候起，社会就把这些特殊的事件转换为一般的、普遍性的事件，因此我们可以把奴隶叙事看作一种不断建构的行为，或者一个累积性建构的过程。奴隶叙事的重复，是关于奴隶制经历集体记忆的一个必要因素，通过重复生产，道格拉斯等故事成为黑人美国文学的原型或范式。原型叙事具有塑造社会的作用，一方面它们对认知过去提供了一种概念化的认知视角；另一方面，它们也为陈述、修改和思考过去提供了模式和方法。非裔美国文学20世纪兴起的新奴隶叙事可以被视作对原型故事的延续和重新生产。对于非裔美国人的民族认同来说，这种共同记忆和历史连续性尤为重要，民族认同的逻辑起点是集体的文化认同，作为非裔美国文化的源头，奴隶叙事具有不可争辩的文化记忆重要性。

　　对于大多数人来说，记忆指示着即时性的、想象性的、有选择的、片断的或非线性的过去。至于社会记忆本身，"过去的形象一般会使现在的社会秩序合法化……任何社会秩序下的参与者必须具有一个共同的记忆"[①]。社会鼓励遗忘，尤其那些被权力排斥和边缘化的故事，那些曾被漠视、曾被剥夺的经历，在社会记忆的选择面前，常常面临被忘却、删减、扭曲或篡改的危险。奴隶叙事作为历史见证，其书写和阅读都具有政治性。盖茨曾经考察美国文学的演进，发现"由于各种复杂的历史因素，书写行为对黑人作家而言，始终是个'政治'行

[①] 保罗·康纳顿：《社会如何记忆》，纳日碧力戈译，上海：上海人民出版社，2000年，第3页。

为"①。奴隶叙事并非复制文本或记忆，作为一种文类，它具有不同的视角和叙事方式。为此，我们特地选取了一些不同于奴隶叙事常规的文本进行讨论。其中，《为奴十二载》的叙述者诺瑟普曾经是自由黑人，后被奴隶贩子贩卖变为奴隶，他的视角具有自由人和奴隶的双重视角；《奈特·特纳自白书》的叙述者为白人律师，叙事角度并非黑奴，采用的叙事模式也是当时流行的访谈式记录；《艾奥拉·勒罗伊，或阴影退去》是一本奴隶叙事体裁的虚构小说，涉及黑奴关心的三个重要关键词"解放、教育和婚姻"，女主人公获得开明奴隶主解放、受到教育、和主人成婚，但却没有得到幸福。另外，我们还专门研究了女奴们的叙事。相较于男性奴隶，女奴受教育的机会更少，并面临遭遇白人主人性侵的威胁和黑人男性暴力的伤害。这些文本的叙述者都不同于常规奴隶叙事的叙述主体——出生于种植园的黑奴，而是具有不同的种族和身份。但这些文本提供了我们看待奴隶叙事的另一种视角：奴隶叙事中记忆的争夺和见证的危机，真实性与否的问题。真实性是一个政治问题：是否真实，决定了奴隶叙事作为个人生活记忆和社会生活见证，是否可以被接受；真实的表征，意味着对叙事的消解，以便于创造更为权威的历史，给予这些奴隶叙事道德和情感的力量。通过对上述奴隶叙事文本的研究，可以看到关于真实和见证危机在文本中的显露，如陈述主体是否存在僭越，是否存在对记忆的修改，阉割和替换，法庭见证和文学见证的交叉等。这些话语和记忆之争，是 19 世纪政治和社会语境中关于蓄奴制和废奴主义的话语争执在文本中的投影，再现了美国观念中对于解放和自由的不断讨论，并且决定了奴隶叙事的阅读从一开始就带有政治批评的色彩。

正如《剑桥美国文学史（第二卷）：散文作品 1820 年—1865 年》中指出：

> 事实上，在奴隶们对种植园生活和在北方所遭受的歧视所做的暗淡叙述中，还体现出一种力量感和为了生存的独立精神以及对蓄奴制和种族主义毫不隐晦的对抗。这一群体所建立起来的世界从严格意义上来说既非美国的，也不是非洲的，而是一种奇特的融合。它注定要形成其独具特色的形式并在以后的日子里对美国的宗教、艺术、社会思想和政治产生重大影响。在很多情形下，奴隶叙事故事不仅仅是早期黑人文化的零星记录，而且还是连接口头叙事传统与欧美文化正式书面叙事的桥梁。②

总的说来，美国奴隶叙事是一种发源奇特的自传式文类，记录了非裔美国人

---

① Henry Louis Gates. Jr., ed. *Black Literature and Literary Theory*. p.5.
② 萨科文·伯科维奇：《剑桥美国文学史（第二卷）：散文作品 1820 年—1865 年》，第 317 页。

结　语

被奴役被剥夺自由的历史，在个体层面上记述了奴隶制的残暴、个人的恐惧和创伤、解放和自由带来的自我的转变；在集体层面上重复性、累积性地建构了黑人族裔的历史和文化记忆。这种文类的产生关乎奴隶的解放和生存，具有鲜明的读者对象和论辩对象，并且在特殊的语境下，还有着特有的叙述分层和黑白叙事杂糅的现象。奴隶叙事作为蓄奴制亲历见证，不仅提供了奴隶制下人性堕落、家庭伦理沦丧等目击报告，而且提供了美国 19 世纪奴隶制的个人生活和集体生活记录，对建构非裔美国人集体记忆和文化记忆不可或缺。奴隶叙事所潜在的文学常规和叙述策略，以及所创造的人物原型，见证式的文学功能，也成为非裔美国文学的历史来源，具有重要的历史意义。

主要参考文献

阿斯曼. 回忆空间：文化记忆的形式和变迁. 潘璐译. 北京：北京大学出版社，2016.
艾捷尔. 美国赖以立国的文本. 赵一凡，郭国良译. 海口：海南出版社，2000.
鲍德里亚. 消费社会. 刘成富，全志钢译. 南京：南京大学出版社，2008.
本尼特，罗伊尔. 关键词：文学、批评与理论导论. 汪正龙，李永新译. 桂林：广西师范大学出版社，2007.
伯科维奇：剑桥美国文学史（第一卷）：1590年—1820年. 蔡坚主译. 北京：中央编译出版社，2008.
伯科维奇. 剑桥美国文学史（第二卷）：散文作品1820年—1865年. 史志康，等译. 北京：中央编译出版社，2008.
查特曼. 故事与话语：小说和电影的叙事结构. 北京：中国人民大学出版社，2013.
程锡麟. 赫斯顿研究. 上海：上海外语研究出版社，2005.
程锡麟. 西方文论关键词：黑人美学. 外国文学，2014（2）：106-116.
崔侃. 美国自传文学发展概述. 荆楚理工学院学报，2012（1）：5-9.
道格拉斯. 道格拉斯自述. 李文俊译. 北京：生活·读书·新知三联书店，1988.
邓建华. 一个奴隶的觉醒与奋斗——解读《黑人奴隶弗雷德里克·道格拉斯的生平自述》. 东北大学学报（社会科学版），2004（1）：76-78.
邓建青. 美国非裔文学研究管见. 山东外语教学，2012（6）：12-15.
方红.《道格拉斯自述》：双声身体叙事研究. 外国文学，2016（2）：125-132.
方纳. 美国自由的故事. 王希译. 北京：商务印书馆，2002.
方小莉. 美国奴隶叙事研究. 西南民族大学学报（人文社科版），2016（9）：189-194.
费伦. 作为修辞的叙事：技巧、读者、伦理、意识形态. 陈永国译. 北京：北京大学出版社，2002.
冯亚琳，埃尔. 文化记忆理论读本. 余传玲，等译. 北京：北京大学出版社，2012.
弗莱. 批评的剖析. 陈慧，袁宪军，吴伟仁译. 吴持哲校译. 天津：百花文艺出版社，2006.
高春常. 美国奴隶的服饰叙事研究. 外国问题研究，2017（1）：83-94.
高春常. 美国奴隶的民居叙事. 枣庄学院学报，2017（1）：20-27.
高云翔. 美国早期的黑人文学. 吉林大学社会科学学报，1984（6）：26-33.
赫斯顿. 他们眼望上苍. 王家湘译. 北京：北京十月文艺出版社，2000.

怀特. 后现代历史叙事学. 陈永国, 张万娟译. 北京: 中国社会科学出版社, 2003.

焦小婷. 一个求索的灵魂: 对哈里特·雅各布斯《一个奴隶女孩的生活经历》自传叙事的思考. 天津外国语学院学报, 2008（5）: 65-69.

焦小婷. 用灵魂叙事的人——哈利特·雅各布森《一个奴隶女孩的自述》中的叙事伦理学阐释. 外国语文（四川外语学院学报）, 2011（5）: 10-13.

焦小婷. 《为奴12年》中的精神价值探究. 外国语文（四川外语学院学报）, 2015（2）: 1-4.

金莉. 穿越时空的历史对话——评赫斯顿的遗作《奴隶收容所: 最后一批"黑人货物"的故事》. 当代外国文学, 2018（3）: 14-22.

金莉. 哈里特·雅各布斯的《一个奴隶女孩的生活事件》中的颠覆性叙事策略. 山东外语教学, 2002（5）: 3-10.

金莉. 奴隶叙事. 外国文学, 2019（4）: 66-77.

金莉, 李铁. 西方文论关键词（第二卷）. 北京: 外语教学与研究出版社, 2017.

卡尼. 故事离真实有多远. 王广州译. 桂林: 广西师范大学出版社, 2007.

康马杰主编. 美国历史文献选集. 修订版. 裴孝贤编辑. 北京: 美国驻华大使馆新闻文化处, 1985.

康纳顿. 社会如何记忆. 纳日碧力戈译. 上海: 上海人民出版社, 2000.

林懿. 论德拉尔《红王妃》文本观中的他者伦理. 当代外国文学, 2016（1）: 60-67.

凌源. 道格拉斯《自述》中的异质叙事策略研究. 现代交际, 2019（8）: 34-36.

凌源. 摘下"白色面具"——道格拉斯《自述》中的副文本和链文本. 绵阳师范学院学报, 2016（3）: 117-121.

刘宇. 社会符号学视角下的多模态研究: 一项基于意义的研究方法. 符号与传媒, 2014（1）: 73-92.

卢永和. 论文学记忆与历史意识的四个维度. 文艺理论研究, 2017（4）: 206-216.

吕鹤颖. 见证文学与文学的见证. 文艺争鸣, 2016（10）: 156-161.

马克思, 恩格斯. 马克思恩格斯全集（第15卷）. 中共中央马克思、恩格斯、列宁、斯大林著作编译局译. 北京: 人民出版社, 1963.

梅南德. 哲学俱乐部: 美国观念的故事. 肖凡, 鲁帆译. 南京: 江苏人民出版社, 2006.

孟晓. 黑奴自传的传承和发展——《一个美国黑奴的自传》和《一个奴隶女孩的生活事件》的对比分析. 兰州教育学院学报, 2012（2）: 28-30.

莫瑞森. 所罗门之歌. 胡允桓译. 上海: 上海译文出版社, 2005.

尼科尔斯. 许多人已经逝去: 昔日奴隶关于奴役和自由的叙述. 莱顿: 莱顿大学出版社, 1963.

聂珍钊. 文学伦理学批评: 基本理论与术语. 外国文学研究, 2010（1）: 12-22.

聂珍钊. 文学伦理学批评导论. 北京: 北京大学出版社, 2014.

宁一中. 比切家族与美国文化记忆. 外国文学, 2010（4）: 115-122.

诺瑟普. 为奴十二载. 常非译. 北京: 北京大学出版社, 2014.

庞好农. 非裔美国文学史（1619—2010）. 北京：中央编译出版社，2013.

庞好农. "潘多拉的魔盒"开启之后——评《弗雷德里克·道格拉斯：一个美国奴隶的生平叙事》. 英美文学研究论丛，2014（1）：192-204.

庞好农，薛璇子. 双重意识的演绎：评《一个奴隶女孩的生活事件》. 福建论坛（社科教育版），2010（6）：52-53.

裴莎莎. 浅析《黑人奴隶弗雷德里克·道格拉斯的生平自述》中的语言偏离现象. 信阳农业高等专科学校学报，2012（4）：74-76，89.

彭刚. 历史记忆与历史书写——史学理论视野下的"记忆的转向". 史学史研究，2014（2）：1-12.

彭瑶.《流离失所的人》中的受害者身份政治. 外国文学评论，2018（3）：151-165.

普林斯. 叙述学词典. 修订版. 乔国强，李孝弟译. 上海：上海译文出版社，2011.

綦亮. "黑色大西洋"的重访与重构——论劳伦斯·希尔的《黑人之书》. 当代外国文学，2018（3）：90-97.

热奈特. 叙事话语 新叙事话语. 王文融译. 北京：中国社会科学出版社，1990.

申丹. 叙述学与小说文体学研究. 北京：北京大学出版社，1998.

申丹. 何为"不可靠叙述"？外国文学评论，2006（4）：133-143.

申丹. "隐性进程"与界面研究：挑战和机遇. 外国语文（四川外语学院学报），2013（5）：1-6.

申丹，王丽亚. 西方叙事学：经典与后经典. 北京：北京大学出版社，2010.

施咸荣. 美国黑人奴隶歌曲. 美国研究，1990（1）：128-139.

施咸荣. 美国黑人奴隶纪实文学. 美国研究，1990（2）：123-137.

史鹏路.《女奴生平》中的观视与权力. 东疆学刊，2012（4）：34-38.

史托弗. 巨人：弗雷德里克·道格拉斯与亚伯拉罕·林肯平传. 杨昊成译. 北京：东方出版社，2011.

斯科尔斯，费伦，凯洛格. 叙事的本质. 于雷译. 南京：南京大学出版社，2015.

斯托夫人. 汤姆叔叔的小屋. 李彭恩译. 北京：北京燕山出版社，2010.

谭君强. 叙事理论与审美文化. 北京：中国社会科学出版社，2002.

唐伟胜. 文本、语境、读者：当代美国叙事理论研究. 上海：上海世界图书出版公司，2013.

特纳. 身体与社会. 马海良，赵国新译. 沈阳：春风文艺出版社，2000.

田英华. 语言学视角下的传记体研究. 上海：东方出版中心，2012.

王恩铭. 美国黑人领袖及其政治思想研究. 上海：上海外语教育出版社，2006．

王晖. 二元文本的艺术张力——诺曼·梅勒《夜幕下的大军》的叙事伦理分析. 外国文学研究，2007（6）：111-120.

王丽亚. 伊什梅尔·里德的历史叙述及其政治隐喻——评《逃往加拿大》. 外国文学评论，2010（3）：211-222.

王欣. 创伤叙事、见证和创伤文化研究. 四川大学学报（哲学社会科学版），2013（5）：73-79.

王欣. 大屠杀见证：创伤记忆与历史再现. 社会科学研究，2015（6）：14-21.

王欣. 美国非裔奴隶叙事文类研究. 英语研究，2019（1）：109-118.

王玉括. 非裔美国文学中的地理空间及其文化表征. 外国文学评论，2009（2）：160-167.

王玉括. 非裔美国文学研究在中国：1994~2011. 外语研究，2011（5）：108-111.

王育平，杨金才. 从惠特莉到道格拉斯看美国黑人奴隶文学中的自我建构. 外国文学研究，2005（2）：92-98.

王元陆. 赫斯顿与门廊口语传统——兼论赫斯顿的文化立场. 外国文学，2009（1）：67-73.

王元陆. "斗嘴"与赖特创作. 外国文学评论，2015（1）：87-99.

韦伯. 经济与社会（下卷）. 林荣远译. 北京：商务印书馆，1997.

沃克. 紫颜色. 陶洁译. 南京：译林出版社，1998.

吴金平. 自由之路：弗·道格拉斯与美国黑人解放运动. 北京：中国社会科学出版社，2000.

吴素贞. 打破黑与白的对立：《亲缘》的新历史主义解读. 山东外语教学，2016（2）：81-85.

徐贲. "记忆窃贼"和见证叙事的公共意义. 外国文学评论，2008（1）：79-86.

许德金. 自传叙事学. 外国文学，2004（3）：44-51.

许德金. 类文本叙事：范畴、类型与批评框架. 江西社会科学，2010（2）：29-36.

许德金. 叙述的政治与自我的成长——弗雷德里克·道格拉斯的两部自传. 外国文学研究，2001（6）：52-59.

杨金才. 19世纪美国自传文学与自我表现. 国外文学，1999（3）：3-5.

张冲. 新编美国文学史（第1卷）. 上海：上海外语教育出版社，2000.

张春晖，叶汝惠. 被历史尘封的声音：关于《一个奴隶女孩的生活事件》. 河南广播电视大学学报，2013（3）：21-23，47.

张丛丛. 奴隶叙事中的性别视角分析——对比研究《女奴生平》和《一个美国黑奴的自传》. 科技创新导报，2010（25）：228-230.

张立新. 文化的扭曲：美国文学与文化中的黑人形象研究（1877~1914年）. 北京：中国社会科学出版社，2007.

张新军. 可能世界叙事学. 苏州：苏州大学出版社，2011.

张友伦主编. 美国通史（第二卷）：美国的独立和初步繁荣 1775—1860. 北京：人民出版社，2002.

赵白生. 美国文学的使命书——《道格拉斯自述》的阐释模式. 外国文学，2002（5）：52-57.

赵白生. 传记文学理论. 北京：北京大学出版社，2003.

赵宏维. 黑白之间的流动——评《剑桥美国非裔奴隶叙事指南》. 当代外国文学，2011（3）：167-170.

赵静蓉. 文化记忆与符号叙事——从符号学的视角看记忆的真实性. 暨南学报（哲学社会科学

版），2013（5）：85-90，163.

赵山奎. 传记视野与文学解读. 北京：北京大学出版社，2012.

赵毅衡. 符号学：原理与推演. 南京：南京大学出版社，2011.

赵毅衡. 当说者被说的时候：比较叙述学导论. 成都：四川文艺出版社，2013.

赵毅衡. 广义叙述学. 成都：四川大学出版社，2013.

赵毅衡. 苦恼的叙述者. 成都：四川文艺出版社，2013.

赵毅衡. 究竟谁是"第三人称叙述者"？西南民族大学学报（人文社科版），2016（9）：179-183.

朱刚. 二十世纪西方文论. 北京：北京大学出版社，2006.

朱沅沅.《汤姆叔叔的小屋》经典化研究与女性主义阐释的作用. 国外文学，2016（4）：52-60.

Abdur-Rahman, Aliyyah I. "'The Strangest Freaks of Despotism': Queer Sexuality in Antebellum African American Slave Narratives." *African American Review* Vol.40, No.2 (Summer, 2006): 223-237.

Accomando, Christina. "Demanding a Voice among the Pettifoggers: Sojourner Truth as Legal Actor." *MELUS*, Vol.28, No.1 (Spring, 2003): 61-86.

Accomando, Christina. "'The Laws were Laid Down to Me Anew': Harriet Jacobs and the Reframing of Legal Fictions." *African American Review*, Vol.32, No.2 (Summer, 1998): 229-245.

Acharya, Gayatri Dasgupta. "Twentieth-century Autobiography: Its Modes and Achievements." Diss. Tufts University, 1976.

Althusser, Louis. *Lenin and Philosophy and Other Essays*. Trans. Ben Brewster. London: NLB, 1971.

Althusser, Louis and Ann Fitzgerald, eds. *Literature, Class, and Culture*: An Anthology. New York: Addison Wesley Longman, 2001.

Anderson, William J. *Life and Narrative of William J. Anderson, Twenty-four Years a Slave; Sold Eight Times! In Jail Sixty Times!! Whipped Three Hundred Times!!! or The Dark Deeds of American Slavery Revealed. Containing Scriptural Views of the Origin of the Black and of the White Man. Also, a Simple and Easy Plan to Abolish Slavery in the United States. Together with an Account of the Services of Colored Men in the Revolutionary War—Day and Date, and Interesting Facts，Written by Himself.* Chicago: Daily Tribune Book and Job Printing Office, 1857.

Andrews, William L. *To Tell A Free Story: The First Century of Afro-American Autobiography, 1760-1865.* Urbana: University of Illinois Press, 1988.

Andrews, William L., ed. *Critical Essays on Frederick Douglass.* Boston: G.K. Hall and Co., 1991.

Andrews, William L., ed. *African American Autobiography: A Collection of Critical Essays.* Englewood Cliffs: Prentice Hall, 1993.

Andrews, William L. "The First Century of Afro-American Autobiography: Theory and Explication." Ed. Hazel Arnett Ervin. *African American Literary Criticism, 1773 to 2000* (1999): 223-224.

Andrews, William L., ed. *Slave Narratives after Slavery*. New York: Oxford University Press, 2011.

Andrews, William L. and Henry Louis Gates, Jr., eds. *Slave Narratives*. New York: Library of America, 2000.

Appiah, Anthony. "The Uncompleted Argument: Du Bois and Illusion of Race." Ed. Henry Louis Gates, Jr. *Race, Writing, and Difference* (1986): 21-37.

Aristotle. *The Rhetoric*. Trans. Lane Cooper. New York: Appleton-Century, 1932.

Aufderheide, Patricia, ed. *Beyond P.C.: Toward a Politics of Understanding*. St. Paul: Graywolf Press, 1992.

Awkward, Michael. "Race, Gender, and the Politics of Reading." *Black American Literature Forum*, Vol.22, No.1 (Spring, 1988): 5-27.

Baker, Houston A., Jr. *Singers of Daybreak: Studies in Black American Literature*. Washington: Howard University Press, 1975.

Baker, Houston A., Jr. *Reading Black: Essays in the Criticism of African, Caribbean, and Black American Literature* (1976): 48-58.

Baker, Houston A., Jr. "A Note on Style and the Anthropology of Art." *Black American Literature Forum*, Vol.14, No.1 (Spring, 1980): 30-31.

Baker, Houston A., Jr. "Introduction: Literary Theory Issue." *Black American Literature Forum*, Vol.14, No.1 (Spring, 1980): 3-4.

Baker, Houston A., Jr. *The Journey Back: Issues in Black Literature and Criticism*. Chicago and London: University of Chicago Press, 1980.

Baker, Houston A., Jr. *Blues, Ideology, and Afro-American Literature: A Vernacular Theory*. Chicago and London: University of Chicago Press, 1984.

Baker, Houston A., Jr. "In Dubious Battle." *New Literary History* 18.2 (Winter, 1987): 363-369.

Baker, Houston A., Jr. *Modernism and the Harlem Renaissance*. Chicago and London: University of Chicago Press, 1987.

Baker, Houston A., Jr. *Afro-American Poetics: Revisions of Harlem and the Black Aesthetic*. Madison: University of Wisconsin Press, 1988.

Baker, Houston A., Jr. "Handling 'Crisis': Great Books, Rap Music, and the End of Western Homogeneity (Reflections on the Humanities in America)." *Callaloo*, Vol.13, No.2 (Spring, 1990): 173-194.

Baker, Houston A., Jr. *Long Black Song: Essays in Black American Literature and Culture*. Charlottesville and London: University of Virginia Press, 1990.

Baker, Houston A., Jr. *Black Studies, Rap, and the Academy*. Chicago and London: University of

Chicago Press, 1993.

Baker, Houston A., Jr. "Scene … Not Heard." *Reading Rodney King: Reading Urban Uprising*. Ed. Robert Gooding-Williams. New York: Routledge, 1997, pp. 38-50.

Bakhtin, Mikhail. *Problems in Dostoevsky's Poetics*. Ed. and trans. Caryl Emerson. Minneapolis: University of Minnesota Press, 1984.

Bakhtin, Mikhail. *Rabelais and His World*. Trans. Helene Iswolsky. Bloomington: Indiana University Press, 1984.

Bal, Mieke. *Narratology: Introduction to the Theory of Narrative*. Toronto: University of Toronto Press, 1985.

Baldwin, James. *Notes of a Native Son*. Boston: The Beacon Press, 1955.

Baldwin, James. *The Fire Next Time*. New York: The Dial Press, 1963.

Baraka, Imamu Amiri. *Raise, Race, Rays, Raze: Essays Since 1965*. New York: Random House, 1969.

Baraka, Imamu Amiri. *The LeRoi Jones/Amiri Baraka Reader*. Ed. William J. Harris. New York: Thunder's Mouth Press, 1991.

Barlow, William. "*Looking Up and Down*": *The Emergence of Blues Culture*. Philadelphia: Temple University Press, 1989.

Barnes, Albert C. "Negro Art and America." *The Journal of Blacks in Higher Education*, No.41 (Autumn, 2003): 136.

Barnett, Timothy. "Politicizing the Personal: Frederick Douglass, Richard Wright, and Some Thoughts on the Limits of Critical Literacy." *College English*, Vol.68, No.4 (2006): 356-381.

Barrett, Lindon. "Hand-Writing: Legibility and the White Body in *Running a Thousand Miles for Freedom.*" *American Literature*, Vol.69, No.2 (1997): 315-336.

Barthes, Roland. "To Write: An Intransitive Verb?" Ed. Richard Macksey and Eugenio Donato. *The Structuralist Controversy: The Language of Criticism and the Sciences of Man*. Baltimore: The Johns Hopkins, 1970: 134-145.

Beardslee, Karen E. "Through Slave Culture's Lens Comes the Abundant Source: Harriet A. Jacobs's 'Incidents in the Life of a Slave Girl'." *MELUS*, Vol. 24, No. 1 (Spring, 1999): 37-58.

Bell, Bernard W. Emily R. Grosholz and James B. Stewart, eds. *W. E. B. Du Bois on Race and Culture* (1996): 289-305.

Bennett, Nolan. "To Narrate and Denounce: Frederick Douglass and the Politics of Personal Narrative." *Political Theory*, Vol.44, No.2 (2016): 240-264.

Benston, Kimberly W. "I Yam What I Am: The Topos of (Un)naming in Afro-American Literature." Ed. Henry Louis Gates, Jr. *Black Literature and Literary Theory* (1984): 151-170.

Berthoff, Warner. "Witness and Testament: Two Contemporary Classics." *New Literary History*, Vol.2, No.2 (Winter, 1971): 310-327.

Beverly, John. *Against Literature*. Minneapolis: University of Minnesota Press, 1993.

Bhabha, Homi K. "A Good Judge of Character: Men, Metaphors, and the Common Culture." Ed. Toni Morrison. *Race-ing Justice, En-gendering Power: Essays on Anita Hill, Clarence Thomas, and the Construction of Social Reality* (1992): 232-250.

Bhabha, Homi K. *The Location of Culture*. London and New York: Routledge, 1994.

Bibb, Henry. "Narrative of the Life and Adventures of Henry Bibb, an American Slave, Written by Himself. With an Introduction by Lucius C. Matlack (1849)." *Slave Narratives*. Ed. William L. Andrews and Henry Louis Gates, Jr. New York: The Library of America, 2000: 441-566.

Bingham, Caleb. *The Columbian Orator*. Ed. David W. Blight. New York: New York University Press, 1997.

Bland, Sterling Lecater, Jr. *African American Slave Narratives: An Anthology*. Westport: Greenwood Press, 2001.

Blassingame, John W. "Using the Testimony of Ex-Slaves: Approaches and Problem." *The Slave's Narrative*. Ed. Charles T. Davis and Henry Louis Gates, Jr. Oxford: Oxford University Press, 1985: 78-97.

Blight, David W. "Introduction." *Narrative of the Life of Frederick Douglass, an American Slave, Written by Himself*. Goston: Bedford/St. Martins, 2003.

Bloom, Allan. *The Closing of the American Mind*. New York: Simon and Schuster, 1987.

Bloom, Edward. "In Defense of Authors and Readers." *Novel: A Forum on Fiction*, Vol.11, No.1 (Autumn, 1977): 5-25.

Bloom, Harold, ed. *Modern Critical Interpretation: Alice Walker's The Color Purple*. Philadelphia: Chelsea House Publishers, 2000.

Bly, Antonio T. "'Pretends he can read': Runaways and Literacy in Colonial America, 1730—1776." *Early American Studies* (2008): 261-294.

Bogin, Ruth. "'Liberty Further Extended': A 1776 Antislavery Manuscript by Lemuel Haynes." *William and Mary Quarterly*, Vol.40, No.1 (January, 1983): 85-105.

Booth, Wayne C. *The Rhetoric of Fiction*. Chicago: University of Chicago Press, 1961.

Booth, Wayne C. *The Company We Keep: An Ethics of Fiction*. Berkeley: University of California Press, 1988.

Bradley, David. "Layers of Paradox." *Dissent*, No.42 (Winter, 1995): 112-120.

Braxton, Joanne M. *Black Women Writing Autobiography: A Tradition within a Tradition*. Philadelphia: Temple University Press, 1989.

Breen, Patrick H. *The Land Shall Be Deluged in Blood: A New History of the Nat Turner Revolt*. London: Oxford University Press, 2015.

Bremond, Claude. "La logique des possibles narratifs." *Communications* 8 (1966): 60-74.

Brignano, Russell C. *Black Americans in Autobiography*. Rev. and exp. ed. Durham: Duke University Press, 1984.

Bronfen, Elisabeth. *Over Her Death Body: Death, Femininity and the Aesthetic*. Manchester: Manchester University Press, 1992.

Broughton, Trev Lynn, ed. *Autobiography: Critical Concepts in Literary and Cultural Studies*. London and New York: Routledge, 2007.

Brown, William Well. "Narrative of William W. Brown." *Slave Narratives*. Ed. William L. Andrews and Henry Louis Gates, Jr. New York: The Library of America, 2000: 369-423.

Bruce, Dickson D., Jr. "Politics and Political Philosophy in the Slave Narrative." *The Cambridge Companion to the African American Slave Narrative*. Ed. Audrey A. Fisch. Cambridge: Cambridge University Press, 2007: b28-43.

Brusky, Sara. "The Travels of William and Ellen Craft: Race and Travel Literature in the 19th Century." *Prospects*, No.25 (October, 2000): 170-187.

Burton, Annie L., et al. *Women's Slave Narratives*. New York: Dover Publication, INC., 2006.

Butler-Evans, Elliot. "Constructing and Narrativizing the Black Zone: Semiotic Strategies of Black Aesthetic Discourse." *The American Journal of Semiotics*, Vol.6, No.1 (1988-1989): 19-35.

Butterfield, Stephen. *Black Autobiography in America*. Amherst, MA: University of Massachusetts Press, 1974.

Cain, William E., ed. *William Lloyd Garrison and the Fight Against Slavery: Selections from* The Liberator. Boston: Bedford/St. Martin's, 1994.

Cantiello, Jessica Wells. "Frances E. W. Harper's Educational Reservations: The Indian Question in *Iola Leroy*." *African American Review*, Vol.45, No.4 (Winter, 2012): 575-592.

Carby, Hazel V. *Reconstructing Womanhood: The Emergence of the Afro-American Woman Novelist*. Oxford: Oxford University Press, 1987.

Carby, Hazel V. "The Canon: Civil War and Reconstruction." *Michigan Quarterly Review*, Vol.28, No.1 (1989): 35-43.

Carby, Hazel V. "The Multicultural Wars." Ed. Gina Dent. *Black Popular Culture* (1992): 187-199.

Carluccio, Dana. "The Evolutionary Invention of Race: W. E. B. Du Bois's 'Conservation' of Race and George Schuyler's 'Black No More'." *Twentieth-Century Literature*, Vol.55, No.4 (Winter, 2009): 510-546.

Carroll, David. *The Subject in Question: The Language of Theory and the Strategies of Fiction*. Chicago and London: University of Chicago Press, 1982.

Carter, Erica, James Donald and Judith Squires. "Introduction." Ed. Erica Carter, et al. *Space and Place: Theories of Identity and Location*. London: Lawrence and Wishart, 1993, vii-xv.

Casmier-Paz, Lynn A. "Slave Narratives and the Rhetoric of Author Portraiture." *New Literary*

History, Vol. 34, No. 1 (Winter, 2003): 91-116.

Chandler, Linda Lee. *Keeping Home: Another Look at Domesticity in Antebellum America.* Berkeley: University of California, 2011.

Chaney, Michael A. *Fugitive Vision: Slave Image and Black Identity in Antebellum Narrative.* Bloomington and Indianapolis: Indiana University Press, 2007.

Christmann, James. "Raising Voices, Lifting Shadows: Competing Voice-Paradigms in Frances E. W. Harper's *Iola Leroy.*" *African American Review*, Vol.34, No.1 (Spring, 2000): 5-18.

Clabough, Casey, ed. *Gayl Jones: The Language of Voice and Freedom in Her Writings.* Jefferson: McFarland and Company Inc., Publishers, 2008.

Clarke, John, et al. "Subcultures, Cultures and Class." Ed. Stuart Hall and Tony Jefferson. *Resistance Through Rituals: Youth Subcultures in Post-war Britain.* Tiptree: Hutchinson & Co. (Publishers) Ltd, 1976: 9-74.

Clarke, John, et al. *New Times and Old Enemies: Essays on Cultural Studies and America.* London: Harper Collins Academic, 1991.

Confino, Alon. "Collective Memory and Cultural History: Problems of Method." *The American Historical Review*, Vol.106, No.5 (1997): 1386-1403.

Cooke, Michael G. "Modern Black Autobiography in the Tradition." Ed. David Thorburn and Geoffrey Hartman. *Romanticism: Vistas, Instances, Continuities.* Ithaca, NY: Cornell University Press, 1973: 255-280.

Cooke, Michael G. *Afro-American Literature in the Twentieth Century: The Achievement of Intimacy.* New Haven and London: Yale University Press, 1984.

Cover, Robert M. *Justice Accused: Antislavery and the Judicial Process.* New Haven: Yale University Press, 1975.

Cox, John D. *Traveling South: Travel Narrative and the Construction of American Identity.* Athens: The University of Georgia Press, 2005.

Cutter, Martha J. "Dismantling 'The Master's House': Critical Literacy in Harriet Jacobs' 'Incidents in the Life of a Slave Girl'." *Callaloo*, Vol.19, No.1 (Winter, 1996): 209-225.

Cutter, Martha J. "Editor's Introduction: Translation and Alternative Forms of Literacy." *MELUS*, Vol.34, No.4 (Winter, 2009): 5-13.

D'Souza, Dinesh. *Illiberal Education: The Politics of Race and Sex on Campus.* New York: Vintage Books, 1992.

Dant, Tim. *Knowledge, Ideology and Discourse: A Sociological Perspective.* London and New York: Routledge, 1991.

Davis, Arthur P., Sterling A. Brown and Ulysses Lee, eds. *The Negro Caravan: Writings by American Negroes.* New York: The Dryden Press, 1941.

Davis, Charles T. "The Slave Narrative: First Major Art Form in an Emerging Black Tradition." *Black is the Color of the Cosmos: Essays on Afro-American Literature and Culture, 1942-1981.* Ed. Henry Louis Gates, Jr. New York: Garland, 1982: 83-119.

Davis, Charles T. and Henry Louis Gates, Jr., eds. *The Slave's Narrative.* Oxford: Oxford University Press, 1985.

Dejin, Xu. *Race and Form: Towards a Contextualized Narratology of African American Autobiography.* Bern: Peter Lang, 2007.

de Man, Paul. "Autobiography as Defacement." *Modern Language Notes*, No.94 (December, 1979): 919-930.

de Man, Paul. *The Rhetoric of Romanticism.* New York: Columbia University Press, 1984.

Deleuze, Gilles and Felix Guattari. *Kafka: Toward a Minor Literature.* Trans. Dana Polan. Minneapolis: University of Minnesota Press, 1986.

Deleuze, Gilles and Felix Guattari. *Anti-Odepus.* Minneapolis: University of Minnesota Press, 2000.

DeLombard, Jeannine Marie. *Slavery on Trial: Law, Abolitionism, and Print Culture.* Chapel Hill: The University of North Carolina Press, 2007.

Derrida, Jacques. *Memoires, for Paul de Man.* Trans. Cecile Lindsay, Jonathan Culler, and Eduardo Cadava. New York: Columbia University Press, 1985.

Diawara, Manthia. "Black American Cinema: The New Realism." Ed. Manthia Diawara. *Black American Cinema.* New York: Routledge, 1993: 3-25.

Diawara, Manthia. "Black Studies, Cultural Studies, Performative Acts." Ed. John Storey. *What Is Cultural Studies? A Reader.* London and New York: Arnold, 1996: 300-306.

Dimock, Wai-Chee. *Through Other Continents: American Literature Across Deep Time.* Princeton and Oxford: Princeton University Press, 2006.

Douglass, Frederick. *The Narrative of the Life of Frederick Douglass, an American Slave, Written by Himself.* Third English Edition. Wortley near Leeds, 1846.

Douglass, Frederick. *Narrative of the Life of Frederick Douglass, an American Slave, Written by Himself.* Ed. Benjamin Quarles. Cambridge, MA: The Belknap Pr. of Harvard University Press, 1960.

Douglass, Frederick. *My Bondage and My freedom.* Ed. John Stauffer. New York: Modern Library, 2003.

Douglass, Frederick. *Narrative of the Life of Frederick Douglass, an American Slave, Written by Himself.* 2nd edn. Goston: Bedford/St. Martins, 2003.

Doyle, Mary Ellen. "Josiah Henson's Narrative: Before and After." *Negro American Literature Forum*, Vol.8, No.1 (Spring, 1974): 176-182.

Drake, Kimberly. "Rewriting the American Self: Race, Gender, and Identity in the Autobiographies of

Frederick Douglass and Harriet Jacobs." *MELUS*, Vol. 22, No. 4 (Winter, 1997): 91-108.

Drake, Kimberly. "The Violence in/of Representation: Protest Strategies from Slave Narrative to Punk Rock." *Pacific Coast Philology*, Vol.44, No.2 (2009): 148-158.

Drexler, Michael J. and Ed White, eds. *Beyond Douglass: New Perspectives on Early African-American Literature*. Lewisburg: Bucknell University Press, 2008.

Du Bois, W. E. B. *The Souls of Black Folk*. Greenwich, CT: Fawcett Pub, 1961.

Du Bois, W. E. B. "Address to the Nations of the World." Ed. Philip S. Foner. *W. E. B Du Bois Speaks: Speeches and Addresses, 1890-1919*, 1970.

Du Bois, W. E. B. "The Conservation of Races." Ed. Philip S. Foner. *W. E. B. Du Bois Speaks: Speeches and Addresses, 1890-1919*, 1970.

Durán, María. "Writing as Self-Creation: *Narrative of the Life of Frederick Douglass*." *Atlantis*, Vol.6, No.1-2 (1994): 119-132.

Eagleton, Terry. *Criticism and Ideology*. London: Verso, 1978.

Eder, Klaus. *The New Politics of Class: Social Movements and Cultural Dynamics in Advanced Societies*. London: SAGE Publications Ltd., 1993.

Edwards, Jay. "Structural Analysis of the Afro-American Trickster Tale." *Black Texual Strategies*, No.1 (Winter, 1981): 155-164.

Emerson, Edward W. and Wallace E. Forbes, eds. *Journals of Ralph Waldo Emerson* (10 Vols. Boston, 1909-14,VI.

Ernest, John, ed. *The Oxford Handbook of the African American Slave Narrative*. New York: Oxford University Press, 2014.

Fabricant, Daniel S. "Thomas R. Gray and William Styron: Finally, A Critical Look at the 1831 Confessions of *Nat Turner*." *The American Journal of Legal History*, Vol.37, No.3 (1993): 332-361.

Fanon, Frantz. *The Wretched of the Earth*. Trans. Constance Farrington. New York: Grove Press, 1966.

Fanon, Frantz. *Black Skin, White Masks*. Trans. Charles Lam Markmann. New York: Grove, 1967.

Felgar, Robert. *American Slavery: A Historical Exploration of Literature*. Santa Barbara: Greenwood, 2014.

Ferguson, Sally Ann H. "Christian Violence and the Slave Narrative." *American Literature*, Vol.68, No.2 (1996): 297-320.

Fisch, Audrey A. *American Slaves in Victorian England: Abolitionist Politics in Popular Literature and Culture*. Cambridge: Cambridge University Press, 2000.

Fisch, Audrey A., ed. *The Cambridge Companion to the African American Slave Narrative*. Cambridge: Cambridge University Press, 2007.

Fisher, Dexter and Robert B. Stepto, eds. *Afro-American Literature: The Re-construction of Instruction.* New York: Modern Language Association of America, 1979.

Fitch, Suzanne Pullon and Roseann M. Mandziuk. *Sojourner Truth as Orator: Wit, Story, and Song.* Westport: Greenwood Press, 1997.

Fitzhugh, George. *Sociology for the South: Or, The Failure of Free Society.* Richmond: Nabu Press, 2001.

Foner, Philip S. *The Life and Writings of Frederick Douglass, My Bondage and My Freedom.* Ed. John Stauffer, 1855, Rpt. New York: Modern Library, 2003.

Foreman, P. Gabrielle. "The Spoken and the Silenced in *Incidents in The Life of a Slave Girl* and *Our Nig.*" *Callaloo*, Vol.13, No.2 (Spring, 1990): 313-324.

Foreman, P. Gabrielle. Who's Your Mama? "White" Mulatta Genealogies, Early Photography, and Anti-Passing Narratives of Slavery and Freedom. *American Literary History*, Vol. 14, No. 3 (Autumn, 2002): 505-539.

Foster, Frances Smith. *Witnessing Slavery: The Development of the Anti-Bellum Slave Narratives.* Westport, Connecticut: Greenwood, 1979.

Foster, Frances Smith. *Written by Herself: Literary Production by African-American Women 1746–1892.* Bloomington: Indiana University Press, 1993.

Foucault, Michel. *Language, Counter-Memory, Practice: Selected Essays and Interviews.* Trans. Donald F. Bouchard and Sherry Simon. Ithaca: Cornell University Press, 1977.

Foucault, Michel. *The Archaeology of Knowledge and the Discourse on Language.* Trans. A. M. Sheridan Smith. New York: Pantheon Books, 1982.

Fox-Genovese, Elizabeth. *Within the Plantation Household: Black and White Women of the Old South.* Chapel Hill: University of North Carolina Press, 1988.

Franco, Jean. "Going Public: Reinhabiting the Private." *On Edge: The Crisis of Contemporary Latin American Culture.* Ed. George Yudice, Jean Franco, and Juan Flores. Minneapolis: University of Minnesota Press, 1992: 65-83.

Franklin, Benjamin. *The Autobiography of Benjamin Franklin.* New York: Pocket Books, 1954.

Franklin, H. Bruce. "'A' Is for Afro-American: A Primer on the Study of American Literature." *The Minnesota Review*, No.5 (Autumn, 1975): 53-64.

Franklin, H. Bruce. "Animal Farm Unbound." *New Letters*, No.43 (Spring, 1977): 25-46.

Franklin, John Hope and Alfred A. Moss, Jr. *From Slavery to Freedom: A History of Negro Americans.* 6th edn. New York: Alfred A. Knopf, 1988.

Fulton, DoVeanna S. *Speaking Power: Black Feminist Orality in Women's Narratives of Slavery.* New York: State University of New York Press, 2006.

Furman, Marva Jannett. "The Slave Narrative: Prototype of the Early Afro-American Novel." Diss.

The Florida State University, 1979.

Gates, Henry Louis, Jr. "Preface to Blackness: Text and Pretext." Ed. Fisher and Stepto. *Afro-American Literature* (1979): 44-69.

Gates, Henry Louis, Jr., ed. *Black Literature and Literary Theory*. London: Methuen, 1984.

Gates, Henry Louis, Jr. "Criticism in the Jungle." Ed. Henry Louis Gates, Jr. *Black Literature and Literary Theory* (1984): 1-24.

Gates, Henry Louis, Jr. "Writing 'Race' and the Difference It Makes." Ed. Henry Louis Gates, Jr. *"Race," Writing, and Difference* (1986): 1-20.

Gates, Henry Louis, Jr. *Figures in Black: Words, Signs and the "Racial" Self.* New York: Oxford University Press, 1987.

Gates, Henry Louis, Jr. " 'What's Love Got to Do with It?': Critical Theory, Integrity, and the Black Idiom." *New Literary History*, Vol.18, No.2 (Winter, 1987): 345-362.

Gates, Henry Louis, Jr. "Authority, (White) Power and the (Black) Critic; It's all Greek to Me." *Cultural Critique*, No.7(1987): 19-46.

Gates, Henry Louis, Jr., ed. *The Classic Slave Narratives*. New York: New American Library, 1987.

Gates, Henry Louis, Jr. *The Signifying Monkey: A Theory of Afro-American Literary Criticism*. New York and Oxford: Oxford University Press, 1988.

Gates, Henry Louis, Jr. "The Hungry Icon: Langston Huges Rides a Blue Note." *Voice Literary Supplemen,* No.76 (July, 1989): 8-13.

Gates, Henry Louis, Jr. "The Master's Pieces: On Canon Formation and the African-American Tradition." *South Atlantic Quarterly*, Vol.89, No.1 (Winter, 1990): 89-113.

Gates, Henry Louis, Jr., ed. *Bearing Witness: Selections from African-American Autobiography in the Twentieth Century*. New York: Pantheon Books, 1991.

Gates, Henry Louis, Jr. *Loose Canons: Notes on the Culture Wars*. New York and Oxford: Oxford University Press, 1992.

Gates, Henry Louis, Jr. "Beyond the Culture Wars: Identities in Dialogue." *Profession*, No.93 (1993): 6-11.

Gates, Henry Louis, Jr. *Colored People: A Memoir*. New York: Alfred A. Knopf, 1994.

Gates, Henry Louis, Jr. "Parable of the Talents." Ed. Henry Louis Gates, Jr. and Cornel West. *The Future of the Race* (1996).

Gates, Henry Louis, Jr. "W. E. B. Du Bois and 'The Talented Tenth.'" Appendix. Henry Louis Gates, Jr. and Cornel West. *The Future of the Race* (1996):115-132.

Gates, Henry Louis, Jr. *Thirteen Ways of Looking at a Black Man*. New York: Random House, 1997.

Gates, Henry Louis, Jr., ed. *The Classic Slave Narratives*. New York: Signet Classics, 2012.

Gates, Henry Louis, Jr. and Cornel West. "Preface." *The Future of the Race* (1996): vii-xvii.

Gayle, Addison, Jr. "Cultural Strangulation: Black Literature and the White Aesthetic." Addison Gayle, Jr., ed. *The Black Aesthetic* (1971).

Gayle, Addison, Jr. "The Function of Black Criticism at the Present Time." Ed. Houston A. Baker, Jr. *Reading Black: Essays in the Criticism of African, Caribbean, and Black American Literature* (1976).

Genette, Gérard. *Narrative Discourse: An Essay in Method*. Ithaca, NY: Cornell University Press, 1983.

Gibson, Donald B. "Reconciling Public and Private in Frederick Douglass' Narrative." *American Literature*, Vol.57, No.4 (1985): 549-569.

Gilbert, Sandra M. and Susan Gubar, eds. *The Norton Anthology of Literature by Women: The Tradition in English* (second edition). New York: W. W. Norton and Company, 1996.

Giroux, Henry A. "Living Dangerously: Identity Politics and the New Cultural Racism." Ed. Henry A. Giroux and Peter McLaren. *Between Borders: Pedagogy and the Politics of Cultural Studies* (1994): 29-55.

Gless, Darryl, L. and Barbara Herrstein Smith, eds. *The Politics of Liberal Education*. Durham: Duke University Press, 1992.

Goldberg, David Theo. *Racist Culture: Philosophy and the Politics of Meaning*. Oxford and Cambridge, MA: Blackwell, 1993.

Gray, Thomas R. "The Confessions of Nat Turner, the Leader of the Late Insurrections in Southampton, VA. As fully and voluntarily made to Thomas R. Gray, in the prison where he was confined, and acknowledged by him to be such when read before the Court of Southampton; with the certificate, under the seal of the Court convened at Jerusalem, Nov. 5, 1831, for his trial. Also, an authentic account of the whole insurrection, with lists of the whites who were murdered, and of the negroes brought before the Court of Southampton, and there sentenced." *Slave Narratives*. Ed. William L. Andrews and Henry Louis Gates, Jr. New York: Literary Classics of the United States, 2000: 243-267.

Green, Michael. "The Centre for Contemporary Cultural Studies." Ed. John Storey. *What Is Cultural Studies? A Reader* (1996): 49-60.

Greenberg, Kenneth S., ed. *Nat Turner: A Slave Rebellion in History and Memory*. New York: Oxford University Press, 2006.

Greenspan, Ezra, ed. *William Wells Brown: A Reader*. Athens: The University of Georgia Press, 2008.

Greenspan, Ezra. *William Wells Brown: An African American Life*. New York: W. W. Norton and Company, 2014.

Greeson, Jennifer Rae. "The 'Mysteries and Miseries' of North Carolina: New York City, Urban Gothic Fiction, and Incidents in the Life of a Slave Girl." *American Literature*, Vol.73, No.2

(2001): 277-309.

Grigsby, Darcy Grimaldo. "Negative-Positive Truths". *Representations*, Vol.113, No.1 (Winter, 2011): 16-38.

Gunn, Janet Varner. *Autobiography: Toward a Poetics of Experience*. Philadelphia: University of Pennsylvania Press, 1982.

Hahn, Steve. *The Political Worlds of Slavery and Freedom*. Cambridge, Massachusetts: Harvard University Press, 2009.

Hall, Stuart and Martin Jacques, eds. *New Times: The Changing Face of Politics in the 1990s* (1990): 11-37.

Harper, Frances E. W. *Iola Leroy, or Shadows Uplifted*. Oxford: Oxford University Press, 1988.

Hayden, Robert. "Preface to the Atheneum Edition." Alain Locke, ed. *The New Negro* (1970): ix-xiv.

Hedin, Raymond. "The American Slave Narrative: The Justification of the Picaro." *American Literature*, Vol.53, No.4 (Jan, 1982): 630-645.

Hedin, Raymond. "Strategies of Form in the American Slave Narrative." Ed. John Sekora and Darwin T. Turner. *The Art of Slave Narrative: Original Essays in Criticism and Theory*. Macomb: Western Illinois University Press, 1982: 25-35.

Hedrick, Joan D. *Harriet Beecher Stowe: A Life*. New York: Oxford University Press, 1994.

Heglar, Charles J. *Rethinking the Slave Narrative: Slave Marriage and the Narrative of Henry Bibb and William and Ellen Craft*. Westport: Greenwood Press, 2001.

Henderson, Stephen. *Understanding the Black Poetry: Black Speech and Black Music as Poetic Reference*. New York: William Morrow, 1973.

Henkel, Michele A. "Forging Identity through Literary Re-interpellation: The Ideological Project of Frederick Douglass's Narrative." *Literature and Psychology*, Vol.48, No.12 (2002): 89-101.

Henson, Josiah. *Truth Stranger Than Fiction, Father Henson's Story of His Own Life, With an Introduction by Mrs. H. B. Stowe*. Boston: John. P. Jewett And Company, 1858.

Henson, Josiah. *"Uncle Tom's Story of His Life." An Autobiography of the Rev. Josiah Henson (Mrs. Harriet Beecher Stowe's "Uncle Tom"). From 1789 to 1876*. Ed. John Lobb. London: "Christian Age" Office, 89, Farringdon Street, 1876.

Henson, Josiah. *An Autobiography of the Rev. Josiah Henson ("Uncle Tom"). From 1789 to 1881. With a Preface by Mrs. Harriet Beecher Stowe, and Introductory Notes by George Sturge, S. Morley, Esq., M. P., Wendell Phillips, and John G. Whittier*. Edited by John Lobb, Revised and Enlarged by F.R.G.S. London, Ontario: Schuyler, Smith and Company, 1881.

Henson, Josiah. *The Life of Josiah Henson, Formerly a Slave, Now an Inhabitant of Canada*. Boston: Arthur D. Phelps. 1949.

Hill, Patricia Liggins. *Call and Response: The Riverside Anthology of the African American Literary*

Tradition. Boston: Houghton Mifflin, 1998.

Holland, Frederic May. *Frederick Douglass: The Colored Orator*. New York: Haskell House Publisher Ltd, 1891 (reprinted 1969).

Hollis, Melinda. "A Change of Persona or a Change of Heart: Frederick Douglass's "Brothers". *The Explicator*, Vol.67, No.3 (2009): 167-170.

Howarth, William L. "Some Principles of Autobiography." *Autobiography: Essays Theoretical and Critical*. Ed. James Oley. New Jersey: Princeton University Press, 1980: 84-114.

Hudlin, Warrington. "The Renaissance Re-examined." Ama Bontemps, ed. *The Harlem Renaissance Remembered* (1972): 268-277.

Huggins, Nathan Irvin. *Harlem Renaissance*. New York: Oxford University Press, 1971.

Hughes, Langston. *I Wonder as I Wander: An Autobiographical Journey*. New York: Hill and Wang, 1963.

Hughes, Langston. "I Too." Alain Locke, ed. *The New Negro* (1970):145.

Humez, Jean M. "'The Narrative of Sojourner Truth' as a Collaborative Text". *A Journal of Women Studies*, Vol.61, No.1 (1996): 29-52.

Hunt, Lynn, ed. *The New Cultural History*. Berkeley: University of California Press, 1989.

Hunter, Tera W. *Bound in Wedlock: Slave and Free Black Marriage in the Nineteenth Century*. Cambridge, Massachusetts: The Belknap Press of Harvard University Press, 2017.

Hurston, Zora Neale. *Their Eyes Were Watching God*. Urbana and Chicago: University of Illinois Press, 1978.

Ingersoll, Earl G. "Review of Colored People: A Memoir by Henry Louis Gates, Jr." *CLA Journal*, Vol.38, No.3 (March, 1995): 360-364.

Iser, Wolfgang. *The Act of Reading: A Theory of Aesthetic Response*. Baltimore and London: The Johns Hopkins University Press, 1978.

Jackson, Blyden. *A History of Afro-American Literature, Vol. I, The Long Beginning, 1746-1895*. Baton Rouge and London: Louisiana State University Press, 1989.

Jackson, Cassandra. " 'I will gladly share with them my richer heritage': Schoolteachers in Frances E.W. Harper's *Iola Leroy* and Charles Chesnutt's *Mandy Oxendine*." *African American Review* , Vol.37, No.4 (Winter, 2003): 553-568.

Jacobs, Harriet Ann. *Incidents in the Life of a Slave Girl*. Ed. Deborah M. Garfield and Rafia Zafara. Cambridge: Cambridge University Press, 1996.

Jacoby, Tami Amanda. "A Theory of Victimhood: Politics, Conflict and the Construction of Victim-based Identity." *Millenium: Journal of International Studies*, Vol.443, No.2 (2015): 511-530.

Jakobson, Roman. "The Dominant." Herbert Eagle, trans. *Readings in Russian Poetics: Formalist and Structuralist Views* (1978): 82-87.

Jameson, Fredric. *The Political Unconscious: Narrative as a Socially Symbolic Act*. Ithaca: Cornell University Press, 1981.

Jameson, Fredric. *The Ideologies of Theory: Essays, 1971-1986, Vol. I, Syntax of History*. Minneapolis: University of Minnesota Press, 1988.

Jameson, Fredric. *Postmodernism, or, The Cultural Logic of Late Capitalism*. Durham: Duke University Press, 1991.

JanMohamed, Abdul R. and David Lloyd. *Manichean Aesthetics: The Politics of Literature in Colonial Africa*. Amherst, MA: University of Massachusetts Press, 1983.

JanMohamed, Abdul R. and David Lloyd. "Humanism and Minority Literature: Toward a Definition of Counter-Hegemonic Discourse." *Boundary*, Vol.12, No.-Vol.13, No.1 (Spring-Autumn, 1984): 281-299.

JanMohamed, Abdul R. and David Lloyd. "Introduction: Toward a Theory of Minority Discourse: What Is To Be Done?" Abdul R. JanMohamed and David Lloyd, eds. *The Nature and Context of Minority Discourse* (1990): 1-16.

Jay, Paul. *Being in the Text: Self Representation from Wordsworth to Roland Barthes*. Ithaca and London: Cornell University Press, 1984.

Jenks, Chris. *Transgression*. London and New York: Routledge, 2003.

Johnson, James Weldon, ed. *The Book of American Negro Poetry*. Rev. ed. New York: Harcourt, Brace and World, 1931.

Jones, Jacquie. "The New Ghetto Aesthetic." *Wide Angle*, No.4 (October, 1991): 32-43.

Jordan, Don and Michael Walsh. *White Cargo: The Forgotten History Of Britain's White Slaves In America. New York*, N.Y.: New York University Press, 2007.

Joyce, Joyce A. "The Black Canon: Reconstructing Black American Literary Criticism." *New Literary History*, Vol.18, No.2 (Winter, 1987): 335-344.

Keith, Michael and Steve Pile. "Introduction, Part l: The Politics of Place ." Michael Keith and Steve Pile. eds. *Place and the Politics of Identity* (1993): 1-12.

Kibbey, Ann. "Language Is Slavery." Harold Bloom. ed. *Frederick Douglass's Narrative of the Life of Frederick Douglass* (1988): 131-152.

Kimball, Roger. *Tenured Radicals: How Politics Has Corrupted Our Higher Education*. New York: Harper and Row, 1990.

Koeninger, Kainoa. "Sojourner Truth Sings to the Woman Spirit." *Frontiers: A Journal of Women Studies*, Vol.15, No.2 (1994): 119.

Kohn, Margaret. "Frederick Douglass's Master-Slave Dialectic." *The Journal of Politics*, Vol.67, No.2 (2005): 497-514.

Kristeva, Julia. *Nations without Nationalism*. Trans. Leon S. Roudiez. New York: Columbia University Press, 1993.

Lakoff, George and Mark Johnson. *Metaphor We Live By*. London: The University of Chicago Press, 2003.

Lang, Candace. "Autobiography in the Aftermath of Romanticism." *Diacritics*, Vol.12, No.4 (Winter, 1982): 2-16.

Laqueur, Thomas W. "Bodies, Details, and the Humanitarian Narrative." *The New Cultural History*. Ed. Lynn Hunt. Berkeley: University of California Press, 1989: 177-179.

Larson, Pier M. "Horrid Journeying: Narratives of Enslavement and the Global African Diaspora." *Journal of World History*, Vol.19, No.4 (2008): 431-464.

Lashgari, Deidre. Ed. *Violence, Silence, and Anger: Women's Writing as Transgression*. Charlottesville: University of Virginia Press, 1995.

Laub, Dori. "Bearing Witness or the Vicissitudes of Listening." *Testimony: Crises of Witnessing in Literature, Psychoanalysis, and History*. Ed. Shoshana Felman and Dori Laub. New York: Routledge, 1991: 230-232.

Laub, Dori. "Truth and Testimony: The Process and the Struggle." *Trauma: Explorations in Memory*. Ed. Cathy Caruth. Baltimore and London: The Johns Hopkins University Press, 1995: 61-75.

Lauter, Paul. *Canon and Contexts*. New York and Oxford: Oxford University Press, 1991.

Lebedun, Jean. "Harriet Beecher Stowe's Interest in Sojourner Truth, Black Feminist." *American Literature*, Vol.46, No.3 (Nov., 1974): 359-363.

Lee, Julia Sun-Joo. *The American Slave Narrative and the Victorian Novel*. Oxford: Oxford University Press, 2010.

Lee, Martyn J. *Consumer Culture Reborn: The Politics of Consumption*. London and New York: Routledge, 1993.

Lee, Yu-cheng. "A Discourse on Autobiography." American Studies, Vol.15, No.1 (March, 1986): 75-106.

Levecq, Christine. *Slavery and Sentiment: The Politics of Feeling in Black Atlantic Antislavery Writing, 1770-1850*. Durham and New Hampshire: University of New Hampshire Press, 2008.

Levine, Robert S. *Martin Delany, Frederick Douglass, and the Politics of Representative Identity*. Chapel Hill: The University of North Carolina Press, 1997.

Lewis, Jan. " 'Of Every Age Sex & Condition': The Representation of Women in the Constitution." *Journal of the Early Republic*, Vol.15, No.3 (Autumn, 1995): 359-387.

Lewis, R. W. B. *The American Adam: Innocence, Tragedy, and Tradition in the Nineteenth Century*. Chicago: University of Chicago Press, 1955.

Lloyd, David. "Race under Representation." *Oxford Literary Review*, Vol.13, No.1 (1991): 62-94.

Locke, Alain. "Negro Youth Speaks." Alain Locke, ed. *The New Negro* (1970): 47-53.

Locke, Alain. "The New Negro." Alain Locke, ed. *The New Negro* (1970): 3-16.

Lusane, Clarence. "Rap, Race and Politics." *Race and Class*, Vol.35, No.1 (1993): 41-56.

Mabee, Carleton. "Sojourner Truth and President Lincoln". *The New England Quarterly*, Vol.61, No.4 (1988): 519-529.

Marshall, Paule. *Brown Girl, Brownstones.* Brownstones. Mineola: Dover Publications, INC., 2009.

Marx, Karl and Frederick Engels. *Early Writing*. Trans. Rodney Livingstone and Gregor Benton. Harmondsworth, Middlesex: Penguin, 1975.

Marx, Karl and Frederick Engels. *The Communist Manifesto.* Intro. Eric Hobsbawn. A Modem Edition. London and New York: Verso, 1998.

Mason, Theodore O., Jr. "Between the Populist and the Scientist: Ideology and Power in Recent Afro-American Literary Criticism or, 'The Dozens' as Scholarship." *Callaloo*, No.36 (Summer, 1988): 606-615.

McCaskill, Barbara. "'Yours Very Truly: Ellen Craft—The Fugitive as Text and Artifact'". *African American Review*, Vol.28, No.4 (Winter, 1994): 509-529.

McCoy, Beth A. "Race and the (Para)Textual Condition." *PMLA*, Vol.121, No.1 (2006): 156-169.

McDowell, Deborah and Arnold Rampersad, eds. *Slavery and the Literary Imagination.* Baltimore, MD: The Johns Hopkins University Press, 1987.

McFeely, William S. *Frederick Douglass.* New York: W. W. Norton, 1991.

McManus, Edgar J. *Law and Liberty in Early New England: Criminal Justice and Due Process, 1620-1692.* Amherst: University of Massachusetts Press, 1993.

Medhurst, Andy. "If Anywhere: Class Identifications and Cultural Studies Academics." Sally R. Murt, ed. *Cultural Studies and Working Class: Subject to Change* (2000): 19-35.

Meese, Elizabeth A. *Crossing the Double-Cross: The Practice of Feminist Criticism.* Chapel Hill and London: The University of North Carolina Press, 1986.

Millim, Anne-Marie. *The Victorian Diary: Authorship and Emotional Labour.* Burlington: Ashgate Publishing Limited, 2013.

Mills, Bruce. "Lydia Maria Child and the Endings to Harriet Jacobs's *Incidents in the Life of a Slave Girl.*" *American Literature*, Vol.64, No.2 (June, 1992): 255-272.

Mills, Nicolaus. "The Endless Autumn." *The Nation*, No.16 (April, 1990): 529-530.

Mueller-Hartmann, Andreas. "Houston A. Baker, Jr.: The Development of a Black Literary Critic." *The Literary Griot*, Vol.1, No.2 (Spring, 1989): 100-111.

Nash, Gary B. "The Great Multicultural Debate." *Contention*, Vol.1, No.3 (Spring, 1992): 1-28.

Neal, Larry. *Visions of a Liberated Future: Black Arts Movement Writings.* Ed. Michael Schwartz. New York: Thunder's Mouth Press, 1989.

Nichols, Charles H. *Many Thousand Gone: The Ex-Slaves' Account of Their Bondage and Freedom*. Leiden, Netherland: E. J. Brill, 1963.

Niemtzow, Annette. "The Problematic of Self in Autobiography: The Example of the Slave Narrative." Ed. John Sekora and Darwin T. Turner. *The Art of Slave Narrative: Original Essays in Criticism and Theory* (1982): 96-109.

Northup, Solomon. *Twelve Years a Slave. Narrative of Solomon Northup, a Citizen of New-York, Kidnapped in Washington City in 1841, and Rescued in 1853, from a Cotton Plantation near the Red River, in Louisiana*. Ed. Sue Eakin and Joseph Logsdon. Baton Rouge: Louisiana State University Press, 1968.

Nudelman, Franny. "Harriet Jacobs and the Sentimental Politics of Female Suffering." *ELH*, Vol.59, No.4 (Winter, 1992): 939-964.

Nye, Russell B. *Fettered Freedom: Civil Liberties and the Slavery Controversy 1830-1860*. East Lansing: Michigan State College Press, 1949.

Okuhata, Mark. *Unchained Manhood: The Performance of Black Manhood During the Antebellum, Civil War, and Reconstruction Eras*. Los Angeles: University of California, 2014.

Olney, James. "Some Versions of Memory/Some Versions of Bios: The Ontology of Autobiography." James Olney, ed. *Autobiography: Essays Theoretical and Critical* (1980): 236-267.

Olney, James. "'I Was Born': Slave Narratives, Their Status as Autobiography and as Literature." *Callaloo*, No.20 (Winter, 1984): 46-73.

Omi, Michael and Howard Winant. *Racial Formation in the United States: From the 1960s to the 1990s*. 2nd ed. New York and London: Routledge, 1994.

Ongiri, Amy Abugo. *Spectacular Blackness: The Cultural Politics of the Black Power Movement and the Search for a Black Aesthetic*. Charlottesville and London: University of Virginia Press, 2009.

Outlaw, Lucius. "Toward a Critical Theory of 'Race'." David Theo Goldberg, ed. *Anatomy of Racism* (1990): 58-82.

Page, Yolanda Williams, ed. *Encyclopedia of African American Women Writers*. Westport: Greenwood Press, 2007.

Painter, Nell Irvin. "Representing Truth: Sojourner Truth's Knowing and Becoming Known." *The Journal of American History*, Vol.81, No.2 (1994): 461-492.

Parini, Jay. *The Norton Book of American Autobiography*. New York: W.W. Norton and Company, Inc., 1999.

Perry, Lewis. "Harriet Jacobs and the 'Dear Old Flag'". *African American Review*, Vol.42, No.3/4 (Autumn-Winter, 2008): 595-605.

Pike, Burton. "Time in Autobiography." *Comparative Literature*, Vol.28, No.4 (Autumn, 1976): 326-342.

Pittman, Coretta. "Black Women Writers and the Trouble with Ethos: Harriet Jacobs, Billie Holiday, and Sister Souljah". *Rhetoric Society Quarterly*, Vol.37, No.1 (Winter, 2007): 43-70.

Posnock, Ross. "How It Feels to Be a Problem: Du Bois, Fanon, and the 'Impossible Life' of the Black Intellectual." *Critical Inquiry*, Vol.23, No.2 (Winter, 1997): 323-349.

Poster, Mark. *Foucault, Marxism and History*. Cambridge: Polity, 1984.

Pratt, Lloyd. "Human beyond Understanding: Frederick Douglass's New Liberal Individual." *NOVEL: A Forum on Fiction*, Vol.43, No.1 (Spring, 2010):47-52.

Prince, Gerald. *Narratology: The Form and Function of Narrative*. Berlin, New York and Amsterdam: Mouton, 1982.

Radhakrishnan, Rajagopalan. "Ethnic Identity and Post-Structuralist Difference." *Cultural Critiquem*, No.6 (Spring, 1987): 199-220.

Randall, Dudley, ed. *The Black Poets*. New York: Bantam Books, 1971.

Ravitch, Diane. "Multiculturalism: E. Pluribus Plures." *The American Scholar*, Vol.59, No.3 (1990): 337-354.

Ravitch, Diane. "In the Multicultural Trenches." *Contention*, Vol.1, No.3 (Spring, 1992): 29-36.

Redding, J. Saunders. *To Make a Poet Black*. Ithaca: Cornell University Press, 1988.

Reed, Ishmael. *Flight to Canada*. New York: Random House, 1976.

Resnick, Stephen and Richard Wolff. *Knowledge and Class: A Marxian Critique of Political Economy*. Chicago: University of Chicago Press, 1987.

Resnick, Stephen and Richard Wolff. "Empire and Class Analysis." *Rethinking Marxism*, No.13 (2001): 61-69.

Rice, Duncan. *The Rise and Fall of Slavery*. London: Routledge, 1975.

Richards, Jeffery. H. *Drama, Theatre and Identity in the American New Republic*. New York: Cambridge University Press, 2005.

Riffaterre, Michael. *Text Production*. Trans. Terese Lyone. New York: Columbia University Press, 1983.

Rosenblatt, Roger. "Black Autobiography: Life as the Death Weapon." James Olney, ed. Autobiography: *Essays Theoretical and Critical* (1980): 169-180.

Rousseau, Jean-Jacques. *The Confessions*. Trans. J. M. Cohen. Harmondsworth, Middlesex: Penguin Books, 1984.

Rowell, Charles H. "An Interview with Henry Louis Gates, Jr." *Callaloo*, Vol.14, No.2 (Spring, 1991): 444-463.

Royer, Daniel J. "The Process of Literacy as Communal Involvement in the Narratives of Frederick Douglass." *African American Review*, Vol.28, No.3 (1994): 363-374.

Rycroft, Charles. "Viewpoint: Analysis and the Autobiographer." *Times Literary Supplement* (May,

1983): 520-541.

Samra, Matthew K. "Shadow and Substance: The Two Narratives of Sojourner Truth." *The Midwest Quarterly*, Vol.38, No.2 (Winter, 1997):130-155.

Samuels, Ellen. "'A Complication of Complaints': Untangling Disability, Race and Gender in William and Ellen Craft's *Running a Thousand Miles for Freedom*." *MELUS*, Vol. 31. No.3. (Autumn, 2006): 15-47.

Sánchez-Eppler, Karen. "Ain't I a Symbol? Sojourner Truth: A Life, A Symbol by Nell Irvin Painter." *American Quarterly*, Vol.50, No.1 (March, 1998): 149-157.

Sánchez-Eppler, Karen. *Touching Liberty: Abolition, Feminism, and the Politics of the Body*. Berkeley: University of California Press, 1993.

Sayre, Robert F. "Autobiography and the Making of America." *The Iowa Review*, Vol.9, No.2 (Spring, 1978): 1-19.

Scarry, Elaine. *The Body in Pain*. New York: Oxford University Press, 1985.

Scruggs, Charles. *Sweet Homes: Invisible Cities in the Afro-American Novel*. Baltimore: The Johns Hopkins University Press, 1993.

Sekora, John and Darwin T. Turner, eds. *The Art of Slave Narrative: Original Essays in Criticism and Theory*. Macomb: Western Illinois University, 1982.

Sekora, John and Darwin T. Turner. "Comprehending Slavery: Language and Personal History in Douglass's Narrative of 1845." *CLA Journal*, Vol.29, No.2 (December, 1985): 157-170.

Shan, Te-hsing. "American Literary Studies in Taiwan." *Journal of American Studies*, Vol.36, No.1 (2004): 242-243.

Shields, Rob. *Places on the Margin: Alternative Geographies of Modernity*. London and New York: Routledge, 1991.

Showalter, Elaine. "A Criticism of Our Own: Autonomy and Assimilation in Afro-American and Feminist Literary Theory." *The Future of Literary Theory*. Ed. Ralph Cohen. New York and London: Routledge, 1989: 347-369.

Smith, Adam. *The Theory of Moral Sentiments*. Cambridge: Cambridge University Press, 2004.

Smith, Anthony D. "Memory and Modernity: Reflections on Ernest Gellner's Theory of Nationalism." *Nations and Nationalism*, Vol.2, No.3 (1991):371-388.

Smith, Barbara Herrnstein. "Cult-Lit: Hirsch, Literacy, and the 'National Culture.'" Eds. Darryl Gless and Barbara Herrnstein Smith. *The Politics of Liberal Education* (1992): 75-94.

Smith, Edgar F. *Priestly in America 1794-1804*. Philadelphia: P. Blakiston, 1920.

Smith, Sidonie. *Where I'm Bound: Patterns of Slavery and Freedom in Black American Autobiography*. Westport: Greenwood Press, 1974.

Smith, Valerie. *Self-Discovery and Authority in Afro-American Narrative*. Cambridge, MA: Harvard

University Press, 1987.

Smith, Venture. *A Narrative of the Life and Adventures of Venture, a Native Africa: But Resident above Sixty Years in the United States of America, Related by Himself.* Chapel Hill: University of North Carolina at Chapel Hill, 2000.

Smitherman, Geneva. *Talkin and Testifyin: The Language of Black America.* Detroit: Wayne State University Press, 1986.

Soja, Edward W. *Thirdspace: Journey to Los Angeles and Other Real-and-imagined Places.* Oxford and New York: Blackwell, 1996.

Spillers, Hortense. "Black, White, and in Color." *Bearing Witness to African American Literature: Validating and Valorizing Its Authority, Authenticity, and Agency.* Ed. Bernard W. Bell. Wayne: Wayne State University Press, 2012.

Stallybrass, Peter and Allon White. *The Politics and Poetics of Transgression.* Ithaca, NY: Cornell University Press, 1986.

Starling, Marion Wilson. *The Slave Narrative: Its Place in American History.* Boston: G.K. Hall, 1981.

Stauffer, John. *The Black Hearts of Men: Radical Abolitionists and the Transformation of Race.* Cambridge: Harvard University Press, 2002.

Starobinski, Jean. "The Style of Autobiography." Ed. Seymour Chatman. *Literary Style: A Symposium* (1971): 285-296.

Stevenson, Brenda E. "Introduction: Women, Slavery, and Historical Research." *The Journal of African American History*, Vol. 92, No. 1 (Winter, 2007): 1-4.

Stimpson, Catharine R. "Presidential Address 1990: On Differences." *PMLA*, Vol. 106, No. 1 (January, 1991): 402-411.

Stone, Albert E. *Autobiographical Occasions and Original Acts: Versions of American Identity from Henry Adams to Nate Shaw.* Philadelphia: University of Pennsylvania Press, 1982.

Storey, John, ed. *What is Cultural Studies? A Reader.* London and New York: Arnold, 1996.

Stover, Johnnie M. "Nineteenth-Century African American Women's Autobiography as Social Discourse: The Example of Harriet Ann Jacobs." *College English*, Vol. 66, No. 2 (2003): 133-154.

Suleri, Sara. "Multiculturalism and Its Discontents." *Profession*, No.93(1993): 16-17.

Sundquist, Eric J. "Introduction: W. E. B. Du Bois and the Autobiography of Race." Ed. Eric J. Sundquist. *The Oxford W. E. B. Du Bois Reader* (1996): 3-36.

Sylvander, Carolyn Wedin. *James Baldwin.* New York: Frederick Ungar Pub. Co, 1980.

Takaki, Ronald. "Culture Wars in the United States: Closing Reflections on the Century of the Color Line." Jan Nederveen Pieterse and Bhikhu Parekh, eds. *The Decolonization of Imagination:*

Culture, Knowledge and Power (1995): 166-176.

Tanser, H. A. "Josiah Henson, the Moses of His People." *The Journal of Negro Education*, Vol. 12, No.4 (Autumn, 1943): 630-632.

Taves, Ann. "Spiritual Purity and Sexual Shame: Religious Themes in the Writings of Harriet Jacobs." *Church History*, Vol.56, No.1(March, 1987): 59-72.

Taylor, Charles. "The Politics of Recognition." Amy Gutmann, ed. *Multiculturalism: Examining the Politics of Recognition* (1974): 25-73.

Taylor, Gordon O. *Studies in Modern American Autobiography*. London and Basingstoke: The Macmillan Press, 1983.

Therborn, Goran. "The Two-Thirds, One-Third Society." Stuart Hall and Martin Jacques, eds. *New Times: The Changing Face of Politics in the 1990s* (1990): 103-115.

Theriot, Nancy M. *Mothers and Daughters in Nineteenth-Century America: The Biosocial Construction of Femininity*. Lexington: University Press of Kentucky, 1995.

Thomas, H. Nigel. *From Folklore to Fiction: A Study of Folk Heroes and Rituals in the Black American Novel*. New York: Greenwood Press, 1988.

Todorov, Tzvetan. "The Place of Style in the Structure of the Text." Seymour Chatman, ed. *Literary Style: A Symposium* (1971): 29-39.

Todorov, Tzvetan. "'Race,' Writing, and Culture." Henry Louis Gates, Jr., ed. "Race," *Writing, and Difference* (1986): 370-380.

Truth, Margaret. *The Historical Truth: Sojourner Truth's America*. Urbana and Chicago: University of Illinois Press, 2009.

Truth, Sojourner. *Narrative of Sojourner Truth*. Edited with an Introduction and Notes by Nell Irvin Painter. New York: Penguin Books, 1998.

Truth, Sojourner. *Narrative of Sojourner Truth*. Ed. William L. Andrews and Henry Louis Gates Jr. *Slave Narratives*. New York: Literary Classics of the United States, Inc., 2000.

Walker, Alice. *The Color Purple*. New York: Harcourt Brace Jovanovich, 1982.

Walter, Krista. "Surviving the Garret: Harriet Jacobs and the Critique of Sentiment." *ATQ*, Vol.8, No.3 (1994): 189-210.

Ward, Jerry W., Jr. "A Black and Crucial Enterprise: An Interview with Houston A. Baker, Jr." *Black American Literature Forum*, Vol.16, No.2 (Summer, 1982): 51-58.

Wardrop, Daneen. "Ellen Craft and the Case of Salomé Muller in Running a Thousand Miles for Freedom." *Women's Studies*, Vol.33, No.7 (October, 2004): 961-984.

Warner, Anne Bradford. "Harriet Jacobs at Home in *Incidents in the Life of a Slave Girl*." *Southern Quarterly: A Journal of the Arts in the South*, Vol.45, No.3 (Spring, 2008): 30-47.

Warren, Nagueyalti and Sally Wolff, eds. *Southern Mothers*. Baton Rouge: Louisiana State University

Press, 1999.

Washington, Margaret. "'From Motives of Delicacy': Sexuality and Morality in the Narratives of Sojourner Truth and Harriet Jacobs." *The Journal of African American History*, Vol.92, No.1 92.1 (Winter, 2007): 57-73.

Washington, Mary Helen. *Invented Lives: Narratives of Black Women, 1860–1960*. Garden City, NY: Doubleday, 1987.

Waters, Carver Wendell. *Voice in the Slave Narratives of Olaudah Equiano, Frederick Douglass, and Solomon Northup*. Lewiston: The Edwin Mellent Press, 2002.

Watson, Henry. *Narrative of Henry Watson, a Fugitive Slave*. Written by Himself. Boston: Boston University Press, 1848.

Watts, Linda S. "The Hidden Face of History: Styron's Confessions and the Post-1967 Voicings of Nat Turner in Fiction and Drama." *The Mississippi Quarterly*, Vol.69, No.1 (Winter, 2016): 93-114.

Weld, Theodore Dwight, ed. *American Slavery as It Is: Testimony of a Thousand Witnesses, 1839*. New York: Arno-New York Times, 1969.

West, Cornel. "Minority Discourse and the Pitfalls of Canon Formation." *The Yale Journal of Criticism*, Vol.1, No.1 (Autumn, 1987): 193-201.

West, Cornel. "Learning to Talk of Race." Robert Gooding-Williams, ed. *Reading Rodney King/Reading Urban Uprising* (1993): 255-260.

West, Cornel. *Race Matters*. New York: Vintage Books, 1994.

West, Cornel. "Black Strivings in a Twilight Civilization." Henry Louis Gates, Jr. and Cornel West. *The Future of the Race* (1996): 53-112.

White, Hayden. *Tropics of Discourse: Essays in Cultural Criticism*. Baltimore and London: The Johns Hopkins University Press, 1978.

Whitfield, Stephen J. "Three Masters of Impression Management: Benjamin Franklin, Booker T. Washington, and Malcolm X as Autobiographers." *South Atlantic Quarterly*, No.77 (1978): 399-417.

Whitsitt, Novian. "Reading between the Lines: The Black Cultural Tradition of Masking in Harriet Jacobs's *Incidents in the Life of a Slave Girl*." *Frontiers: A Journal of Women Studies*, Vol.31, No.1 (2010): 73-88.

Whittier, John Greenleaf. *Narrative of James Williams: An American Slave*. New York: Routledge, 1838.

Wiecek, William M. *The Sources of Antislavery Constitutionalism in America, 1760-1848*. Ithaca: Cornell University Press, 1977.

Wilentz, Gay. "Civilizations Underneath: African Heritage as Cultural Discourse in Toni Morrison's

Song of Solomon." *African American Review*, Vol. 26, No.1, (Spring, 1992): 61-76.

Williams, Raymond. *Marxism and Literature*. Oxford and New York: Oxford University Press, 1977.

Williams, Raymond. *The Politics of Modernism: Against the New Conformists*. London and New York: Verso, 1989.

Williams, Sherley Anne. *Dessa Rose*. New York: William Morrow and Company, Inc., 1986.

Willis, Susan. *Specifying: Black Women Writing the American Experience*. Madison: University of Wisconsin Press, 1987.

Wilson, Ivy. *Specters of Democracy: Blackness and the Aesthetics of Nationalism in the Antebellum U.S.* New York: Oxford University Press, 2011.

Wimbush, Vincent L. *White Men's Magic: Scripturalization as Slavery*. New York: Oxford University Press, 2012.

Wintz, Cary D. *Black Culture and the Harlem Renaissance*. Houston: Rice University Press, 1988.

Wiredu, Kwasi. "Are There Cultural Universals?" *The Monist*, Vol.78, No.1 (1995): 52-64.

Wood, Marcus. "Seeing is Believing, or Finding 'Truth' in Slave Narrative: The *Narrative of Henry Bibb* as Perfect Misrepresentation." *Slavery and Abolition*, Vol.18, No.3 (December, 1997): 174-211.

Wright, Richard. *White Man, Listen!* Garden City, N.Y.: Doubleday, 1964.

Wright, Richard. *Black Boy*. New York: Harper and Row, 1966.

Zackodnik, Teresa C. "'I Don't Know How You Will Feel When I Get through': Racial Difference, Woman's Rights, and Sojourner Truth." *Feminist Studies*, Vol.30, No.1 (Spring, 2004): 49-73.